Jay McLean

be my forever

Jay McLean

be my forever

First & Forever

Teil 2

Aus dem amerikanischen Englisch
von Tamara Reisinger

Ravensburger

TRIGGERWARNUNG
Dieses Buch enthält Themen, die potenziell triggern können.
Auf Seite 475 befindet sich ein Hinweis zu den Themen.

ACHTUNG: Dieser enthält Spoiler für die gesamte Handlung.

MIX
Papier | Fördert gute Waldnutzung
FSC® C111262

1 3 5 4 2

Deutsche Erstausgabe

Postfach 2460, D-88194 Ravensburg

Die englische Originalausgabe erschien erstmals 2019
unter dem Titel »First & Forever«.

Editor: Tricia Harden (Emerald Eyes Editing)
Published by arrangement with Trident Media Group LLC.

Umschlaggestaltung unter Verwendung von Motiven von Shutterstock:
© tomertu und © Ensuper

Übersetzung: Tamara Reisinger//www.tamara-reisinger.de

Lektorat: Nina Schnackenbeck

Printed in Germany

ISBN 978-3-473-58616-5

ravensburger.com

Für meine Familie
»Ich habe es für euch gemacht.«

Kapitel 1

CONNOR

Die Tage verschwimmen; das Einzige, was mich noch interessiert, ist Basketball. Denn noch nie wollte ich so sehr einen Ausweg aus diesem brennenden Müllhaufen von Leben finden wie in letzter Zeit. In Psychologie sitzt jetzt Karen neben mir, Ava hingegen am anderen Ende des Raums, so weit wie möglich von mir entfernt. Sie redet nicht mehr mit mir, sieht mich noch nicht mal an. Ich verbringe jede Mittagspause in der Cafeteria, wo ich an der Dummheit der Menschen um mich herum ersticke.

Es gibt keine Gutenachtküsse mehr.

Kein Klopfen an meinem Fenster.

Keine langen Nachrichten.

Keine nächtlichen Anrufe.

Und keine Luftballons vor meinen Basketballspielen.

Es gibt nur noch mich. Der in einer Welt dahinvegetiert, die sich auf einmal völlig fremd anfühlt. Der ein Leben lebt, von dem er dachte, dass er es will, und der ein Mädchen liebt, das ihn nicht zurücklieben *kann.*

Und natürlich gibt es da auch noch dieses Scheißauto, das aus dem Nichts den Geist aufgibt. Dabei wollte ich nach einem weiteren Marathon an Einzeltrainingseinheiten einfach nur nach Hause. Mir bleibt gerade noch genug Zeit, um an den Straßenrand zu fahren, bevor der Motor komplett absäuft. Seufzend lasse ich die Stirn auf das Lenkrad sinken und drehe den Zündschlüssel. Nichts. Ich prüfe die Tankanzeige, doch da ist alles in Ordnung. Also mache ich die Warnblinkanlage an, stoße ein lautes, entnervtes Stöhnen aus und trete frustriert die Tür mit beiden Füßen auf. Ich öffne die Motorhaube, starre auf den Haufen Metall und habe keinen blassen Schimmer, was ich da überhaupt vor mir habe.

Ich laufe um den Wagen herum, prüfe die Reifen, weil ... keine Ahnung, warum. Ich bin müde, mir tut alles weh und ich will einfach nur nach Hause und auf meinem Bett liegen und nie wieder aufstehen – wenn es nicht wirklich sein muss. Ich hole das Handy aus dem Auto und wähle Dads Nummer. Es klingelt ... und klingelt ... bis die Mailbox anspringt. Also versuche ich es noch mal. Und noch mal. Es gibt bestimmt auch jemand anders, den ich anrufen könnte, aber ich bin so geschlaucht, sowohl körperlich als auch gefühlstechnisch, dass ich mich einfach vor dem Auto an den Straßenrand setze und die Stille um mich herum in mir aufnehme. Sie regelrecht begrüße. Es ist bereits dunkel, der Himmel ist klar, ein paar einsame Sterne blinken darin. Sollte jetzt ein Serienmörder vorbeikommen, ich wäre das perfekte Opfer. Der Gedanke bringt mich zum Lachen, und ich greife reflexartig nach dem Handy, um Ava zu schreiben ... Doch dann fällt mir wieder ein, dass sie ja mit mir Schluss gemacht hat. Und ich frage mich, wie ich das überhaupt hatte vergessen können.

Nach der ganzen Sache, die mit meiner Mom passiert ist, hat Dad vorgeschlagen, ich solle eine Therapie machen, sowohl allein als auch mit ihm zusammen. Ich erinnere mich noch daran, wie ich neben ihm gesessen habe und der Therapeut ihn gebeten hat, zu beschreiben, wie es sich anfühle, sie – seine Frau – zu verlieren. Und Dad hat daraufhin gesagt – mal abgesehen von der Sorge, was das alles langfristig mit *mir* mache –, sie zu verlieren, fühle sich an, als sei er zweimal aufgewacht.

Das erste Mal wacht man auf und denkt, es sei alles wie immer. Man muss nur in die Küche gehen, und sie ist da, gerade dabei, das Frühstück zuzubereiten und währenddessen mit dem Sohn zu spielen. Doch dann wird einem klar, dass das nicht wahr ist, und man wacht noch einmal auf. In der Realität. Und diese Realität ist dein Leben.

Ich glaube, in gewisser Weise stecke ich immer noch in der Das-erste-Mal-wacht-man-auf-Phase. Vielleicht ist es auch nicht fair oder richtig, das miteinander zu vergleichen; Ava zu verlieren, ist schließlich etwas anderes, als seine Frau zu verlieren, die Mutter seines Sohns.

Aber so fühle ich mich nun mal.

Ich hebe die Hand vors Gesicht, um meine Augen vor den Scheinwerfern abzuschirmen, die direkt auf mich zukommen. Das Auto wird langsamer, wechselt die Spur und bleibt vor meiner Schrottkarre stehen, Scheinwerfer gegenüber Scheinwerfern. Sobald ich wieder klar sehen kann, erkenne ich den Wagen und kurz darauf auch die langen Beine, die unter einem kurzen Rock hervorschauen.

Karen tritt zwischen die beiden Fahrzeuge und steht damit genau vor mir. »Was zum Teufel machst du hier?«

Ich zucke mit den Schultern, den Blick auf ihre Schuhe gerichtet, denn würde ich meinen Kopf anheben, bekäme ich weitaus mehr zu sehen, als mir lieb ist. »Die Landschaft genießen.«

»Was?« Schnaubend setzt sie sich vor mich und streckt die Beine neben meinen aus.

»Mein Auto hat eine Panne. Sieht man doch.«

Sie seufzt. »Vielleicht sollte ich anfangen, ein Cape zu tragen, wenn ich dir weiterhin so oft den Arsch retten muss.«

»Du musst nicht bleiben«, sage ich. »Mein Dad kann mich abholen. Er geht gerade nur nicht ans Telefon.«

Karen nickt, verzieht aber missbilligend die Lippen. »Aber du gibst so ein erbärmliches und kreuzunglückliches Bild ab, und ich habe Mitleid mit dir, also …«

Ich lache kurz auf. »Ist es so offensichtlich?«

»Connor«, sagt sie und atmet laut aus. »Hast du vergessen, dass ich sie damals auch verloren habe?!«

Ich starre auf meine Hände und räuspere mich, um den Kloß in meinem Hals loszuwerden.

»Aber du tust so, als wäre dein gesamtes Leben nun ein absolutes Trauerspiel – und das kann ich sogar verstehen.« In ihrer Stimme liegt überraschend viel ehrliches Mitgefühl. »Vielleicht hilft es ja, wenn ihr noch mal darüber redet?«

»Ich glaube nicht, dass es da noch etwas zu sagen gibt.«

»Was ist denn überhaupt passiert? Was hat sich verändert zwischen euch?«

»Ich weiß es nicht …« Ich hebe einen Kieselstein vom Boden auf und lasse ihn gedankenverloren von einer in die andere Hand fallen. »Ihre Mom ist ›passiert‹, und mein Basketballtraining hat den Rest der wenigen freien Zeit, die wir miteinander hatten, in Anspruch genommen. Es war, als hätten wie nie zur selben Zeit dasselbe gewollt.«

»Das ist wirklich Mist, aber das war eigentlich auch unvermeidbar, oder?«

Ich schniefe und verdränge die Erinnerungen, die mich zu überwältigen drohen. »Weißt du, was das Schlimmste daran ist?«

»Was?«

Ich erwidere ihren Blick und gestehe ihr die eine Wahrheit, die ich bisher für mich behalten habe: »Ich habe das alles nur für sie getan.«

Ihre Augenbrauen wandern nach oben. »Wie meinst du das?«

»Mein Plan war immer, vier Jahre an einem D1-College zu studieren und danach hoffentlich ein Profibasketballer zu werden. Aber dann habe ich Ava kennengelernt und ihre Mom und … und sie haben mit allem so sehr zu kämpfen. Ich wollte … Ich dachte, wenn ich mich so richtig reinhänge, dann komme ich in eins der D1-Colleges rein und könnte mich dann nach dem einen verpflichtenden Jahr für den NBA Draft aufstellen lassen, in der Hoffnung, dass ich dort einen halbwegs vernünftigen Vertrag bekomme, um … um mich um die beiden zu kümmern, verstehst du?«

Karen mustert mich schweigend, sieht mir in die Augen, und dieses Mal wende ich mich nicht ab, da ich nichts mehr zu verbergen habe. »Weiß sie davon?«, fragt sie, ihre Stimme ein kaum hörbares Flüstern.

Ich schüttle den Kopf.

»Warum nicht?«

»Weil ich es ihr nie erzählt habe«, sage ich mit einem schweren Seufzer.

»Warum nicht?«

Ich atme tief ein. »Weil … Was, wenn ich es nicht schaffe? Was, wenn sie ihre ganze Hoffnung für die Zukunft auf mich setzt und ich sie nicht erfüllen kann?« Frustriert werfe ich den Stein über die Straße. »Was, wenn ich versage?«

Karen schluckt, dann unterbricht sie den Augenkontakt und

senkt den Kopf. »Das ist eine Menge Druck, den du dir da selbst machst, Connor.«

»Aber es ist nicht nur das«, fahre ich fort und spüre, wie sich das Engegefühl in meiner Brust langsam löst, jetzt, wo ich die Worte endlich laut ausspreche. »Ich habe ihr nichts davon erzählt, weil ich nicht wollte, dass sie sich verpflichtet fühlt, bei mir zu bleiben, falls sie mich irgendwann nicht mehr liebt.«

Karen mustert mich erneut mit hochgezogenen Augenbrauen. »Hat sie das gesagt? Dass sie dich liebt?«

Ich nicke.

»Und du? Liebst du sie auch?«

»Mein Herz schlägt nur für sie.«

AVA

Mr Ledger öffnet die Tür, und seine Augen weiten sich, als er mich sieht. »Hallo, Ava. Connor ist gerade nicht zu Hause.«

Gut. »Eigentlich bin ich hier, um mit Ihnen zu reden.«

»Gern.« Er nickt. »Willst du reinkommen?«

Mein Blick fällt über seine Schulter zu Connors offener Zimmertür, doch ich lasse die Erinnerungen gar nicht erst zu. »Mir wäre es lieber, wenn wir hier draußen bleiben könnten, wenn das okay ist?«

Er schenkt mir ein Lächeln, bevor er das Licht auf der Veranda anmacht. »Klar, was kann ich für dich tun?«

»Sie meinten, wenn ich bei irgendetwas Hilfe bräuchte, könnte ich mich jederzeit an Sie wenden, und … Ich weiß, Connor und ich sind nicht mehr zusammen, aber ich hatte gehofft, dass das Angebot immer noch gilt.«

»Natürlich«, sagt er, und ein sorgenvoller Ausdruck tritt in seine Augen, als er kurz zu unserem Haus hinüberschaut. »Ist mit deiner Mom alles in Ordnung?« Er macht einen Schritt zurück und schlüpft in seine Schuhe. »Soll ich meinen Erste-Hilfe …?«

»Nein!«, unterbreche ich ihn schnell und wedle zur Verdeutlichung hektisch mit der Hand. »Nein, ihr geht es gut. Tut mir leid.« Ich schüttle den Kopf. »Ich wollte Ihnen keinen Schrecken einjagen. Ihr geht es gut.« *Physisch.* Nervös hole ich mit der anderen Hand einen Stapel Zettel hinter meinem Rücken hervor; das Papier ist noch warm vom Drucker. »Trevor und ich haben diesen Brief von Moms Pflegeversicherung bekommen, und ich versteh nicht viel davon, beziehungsweise gar nichts, aber ich glaube, sie wollen irgendwelche Änderungen vornehmen, und …«

»Und du möchtest, dass ich einen Blick drauf werfe?«, fragt er.

»Ja, bitte«, sage ich leise. »Wenn Sie Zeit haben. Ich weiß, dass Sie viel zu tun haben.«

»Ich habe jetzt Zeit«, versichert er mir lächelnd. Er nimmt mir die Blätter ab und deutet zur Verandatreppe.

Erleichtert nicke ich. »Vielen Dank, Sir«, sage ich und lasse mich auf die oberste Stufe sinken. »Sie haben keine Ahnung, wie dankbar ich Ihnen dafür bin.«

Er setzt sich neben mich, bevor er meinen Blick sucht. »Kein Problem, Ava. Ich tue, was ich kann.«

Bevor er den ersten Satz lesen kann, fährt ein Auto in die Auffahrt, und mir stockt der Atem. Ich kenne dieses Auto. Ich kenne dieses Mädchen. Ich *dachte,* ich kenne den Jungen neben ihr. »Danke fürs Mitnehmen!«, ruft er über die Schulter, als er aussteigt und die Tür zuwirft. Er geht auf uns zu, ohne aufzuschauen. Er hat mich noch nicht entdeckt, und ich wünschte, er würde mich auch gar nicht bemerken. Ich wünschte, es wäre genauso einfach, mich hier zu verstecken wie in der Schule. Der Schmerz in meinem Herzen ist so groß, dass ich zittrig einatme und hastig aufstehe. Die Bewegung reicht, und Connor hebt abrupt den Blick.

Wie ein Reh im Scheinwerferlicht bleibt er stehen. Ein ersticktes Geräusch dringt aus seiner Kehle, seine Augen sind weit aufgerissen, als er mich ansieht. »Hey.«

Der Klang seiner Stimme reißt mich in die Realität zurück, genauso wie sein Blick, der mich regelrecht in sich aufzusaugen scheint. Ich wende mich ab und rede mir immer wieder ein, dass es kein *Wir* mehr gibt. Es gibt nur noch ihn und mich … und die Welt, die uns trennt.

»Hi«, sage ich und verberge meinen Schmerz hinter einem gezwungenen Lächeln.

»Ava hatte ein paar Fragen zur Versicherungspolice ihrer Mom«, erklärt Mr Ledger, und Connor nickt, ohne den Blick von mir zu lösen.

»Ich sollte gehen«, murmle ich, bevor ich mich zu Connors Dad umdrehe. »Ich habe meine Nummer oben draufgeschrieben, Sie können mich also einfach anrufen oder schreiben, sobald sie es gelesen haben. Und noch mal vielen Dank. Ich weiß das echt zu schätzen.«

Er lächelt. »Es ist wirklich kein Problem, Ava.«

Ich will gerade gehen, doch Connor versperrt mir mit seinen breiten Schultern den Weg. »Darf ich dich bis zu deiner Tür begleiten?«

Meine Nerven flattern wie verrückt. »Wenn du willst.«

Er macht auf dem Absatz kehrt, wartet darauf, dass ich neben ihn trete, bevor er sagt: »Mein Auto ist liegen geblieben, Karen hat mich nach Hause gefahren.«

Ich verkneife mir eine verächtliche Bemerkung, stattdessen verziehe ich spöttisch die Lippen. »Scheint sie in letzter Zeit ja öfter zu tun.«

Connors Schnauben geht in ein lautes Seufzen über. Er vergräbt die Hände tief in seinen Taschen, schweigt aber ansonsten, bis wir meine Veranda erreichen. »Ava«, sagt er dann, und ich bleibe stehen, einen Fuß auf der untersten Stufe, und sehe zu ihm hoch. »Ich muss wissen, dass du mir glaubst. Mir ist klar, dass das zwischen uns für dich vorbei ist, und sosehr ich das auch hasse, ich kann dich nicht dazu zwingen, mit mir zusammen zu sein, wenn du das nicht willst.«

Ich beiße mir auf die Unterlippe, weil ich nichts zu sagen, nichts hinzuzufügen habe.

Also fährt er fort: »Ich hätte dich nicht anlügen dürfen. Ja, an dem Abend war nur ich in ihrem Auto, und ja, ich war länger weg, als ich dir erzählt habe. Sie ist mit mir zum Sportpark gefahren, und nachdem sie mich wieder halbwegs zur Vernunft gebracht hatte, haben wir ein paar Körbe geworfen und uns die ganze Nacht …«

»Und fast den ganzen Morgen«, unterbreche ich ihn und starre auf meine vor der Brust verschränkten Arme. Ich will mich vor ihm schützen.

Er taumelt einen Schritt zurück, als hätten ihn meine Worte tatsächlich hart getroffen. »Ja«, gibt er schließlich zu. »Ich habe die Zeit vergessen.«

»Weil du so beschäftigt warst, Spaß zu haben?« Er antwortet nicht sofort, also füge ich trotz des Schmerzes in meiner Brust hinzu: »Weil es schön ist, ab und zu alles zu vergessen? Den ganzen Druck, den das Leben auf dich ausübt, zu vergessen und einfach nur ein unbekümmerter normaler Teenager zu sein?« Als ich aufschaue und unsere Blicke sich treffen, sind seine Augen voller Kummer. Oder vielleicht ist es auch schlechtes Gewissen.

Er befeuchtet seine Lippen, zuckt halbherzig mit den Schultern. »Ich … ich weiß auch nicht.«

»Das ist sogar noch schlimmer«, bringe ich krächzend hervor. »Dass du auch mit jemand anders eine emotionale Bindung hast.« Ich kämpfe gegen die Tränen an, versuche, sie vor ihm zu verbergen. »Mir wäre es fast lieber, du hättest einfach mit ihr geschlafen …«

»Hör auf«, unterbricht er mich.

»Ist jetzt auch schon egal«, flüstere ich.

»Es ist nicht egal. Ich kann das zwischen uns nicht hinter mir lassen, solange ich weiß, dass du so von mir denkst.« Er macht wieder einen Schritt auf mich zu. »Das würde ich dir niemals antun. Ich *könnte* es nicht mal. Ava, du *kennst* mich. Du kennst mich besser als irgendjemand sonst auf der Welt. Du weißt, wie sehr ich dich liebe.« Seine Stimme hat einen flehenden Ton angenommen, und es liegen so viele Emotionen darin, dass sie bricht. »Du kennst *mich*, Ava«, wiederholt er, und ich spüre, wie die Schutzmauern, die ich um mein Herz errichtet habe, anfangen zu wackeln, zu bröckeln, wie sie kurz davor sind, einzustürzen. Er legt einen Finger unter mein Kinn, hebt meinen Kopf, sodass mir nichts anderes übrig bleibt, als mich ihm zu stellen. Ihn anzusehen. Den Kummer, den Schmerz und die Verzweiflung in seinem *Innern* zu sehen. Er legt die Hand in meinen Nacken, während er die Stirn gegen meine sinken lässt. Sein warmer Atem streicht sanft über meine Lippen. »Ava, du kennst mein *Herz*«, flüstert er.

Es wäre so einfach, ihn zu küssen.

Ihn ganz offen und ohne Reue zu lieben.

Alles andere zu ignorieren.

Aber es wäre auch selbstsüchtig.

Und dumm.

Und leichtsinnig.

»Ich glaube dir, Connor.« Ich drücke die Hände gegen seine Brust, bringe etwas Abstand zwischen uns. »Aber wir können nicht das sein, was du dir wünschst.«

Kapitel 2

AVA

Traurigkeit haftet an Moms Wimpern, während ich mich an die Hoffnung klammere, und als sie die Augen schließt, vermischen sich die Tränen, die ihr über die Wangen laufen, mit dem Badewasser. Vorsichtig streiche ich mit einem Lappen über die Narben in ihrem Gesicht, dann über ihren Nacken, bis hinunter zu der Stelle, an der mal ihr Arm war.

»Ich werde nie mehr so sein wie früher«, flüstert sie.

Meine Hand hält in der Bewegung inne. »Stimmt. Das wirst du nicht«, sage ich ihr ganz ehrlich. »Aber nur äußerlich nicht. Dein Herz ist immer noch dasselbe.«

Sie öffnet die Augen und nimmt meine Hand in ihre. »Aber mein Verstand ist es nicht, Ava, und das jagt mir am meisten Angst ein.«

Mir auch. Aber das sage ich nicht laut. Ich hasse allein den Gedanken an all die Dämonen, die in ihrem Kopf nisten, die sich ständig einen Weg nach draußen bahnen wollen. Auch wenn ich die entsetzliche Wahrheit kenne und weiß, was sie durchgemacht hat, ich werde nie wirklich das ganze Ausmaß verstehen können. »Wir finden einen Weg, dich zurückzuholen.« Ich drücke ihr einen Kuss auf die Schläfe. »Ich verspreche es, Mama.«

Ich gebe Mom ihre Medikamente, bevor ich zu ihr ins Bett klettere. Und genau wie all die anderen Nächte, seit sie mich das erste Mal darum gebeten hat, liege ich neben ihr, bis sie tief und fest schläft, und bete, dass der neue Medikamentencocktail seine Wirkung tut. Danach gehe ich auf mein Zimmer und bereite mich auf eine weitere lange Nacht voller Hausaufgaben vor.

Etwa eine Stunde schaffe ich es, konzentriert an einem Englischaufsatz zu arbeiten, bevor meine Gedanken anfangen, auf Wanderschaft zu gehen. Meine Sehnsucht übernimmt die Kontrolle über meine Finger, lässt sie über die Tastatur hüpfen. Obwohl Trevor nicht zu Hause ist, werfe ich einen schnellen Blick über die Schulter, um sicherzugehen, dass er nicht doch zufällig lässig im Türrahmen lehnt. Aus irgendeinem Grund schäme ich mich, als ich auf die Schulwebsite gehe, auf den Sport-Reiter klicke und zu »*Wildcats Basketball*« scrolle. Ich schaue mir die Highlights des letzten Spiels an, und jedes Mal wenn er auftaucht, verziehen sich meine Lippen zu einem Lächeln.

»Ava?«, ruft auf einmal Trevor hinter mir, und ich wirble herum; mein Herz rast.

»Verdammt, du hast mich erschreckt. Wann zum Teufel bist du nach Hause gekommen?«

»Gerade eben.« Das Grinsen auf seinem Gesicht ist so breit, dass ich misstrauisch werde. »Und ich hab eine Überraschung für dich.« Er macht einen Schritt zur Seite, und eine zweite Person tritt vor.

»Amy!« Sofort bin ich auf den Beinen und umarme sie so fest, dass sie zurückstolpert. Ich hatte keine Ahnung, dass Trevor wieder mit seiner Ex redet, aber sie hat keinen anderen Grund hierherzukommen, außer um ihn zu sehen. Ich weiche ein Stück zurück, und mein Grinsen ist inzwischen genauso breit wie das von Trevor. »Was machst du hier?«

Trevor schlingt seinen Arm um ihre Hüfte, bevor er ihr einen schmatzenden Kuss auf die Wange drückt. »Sie ist hier, um ihren *Freund* zu besuchen.«

Ich quietsche kaum hörbar auf, und dann umarme ich sie beide.

Amy lacht, bevor sie die Hände auf meine Schultern legt und mich aus ihren zusammengekniffenen blauen Augen mustert. »Es ist schön, dich zu sehen, Ava. Gott, wie groß du geworden bist.«

»Ich wusste nicht, dass du und Trevor wieder miteinander redet.«

Sie zuckt mit den Schultern. »Du weißt doch, Liebe findet immer einen Weg.«

Ich nicke, auch wenn ich es *nicht* weiß. Die einzige Liebe, die ich erlebt habe, hatte Grenzen. Und die haben wir erreicht.

In dem Moment startet mein Laptop ein neues Video, dieses Mal mit Ton, und Trevor wirft einen Blick über meine Schulter auf den Bildschirm. Es ist ein Reel mit Connor-Ledger-Highlights. Schnell schaue ich zu Boden, während ich auf seine Reaktion warte.

»Verdammt noch mal, Ava, ich dachte, du hättest diesen Arsch abserviert?!«

»Nenn ihn nicht so«, zische ich.

Er drängt sich an mir vorbei und klappt den Laptop zu. Seine Schultern sind vor Wut angespannt, als er sich wieder zu mir umdreht. »Du solltest dir das nicht ansehen. Du machst es dir selbst nur noch schwerer.«

»Hör auf!«, schreie ich beinahe. »Du hast doch dasselbe mit Amy und ihrem neuen Freund gemacht. Du hast sie regelrecht gestalkt.«

»Hast du das?«, fragt Amy.

Trevor schüttelt den Kopf, und seine Nasenflügel blähen sich, als er ausatmet. »Das ist nicht dasselbe!«

»Warum nicht? Nur weil wir nicht mehr zusammen sind, heißt das nicht, dass mir sein Leben oder seine Zukunft egal ist.«

»Das sollte es aber. Er ist ein Arsch! Er hätte dir das mit Mom nicht sagen dürfen!«

»Nein! Du bist der Arsch, weil du es vor mir geheim gehalten hast.«

»Ich wollte dich schützen!«

»Das hast du ja wahnsinnig gut hingekriegt!«, schreie ich nun wirklich. Daran, dass meine Mom im Raum nebenan schläft, denke ich nicht mehr. »Und das ist sowieso alles deine Schuld!«

»*Meine Schuld?*«

»Ja. Erinnerst du dich daran, als du gesagt hast …« Ich spreche mit tieferer Stimme, um seine nachzumachen: »*Natürlich kannst du mit jemandem ausgehen, Ava. Du wärst eine großartige Freundin.*« Schnaubend lasse ich mich aufs Bett fallen, verschränke die Arme vor der Brust und schmolle. »Ich hätte nie auf dich hören sollen!«

Trevor stößt ein kurzes, hysterisches Lachen aus. »Du gibst mir die Schuld, weil dein Ex sich als der größte Arsch auf Erden herausgestellt hat?!«

»Raus hier«, sagen Amy und ich gleichzeitig.

Trevors Augen weiten sich, als er erst mich und dann Amy ansieht. »*Was?!*«

»Raus hier«, wiederholt Amy, ihre Stimme klingt um einiges gefasster als meine. Sie legt ihm beruhigend die Hand auf die Brust und drückt ihn Richtung Tür. »Gib Ava und mir einen kurzen Moment, um allein unter Mädels zu reden, okay?«

Trevor knurrt unwillig, gibt ihr aber trotzdem einen Kuss. »Meinetwegen.«

Sobald Trevor das Zimmer verlassen hat und die Tür hinter ihm ins Schloss gefallen ist, setzt Amy sich auf mein Bett und lehnt sich mit dem Rücken an die Wand. Als sie auffordernd neben sich auf die Matratze klopft, rutsche ich zu ihr. Sie greift über mich nach einem Kissen und drückt es mir in die Hand. »Schrei da hinein.«

»Was?«

»Schrei hinein«, wiederholt sie. »Lass deinen Frust raus, damit du dann ohne Wut mit mir darüber reden kannst.«

Ich schreie ins Kissen.

»Hat es geholfen?«

»Ja«, lüge ich. Es hat nicht das Geringste gebracht.

»Also, dieser Junge … Connor, richtig?«

Ich nicke. »Wie viel weißt du?«

Sie zupft an dem gerissenen Stoff ihrer Jeans. »Trevor und ich haben in letzter Zeit sehr viel miteinander gesprochen. Er hat mich über so ziemlich alles auf dem Laufenden gehalten. Aber ich bin mir sicher, es gibt eine ganze Menge, was er nicht weiß, also vielleicht erzählst du mir davon?«

Es fühlt sich so befreiend an, endlich mit jemandem reden, jemandem alles erzählen zu können, was zwischen Connor und mir vorgefallen ist. Sowohl von den guten als auch den schlechten Momenten, aber vor allem von den guten, denn davon gab es eine ganze Menge. Bisher hatte ich einfach niemanden, mit dem ich diese Freude, diese Aufregung teilen konnte. Also erzähle ich ihr alles, was bisher passiert ist, lasse meiner Enttäuschung freien Lauf, als ich ihr gestehe, wie ich mich am Tag von Connors großem Spiel Mom gegenüber verhalten habe, und ich halte auch meinen Liebeskummer nicht zurück, als ich ihr von Connor und Karen berichte.

»Glaubst du wirklich, dass die beiden etwas miteinander hatten?«, fragt sie leise. Es ist das erste Mal, dass sie meinen Monolog unterbricht, aber ich weiß, dass sie die ganze Zeit aufmerksam zugehört hat, denn sie hat an den richtigen Stellen genickt, die Stirn gerunzelt oder gelächelt.

»Ich weiß es nicht«, gebe ich seufzend zu.

»Hast du mit ihm …?«

Ich schüttle den Kopf.

»Hast du überhaupt schon mal …?«

Ich nicke.

»Und er?«

»Nein«, murmle ich. »Ich weiß, was du jetzt denkst. Aber ich kann mir eigentlich nicht vorstellen, dass er es tun würde, nur um es zu *tun.*« Unwillkürlich muss ich daran denken, wie ich das Thema damals am See angesprochen habe und er zugegeben hat, er habe Angst davor. Aber vielleicht haben der Alkohol und Karen zusammen ja ausgereicht, um … »Ich glaube, die beiden haben auf jeden Fall eine emotionale Bindung, eine, mit der ich nicht mithalten kann. Das verletzt mich am meisten. Das und die Tatsache, dass er mich belogen hat.«

Amy stößt so scharf die Luft aus, dass ihre blonden Stirnfransen hochfliegen. »Es tut mir leid, Ava. Du bist so schon in einer schwierigen Situation, und dann kommt auch noch eine Beziehung dazu, was das Ganze nur noch schwieriger für dich macht.« Sie knufft mich in die Seite. »Zeigst du mir ein Bild von ihm?«

Ich nicke und ziehe den Laptop auf meinen Schoß, klappe den Deckel hoch und gehe auf Connors Profil auf der Schulwebsite.

Amy pfeift anerkennend. »Wow! Kein Wunder, dass es dir schwerfällt, über ihn hinwegzukommen. Er ist *heiß*.«

»Ich weiß«, murmle ich. »Ich hasse ihn.«

Sie kichert. »Hast du Fotos von euch beiden?«

Ich öffne den Ordner »Connor 4 Ava« auf meinem Desktop und scrolle durch die Bilder von uns beiden. Es sind hauptsächlich Fotos, die er mit seinem Handy gemacht hat, Selfies in seinem Auto oder auf der Tribüne.

Amy schnappt sich den Laptop, um sich die Bilder genauer anschauen zu können. Foto für Foto klickt sie sich durch und bringt die Erinnerungen zurück, was mein Herz vor lauter Liebeskummer nur noch mehr schmerzen lässt.

»Du siehst so glücklich aus, Ava«, sagt sie.

Ich schlucke den Kloß in meiner Kehle herunter. »Das war ich auch.«

»Und so verliebt.«

Dieses Mal schaffe ich es nicht, ein Schluchzen zu unterdrücken. »Das war ich auch.«

»Oh, Süße«, sagt sie liebevoll und schlingt ihre Arme um mich. »Ich wünschte, ich könnte das für dich in Ordnung bringen.«

Ich ziehe schniefend die Nase hoch, dränge den Schmerz zurück und wische mir die Augen an ihrer Schulter trocken. »Danke fürs Zuhören«, flüstere ich. »Ich habe es vermisst, dass du hier bist.«

Seufzend streichelt sie über meine Haare. »Ich gehe nicht mehr weg.«

Trevor klopft an die Tür und öffnet sie, ohne auf eine Antwort zu warten. »Hast du es ihr erzählt?«, fragt er Amy.

Schnell wische ich mir noch mal über die Augen, bevor ich mich von ihr löse.

Amy schüttelt den Kopf, während sie aufsteht und zu ihm geht.

Ich sehe zwischen den beiden hin und her. »Mir was erzählt?«

»Amy und ihre Familie haben mich gefragt, ob ich über Thanksgiving zu ihnen kommen will. Wäre das für dich okay?« Er nimmt Amys Hand in seine, und die beiden beobachten mich mit geweiteten Augen. »Peter hat angeboten, bei dir zu bleiben«, fügt Trevor hinzu.

Peter.

Ich schlucke nervös, während sich ein unbehagliches Gefühl in mir ausbreitet. Doch dann sehe ich die beiden an, erkenne deutlich die Stärke ihrer Liebe und die Hoffnung in ihren Herzen, also sage ich schnell: »Natürlich kannst du gehen, du Idiot.«

Kapitel 3

CONNOR

Es ist die letzte Stunde vor den Thanksgiving-Ferien, und alle meine Kurse am heutigen Tag waren völlige Zeitverschwendung. Selbst die Lehrer sind bereits im Ferienmodus. Der Lautsprecher im Raum knackst, kündigt eine Durchsage an, und kurz darauf erfüllt Rektor Browns Stimme das Klassenzimmer. Er beginnt mit einer allgemeinen Begrüßung, gefolgt von einem Haufen uninteressanter Meldungen, bevor er sagt: »Und ein besonderes Hoch auf unseren Connor Ledger, der die Ferien beim Crossland Invitational in Indiana verbringen wird – DEM Basketballevent des Jahres.« Ich verberge das Gesicht in den Händen, während alle um mich herum jubeln. Mein Kopf ist vor lauter Verlegenheit knallrot, doch ich hebe den Blick, als er hinzufügt: »Landesweit wurden nur einhundert Schüler ausgewählt, die diese einmalige Chance bekommen, daher muss betont werden, wie stolz wir sind. Großartige Leistung, Connor! Allen anderen wünsche ich angenehme Ferien. Wir sehen uns auf der anderen Seite ... gut erholt, hoffe ich.«

Das Handy vibriert in meiner Tasche, wieder und wieder, aber ich sehe nicht nach. Teil der Strafe, die Dad sich ausgedacht hat, nachdem ich mein altes Handy vor Wut an die Wand geknallt habe, war, es mit einem knallpinken Klapphandy aus dem Jahre *vier* zu ersetzen. Es hat echte Tasten – die man mehrmals drücken muss, um den richtigen Buchstaben schreiben zu können.

Sobald es zum Schulschluss klingelt, jubeln und schreien alle vor Begeisterung und Vorfreude und rauschen zur Tür hinaus. Ich mache mich ebenfalls auf den Weg zum Parkplatz, um mich mit Rhys zu treffen, der mich – seit mein Auto liegen geblieben ist und Dad und ich entschieden haben, dass eine Reparatur sich nicht lohnt – morgens und nach der Schule mitnimmt. Und obwohl Dads Auto nur in unserer Auffahrt herumsteht, während ich in der Schule bin und er zu Hause schläft, weigert er sich, mich damit fahren zu lassen – ein weiterer Teil meiner Strafe. Diesmal dafür, dass ich mir meine Wurfhand verletzt habe. Der Nachteil daran, mit Rhys mitfahren zu müssen, ist, dass Rhys nach der Schule noch mit den anderen Jungs abhängen will. Ich hingegen? Ich will einfach nur nach Hause.

»Leute, hier kommt *unser* Connor Ledger!«, verkündet Mitch, die Hände um den Mund zu einem Trichter geformt, sobald ich in Hörweite bin.

Ich schüttle den Kopf und funkle ihn mit zusammengekniffenen Augen an.

»Aww, aber wir sind doch so stolz auf dich!«, fügt Karen kichernd hinzu und verwuschelt mir die Haare, als ich an ihr vorbeigehe, um meinen Rucksack in Rhys' Auto zu werfen.

»Das war überhaupt nicht peinlich«, murmle ich.

Lachend nimmt Rhys eine imaginäre Krone von seinem Kopf und setzt sie mir auf. »Du bist jetzt der König der Schule.«

Mitch schnaubt, nimmt die imaginäre Krone und lässt sie auf den Boden fallen, ehe er darauf herumtrampelt. »Ich war immer der König, ihr Säcke.«

»König der Arschlöcher vom Dienst«, mischt Oscar sich ein.

»Verpiss dich«, knurrt Mitch.

Ich lache leise. »Ja, ärgert euch darüber, ihr totgebrutzelten Chicken McNobodies.«

Karen schüttelt sich vor Lachen, so heftig, dass sie sich an meiner Schulter festhalten muss.

»Wo wir gerade über den König der Schule reden …«, sagt Rhys und deutet auf einen Wagen, der direkt vor dem Eingang zur Schule stehen bleibt.

Ich erkenne das Auto sofort, und unwillkürlich stelle ich mich aufrechter hin.

»Was macht Peter Parker hier?«, fährt Rhys fort.

»Avas Peter?«, fragt Mitch.

Ich ziehe die Augenbrauen zusammen. »Was meinst du mit *Avas* Peter?«

Rhys schüttelt den Kopf. »Nicht das, was du denkst. Er will damit nur sagen, dass wir ihn *durch* Ava kennen.«

»Nein, will ich nicht«, widerspricht Mitch. »Ich meine, seien wir mal ehrlich, er hat ihr wahrscheinlich längst das Hirn rausgevö...«

»Pass verdammt noch mal auf, was du sagst«, knurre ich.

Mitch lacht. »Was kümmert's dich? Als ob du und Karen nicht...«

»Nein, haben wir *nicht*«, unterbreche ich ihn und schüttle Karens Hand von meiner Schulter. Ich stoße mich von Rhys' Auto ab und suche den Parkplatz nach Ava ab. Es dauert nicht lange, bis ich sie entdecke.

Mit gesenktem Kopf läuft sie die Treppe vor der Schule herab, die Hände fest um die Träger ihres Rucksacks gekrallt. Als sie Peters Auto bemerkt, lächelt sie, so wie sie mich immer angelächelt hat. Er steigt aus und begrüßt sie mit einer Umarmung, die viel zu lange dauert, und ich spüre den Moment, in dem meine Schultern nach unten sacken. Er hält ihre Taille auch dann noch umschlungen, als sie sich von ihm löst und die Hände an seine Brust legt. Ich frage mich, ob sie dort – an der Stelle, wo das Leben lebt – dasselbe spürt wie bei mir. Nach einer gefühlten Ewigkeit lässt er sie endlich los, und Ava stellt sich auf die Zehenspitzen, während sie mit einem wilden Ausdruck in den Augen nach etwas sucht. Ihr Blick landet auf mir, und mein Puls gerät ins Stolpern. Mir bleibt die Luft weg, als sie auf mich zukommt; alle um mich herum verstummen. Das Einzige, was ich noch höre, ist das laute Klopfen meines Herzens. Ein Schlag. Zwei. Ein paar Schritte vor mir bleibt sie stehen, den Blick gesenkt und die Finger so krampfhaft um die Rucksackträger gekrallt, dass die Knöchel weiß hervortreten. »Hey.«

Ich schaffe es, ebenfalls ein Hey herauszupressen.

Sie hebt den Kopf. »Hast du kurz eine Minute?«

Ich schlucke meine Nervosität herunter. »Klar.«

Sie macht einen Schritt zurück, will mir damit offenbar sagen, dass ich ihr folgen soll. Also tue ich das. Denn ich würde ihr bis ans Ende der verdammten Welt folgen, wenn sie mich nur lassen würde. »Brown hat ja eine beeindruckende Lobrede auf dich gehalten«, murmelt sie, den Blick starr auf ihre Füße gerichtet, während wir zu Peters Auto schlendern. Er lehnt mit verschränkten Armen an der Motorhaube und beobachtet uns.

»Das war wahrscheinlich der peinlichste Moment meines Lebens.«

Sie lacht kurz. Abgehackt. »Na ja, es ist eine ziemlich große Sache, ich kann also verstehen, warum er es der ganzen Welt erzählen wollte.«

Ich zucke mit den Schultern.

»Wie auch immer«, sagt sie und bleibt auf halbem Weg zu Peters Auto stehen. »Ich … ähm …« Sie seufzt laut, bevor sie den Kopf schüttelt. »Es ist dumm, jetzt, wo ich hier bin …«

»Was ist los?«

Sie schluckt schwer, als sie in ihre Tasche greift. »Ich hab etwas für dich.« Sie zieht eine Handvoll orangefarbener Luftballons heraus. Mit leiser Stimme fährt sie fort: »Du hast mal gesagt, die hier wären deine Glücksbringer.« Ihr Blick findet meinen, ein qualvoller Ausdruck liegt in ihren Augen. »Und ich dachte, du bist bestimmt nervös, also … hier sind welche, wenn du sie willst oder brauchst … wenn sie immer noch etwas bedeuten.« Sie hält mir die Luftballons entgegen, doch ich kann mich nicht bewegen.

Bringe keinen Ton raus.

Kann nicht mal wegsehen.

»Ich wusste, dass es eine dumme Idee war«, murmelt sie und dreht sich um.

»Nein. Ich will sie!« Schnell greife ich nach ihrem Arm. »Bitte!« Ich halte ihr die Hand hin, Handfläche nach oben, und sie legt die Luftballons hinein. Ich erkenne schwarze Linien auf dem Orange, und der Druck in meiner Brust verdoppelt sich.

»Ich sollte gehen«, sagt sie leise. »Peter wartet.«

Ich nicke. »Also, was genau ist das zwischen euch? Seid ihr …?«

»Nein.« Sie lacht. »*Gott, nein.* Er bleibt über Thanksgiving bei mir.«

»Oh.« Eifersucht ist echt Scheiße. »Hat er kein eigenes Zuhause?«

Sie schweigt einen Moment, beißt sich auf die Unterlippe, und ich zwinge mich, die Erinnerung daran zu verdrängen, wie ich mit dieser Unterlippe genau dasselbe gemacht habe, in meinem Bett, mit ihr halb nackt auf mir, während sie auf mich herabgesehen hat, als würde unsere Liebe keine Grenzen kennen. »Trevor fährt mit Amy weg …«

»Seiner Ex?«, unterbreche ich sie.

Ihre Augen weiten sich, minimal. »Du erinnerst dich daran?«

Ich nicke erneut. »Ich erinnere mich an eine ganze Menge.« Ich erinnere mich an *alles.* Und ein Teil von mir hasst diese Tatsache.

»Sie sind wieder zusammen, was ziemlich cool ist«, erzählt sie mir und wirft einen kurzen Blick über meine Schulter zu Peter, der immer noch auf sie wartet.

Als sie sich wieder mir zuwendet, fasse ich langsam zusammen: »Du willst mir also sagen, dass Leute Schluss machen, es aber auch *Hoffnung* gibt, dass sie wieder zusammenfinden?«

Ava sieht mich an. Direkt in mein *Innerstes.* »Viel Glück beim Invitational, okay?«

Ihre Worte treffen mich mitten ins Herz, und ich sauge scharf die Luft ein, um den Schmerz zu lindern. »Ja, okay.«

Ich betrachte die Luftballons in meiner Hand, während sie an mir vorbeigeht. Gerade als ich glaube, mich endlich wieder bewegen zu können, ruft sie hinter mir: »Hey, Connor?«

Ich wirble herum. »Ja?«

Sie ist nur zwei Schritte entfernt, und ein klitzekleines Lächeln zupft an ihren Mundwinkeln. »Ich weiß, dass das zwischen uns jetzt anders ist, aber ich werde immer stolz auf dich sein. Darauf, wie hart du für all das gekämpft hast, und das wird sich auch nicht ändern.«

»Danke, Ava«, sage ich mit fester Stimme. »Das bedeutet mir viel.«

Es bedeutet mir alles.

Kapitel 4

CONNOR

Connor: Du bst 1zige die ich knne die um 4.40 wach is & ich muss dir drgnd rzähln das m1 mibew schnarcht. & nicht art geschnarche die man aushltn kann. Sndrn wie kettensäge ggn mammutbaum. Ohren bluten.

Ava: Warum schreibst du, als wärst du 12?

Connor: Altes hndy htte kmpf mit wand & Dad ht mir klpphndy ggbn mit tstn. k1 lust zu drückn.

Ava: Ist das dieselbe Wand, die auf deine Faust losgegangen ist?

Connor: Vlt

Ava: Idiot

Connor: Thx

Ava: Geh schlafen. Du hast heute einen großen Tag.

Connor: Is pink

Ava: Was ist?

Connor: Hndy

Ava: LOL

Connor: Er ht grad TITTIES gsagt

Ava: ?

Connor: Schnarchndr mibew

Ava: Connor, du musst dich ausruhen. Wirf etwas nach ihm.

Connor. Schuh?

Ava: Nicht deinen. Seinen.

Connor: K

Connor: Er wach. Er joggen. Ich schlafen.

Ava: Gute Nacht.

Connor: Thx

***

Connor: Is mxed

Ava: ?

Connor: Snd auch mädchen hir

Ava: Beim Invitational?

Connor: Ja

Ava: Oh, ich wette, sie lieben dich.

Connor: 10

Ava: 10 Mädchen?

Connor: Ja

Ava: Hast du einem von ihnen deinen Wenis gezeigt?

Connor: Lol nein. Mädchen hbn läuse

***

Connor: Rate mal, wer auf dem Feld so gut war, dass er jetzt ein günstiges, aber viel besseres Handy hat?

Ava: Ich vermute mal, die Person, die mir gerade in ganzen Wörtern schreibt. (Gott sei Dank.)

Connor: Ich fühle mich wie ein neuer Mann.

Ava: Solltest du nicht auf dem Feld auf und ab laufen?

Connor: Wir machen gerade Pause.

Ava: Und da schreibst du mir?

Connor: Ich musste jemandem von meinem neuen Handy erzählen.

***

Connor: Was machst du gerade?

Ava: Ich versuche, Peter beizubringen, wie man eine Waschmaschine benutzt.

Connor: Wie kann er das noch nicht wissen?

Ava: Privilegiertes Leben, schätze ich. Was ist bei dir los?

Connor: Nichts, sitze gerade mit ein paar Jungs beim Abendessen.

Ava: Dann solltest du dich mit denen unterhalten, oder?

Connor: Wir hängen alle am Handy.

Ava: Ich muss aufhören. Peter will ein rotes Shirt mit der weißen Wäsche waschen.

Connor: Lass ihn doch.

Ava: Das wäre fies.

***

Connor: Ava

Ava: Connor

Connor: Hi

Ava: Was ist los?

Connor: Kann nicht schlafen.

Ava: …

Connor: Ich sollte vermutlich damit aufhören, oder?

Ava: Ich weiß nicht, Connor. Ich glaube, ja …

Connor: Sorry.

***

Connor: Dad und ich steigen gleich in den Flieger nach Hause. Ich wollte dir nur sagen, dass es mir leidtut, dass ich dir so oft geschrieben habe. Ich schätze, ich habe immer noch damit zu kämpfen, über dich hinwegzukommen. Was mein Problem ist, nicht deins. Und ich dachte, dass die Luftballons vielleicht etwas bedeuten, aber offenbar lag ich da falsch. Wir sehen uns in der Schule. Tut mir wirklich leid.

Kapitel 5

CONNOR

»Ich bin so geschlaucht«, sage ich zu Dad und lehne den Kopf an die Fensterscheibe von seinem Wagen, während ich die vertrauten Straßenlaternen vorbeiziehen sehe.

»Ja, das glaube ich dir sofort. Du hattest ein paar ziemlich volle Tage, Sohn.«

Ich schließe die Augen. »Weck mich auf, wenn wir zu Hause sind.«

»Wir biegen gerade in unsere Straße«, sagt er lachend.

Er macht am Ende der Sackgasse kehrt und klopft mir auf den Oberschenkel. »Wir sind da.«

»Schon?«, frage ich scherzhaft.

Wir steigen aus und holen unsere Sachen aus dem Kofferraum, als das Licht auf Avas Veranda angeht und sie in Jogginghose und einem zu großen Texas-A&M-Hoodie herauskommt. Eifersucht brennt sich tief in meine Brust. Sie steckt sich einen Kopfhörer ins Ohr, bevor sie sich auf die Bank auf der Veranda sinken lässt, die noch nicht da war, als ich weggefahren bin. Ich reiße mich von ihrem Anblick los und greife nach den letzten beiden Taschen in Dads Kofferraum.

»Wirst du mit ihr reden?«, fragt Dad.

Ich schüttle den Kopf, während ich die Auffahrt hochlaufe. »Sie hat die letzten Tage ziemlich deutlich gemacht, dass sie nicht wirklich Lust darauf hat, mit mir zu reden.«

»Es ist gar nicht so einfach zu wissen, was Frauen wollen«, murmelt Dad.

»Das kannst du laut sagen«, brumme ich.

Er öffnet die Haustür, ehe er mir die Taschen abnimmt. »Rede mit ihr, Connor. Wenn schon nicht für sie, dann zumindest für dich. Du kannst nicht ewig in diesem unglücklichen Schwebezustand verharren.«

Ava liegt ausgestreckt auf der Bank, als ich ihre Veranda betrete. Ihre Augen sind geschlossen, ihre Hände liegen ineinander verschränkt auf dem Bauch. Ich will gerade wieder umdrehen – meine Nervosität übernimmt die Kontrolle –, doch ich halte inne, als ich ein Zucken um ihre Mundwinkel bemerke.

»Spanner«, murmelt sie und öffnet die Augen. Sie richtet sich auf, nimmt die Kopfhörer heraus und klopft auf den Platz neben sich. »Wie war dein Flug?«

Ich setze mich neben sie. »Er war okay. Ich bin eigentlich nur hier, um mich persönlich bei dir zu entschuldigen. Und auch, um zu klären, was ich tun darf und was nicht. Ich meine, herrscht zwischen uns Kontaktsperre oder …?

Ava schweigt einen Moment, bevor sie laut seufzt. »Ich weiß es nicht, Connor. Ich glaube, es wird für uns beide schwer werden, herauszufinden, wie wir ab jetzt miteinander umgehen. Das hier ist auch für mich nicht einfach. Und du tust so, als würde ich alle Karten in der Hand halten, aber das tue ich nicht. Es ist auch nicht so, dass ich dich nicht vermisse. Das tue ich nämlich. Ich zucke immer noch jedes Mal zusammen, wenn mein Handy vibriert, weil ich es so gewohnt bin, dass es eine Nachricht von dir ist, aber … wir können nicht …«

Als ich mich zu ihr drehe, erkenne ich an ihren Augen, dass sie es tatsächlich ernst meint. Ich habe keine Ahnung, wie ich darauf reagieren soll, also sage ich nichts dazu. Stattdessen frage ich: »Wo ist Peter?«

»Drinnen. Er muss arbeiten.«

Ich deute auf den Kapuzenpulli. »Das ist ein hübscher Hoodie, den du da trägst. Ein bisschen zu groß vielleicht.«

Sie kneift die Augen zusammen. »Du weißt schon noch, wie groß Trevor ist, oder?«

»Er gehört Trevor?«, frage ich. »Nicht Peter?«

Ava schüttelt den Kopf und sieht mich herausfordernd an. »Warum sollte der Peter gehören?«

»Ich weiß nicht.« Ich starre auf meine Hände herunter, lasse die Knöchel knacken. »Er schläft bei dir und …«

»Und du glaubst, ich schlafe *mit* ihm?«

Erneut zucke ich mit den Schultern. »Mitch hat gesagt …«

»Mitch hat nur Scheiße im Hirn, Connor. Hör nicht auf ihn.«

Ich schlucke den Kloß in meinem Hals herunter. »Das heißt, du hast nicht …?«

»Wenn ich überhaupt mit irgendjemandem irgendetwas versuchen würde, dann mit …« Sie seufzt leise und schüttelt den Kopf, wie um ihn freizukriegen.

Ich setze mich aufrechter hin. »Können wir uns einfach nur unterhalten? Ich werde nicht über *uns* reden. Ich will nur ein bisschen Zeit mit dir verbringen.«

»Klar.« Sie lächelt, aber es ist ein ziemlich trauriges Lächeln. »Ich wusste nicht, dass dein Dad dich begleitet hat.«

»Ja«, sage ich leise. »Eigentlich hatte er es auch nicht vor, aber dann hab ich angefangen, mir über alles Gedanken zu machen. Ich bin noch nie vorher geflogen, und die Vorstellung, an einem Flughafen zu sein … Ich weiß auch nicht. Auf einmal war da diese bescheuerte Panik, was natürlich dumm ist …«

»Es ist überhaupt nicht dumm«, unterbricht sie mich.

Ich zucke mit den Schultern. »Es ist einfach total demütigend, wenn man seinen Daddy bitten muss, mitzufliegen, weil man nicht über sein verdammtes Kindheitstrauma hinwegkommt, weißt du?«

Einen Moment lang starrt sie mich nachdenklich an, dann senkt sie den Blick. »Ich finde es unglaublich mutig von dir, dass du überhaupt geflogen bist«, sagt sie leise.

Ich reibe mir die Schläfen, hinter denen bereits ein leichter Kopfschmerz pocht. »Wie geht es deiner Mom?«

Ava stößt einen langen Seufzer aus, und ihr Blick wird traurig. »Sie haben ihr so viele Medikamente gegeben, dass sie nicht mal mehr meine Mom ist. Sie ist kaum noch ein *Mensch.* Ich hasse es so sehr.«

»Das tut mir leid.«

Ava macht eine abwehrende Handbewegung. »Krystal war auch in den Ferien hier, daher hatte ich ziemlich viel Freizeit.« Sie klopft auf die Bank, auf der wir sitzen. »Ich hab die hier besorgt.«

»Ist mir aufgefallen.«

»Und …« Sie hält ein Babyfon in die Höhe, das mir bisher gar nicht aufgefallen war. »Ich hab das hier für Moms Zimmer gekauft. Es ist … warte, es kommt gleich … *Gold* wert.«

Ein leises Lachen steigt in meiner Brust auf. »Das wirst du mich nie vergessen lassen, oder?«, sage ich, während ich den Blick auf die Straße richte. Plötzlich bemerke ich ein dunkles Auto, das langsam über den Asphalt rollt, ohne Scheinwerferlicht. »Was zum Teufel macht der?«

Sie sieht auf. »Keine Ahnung«, murmelt sie, als ihr klar wird, was ich meine.

Ich stehe auf.

Sie tut dasselbe.

Das Auto wendet am Ende der Sackgasse und wird sogar noch langsamer, als es erneut an Avas Haus vorbeifährt. Ich stelle mich ein Stück vor Ava. »Runter!«

»Was?«

Ich schiebe sie noch weiter hinter mich, kneife die Augen zusammen und versuche, etwas zu erkennen. Das Rückfenster geht runter, und der Lauf eines Gewehrs erscheint … »Fuck!« Ich fahre herum, werfe mich auf Ava und drücke sie zu Boden, bedecke sie mit meinem ganzen Körper. Avas Schreie hallen in meinen Ohren wider, als ein Schuss nach dem anderen abgefeuert wird. Ein paar treffen das Haus, andere meinen Rücken. Ich halte sie fest, als sie meinen Namen ruft und versucht, sich zu befreien. Reifen quietschen, und Stille senkt sich über uns. Mein Puls rast. Schwer atmend und keuchend verharre ich auf Ava, während die kühle Nachtluft über meinen vom Adrenalin überhitzten Körper hinwegstreicht. Ich versichere mich, dass sie auch wirklich weg sind, bevor ich Ava loslasse. Ihre Augen sind weit aufgerissen, und sie starrt mich mit offenem Mund an, ohne zu blinzeln. Ich schlucke und wische die verdammte Farbe von meinem Arm. »Es war nur ein Paintball-Gewehr«, beruhige ich sie.

Ava schüttelt ungläubig den Kopf, ihr Atem geht immer noch abgehackt. »Connor.« Als ich ihren Blick erwidere, liegt ein wilder Ausdruck in ihren Augen. »Du konntest nicht wissen, dass es nur ein Paintball-Gewehr ist.«

Mein Herz schlägt immer noch viel zu schnell in meiner Brust, aber ich versuche, ruhig zu bleiben. Für sie. Ich wische die Farbe von der Bank, während mir das Adrenalin die Kehle zuschnürt. »Das sollte sich leicht wieder abwaschen lassen.«

»Lass es. Es ist egal.« Ava schluckt schwer, und ihre Augen füllen sich mit Tränen. Ihr Gesicht verzerrt sich vor Wut. »Das ist das dritte Mal diese Woche, dass jemand das Haus mit irgendwas beworfen hat. Manchmal wünschte ich, ich könnte diesen verfluchten Ort einfach abfackeln, woanders hingehen und nie wieder zurückblicken.« Sie atmet tief durch. Einmal, zweimal. Dann hebt sie den Kopf und sieht mich an; Tränen laufen ihr über die Wangen. »Dieser Ort hier hat nichts Gutes gebracht, Connor. Gut, da warst *du*. Aber jetzt ist da nichts mehr.«

Vorsichtig umfasse ich ihr Gesicht mit beiden Händen, verliere mich in dem Schmerz in ihren Augen. »Ich bin immer noch hier«, flüstere ich.

Sie klammert sich an meine Jacke und schließt die Augen. Die Welt scheint stillzustehen, mein Herz schlägt, einmal, laut und entschlossen. Ich senke den Mund, im selben Augenblick geht die Haustür auf.

»Was zum Teufel ist passiert?«, fragt Peter.

Ich drehe mich nicht zu ihm um. Halte meinen Blick starr auf Ava gerichtet, als sie blinzelt. Einmal. Zweimal.

»Fuck!«, flucht Peter. »Geh rein, Ava.«

Mein Schweigen fleht sie an, zu bleiben.

Doch ihre Realität zwingt sie, zu gehen.

AVA

»Was zum Teufel ist passiert?«, flüstert Peter, als er mich in mein Zimmer zieht.

Immer noch unter Schock starre ich ihn einfach nur an.

Er lässt seinen Blick über meinen Körper wandern, der Griff um meinen Arm verstärkt sich. »Bist du okay? Bist du verletzt?«

»Nein«, wispere ich. »Connor …«

»Was ist mit Connor?«

Ich versuche, zu atmen, versuche, mich zu beruhigen. »Connor hat mich zu Boden geworfen und mich mit seinem Körper beschützt … aber er konnte nicht wissen, dass es keine echte …«

»Verdammt noch mal, Ava«, murmelt er und sackt auf meiner Matratze zusammen. »Der Junge ist ein Idiot.«

»Was?«, stoße ich wütend hervor.

Peter lacht. »Er ist bereit, sein Leben für ein Mädchen zu opfern, mit dem er nicht mal zusammen ist.«

Peters Worte stoßen ein Loch in meine Brust, und ich habe Mühe, mich auf den Beinen zu halten. Habe Mühe, genug Luft zu bekommen. Ich lasse mich neben Peter aufs Bett sinken, den Blick zu Boden gerichtet und eine Hand auf meinem Bauch, um den Schmerz zu lindern.

Peter legt einen Arm um meine Schulter und zieht mich zu sich. Er schnaubt. »Der Junge ist auf dem besten Weg in die NBA, und er hat gerade sein Leben riskiert. Wofür? Für *dich?*« Übelkeit steigt in mir hoch. »Nimm's mir nicht krumm, Ava, aber Trevor hat bereits sein Leben für dich aufgegeben. Du willst nicht, dass noch jemand dasselbe tut. Wenn du Connor nicht mehr liebst, dann mach ihm das klar. Denn er ist offenbar zu blöd, das von selbst zu kapieren.«

Der Raum verschwimmt vor meinen Augen.

»Und warum zum Teufel lebst du immer noch in diesem Drecksloch von einer Stadt mit Leuten, die dich dauernd beschimpfen? Ich verstehe nicht, warum du nicht einfach zulässt, dass ich mich um dich kümmere.«

Schuldgefühle breiten sich in mir aus, brennen sich einen Weg durch mein Innerstes, bis nur noch flammender Zorn übrig bleibt.

Ich schlüpfe in meine Schuhe und marschiere hinüber zu Connors Haus. Ich gehe nicht zu seinem Fenster. Sondern zur Haustür.

Klopfe zweimal.

Er öffnet die Tür, nur in Basketballshorts und sonst nichts. Blaue Flecke bilden sich bereits an den Stellen, wo ihn die Paintball-Kugeln getroffen haben.

Ich hebe den Blick, sehe ihm in die Augen – und plötzlich ist alles glasklar. »Du bist ein Idiot!«

Er drückt den Rücken durch, richtet sich auf.

»Du kannst nicht einfach herumlaufen und dein Leben für mich aufs Spiel setzen.«

Er seufzt. »Es war nur ein Paintball…«

»Aber das wusstest du vorher nicht, oder?«

Er presst die Lippen fest zusammen.

»Verdammt, Connor! Was hast du dir nur dabei gedacht?«

Langsam schüttelt er den Kopf, und sein Kiefer ist angespannt, als er sagt: »Ich habe nur noch daran gedacht, dass ich die Person beschützen muss, die ich liebe.«

Bei diesen Worten verschlägt es mir den Atem, aber meine Schuldgefühle sind stärker. »Das kannst du nicht machen! Wir sind nicht…« Ich drücke die Hand auf meine Brust, um das heftige Pochen zu beruhigen. »Wir müssen damit aufhören.«

»Womit aufhören?«

»Ständig die Grenzen zu überschreiten. Wir können so nicht weitermachen. *Ich* kann so nicht weitermachen. Ich kann dir nicht ständig widersprüchliche Signale senden. Scheiße, du hättest …«

Er seufzt. »Ava.«

»Wir brauchen einen klaren Schnitt«, sage ich entschieden. Tränen brennen hinter meinen Lidern, doch ich blinzle sie schnell weg. Bleibe standhaft. »Wir werden uns nicht mehr schreiben. Nicht mehr miteinander reden. *Gar nichts* mehr!«

Seine Brust hebt und senkt sich, und ich sehe, wie er innerlich einen Konflikt austrägt, der schwer auf seine Schultern drückt. Ich hebe entschlossen das Kinn.

Connor leckt sich über die Lippen, sein Blick wird leer. »Ist es das, was du willst?«

Nein, es ist das, was du *brauchst.*

Er muss mich aus seinem Leben streichen.

Endgültig.

»Ja.«

Er nickt und lehnt sich an den offenen Türrahmen. »Karen hat mich gefragt, ob ich mit ihr zum Winterball gehe.«

Etwas in mir stirbt bei diesen Worten.

Ich lasse mir nichts anmerken, bleibe weiterhin standhaft. »Dann geh mit ihr.«

Er stößt einen schweren Seufzer aus. Und als sein Blick diesmal auf meinen trifft, sind seine Augen trüb, als hätte der Schmerz alle Hoffnung zerstört.

Ich sehe weg.

Kurz bevor er die Tür zwischen uns endgültig zumacht.

Kapitel 6

AVA

Ich habe das Babyfon an die Tasche meiner Jogginghose geklemmt, damit ich die Leiter für Trevor halten kann, während er in der Garage nach der Weihnachtsbeleuchtung sucht. Wir haben sie noch nie benutzt, seit wir hierher gezogen sind, aber Trevor ist gerade in dieser *Phase*, wahrscheinlich wegen Amy, wo er glaubt, wir müssten die Feiertage genauso feiern wie jede andere Familie.

»Ich bin mir sicher, wir haben sie in so durchsichtige Kisten getan«, sage ich.

»Nein, *ich* hab sie in irgendwelche Müllbeutel gestopft.«

»Nein, *ich* war diejenige, die sie eingepackt hat. Das weiß ich ganz sicher.«

»Du hast kaum was eingepackt«, murmelt er.

»Hab ich schon.«

»Hast du nicht.«

»Hab ich schon.«

»Ach, halt den Rand.«

»Du bist zweiundzwanzig. Wie bitte hast du bis jetzt überlebt?«

»Das sagt die Richtige. Wie bitte hast du mit so einem Gesicht überlebt?«

Ich pruste laut los, und Gott, das fühlt sich gut an. Seit Wochen habe ich nicht mal annähernd so etwas wie Freude empfunden, und ein Teil von mir fragt sich, ob das der wahre Grund ist, warum

Trevor plötzlich so tun will, als wäre Weihnachten etwas *Wichtiges*, obwohl wir es seit Moms Rückkehr nicht ein einziges Mal gefeiert haben.

»Gefunden!«, verkündet er.

»Oh, sieh mal: eine durchsichtige Kiste«, sage ich spöttisch, als ich sie ihm abnehme, damit er wieder runterklettern kann. »Wer hätte das gedacht?«

Gerade als wir die Garage verlassen, hält eine Stretchlimo am Gehweg. »Was ist denn da los?«, fragt Trevor.

»Winterball«, sage ich, und etwas in meiner Brust zieht sich zusammen. Es war unmöglich, nicht mit der ganzen Schule die Tage herunterzuzählen, aber während alle anderen darauf hingefiebert haben, habe ich dem Ball mit Grauem entgegengesehen. Und ich will definitiv nicht hierbleiben und zuschauen.

»Lass uns reingehen«, sage ich zu Trevor, genau in dem Moment, als die Tür der Limo aufgeht und Karen – in einem engen roten Kleid – aussteigt, gefolgt von Rhys in einem Anzug. Karen wartet beim Wagen, während Rhys auf uns zukommt.

»Was läuft?« Rhys begrüßt Trevor mit so einem merkwürdigen Handschlag, den nur Jungs machen. Dann wendet er sich an mich. »Sag es.«

»Was soll ich sagen?«, frage ich.

»Sag mir, dass ich gut aussehe.«

Schnaubend verdrehe ich die Augen.

»Ich habe zwar ein Date im Wagen«, fügt er hinzu, »aber ich kann ihr ganz schnell noch einen Korb geben, wenn du ihren Platz einnehmen willst.«

Trevor lacht.

»Klar«, sage ich. »Gib mir fünf Minuten, um mich umzuziehen.«

Rhys schenkt mir sein Megawattlächeln, das die Mädchen dazu bringt, sich reihenweise in ihn zu verlieben. Das *mich* dazu gebracht hat, mich in ihn zu verlieben. Seine Augenbrauen wandern nach oben. »Ich warte.«

»Ach, halt die Klappe.« Scherzhaft trete ich gegen sein Bein, da ich immer noch die Weihnachtsbeleuchtung in den Händen halte.

»Nur *ein* Foto!«, ruft Connors Dad. Seine Schritte hallen über den Asphalt, während er versucht, mit seinem Sohn mitzuhalten, der bereits zur Limo eilt.

»Dad, hör auf!«, jammert Connor.

Karen lacht. »Gib dem Mann doch, was er will!«

Wie festgefroren starre ich ihn an, meine Kehle schnürt sich zu, als Connor vor Karen stehen bleibt. Er trägt einen perfekt geschnittenen Anzug, und seine rote Krawatte passt zu ihrem Kleid. Connor hält eine Corsage hoch, in derselben Farbe. Als hätten sie all das im Vorfeld geplant. Dann nimmt er Karens Hand und schiebt die Blume über ihr Handgelenk, bevor sie dieselbe Hand auf seine Brust legt: *Magie.*

Der Schmerz ist so stark, dass ich kaum noch Luft bekomme, aber ich kann einfach nicht wegsehen. Nicht mal, als sie sich auf die Zehenspitzen stellt und ihm einen Kuss auf die Wange gibt. »Danke.«

»Gern geschehen«, erwidert er. »Du siehst hübsch aus.«

»Ava«, sagt Trevor, aber seine Stimme klingt weit entfernt. Sehr, sehr weit entfernt. »Vielleicht sollten wir reingehen.«

»Mir geht's gut«, stoße ich hervor, die Worte brennen regelrecht in meiner Kehle.

»Sie sind nur Freunde«, versucht Rhys, mich zu überzeugen. Aber die Art und Weise, wie sie sich zu Connors Dad umdrehen, die Art und Weise, wie sie ihren Arm um seine Hüfte legt, die Art und Weise, wie er seine Hand an ihrem Rücken hält … In ein paar Wochen kann sich eine ganze Menge verändern.

Tränen verschleiern meinen Blick.

»Ava, lass uns reingehen«, sagt Trevor.

»Mir geht's gut«, wiederhole ich. Aber das ist gelogen. Ich bin so weit von *Mir geht's gut* entfernt, dass es inzwischen nur noch ein Wunschtraum ist. Und mir ist klar, dass ich es so gewollt habe. Dass Connor über mich hinwegkommt. Dass er seine Liebe jemand anders schenkt, aber das ändert nichts an dem Schmerz.

»Rhys, komm schon!«, ruft Karen, und ich weiß, dass sie mich sehen: dieses bemitleidenswerte, einsame Mädchen, das in Schlabberklamotten dasteht, die Hände voll falscher Magie.

Abrupt drehe ich mich zu Trevor und konzentriere mich auf seine Augen. Suche dort die Kraft, die ich brauche, um nicht zusammenzubrechen. Er erwidert meinen Blick, voller Mitleid, und seine Mundwinkel wandern nach unten, während Rhys mir zum Abschied einen Kuss auf die Stirn gibt. »Bis bald, A.«

Ich höre, was er sagt und dass er geht, aber ich reagiere nicht darauf. Ich starre weiterhin in die Augen meines großen Bruders, suche dort nach Mut. Nach Hoffnung. Aber ich finde sie nicht.

»Ava …«, flüstert er.

Ein Schluchzen dringt über meine Lippen. »Mir geht es *nicht* gut.«

»Ich weiß.«

Ich renne zurück ins Haus, lasse die Weihnachbeleuchtung achtlos auf die Kommode neben der Tür fallen und gehe direkt ins Zimmer meiner Mom. Sie schläft tief und fest, aber ich klettere trotzdem zu ihr ins Bett.

Ich brauche sie.

Ich brauche sie so sehr. »Ich brauch dich, Mama. Wach auf.«

Sie bewegt sich nicht.

»Wach auf!«, rufe ich. »Ich muss mit dir reden.« Immer wieder schüttle ich sie, während die Tränen ungebremst über meine Wangen laufen und der Schmerz in meiner Brust sich in immer heftigeren Schluchzern nach draußen drängt. »Warum kannst du nicht einfach meine Mom sein?! Ich brauche meine Mom!«

»Ava!« Trevor steht neben dem Bett und versucht, mich wegzuziehen. »Lass sie schlafen. Du kannst das nicht tun. Nicht bei ihr.«

Er greift um meine Körpermitte, trägt mich zur Tür und stellt mich wieder auf die Füße, als wir Moms Zimmer verlassen haben. Ich sinke zu Boden und heule haltlos in meine Hände. Und ich höre nicht mehr auf. *Kann* nicht mehr aufhören. Steigere mich so sehr hinein, dass ich nur noch hysterisch schluchze. Ich kriege keine Luft mehr, und der Schmerz in meiner Brust ist inzwischen unerträglich. »Ich will all das, was sie haben, aber ich kann es nicht haben!« Und dann breche ich zusammen. Zerfalle in Tausende Stücke. Lasse den Emotionen, die ich viel zu lange unterdrückt habe, endlich freien Lauf. Meine Schultern beben, so heftig schluchze ich.

Trevor eilt aus dem Raum und kommt mit einer Papiertüte zurück. Er geht neben mir in die Knie und hält mir die Tüte vors Gesicht, seine Hand formt einen perfekten Kreis. »Komm schon, Ava. Atme«, flüstert er und führt die Tüte an meine Lippen. Ich greife nach seiner Hand und atme tief durch, und als er mich an sich zieht, weine ich noch mehr, während er immer wieder über meine Haare streicht.

»Ich weiß nicht, wie ich dir helfen soll«, sagt er, und seine Stimme bricht. Ich versuche, mich zu beruhigen, und sehe durch nasse Wimpern zu ihm hoch. Seine Augen sind rot von den Tränen, die er krampfhaft zurückhält, sein Atem kommt ebenfalls nur noch abgehackt. Seine Lippen beben, als er hinzufügt: »Ich bin gerade völlig überfordert, Ava. Ich habe nicht die geringste Ahnung, was ich tun soll.« Er atmet langsam und zittrig aus, bevor er den Blick abwendet. »Und ich weiß nicht, wie viel ich noch ertrage.«

CONNOR

Wir sind in derselben Sporthalle, in der wir unser Training haben, aber ich würde gerade lieber eine ganze Stunde lang Suicide-Sprints laufen, als hier zu sein. Die Musik ist zu laut, die Lichter sind zu hell, und ich will einfach nicht hier sein.

»Möchtest du tanzen?«, fragt Karen, die neben mir sitzt.

»Ich tanze nicht«, erkläre ich ihr. Ich bin ein lausiges Date, das weiß ich. Und ich sollte mir wirklich mehr Mühe geben. »Ich meine, ich kann nicht tanzen.«

»Ich kann es dir beibringen«, schlägt sie vor, und als ich das Lächeln auf ihren Lippen sehe, fühle ich mich nur noch schlechter.

»Vielleicht ein andermal? Ich bin gerade nicht unbedingt scharf darauf, mich vor allen zu blamieren.«

»Eine Privatstunde.« Sie grinst verschmitzt. »Abgemacht.«

Weitere fünf Minuten vergehen, in denen wir nur schweigend nebeneinandersitzen, als Karen über die Musik hinweg laut seufzt.

»Es tut mir leid«, murmle ich.

»Schon okay.« Sie zuckt mit den Schultern, und mir entgeht nicht die Enttäuschung, die ihre Züge verzerrt, ihre Mundwinkel nach unten zieht. Sie sackt auf dem Stuhl zusammen, die Haare fallen ihr wie ein Vorhang übers Gesicht, und ich fühle mich wie der größte Arsch aller Zeiten.

»Hey«, sage ich und greife nach den Stuhlbeinen, um sie so zu drehen, dass sie mich ansieht. Ich hebe ihr Kinn und streiche ihr eine Strähne aus den Augen. Als sie aufsieht, trifft mich ihr unglaublich trauriger Blick. Es ist nicht ihre Schuld, dass ich so bin, wie ich bin. Nicht mal ein kleines bisschen. »Es tut mir leid«, wiederhole ich. »Es ist nur … Bälle sind nicht unbedingt mein Ding. Zumindest nicht diese Art von Bällen.«

Sie nickt, als würde sie mich kennen. Doch auch wenn wir in den letzten Wochen, seit Ava mir das Herz herausgerissen hat, viel mehr Zeit miteinander verbracht haben – sie *kennt* mich nicht. Nicht mein *wahres* Ich. Nicht so, wie Ava mich kennt.

»Lass uns abhauen«, sagt sie, steht auf und nimmt meine Hand.

Ich habe keine Ahnung, wo wir hingehen, aber überall ist es besser als hier, also folge ich ihr einfach, während sie mich aus der Sporthalle und durch die leeren Gänge führt. Wir landen schließlich in der größeren Sporthalle, wo die Spiele stattfinden.

»Jetzt besser?«, fragt Karen, während sie aus den High Heels schlüpft.

Ich nicke. »Viel besser.«

Kichernd zieht sie einen Flachmann aus der Handtasche und reicht ihn mir. »Du musst dich entspannen, Connor. Die Welt geht morgen nicht unter.«

Ein Punkt für sie. »Du hast recht. Und es tut mir wirklich leid. Du hast bestimmt eine andere Version von mir erwartet, als du mich gefragt hast, ob ich mit dir zum Ball gehe.«

Sie zuckt mit den Schultern und stapft in eine Ecke davon, um einen Basketball aus dem Regal zu holen. »Mir ist egal, was wir machen. Ich verbringe einfach gern Zeit mit dir.«

Ich nehme einen Schluck von dem Bourbon, den sie reingeschmuggelt hat, wobei ich mich frage, warum sie ihn überhaupt mitgebracht hat, wenn sie selbst gar nicht trinkt. »Geht mir auch so.« Und das ist nicht gelogen. Es war falsch von mir, mir vorschnell eine Meinung über sie zu bilden, denn es macht tatsächlich Spaß, mit ihr abzuhängen. Die Art von *Spaß*, die mich alles andere vergessen lässt.

»Einer gegen einen?«, fragt sie, während sie gekonnt den Ball auf ihrer Fingerspitze kreiseln lässt.

Ich trinke einen weiteren Schluck, atme den Alkohol regelrecht ein. »Das letzte Mal, als wir gespielt haben, hab ich dich hart rangenommen.«

»Du hast mich nicht hart rangenommen.« Sie grinst feixend. »Noch nicht.«

Ich nehme ihr den Ball ab, mache einen einfachen Korbleger, ehe ich ihn wieder aufgreife und mich mit dem Ball unterm Arm zu ihr drehe. »Ich gebe dir fünfzehn Punkte Vorsprung, damit du eine faire Chance hast.«

»Deal.«

Wir spielen, bis auch ich fünfzehn Punkte habe, dazwischen machen wir immer mal wieder eine kurze Pause, in der ich aus ihrem Flachmann trinke. »Du musst dich schon ein bisschen mehr anstrengen, wenn du eine Chance haben willst, zu punkten.« Ich lache.

Sie kneift die Augen zusammen. »So viele Anspielungen, ich weiß gar nicht, wofür ich mich entscheiden soll.«

Ich bleibe unter dem Korb stehen und werfe den Ball zu ihr an die Dreipunktelinie. »Ich schenk dir einen Freiwurf, aber nur, weil ich Mitleid mit dir hab.«

Grinsend dribbelt sie ein paarmal, die Füße fest auf dem Boden.

Und dann bewegt sie sich auf mich zu, kommt immer näher und näher, bis sie so nah vor mir steht, dass ihre Nase beinahe meine Brust berührt. »Connor?«

Ich stelle mich aufrechter hin. »Karen?«

Sie wirft den Ball hinter sich, und ich beobachte ihn, wie er durch die Luft fliegt, während ein Lachen in mir aufsteigt. Doch es bleibt mir im Hals stecken, als Karen ihre Hände gegen meine Brust drückt, kräftig genug, dass ich einen Schritt zurückmachen muss, und dann noch einen und noch einen, bis ich mit dem Rücken zur Wand stehe. Ich schlucke, plötzlich nervös, und sehe auf sie hinab.

Ihre Hände wandern meine Brust hinunter, über meinen Bauch, und mir stockt der Atem, als sie mit der Zunge über ihre Lippen streicht. Ohne mich aus den Augen zu lassen, murmelt sie: »Du vergibst hundert Prozent der Würfe, die du nicht wirfst, richtig?«

Ich nicke.

Ihre Lider senken sich, und ich ziehe scharf die Luft ein, als sie sich vorbeugt, ihre Lippen nähern sich meinen …

Es wäre so einfach, das hier zu tun. Etwas *Neues* anzufangen. Mit *ihr.* Ich schließe die Augen …

… und sehe Ava vor mir.

Abrupt reiße ich die Augen auf. »Ich kann nicht«, flüstere ich und greife nach Karens Schulter, um sie aufzuhalten. Um *mich selbst* aufzuhalten. »Es tut mir leid, ich kann nicht.«

Karen weicht meinem Blick aus. »Liegt es an ihr?«, fragt sie leise.

»Nein, es liegt an mir«, gestehe ich ihr, während ich den Abstand zwischen uns vergrößere. »Weil mein Herz immer ihr gehören wird, selbst wenn sie es nicht haben will.«

Kapitel 7

AVA

Ich habe es satt, zu heulen.

Ich habe es satt, zu hoffen.

Und ich habe es satt, mich selbst zu bemitleiden.

Daher beschließe ich, endlich die Musterschülerin (für Trevor) mit der stählernen Geduld (für meine Mom) zu sein, und ich werde auch damit aufhören, mich von meinen Emotionen lenken zu lassen, stattdessen werde ich mich von meiner Liebe und Dankbarkeit für Trevor führen lassen.

Das Leben besteht aus einer Reihe von Entscheidungen, hat Connors Dad einmal zu mir gesagt. *Du triffst sie, weil sie sich in dem Moment richtig anfühlen, aber du bist nicht für immer an sie gebunden.* Aber ich *bin* an sie gebunden.

Ich habe die Entscheidung getroffen, hierzubleiben. Wegen meiner Mom.

Und ich habe die Entscheidung getroffen, zu gehen. Wegen Connor.

Ich muss an diesen Entscheidungen festhalten und das Beste aus dem machen, was ich habe.

Und diese Entscheidung ist endgültig.

Es ist Weihnachten, ein weiterer Nulltag bei uns zu Hause. Aber Trevor und ich – wir *versuchen* es zumindest, und das ist alles, was er sich wünscht. Morgen fliegt er nach Colorado, um den Rest der Feiertage mit Amy zu verbringen. Krystal wird tagsüber hier sein, und ich habe das Krisenteam auf Kurzwahl, sollte ich es brauchen. Peter ist in der Stadt, aber er wird nur ab und zu vorbeischauen, um zu sehen, wie es mir geht.

Ich laufe in der Küche herum und gebe mein Bestes, um ein Weihnachtsessen zu zaubern, das Trevors Hoffnungen entspricht und den Tag zu etwas Besonderem macht. Mom sitzt mit einem Whiteboard am Küchentisch und übt, mit der linken Hand alle Wörter aufzuschreiben, die sie an Weihnachten erinnern. Es macht sie weder glücklich noch traurig.

»Welches soll ich nehmen?«, fragt Trevor, der mit zwei Rollen Geschenkpapier in die Küche kommt. »Violett ist ihre Lieblingsfarbe, aber es ist nicht so festlich wie Rot.«

Ich grinse. »Ich würde Violett nehmen. Auf jeden Fall.«

»Klebeband?«, fragt er.

»Haben wir überhaupt Klebeband?«

»Verdammt.« Er wühlt in allen Küchenschubladen herum, bevor er den Raum wieder verlässt. Mom schreibt *Geschenkpapier* auf die Tafel.

»Das ist ein gutes Wort!«, lobe ich sie.

Sie reagiert nicht.

»Ist Isolierband auch okay?«, ruft Trevor.

»Nein!«

Mom schreibt *Familie* auf die Tafel.

Meine Brust zieht sich zusammen. »Das gefällt mir«, sage ich leise.

»Hmm«, antwortet sie.

Trevor kommt mit einem Stapel Papiere in der Hand zurück

in die Küche. Er überfliegt eine Seite, dann die nächste. Und mir bleibt regelrecht das Herz stehen, als mir bewusst wird, was er da liest.

Meine Schultern verkrampfen sich. »Was machst du da?«, presse ich hervor.

Seine Kiefermuskeln zucken.

Ich renne zu ihm und versuche, ihm die Zettel aus der Hand zu reißen, doch er hält sie hoch über seinen Kopf.

»Wann zum Teufel wolltest du mir das sagen?!«

»Gib sie zurück«, knurre ich und greife erneut danach. Wieder vergebens.

»Nein!«

»Warum zur Hölle gehst du an meine Sachen?«

»Hört auf zu fluchen«, murmelt Mom.

Er packt mich an der Schulter und drückt mich zurück, bevor er den Stapel so fest auf den Küchentisch knallt, dass Mom auf ihrem Stuhl zusammenzuckt. Sie schaut auf, ihre Augen sind klarer.

Er hält mich eine Armlänge auf Abstand, während ich versuche, seinen Arm wegzudrücken, aber er ist zu stark. »Texas A&M, University of Florida, University of North Carolina. Das sind alles vorzeitige Zulassungsschreiben, Ava!«

»Was?«, flüstert Mom und steht auf.

»Trevor, warum hast du das getan?«

»Was getan?«, schreit er, und seine Stimme ist so laut, dass ich unwillkürlich den Kopf einziehe. »Mir Gedanken um deine verdammte Zukunft gemacht?«

»Du hast nur gesagt, dass ich mich bewerben soll. Du hast nicht gesagt, dass ich die Zusagen annehmen muss!«

»Was?«, wiederholt Mom, während sie die Briefe durchblättert.

»Jetzt sieh dir an, was du angerichtet hast, Trevor!«, rufe ich verzweifelt. »Du machst ihr falsche Hoffnungen!«

»Ava, ich schwöre dir …«, presst Trevor hervor, »wenn du diese Fristen verpasst …«

»Du gehst«, sagt Mom ausdruckslos.

»Was?« Ich schnaube. »Ich gehe nirgendwohin.«

Sie hebt den Blick, sieht mir direkt in die Augen. Entschlossen. »Du gehst, Ava.«

Ich atme scharf ein. Halte die Luft an. Beiße die Zähne zusammen. »Ich werde dich nicht allein lassen.«

»Doch. Das wirst du!«, schreit sie und schlägt mit der Hand auf den Tisch.

Ich funkle Trevor wütend an. »Sieh, was du angerichtet hast!«

Trevor schüttelt den Kopf, und auch seine Augen blitzen voller Zorn. »Dein verzogener Arsch geht auf jeden Fall aufs College.«

Ich bin wie erstarrt, meine Hände ballen sich zu Fäusten, während ich zwischen den beiden hin- und hersehe. Die Wut in meinem Innern kocht hoch, läuft über und rinnt in Form von heißen Tränen über meine Wangen. »Wie zum Teufel soll ich denn gehen?!«, rufe ich. »Unter keinen Umständen, zumindest nicht in *diesem* Leben, kann ich hier einfach weggehen. Niemals!«

»Verdammt noch mal! Ich weiß nicht mehr, wie ich das noch in deinen sturen kleinen Kopf kriegen soll!«, schreit Mom. »Ich *will* dich nicht hier! *Ich* will nicht hier sein!«

»Hör auf!«, flehe ich sie an und halte mir die Ohren zu. Meine Brust ist wie zugeschnürt, genau wie der Knoten in meinem Magen, der sich noch mehr zusammenzieht.

»Ich hab dir einen Ausweg gegeben!«, brüllt Mom.

Ich klappe innerlich zusammen. Werde ganz schwach.

»Du hättest mir verflucht noch mal nicht das Leben retten sollen, Ava!«

Ich kriege keine Luft mehr.

»Du hättest mich sterben lassen sollen. Ich wollte es!«

»HÖR AUF!«, schreie ich so laut, dass mein Hals ganz wund wird. Ich kann regelrecht spüren, wie mein Herz bricht … bevor es endgültig in sich zusammenstürzt.

»Ava«, flüstert Trevor, während er seinen Arm um mich legt.

Ich kämpfe dagegen an, winde mich aus seinem Griff und stoße ihn aus dem Weg. Dann stürze ich nach draußen. Meine Lunge braucht Luft. Mir ist, als würde ich ertrinken. Und das seit fast drei Jahren, und ich … ich bekomme keine *Luft* mehr. Alles, was ich einatme, ist ein endloses Meer voller Kummer oder Hoffnung, und *ich kann nicht mehr.*

Ich kann verdammt noch mal einfach nicht mehr.

CONNOR

Dad arbeitet über Weihnachten eine Doppelschicht, weil »mehr Geld«. Allerdings nicht die coole Variante von Geld, die wir auf den Kopf hauen können, sondern echtes Geld, um auszugleichen, was wir für das Invitational ausgegeben haben. Rhys hat mich eingeladen, den Tag bei ihm zu verbringen, und als ich meinte, dass ich mich nicht aufdrängen wollte, hat er nur gelacht und mir versichert, dass Weihnachten bei ihnen zu Hause die größte Fresserei des Jahres sei und dass die meisten aus dem Basketballteam sowieso auch noch vorbeikämen, sobald sie ihr eigenes Weihnachtsessen hinter sich gebracht hätten. Also habe ich die Einladung angenommen.

Denn mal im Ernst, was soll ich sonst tun? Dad und sein Arbeitskollege Tony waren ebenfalls eingeladen. Sie haben mich hingebracht, haben vom reichhaltigen Büfett, das Rhys' Eltern aufgefahren haben, probiert und mussten kurz darauf wieder aufbrechen. Notfälle machen offenbar für niemanden eine Pause.

Inzwischen ist es dunkel draußen, und das Team, inklusive Karen, hängt in Rhys' Zimmer ab, während die Erwachsenen unten eine riesige Orgie feiern. Also nicht wirklich. Aber das ist die Geschichte, die Mitch allen erzählt. »Wenn ich unten dabei sein könnte, würde ich Karens Mom wählen«, sagt er.

Karen schnaubt. »Sie würde dich schneller abblitzen lassen, als Connor mich hat abblitzen lassen.«

»Oooh, *Burn.*« Rhys lacht.

Mit zusammengekniffenen Augen wende ich mich Karen zu.

»Was?« Sie kichert. »Stimmt doch!«

Zwischen Karen und mir war es, nachdem ich ihr einen Korb gegeben hatte, für eine gute Minute ziemlich unangenehm. Doch dann hat sie mich als *Fuckboy* bezeichnet, was auch immer das bedeuten soll, und gemeint, mein Sprungwurf wäre schwach. Seitdem ist zwischen uns wieder alles in Ordnung.

Es klopft an der Tür, und wir verstecken schnell den Alkohol, den wir nach oben geschmuggelt haben. »Ja?«, ruft Rhys.

Seine Mom steckt den Kopf herein. »Hast du die Geschenke schon verteilt, Schnuckibär?«

Der ganze Raum prustet lauthals los.

»Ja, Schnuckibär«, spottet Mitch. »Hast du?«

Rhys seufzt, bevor er seiner Mom ein breites Lächeln schenkt. »Mach ich sofort. Danke, *Mom!*« Sie schließt die Tür wieder, und Rhys geht zu seinem Schrank und zieht eine riesige Mülltüte voller Geschenke heraus. »Hier, greift rein«, sagt er und stellt die Tüte mitten im Raum ab.

Wir stürzen uns darauf – wie Kinder auf die Süßigkeiten, sobald die Piñata geplatzt ist – und kämpfen um Geschenke, die wir nicht mal verdient haben. Ich reiße meins auf, und meine Augen weiten sich. »Alter, das ist ein Louis-Vuitton-Geldbeutel! Glaube ich …«

»Bei mir auch!«, verkündet Oscar, der bereits seine Karten umsortiert.

»Verdammt.« Ich lache. »Ihr lebt echt in einer anderen Welt.« Ich gehe hinüber zum Fenster und schiebe eine der Lamellen der Jalousien hoch, um all die Autos zu betrachten, die auf der Rasenfläche vor dem Haus geparkt wurden – von einem Parkdienst natürlich. Und das ist der Moment, in dem ich sie sehe. Ich würde diese kringeligen Locken überall erkennen. Sie sitzt vor ihrem alten Haus genau wie an dem Tag, an dem der Vorfall in der Cafeteria war. Und mir ist klar, dass sie nichts mehr mit mir zu tun haben will, aber sie so zu sehen, zu wissen, wie schlecht es ihr damals ging … Ich kann einfach nicht anders, als zu ihr zu gehen. Wenn sie mich braucht, bin ich für sie da. Immer. »Bin gleich zurück«, sage ich in den Raum, und mir ist völlig egal, wer zuhört.

***

Ich versuche, mich bemerkbar zu machen, da ich sie nicht erschrecken will, aber es scheint keinen Unterschied zu machen, denn Ava starrt wie gebannt das Haus an, das einmal ihr Zuhause war. »Hey«, krächze ich.

Langsam dreht sie sich zu mir um, und trotz der Hoffnungslosigkeit in ihrem Blick sieht sie immer noch unglaublich hübsch aus.

Das Herz rutscht mir in die Hose. »Kann ich mich zu dir setzen?«, frage ich vorsichtig.

Sie wendet sich wieder zum Haus und nickt. Die Bewegung ist so schwach, dass ich sie beinahe übersehe.

Ich lasse mich neben sie sinken und ignoriere den kalten Boden unter mir. »Geht es dir gut?«, frage ich.

Ava antwortet nicht sofort. Sie starrt nur nach vorn, blinzelt langsam. »Es ist so schön, oder?«

»Das Haus?«

»Ja.« Sie seufzt leise. »Wir haben an Weihnachten immer farbige Lichterketten aufgehängt. Die neuen Bewohner haben nur weiße, aber es ist trotzdem schön.«

»Das ist es«, murmle ich, aber ich betrachte nicht die Lichter. Ich betrachte Ava.

Sie atmet tief ein, und ihre Stimme ist ganz leise, als sie anfängt zu reden. »Manchmal komme ich hierher und sehe mir einfach nur das Haus an. Ich versuche, an all die schönen Dinge zu denken, die ich hier erlebt habe, all die glücklichen Erinnerungen, aber ich kann an nichts anderes denken als an … als an das Blut.«

»Das *Blut?*«

Sie nickt, und als sie mich wieder ansieht, sind ihre Lider schwer und ihre Augen getrübt. »Da war so viel Blut, Connor«, presst sie stockend hervor, und in ihrer Stimme liegen so viele unterdrückte Emotionen. Ihre Unterlippe bebt.

Ich kämpfe gegen den Drang an, sie zu halten, sie an mich zu ziehen und ihr offen meine Liebe zu zeigen.

»An dem Tag hätte ein Pfleger bei ihr sein sollen«, sagt sie. »Aber er war krank und konnte daher nicht kommen, und ich hatte einen Test in der ersten Stunde.« Sie wischt sich die Tränen von den Wangen, doch kein Schluchzen kommt über ihre Lippen. Nachdem sie hörbar geschluckt hat, fährt sie fort: »Ich hatte einen dummen Test, also bin ich in die Schule gegangen. Ich hab sie allein gelassen. Ich war keine zwei Stunden weg, aber als ich zurückkam …« Sie atmet zittrig ein, und dieses Mal ignoriere ich die Tatsache, dass sie meine Liebe nicht will – ich nehme ihre Hand in meine, zeige ihr, dass ich für sie da bin, unterbreche sie jedoch nicht. »Es war so still. Ich hab nach ihr gerufen, aber sie hat nicht geantwortet. Und dann war da die Treppe. Ich erinnere mich an die Treppe. Ich erinnere mich an das Knarzen unter meinen Füßen. Und ich erinnere mich daran, dass ich in jedem Zimmer nachgesehen habe, dass die Angst mit jedem Schritt weiter anstieg.« Sie schnieft, versucht, den Schmerz zurückzuhalten. »Und dann waren da das Badezimmer und das Blut und das Wasser, und sie lag darin und sie …«

»Ava …«, flüstere ich und schlinge meine Arme um sie. Ich ziehe sie an mich, und das Herz schlägt mir bis zum Hals.

Ava weint an meiner Brust. »Sie hat nicht mehr geatmet, Connor. Oh Gott …« Ihre Schultern fangen an zu beben, und ihr Schluchzen wird immer lauter.

»Sch, es ist okay«, flüstere ich an ihren Haaren. Ich schniefe leise, dränge meine eigenen Tränen zurück, während ich dabei zuhöre, wie die Gefühle aus ihr herausbrechen, und ich gebe wirklich mein Bestes, nicht ebenfalls die Beherrschung zu verlieren. »Es ist okay, Ava.«

»Nein, ist es nicht«, stößt sie schluchzend hervor und klammert sich an meine Jacke. »Es ist nicht okay. Nichts ist okay, und ich weiß nicht … ich …« Sie versucht, die Worte auszusprechen, versucht, durch ihren Schmerz genug Luft zu bekommen. »Sie hasst mich, weil ich ihr das Leben gerettet habe. Sie hasst mich!«

»Nein, das tut sie nicht«, sage ich, um sie zu trösten.

»Das tut sie nicht, Ava«, sagt Karen hinter uns, und ich habe keine Ahnung, wo sie auf einmal herkommt oder wie lange sie schon zugehört hat.

Ava windet sich aus meiner Umarmung und wischt mit dem Handrücken über die Wangen.

»Sie hasst dich nicht«, sagt Karen eindringlich und setzt sich auf die andere Seite neben Ava. »Ich weiß, dass dieser Ort, dieses Haus, die ganzen Erinnerungen wieder hochkommen lässt, aber es gibt auch so viele schöne Erinnerungen«, fügt sie hinzu. »Zum Beispiel diesen Baum dort«, sagt sie und deutet auf einen kleinen Baum, der in der Mitte des Gartens steht. »Das ist Scouts Baum, erinnerst du dich?«

Ava schluchzt leise.

»Und erinnerst du dich noch daran, als deine Mom dich mit ihm überrascht hat? Wir sind aus dem Bus ausgestiegen, und deine Mom stand dort oben auf der Veranda. Du wusstest nicht, dass sie an dem Tag nach Hause kommt, und du bist so schnell die Auffahrt hochgelaufen, dass sich dein Rock im Rucksack verfangen hat und ich deine knallrote Unterhose sehen konnte.«

Ava …

Ava *lacht* … Es ist ein unglaublich reiner Klang, auch wenn er in einen weiteren Schluchzer übergeht.

»Und du bist ihr in die Arme gesprungen, und sie hat dich aufgefangen, sie hat dich herumgewirbelt, als würdest du überhaupt nichts wiegen. Gott, ich war so eifersüchtig darauf, wie sehr sie dich liebt. Und dann hat sie diese Missgeburt von einem Hund rausgeholt, den sie aus dem Tierheim hatte … diesen alten, verzottelten Hund, der auf beiden Augen blind war, und du bist auf die Knie gefallen und hast diesen unglaublich hässlichen Köter so sehr geliebt. Genau wie deine Mom es geliebt hat, dich mit ihm zu sehen.«

Avas Schultern beben, doch dieses Mal vor lauter Lachen.

»Und dein Balkon«, fährt Karen fort und knufft Ava vorsichtig in die Seite. »Erinnerst du dich noch daran, wie wir beide auf dem Balkon standen und so getan haben, als würden wir für ein Millionenpublikum performen? Wir haben den Soundtrack von *High School Musical* in die Welt hinausgeschmettert, als könnten wir auch nur ansatzweise singen, und wir haben wirklich geglaubt, Troy Bolton würde gleich an dem Balkon hochklettern und uns seine Liebe gestehen.«

»Wer ist Troy Bolton?«, unterbreche ich sie.

»Sei still, Connor«, zischt Karen, und Ava kichert, hält den Kopf aber weiterhin gesenkt.

»Aber meine liebste Erinnerung von allen ist die an die Reifenschaukel hinter eurem Haus.«

Ava starrt Karen an, offenbar hat es ihr die Sprache und den Atem verschlagen.

Karen betrachtet das Haus, genau wie Ava es noch vor wenigen Minuten getan hat: mit in die Ferne gerichtetem Blick und in Gedanken versunken. »Ich war gerade vierzehn geworden, und ich musste unbedingt mit dir reden, aber du warst nicht da. Trevor hatte dich auf einen Ausflug eingeladen, nur du und er. Als deine Mom mir das erzählt hat, habe ich nur gesagt, ich würde auf dich warten. Und ich hab mich auf die Reifenschaukel gesetzt. Es waren vielleicht fünf Minuten vergangen, als deine Mom zu mir kam und zu mir sagte, dass sie zwar nicht Ava ist, aber dass sie mir zuhören würde, wenn ich darüber reden wollte. Also habe ich das getan. Ich hab ihr von Moms damaligem Freund erzählt. Davon, wie er mich belästigt und mich berührt hat.« Karens Stimme bricht. Sie räuspert sich, setzt sich aufrechter hin und fährt fort: »Deine Mom hat gefragt, ob ich es meiner Mom erzählt habe, und das hatte ich, aber sie wollte mir nicht glauben. Daraufhin hat deine Mom … Deine Mom hat gesagt, sie würde sich darum kümmern … Am nächsten Tag war der Typ weg. Hat einfach seine Sachen gepackt und ist gegangen. Wir haben nie wieder etwas von ihm gehört. Gott, deine Mom war meine Heldin. Sie war immer meine Heldin, Ava. Sie war wie eine Mutter für mich, als ich keine hatte.« Karen seufzt. »Und ich glaube, das ist der Grund, warum es mich so schwer getroffen hat – das, was ihr passiert ist. Und es tut mir leid, dass ich nicht so für dich da sein konnte, wie du mich gebraucht hättest. Es tut mir leid, dass ich nicht mehr vorbeigekommen bin, und mir ist klar, dass ich verflucht egoistisch war, aber … sie war eine so starke und beeindruckende Frau in meinem Leben, und sie so zu sehen …« Ein Schluchzen bricht aus Karen heraus, und sie wischt sich über die Augen. »Sie so zu sehen, hat mich fertiggemacht, A. Ich konnte es einfach nicht. Ich bin nicht so stark wie du. Es tut mir leid.«

Ava bleibt stumm. Sie gibt keine Antwort – nicht verbal. Doch nach einer Weile nimmt sie Karens Hand in ihre. Ein Friedensangebot.

Hinter uns ertönt ein Räuspern, und Rhys macht ein paar Schritte auf uns zu. »Wollt ihr wissen, was meine Lieblingserinnerung an dieses Haus ist?«

Ava sieht zu ihm hoch.

»Meine Lieblingserinnerung ist, wie ich an meinem Fenster stehe und dabei zusehe, wie du in deinem Schlafzimmer Bikinis anprobierst.«

»Oh mein Gott«, flüstert Ava und schüttelt den Kopf.

Rhys grinst. »Die kleinen Brüste unverdeckt, als könnte dich niemand sehen.«

»Sei still!« Ava tritt ihm ans Bein.

»Ich bin kurz davor, dir eine reinzuhauen«, knurre ich.

»Er ist es nicht wert«, sagt Ava und dreht sich zu mir. Nach einem tiefen Seufzer fügt sie hinzu: »Bringst du mich nach Hause?«

»Ich bring dich, wohin auch immer du willst.«

AVA

Trevor sitzt auf unserer Veranda, als Karen am Straßenrand parkt. Ich verabschiede mich von Karen und Rhys, der auf dem Beifahrersitz hockt, und warte darauf, dass Connor zuerst aussteigt. »Wir sehen uns später, okay?«, sage ich zu ihm.

Er nickt. »Wann immer du mich brauchst.«

Ich umarme ihn kurz, bevor ich die Auffahrt hochlaufe. Trevor steht auf, als ich näher komme. »Verdammt, Ava, ich hab mir solche Sorgen gemacht.«

Ich werfe mich in seine offenen Arme, und seine breite Brust hebt sich, als wäre es das erste Mal, dass er wieder tief durchatmen kann.

»Es tut mir leid«, sagt er. »Es tut mir so leid.«

»Ich weiß«, murmle ich. »Mir auch.«

Ich löse mich von ihm und setze mich auf die oberste Verandastufe, warte darauf, dass er neben mir Platz nimmt, bevor ich sage: »Trevor, ich werde nicht aufs College gehen. Zumindest jetzt noch nicht.«

Er seufzt. »Okay.«

»Ich habe das Gefühl, dass wir in letzter Zeit nur noch streiten. Du mit mir. Ich mit Mom.« Ich schlucke den Kloß in meiner Kehle herunter. »Ich will nicht, dass du jemals denkst, ich wüsste nicht zu schätzen, was du alles für uns getan hast. Glaub mir, ich habe ein unglaublich schlechtes Gewissen …«

»Ava«, unterbricht er mich, aber ich lasse ihn nicht zu Wort kommen, denn ich muss das, was mir auf dem Herzen liegt, endlich laut aussprechen.

»Mir ist klar, dass du dein altes Leben vermisst, und die Unabhängigkeit, und ich kann es dir nicht verübeln.« Ich stoße die Luft aus. »Ich muss nur das restliche Schuljahr hinter mich bringen, und dann werde ich einen Weg finden, all unsere Probleme zu lösen. Das verspreche ich. Aber jetzt muss ich erst mal meine eigenen Probleme lösen. Ich bin die ganze Zeit unglücklich, Trevor, und ich … ich will einfach wieder glücklich sein.«

Trevor lächelt, aber es ist ein trauriges Lächeln.

»Und hoffentlich finde ich dadurch die Kraft, der Mensch zu sein, der ich sein will. Nicht nur für mich, sondern für alle um mich herum.«

Trevor legt den Arm um meine Schultern und zieht mich an sich. »Das wünsche ich mir auch für dich, Ava.«

»Ich vermisse den Menschen, der ich mal war«, gestehe ich ihm. »Und ich vermisse meine alten Freunde.«

»Ja?«

»Ich vermisse Karen und Rhys und …«

»Connor?«, fragt er.

Ich nicke. »Ich weiß, du bist gerade nicht besonders gut auf ihn zu sprechen, und ich will auch nicht wieder mit ihm *zusammen* sein, aber er hat mich glücklich gemacht, Trevor. Selbst als wir *nur* Freunde waren.«

»Okay.« Er seufzt.

»Ich … ich muss nur einen guten Mittelweg finden, und ich muss anfangen, mich um mich selbst zu kümmern, denn ich kann so nicht weitermachen, Trevor. Ich kann einfach nicht mehr.«

Kapitel 8

AVA

Ich musste Trevor praktisch aus der Tür und ins Taxi schieben, damit er seinen Flug nach Colorado nicht verpasste. Er hatte darauf bestanden, hierzubleiben, weil er sich Sorgen machte, wie ich ohne ihn zurechtkommen würde. Also musste ich ihm versprechen, dreimal am Tag anzurufen und jede seiner Nachrichten innerhalb von fünf Minuten zu beantworten. Außerdem ist Peter jeden Abend vorbeigekommen, seit Trevor weg ist, um nach mir zu sehen, aber seit Thanksgiving ist es zwischen uns nicht mehr wie früher … seit ich ihm gesagt habe, dass er damit aufhören müsse, mich wegen bestimmter Entscheidungen, die ich nicht treffen will, zu drängen.

Was mich betrifft, ich habe versucht, mich mehr um *mich* zu kümmern. Darum, dass *ich* glücklich bin. Und da Krystal tagsüber hier war, hatte ich ein bisschen mehr Freizeit, als ich gewohnt bin.

Bis jetzt habe ich mich für den Führerschein angemeldet, bin durch den Park gelaufen, bin mit irgendwelchen Bussen gefahren, um Leute zu beobachten, und habe mir allein einen ganzen Film im Kino angesehen. Außerdem habe ich mit Karen geschrieben. Allerdings nur hie und da ein paar Nachrichten. Wir werden garantiert nicht mehr dieselbe Art von Freundschaft haben wie vor ein paar Jahren, nicht weil keine von uns beiden das nicht *will*, es ist nur … wir sind älter geworden und haben uns zu anderen Menschen entwickelt. Das geht vermutlich allen so. Okay, es gibt auch Menschen wie Rhys. Rhys wird immer Rhys bleiben.

Nun muss ich nur noch eins machen – das Einzige, was ich die ganzen Winterferien vor mir hergeschoben habe.

Ich laufe zum fünften Mal in fünfzehn Minuten die Verandatreppe vor Connors Haustür hoch und hebe die Faust, um zu klopfen. Doch im allerletzten Moment kneife ich und laufe die Treppe wieder runter, rede mir selbst Mut zu, bevor ich umdrehe und erneut zur Tür gehe.

Es müsste eigentlich einfach sein: klopfen, ihn fragen, ob er mit mir abhängen will, und schauen, wie sich die Dinge zwischen uns entwickeln. Aber es ist nicht einfach, weil …

Weil was, wenn er Nein sagt?

Ich laufe die Stufen runter, weiter bis fast auf die Straße, bevor ich die Luft ausstoße, die ich angehalten habe. Mein Blick fällt auf unser Haus, und ich muss daran denken, was dort drin ist. *Wer* dort drin ist. Und ich denke an meinen *Grund*.

Ich kann nicht das für sie sein, was sie braucht, wenn ich unglücklich bin. Und Connor – er schafft es, das, was mich unglücklich macht, zu vertreiben.

»Komm schon, Ava«, flüstere ich und schüttle die Hände aus.

Ich sprinte praktisch zu seiner Tür hoch und klopfe, bevor meine Gedanken mich einholen können. Es vergehen nur wenige Sekunden, bis Connor die Tür öffnet. Er trägt ein locker sitzendes, langärmeliges Shirt und Basketballshorts, und trotzdem reicht das, um seinen perfekten Körper noch besser zur Geltung zu bringen. Ich senke den Blick, versuche, meine Atmung unter Kontrolle zu bekommen. Er ist barfuß, und ich habe nie wirklich auf seine Füße geachtet, aber, *verdammt*, sogar die sind heiß.

»Hey«, sagt er, vollkommen cool und gechillt, als würde es mich nicht all meinen Mut kosten, hier vor ihm zu stehen. »Was gibt's?«

Als ich aufschaue, beißt er gerade in einen Apfel, während er mich mit hochgezogenen Augenbrauen mustert.

»Ich ähm …« *Ich habe mich gefragt, ob du etwas mit mir machen willst.* Die Worte sind *da*, liegen mir auf der Zunge, und ich sollte sie einfach aussprechen, aber meine Unsicherheit ist stärker, also deute ich auf den Pick-up-Truck in der Auffahrt. »Ist das deiner?« Oh Gott. Was, wenn es *nicht* seiner ist? Er steht seit Tagen in seiner Auffahrt, daher bin ich davon ausgegangen, dass Connor ein neues Auto hat, aber was … was, wenn er eine Freundin …

»Hm«, sagt er und wirft einen Blick über meine Schulter.

»Er ist hübsch.« Ich verdrehe die Augen und schlage mir gedanklich an den Kopf. »Du weißt schon … für einen Truck.«

Er streckt den Rücken etwas durch, sieht mit gerunzelter Stirn auf mich herab. »Soll ich dich irgendwohin fahren?«

Ich nicke. Was natürlich eine Lüge ist. Aber er wird mir keine Abfuhr erteilen, wenn er selbst anbietet, mich zu fahren … oder? »Nur ganz kurz zum Laden. Wir haben kein … *Obst* mehr.«

»*Obst?*«, fragt er, während er grinsend in seinen Apfel beißt. »Ich kann dir auch Obst geben.«

»Und ähm … Brot. Und Milch. Du weißt schon …« Ich zucke mit den Schultern. »Die Basics eben.«

Er macht einen Schritt zurück ins Haus, schlüpft in seine Sneakers, ohne Socken, und greift nach dem Autoschlüssel, der an einem Haken neben der Tür hängt. »Kannst du jetzt direkt los?«

»Hm.«

Er schließt die Tür hinter sich. »Okay, dann los.«

Sobald ich in seinem Auto sitze, steigen mir all die Gerüche in die Nase, die mein Hirn mit Connor verbindet, und meine Gedanken werden überschwemmt von Erinnerungen. Erinnerungen an all die Momente, die wir in seinem alten Auto verbracht haben, an all unsere Gespräche, an all die Augenblicke, in denen wir gelacht haben, in denen seine Hand auf meinem Oberschenkel ruhte.

Mit dem Apfel im Mund legt er die Hand auf die Rückseite meines Sitzes und sieht nach hinten, während er rückwärts auf die Straße fährt.

»Wann hast du den bekommen?«, frage ich.

Er wendet den Pick-up, nimmt den Apfel aus dem Mund und sagt: »Geburtstagsgeschenk von Dad. Ich weiß, ich bin echt verwöhnt.«

Mein Herz setzt einen Schlag aus, bevor ich schmollend zu ihm hochsehe. »Du hattest Geburtstag?«

Sein Blick huscht zu mir, landet auf meinem Mund. Er fährt sich mit der Zunge über die Lippen, bevor er sich wieder auf die Straße konzentriert. »Vor ein paar Tagen, ja.«

»Tut mir leid. Das wusste ich nicht.«

Connor zuckt mit den Schultern. »Woher solltest du auch?«

Stimmt. »Hast du etwas Besonderes gemacht?«

Er zuckt erneut mit den Schultern.

»Na ja, es ist auf jeden Fall ein hübscher Truck.«

»Ja«, murmelt er und lehnt sich gegen die Tür. »Das hast du bereits gesagt.« Er sagt das vollkommen emotionslos, und jetzt, wo ich darüber nachdenke, scheint er sich auch nicht wirklich darüber zu freuen, mich zu sehen.

Die Erkenntnis lässt den dumpfen Schmerz in meiner Brust anschwellen. »Habe ich dich bei irgendetwas unterbrochen? Hattest du was Wichtiges vor?«

Er hält den Blick geradeaus gerichtet. »Nein.«

»Denn wenn es so ist, kann ich auch …«

»Ich habe Nein gesagt, Ava. Es ist okay.«

»Du wirkst nur …, als wärst du wütend auf mich …«

Connor seufzt so schwer, dass ich am liebsten *raus*will. Raus aus diesem Auto und raus aus dieser Situation. Das Ganze war offensichtlich ein Fehler, und ich weiß nicht mal, warum. Als Connor an einer roten Ampel hält, bin ich kurz davor, einfach die Tür aufzureißen und wegzurennen. Egal wohin, nur weg von hier.

Ich schlucke den Kloß in meinem Hals herunter und zwinge mich, es noch mal zu versuchen. »Freust du dich schon wieder auf die Schule?«

Sein Blick huscht erneut zu mir, und sein Kiefermuskel zuckt, bevor er mit einer schnellen Bewegung das Radio aufdreht. Und in dem Moment wird der Schmerz in meiner Brust zu groß. »Mir fällt gerade ein, ich hab mein Portemonnaie vergessen«, sage ich und schaue dabei aus dem Seitenfenster. Ich muss die Worte regelrecht an dem jetzt riesigen Kloß in meinem Hals vorbeipressen. »Kannst du einfach wieder zurückfahren?« Er wartet, bis die Ampel auf Grün schaltet, und fährt weiter, dreht nicht um. »Oder lass mich einfach irgendwo raus. Ich kann auch zurücklaufen.«

»Ich kann das, was du brauchst, bezahlen, Ava.«

Aber ich brauche nichts, abgesehen von ihm, und genau das will er mir ganz offensichtlich nicht geben. »Ehrlich, es ist wirklich kein Problem.«

»Wir sind fast da.«

»Wir können einfach …«

Er dreht die Lautstärke hoch, blockt mich komplett ab.

Ich wische mir über die Augen, bevor die erste Träne überläuft. Ich will nicht, dass er sie sieht. Dass er merkt, dass ich *seinetwegen* weine.

Als wir beim Laden ankommen, schnappe ich mir das, was ich behauptet habe zu brauchen: Brot, Milch, Obst. Connor läuft die ganze Zeit neben mir her, aber wir reden nicht miteinander, sehen uns auch nicht an. An der Kasse legt er noch einen Strauß Blumen dazu, bevor er alles bezahlt. Ich frage nicht, für wen die Blumen sind, denn die Antwort würde mich wahrscheinlich nur noch mehr zerstören. »Ich geb dir das Geld zurück«, sage ich, und er schüttelt den Kopf. Dabei sieht er überall hin, nur nicht zu mir.

Sobald wir wieder in seinem Pick-up sitzen, drehe ich ihm den Rücken zu und presse mein Gesicht regelrecht ans Fenster. Wir sprechen kein Wort miteinander, bis wir wieder in seiner Auffahrt stehen. Der Motor verstummt, und Stille senkt sich über uns. »Hey«, bricht er schließlich das Schweigen, »erinnerst du dich an den Tag am See?«

Ich habe keine Ahnung, warum er von all den Dingen, die er hätte sagen können, ausgerechnet das anspricht.

Ohne mich zu ihm umzudrehen, nicke ich. »Natürlich.«

Er räuspert sich. »Das war einer der schönsten Tage meines Lebens, Ava.« Er öffnet die Tür, und ich mache es ihm nach, aber keiner von uns steigt aus. Nach einem Seufzer fügt er hinzu: »Ich wollte, dass du das weißt. Warum auch immer.«

Schließlich drehe ich mich doch zu ihm um, erkenne den Schmerz in seinen Augen, und bevor ich weiß, was ich tue, gibt mir mein gebrochenes Herz die Worte vor: »Es *war* der schönste Tag meines Lebens.«

Sein Kopf fällt nach vorn, und er reibt sich über den Nacken, danach massiert er seine Nasenwurzel. »Fuck!«, flucht er und schlägt auf das Lenkrad.

Ich zucke zurück, schnappe mir die Einkäufe und flüchte aus dem Wagen. Luft, ich brauche Luft zum Atmen und Abstand. »Danke fürs Fahren!«, rufe ich und schließe die Tür.

Allerdings schaffe ich es gerade mal bis zum Gehweg, bevor er mich am Arm zurückhält. »Ava, warte.«

Ich ziehe scharf die Luft ein, halte den Atem an, bevor ich mich widerwillig zu ihm umdrehe.

Er hält den Blumenstrauß an seiner Seite, sein Kiefer ist angespannt und seine Nasenflügel blähen sich beim Ausatmen.

Ich straffe die Schultern und sehe zu ihm hoch.

Connor atmet tief ein, bevor er *alles* rauslässt: »Ich wünschte, ich wüsste, was du von mir willst, Ava, denn es ist verdammt verwirrend. Im einen Moment sagst du, dass du keinen Kontakt mehr willst, und im nächsten klopfst du an meine Tür und fragst mich, ob ich dich fahren kann. Warum rufst du nicht einfach Rhys oder Karen an? Oder Peter? Ich weiß, dass er in der Stadt ist und nach dir sieht. Und weißt du, woher ich das weiß? Weil Rhys es mir erzählt hat. Nicht du. Und ich weiß auch, dass Krystal die ganzen Ferien über bei deiner Mom war, was heißt, dass du genug Gelegenheiten hattest, rüberzukommen, damit wir was zusammen machen.

Wenn ich ehrlich bin, ich habe *gewartet.* Tagelang habe ich darauf gewartet, dass du vorbeikommst. Heute ist der letzte Ferientag, und du bist tatsächlich aufgetaucht, aber nur, weil du etwas von mir brauchst. Und das ist okay. Wenn du oder deine Mom etwas braucht, bin ich für euch da. Das habe ich dir versprochen, und ich werde mein Versprechen auch halten. Es ist nur …« Er massiert sich erneut die Nasenwurzel, bevor er laut seufzt. »Weißt du, Rhys hat eine Geburtstagsfeier für mich geschmissen, und er hat gefragt, ob ich dich einladen will. Und ich wusste nicht, was ich darauf antworten soll. Ich meine, sind wir Freunde oder …?« Er schüttelt den Kopf, bevor er mich direkt ansieht. »Was *willst* du, Ava?«

Ich höre mir seine Rede schweigend an, während ein heftiger Schmerz mir die Brust zusammendrückt. Ich schaffe es kaum, zu atmen, doch dann finde ich endlich meine Stimme wieder. »Na ja, ich hatte gehofft, dass wir Freunde sein könnten.«

Er nickt, und sein Blick trübt sich. »Ava, ich …«

»Was?« Meine Schultern sacken nach unten, genau wie mein Herz. »Sag es einfach, Connor.«

»Ich glaube nicht, dass ich *nur* ein Freund für dich sein kann. Nicht mehr. Nicht wenn ich genau weiß, wie es ist, mit dir zusammen zu sein.«

Ich versuche krampfhaft, nicht vor seinen Augen auseinanderzubrechen. »Das ist okay.«

Er schnieft leise. »Kannst du die hier deiner Mom geben?«, murmelt er und reicht mir den Blumenstrauß. »Ich habe es das letzte Mal, als ich bei euch war, vergessen.«

***

Mom ruht sich in ihrem Zimmer aus, als ich nach Hause komme, daher nutze ich die Zeit und räume in Ruhe die wenigen Dinge, die ich mitgebracht habe, weg und stelle die Blumen in einen großen Plastikbecher. Vorsichtig öffne ich ihre Zimmertür, und ihr Blick huscht sofort zu mir. Ein Funkeln tritt in ihre Augen, als sie die Blumen sieht. Ich stelle die »Vase« auf ihren Nachttisch, während ich darauf warte, dass sie sich aufsetzt. Sie mustert die Blumen, zuerst verwirrt, doch dann verziehen sich ihre Lippen zu einem Lächeln. Sie betrachtet sie genauer, völlig fasziniert streicht sie mit den Fingern über die Blüten. »So viele Farben«, murmelt sie.

»Gefallen dir die Farben?«

»Hübsch«, sagt sie, ohne den Blick von ihnen zu nehmen.

»Connor hat sie für dich gekauft«, erkläre ich ihr leise und versuche, den Kummer aus meiner Stimme rauszuhalten.

Sie nickt. »Connor, eins fünfundneunzig, aber er hofft auf einen Wachstumsschub.«

Trotz meines gebrochenen Herzens kann ich nicht anders als zu lächeln. »Genau der.«

»Er ist ein guter Junge.«

»Ja«, sage ich und wische mir hastig die Tränen weg, die sie nicht bemerkt. »Das ist er.«

Kapitel 9

CONNOR

»Du siehst echt scheiße aus«, sagt Oscar und lässt sich auf den Platz neben mir fallen.

Es ist die erste Stunde nach den Ferien: neues Semester, neues Jahr, derselbe Scheiß.

Ich habe mir einen Tisch in der hintersten Ecke des Raums gesucht, weil ich nicht mal weiß, worum es in dem Kurs überhaupt gehen wird, und je weniger Aufmerksamkeit ich bekomme, umso besser. »Hab nicht gut geschlafen«, erkläre ich ihm, und das stimmt sogar. Ich habe fast die ganze Nacht damit verbracht, auf mein Handy zu starren, auf den blinkenden Cursor der leeren Nachricht an Ava. Mir ist nichts eingefallen, was ich ihr hätte schreiben können. In meinem Innersten wusste ich, dass ich alles gesagt hatte, was ich zu sagen hatte. Aber es half nichts gegen den Liebeskummer. Und jedes Mal wenn ich die Augen zugemacht und versucht habe, zu schlafen, habe ich den Schmerz in ihren Augen gesehen, als ich ihr gestanden hatte, was ich wirklich empfand.

Aber ich bereue es nicht.

Kann es nicht bereuen.

Denn alles, was ich gesagt habe, ist eine Tatsache.

»Du schüttelst diesen Scheiß hoffentlich bis zum Mittagessen ab. Wir haben heute diese Pep Rally in der Sporthalle, weißt du noch?«

Stöhnend schlage ich den Kopf auf den Tisch.

»Willkommen in Multimedia«, verkündet Miss Salas, die auf einmal vor der Klasse steht. »Ich hoffe, Sie sind bereit, dieses Semester etwas zu lernen, denn wir haben eine Menge Unterrichtsstoff vor uns!«

Die Tür zum Klassenzimmer öffnet sich, und es ist genauso wie beim ersten Mal, als ich sie gesehen habe: ein Babyvögelchen, das sein Nest zum allerersten Mal verlässt, mit einem wilden Rudern der Flügel. »Tut mir leid«, murmelt Ava. Ihre Haare sind heute offen, ihre ungebändigten Locken hüpfen auf und ab. Sie reicht der Lehrerin einen Zettel, hält den Blick jedoch gesenkt. »Ich habe eine Bestätigung von Miss Turner.«

Miss Salas liest die Notiz und rümpft die Nase. »Werden Sie nach jedem Besuch bei der Schulpsychologin zu spät kommen?«

Die Klasse kichert leise, und ich balle die Hände zu Fäusten, mein Kiefermuskel zuckt. Der Junge vor mir, Roy, ruft nach vorn: »Zum Glück ist sie nicht bei den Anonymen Alkoholikern wie ihre Mom.«

Ich trete gegen seinen Stuhl. Kräftig. Roy kracht nach vorn gegen die Tischkante und brüllt schmerzerfüllt auf, bevor er sich zu mir umdreht. »Fuck, was soll das, Ledger?«

»Wie wär's, wenn du verdammt noch mal aufpasst, was du sagst?«, zische ich.

»Wie wäre es, wenn Sie *beide* aufpassen, was Sie sagen!«, ruft Miss Salas. Sie hat gut reden. Wer zum Teufel glaubt sie eigentlich, wer sie ist, Ava so bloßzustellen?

Okay.

Es ist offensichtlich, dass ich immer noch in dieses Mädchen verliebt bin. Daran wird sich nichts ändern. Ich muss nur einen Weg finden, diese Gefühle wegzusperren, damit ich mit meinem Leben weitermachen kann. Und nicht zusammen mit oder für jemand anders, sondern für mich. Denn ich ertrinke in diesen Gefühlen, langsam, und das wird mir irgendwann den Rest geben.

»Los, suchen Sie sich einen Platz«, sagt die Lehrerin zu Ava.

Ava macht einen Schritt auf einen Platz in der ersten Reihe zu.

Gut.

Abstand.

Genau das, was ich brauche.

Auf einmal springt Oscar neben mir auf und ruft: »Ich hab meine Kontaktlinsen vergessen, also muss ich … mich nach vorn setzen.« Es dauert einen Moment, bis ich kapiere, was er da macht, aber da ist es bereits zu spät. Er ist längst in der ersten Reihe, und Ava geht auf mich zu.

Sie setzt sich neben mich und presst sich den Rucksack gegen die Brust.

Während Miss Salas den Lehrplan für den Rest des Schuljahrs durchgeht, stellt Ava ihren Rucksack auf den Boden und tritt gegen Roys Stuhl, um seine Aufmerksamkeit zu erregen. »Pst, Roy!«, flüstert sie laut.

Er dreht sich mit einem wütenden Funkeln zu ihr um.

»Nur zu deiner Info«, sagt sie, und ihre Stimme ist ruhig und klar, »meine Mom ist keine Alkoholikerin. Sie trinkt nicht. Sie war im *Krieg*, um für *dein* Land zu kämpfen, und eine Granate ist in ihrer Nähe hochgegangen. Hat ihren halben Arm und die Hälfte ihres Gesichts weggerissen, und deswegen hat sie *Hirnschäden.* Und diese Hirnschäden sind der Grund, warum sie so lallt. Es liegt nicht an Alkohol.« Sie atmet tief durch, und ihre Nasenflügel blähen sich beim Ausatmen. »Also, das nächste Mal, wenn du etwas über sie sagen willst, weil du glaubst, so ein paar schnelle Lacher einzuheimsen, stell dir einfach mal kurz vor, wie es wäre, wenn das deiner Mom passiert wäre.«

Roy blinzelt und blinzelt, und er starrt Ava an, als würde er sie gerade zum ersten Mal sehen.

Währenddessen mustere ich Ava beeindruckt.

»Hey«, sagt Roy, »du bist irgendwie echt heiß, wenn du so streitlustig bist.«

Ich trete gegen seinen Stuhl. Noch kräftiger als beim ersten Mal.

Ava schnaubt. »Fick dich.«

Wir verbringen den Rest der Stunde damit, Miss Salas dabei zuzuhören, wie sie erzählt und erzählt und erzählt, ohne dabei auch nur irgendetwas auszusagen. Sobald der Kurs vorbei ist, drehe ich mich zu Ava und deute auf Roy. »Das war beeindruckend.«

Ava zuckt mit den Schultern. »Ich habe es satt, mir von anderen vorschreiben zu lassen, wie ich zu fühlen oder zu reagieren oder zu handeln habe«, sagt sie mit gerunzelter Stirn. »Ich habe das alles hinter mir, weißt du?«

»Warum fühle ich mich gerade persönlich angegriffen?«, frage ich, nur halb im Scherz, während ich mir meinen Rucksack und meinen Basketball greife.

»Das musst du nicht«, versichert sie mir und läuft neben mir zur Tür. »Das hat nichts mit dir zu tun, Connor. Du hast mir nur ganz viel zum Nachdenken gegeben.«

Vor der Tür bleiben wir stehen, und ich wende mich ihr zu. »Wie meinst du das?«

»Ich weiß auch nicht«, murmelt sie. »Ich habe das Gefühl, mein Verstand ist gerade ein einziges Durcheinander, aber ich bin siebzehn, und ich werde mit diesem Verstand noch eine ganze Weile leben müssen. Und er wird noch einen Haufen schlechter Entscheidungen treffen, bevor ich daraus lerne und anfange, die richtigen zu treffen.«

Meine Augenbrauen wandern nach oben.

Sie zuckt mit den Schultern. »Ich bin nicht wie du. Ich habe keinen finalen Plan für den Rest meines Lebens, auf den ich hinarbeite. Es gibt kein *Ziel.* Aber es gibt zwei Dinge, die ich auf jeden Fall erreichen will, und das erste ist, einen Weg aus dieser Hölle von einer Stadt zu finden.«

»Und das zweite?«, frage ich.

Seufzend schüttelt sie den Kopf. »Ich muss zum Unterricht. Wir sehen uns, okay?«

***

Die heutige Pep Rally ist genauso wie alle vorherigen. Wir sehen den Cheerleaderinnen bei ihrer neuen Nummer zu, und dann bittet der Coach einen nach dem anderen von uns zu sich, während wir den Jubelrufen unserer Mitschüler und Mitschülerinnen lauschen. Der einzige Unterschied heute ist, *Ava ist hier.*

Auf der Tribüne.

Sie sticht heraus.

Wirkt fehl am Platz.

Sie klatscht nicht, jubelt nicht und sie macht auch sonst nicht viel. Trotzdem, ich schaffe es nicht, meinen Blick von ihr zu lösen.

»Sie hat Trevor versprochen, das Beste aus ihrem letzten Semester zu machen«, sagt Karen, während sie mit ihren Pompons vor meinem Gesicht herumwedelt.

Ich drücke ihren Arm weg, und mein Blick geht erneut zu Ava. »Und das bedeutet Pep Rallys?«

»Schulspirit. Rah! Rah! Rah! Goooo, Wildcats!«

»Hm.«

Karen lacht laut. »Dachtest du etwa, sie wäre hier, um dich anzufeuern?«

»Nein.« *Vielleicht.*

»Du wirkst auf jeden Fall ganz schön gekränkt für jemanden, der nicht mal mit ihr befreundet sein will.«

Mein Kopf zuckt zu ihr. »Sie hat dir davon erzählt?«

Karen nickt, bevor sie mir amüsiert zuzwinkert.

»Es ist ja nicht so, dass ich nicht *will.* Ich *kann* es einfach nicht.«

»Hm.«

Der Coach ruft Rhys' Namen, und Ava lächelt, klatscht zum ersten Mal. »Siehst du?«, sagt Karen. »Sie hat diesen armen Kerl abserviert, und die beiden sind jetzt noch *bessere* Freunde.« Sie tätschelt mir den Kopf, als wäre ich ein Hund. »Warum bist du nicht mehr wie Rhys?«

Ich verdrehe die Augen. »Warum bist du nicht mehr wie Ava?«

Karen lacht. »Das ist ein harter Kampf, den ich nie gewinnen werde.«

Ich sehe sie an, doch sie zuckt nur mit den Schultern. »Es gibt nur eine Ava auf dieser Welt, Connor. Also, der Ball liegt in deiner Hand.« Sie schlägt mir auf den Hintern. »Du bist dran.«

Sie hat *recht.* Verdammt, sie hat absolut recht. Und auch wenn Ava diejenige war, die das zwischen uns beendet hat, die um einen klaren Schnitt gebeten hat, sie hat viel bessere Gründe – Gründe, die außerhalb ihrer Kontrolle liegen – als die einfache Tatsache, dass sie nicht in meiner Nähe sein *kann*, weil es »zu sehr wehtut«. Ich bin echt ein Waschlappen. Und das auf so viele Arten. Aus so vielen Gründen.

»Ich habe keine Ahnung, wie ich das wieder hinkriegen soll«, gebe ich zu.

Karen schüttelt den Kopf und deutet auf Coach Sykes. »Nein, du bist *dran.*«

»Wir haben nicht den ganzen Tag Zeit, Ledger!«, schreit er.

Oh. Ich renne auf ihn zu und stelle mich neben Rhys, dabei lasse ich Ava nicht aus den Augen. Sie lächelt, aber sie klatscht nicht, wie sie es für Rhys getan hat. Stattdessen legt sie die Hände um ihre Lippen und formt das Wort Buh!.

Kapitel 10

AVA

Überraschenderweise vergehen die ersten paar Wochen des neuen Semesters wie im Flug. Ich weiß nicht, ob es daran liegt, dass ich von heute auf morgen meine Haltung geändert habe, oder daran, dass es mir inzwischen scheißegal ist, was die Leute über meine Familie sagen oder denken, aber was auch immer der Grund ist, es hat sich etwas verändert, und ich werde mich garantiert nicht beschweren.

Ich komme früher als alle anderen in die Klasse, da ich keine Lust habe, dass Miss Salas mich erneut bloßstellt. Allerdings glaube ich nicht, dass sie das noch mal tun wird, nachdem ich mich bei Miss Turner darüber aufgeregt habe. Schon bald trudeln mehr und mehr meiner Mitschüler und Mitschülerinnen ein, und eine seltsame Aufregung liegt in der Luft, als wäre irgendetwas *Großes* passiert. Und sosehr ich auch versuche, auf dem Laufenden zu bleiben, was den Schulgossip anbelangt, habe ich offensichtlich irgendetwas verpasst.

Von meinem Platz in der letzten Reihe beobachte ich, wie Oscar reinkommt, gefolgt von ein paar Jungs aus dem Basketballteam, die jedoch nicht mit uns Multimedia haben. Kurz darauf taucht Rhys mit einer Tüte auf, die mit irgendetwas gefüllt ist, was er an die anderen Jungs verteilt. Er schenkt ein paar der Mädchen im Raum ein Grinsen, das ihre Knie weich werden lässt, bevor er mir zuzwinkert. Genervt verdrehe ich die Augen. Doch da betritt Connor den Raum – und in dem Moment, in dem er die Türschwelle überschreitet, bricht die ganze Klasse in lauten Jubel aus. Das Team besprüht ihn mit leuchtend orangefarbenen Luftschlangen, und Oscar hebt den einhundert Kilogramm schweren Connor einfach in die Höhe, während er immer wieder seinen Namen singt – was zum Teufel ist hier los?

Schnell schreibe ich Trevor eine Nachricht.

Ava: Haben wir es in die Play-offs geschafft?

Trevor: Wer?

Ava: Das Basketballteam.

Trevor: Ava! Ich hab keine Ahnung. Ich geh nicht mal auf diese Schule. Und dein bester Freund ist Co-Kapitän. Genau wie dein Ex. Frag die.

Ava: Ich will nicht. ☹

Trevor: Dann lass mich in Ruhe mit deinen dummen Fragen. Ich versuche hier, Geld zu verdienen.

Ava: Du bist schlecht gelaunt.

Trevor: Du bist dickköpfig.

Ava: Es war einmal, vor langer Zeit, da warst du mein Lieblingsbruder.

Trevor: Es war einmal, vor langer Zeit, da ist meine Schwester erwachsen geworden und hat mich verdammt noch mal nicht mehr so genervt.

Ava: Gut. Hab dich lieb. Bye.

Trevor: Hab dich auch lieb. Miststück.

»So, alle zusammen!«, ruft Miss Salas, als sie den Raum betritt. Sie lässt ihre Sachen auf das Pult fallen, bevor sie fortfährt: »Jeder, der nicht in dieser Klasse ist, raus hier.«

Oscar stellt Connor wieder auf die eigenen Füße, während die anderen Jungs schon den Raum verlassen. Connor wischt sich die Luftschlangen aus den Haaren und von seinem T-Shirt, dann sammelt er – zusammen mit ein paar Mädchen aus unserem Kurs – die restlichen Luftschlangen vom Boden auf und wirft sie in den Müll. Er sucht sich einen freien Platz in der ersten Reihe, und ich hole erneut mein Handy heraus und schreibe ihm.

Ava: Ähm. Was?

Ich beobachte, wie Connor heimlich unter dem Tisch aufs Handy schaut und die Nachricht liest. Er dreht sich um, sucht den Raum ab und entdeckt mich in der letzten Reihe. Als Miss Salas der Klasse den Rücken zudreht, huscht Connor schnell zu dem freien Platz neben mir. »Was ist los?«, flüstert er so nah an meinem Ohr, dass ich seinen warmen Atem spüren kann.

»Was war das gerade eben?«, flüstere ich zurück.

Er weicht zurück und zuckt mit den Schultern.

Ich stupse mit dem Bein gegen seins. »Was ist da gerade passiert?«

Den Blick starr nach vorn gerichtet, schüttelt er den Kopf. »Nichts.«

»Red keinen Scheiß.«

Connor lacht leise, und ich stoße fester gegen sein Bein.

Er greift unter den Tisch, legt seine Hand auf mein Knie und drückt kurz zu. »Hör auf damit!«

Ich ignoriere die Schmetterlinge, die in meinem Bauch aufflattern, als seine Hand höher wandert und seine Finger schließlich an der Innenseite meines Oberschenkels zum Liegen kommen. »Connor«, flüstere ich. »Sag's mir!«

Er bewegt seine Hand noch ein Stück weiter nach oben, und mir stockt der Atem. Er hat es auf jeden Fall bemerkt, denn er dreht sich mit einem breiten Grinsen zu mir, beißt sich auf die Unterlippe und hebt eine Augenbraue. Verdammt, was auch immer passiert ist, es hat ihn *übermütig* werden lassen. Ich kneife die Augen zusammen, ignoriere das Wissen um die Konsequenzen, die es haben könnte, dass ich so offen am Handy hänge, und tippe seinen Namen ins Suchfenster.

Connors leises Lachen lässt die Schmetterlinge in die Höhe schießen.

Ich lese die Zusammenfassung auf der ersten Seite, die mir angezeigt wird.

Connor Ledger von der St. Luke's Academy, North Carolina, wurde zum All-American ernannt …

Ich schnappe nach Luft. Hörbar. Und als ich mich wieder zu Connor drehe, liegt ein grundehrliches Lächeln auf meinen Lippen. Ich lehne mich an ihn und flüstere ihm ins Ohr: »Gratuliere.«

Er schluckt schwer, sodass sein Adamsapfel mithüpft, bevor er mir das Handy aus der Hand nimmt. Unter dem Tisch fliegen seine Daumen über das Display. Als er fertig ist, legt er das Handy vor mir ab.

Die Notizen-App ist geöffnet.

Der Cursor blinkt.

Davor sechs Wörter:

Ich habe es für dich gemacht.

Kapitel 11

CONNOR

Ich soll dir von Trevor zum All-American-Titel gratulieren schreibt Ava auf ihren Block und schiebt ihn während des Unterrichts in die Tischmitte.

Ich war schon vor ihr hier, weshalb ich meinen Rucksack auf den Stuhl neben meinem gestellt habe, damit sich niemand hinsetzen konnte. Als sie schließlich mit ihrer Bestätigung von Miss Turner reinkam, war es der letzte freie Platz.

Sag ihm Danke, schreibe ich.

Okay.

Dann nehme ich den Block und platziere ihn vor mir, während ich einen Blick nach vorn werfe, um sicherzugehen, dass Miss Salas nicht in unsere Richtung schaut. Ich darf mir vor den Play-offs keinen Fehler erlauben.

Ich schreibe auf:

1.

2.

3.

Und drehe mich zu Ava. Sie beobachtet mich mit gerunzelter Stirn, und ich kann nicht anders, als zu grinsen. Ich rutsche näher zu ihr, bis unsere Arme sich berühren, und vervollständige die Aufzählungen.

1. Du trägst deine Haare in letzter Zeit offen, und ich glaube, es liegt daran, dass du weißt, dass es mir so besser gefällt. Richtig oder falsch?

Ava schnaubt und kreist *falsch* ein.

2. Du kommst nach deinen Terminen bei Miss Turner öfter zu spät. Ist alles okay?

Ava zieht den Block zu sich und schreibt an den unteren Rand der Seite:

Ich mache im Moment einiges durch, und sie hilft mir, das Ganze zu verarbeiten. Auf eine gute Weise.

Als ich ihre Antwort lese, lächle ich, bevor ich den Block wieder an mich nehme. Um unsere stille Unterhaltung noch ein bisschen dramatischer zu machen, drehe ich ihr den Rücken zu und verdecke ihr mit dem Arm die Sicht, während ich den letzten Punkt vervollständige:

3. Ich, Ava Diaz, verzeihe Connor Ledger, dass er sich wie ein Arsch benommen hat … dass er egoistisch und dumm war, als er gesagt hat, er könne nicht nur mit mir befreundet sein. Nur weil er mich in der Vergangenheit nackt gesehen hat, heißt das nicht, dass er mich jetzt immer nackt sehen will, wenn wir zusammen abhängen. Denn Freunde ziehen sich nicht voreinander aus. Das tun sie nicht. Es sei denn, ich, Ava Diaz, will mich vor Connor Ledger ausziehen. Dann ist Connor Ledger ganz dafür. Und ich, Ava Diaz, werde nie im Leben und auf GAR KEINEN FALL die Tatsache ansprechen, dass Connor Ledger während einer von Miss Salas' langatmigen Reden fast hart wird, weil er sich mich nackt vorstellt. Richtig oder falsch?

Ich schiebe den Block zu Ava rüber und beobachte, wie ihr Blick über die Zeilen huscht, während sie liest. Ihr Grinsen wird mit jeder Sekunde breiter, und als sie das Ende erreicht, kichert sie heiser. Sie schnappt sich meinen Stift, streicht alles durch, was ich nach meiner Entschuldigung dafür, dass ich mich wie ein Arsch verhalten habe, geschrieben habe, und kreist das Wort *Richtig* ein.

Als ich aufschaue, wird mir bewusst, dass Ava mich beobachtet, ihr Gesicht ist nur wenige Zentimeter von meinem entfernt. Mein Blick findet ihren, und ich suche darin nach einem Hauch von Hoffnung.

»Ich möchte, dass Sie sich die Person neben sich gut ansehen«, verkündet Miss Salas gerade.

Ava und ich grinsen.

»Machen Sie sich mit ihr vertraut«, fährt sie fort.

Avas Atem streicht warm über meine Haut, als sie leise lacht.

»Denn mit dieser Person werden Sie an Ihrem nächsten Projekt arbeiten.«

»Jetzt geht das schon wieder los …«, flüstert Ava.

Miss Salas fügt hinzu: »Und Sie werden sehr viel Zeit zusammen verbringen.«

Grinsend unterbreche ich den Augenkontakt und kritzle auf den Block: *Nackt?*

Ava tritt mir unter dem Tisch gegen das Bein. Schnell greife ich nach ihrem Knie und drücke kurz zu. Lasse meine Hand jedoch dort liegen.

»Wer von Ihnen hat schon mal von Podcasts und YouTube gehört?«, fragt Miss Salas, und im ganzen Raum bricht eine Mischung aus Stöhnen und Kichern aus.

Ich fahre mit der Hand ein Stück weiter über Avas Oberschenkel nach oben und drücke erneut zu. »Das passt *perfekt* zu dir«, sage ich und denke an unser Gespräch in der Höhle, als sie mir erzählt hat, dass sie später am liebsten einen eigenen Podcast oder YouTube-Videos machen würde.

»Ja!«, flüstert sie, und ihr Grinsen macht deutlich, dass sie sich ebenfalls noch ganz genau an dieses Gespräch erinnert. »Zeit, die Brüste auszupacken.«

Kapitel 12

AVA

»Welche möchtest du denn haben?«, frage ich Mom, als wir am Küchentisch sitzen und einen Haufen Fotos vor uns ausgebreitet haben. Sie will die Bilder an ihrer Wand austauschen und umhängen, damit sie sie von ihrem Bett aus besser sehen kann.

»Das hier«, sagt sie und deutet auf eins, auf dem Trevor und ich neben seinem Auto stehen. »Und das hier.« Es ist noch eins von uns beiden – auf diesem sind wir jedoch noch jünger und stehen vor dem Pool, den wir in unserem alten Zuhause hatten. Trevors dunkle Haut bildet einen starken Kontrast zu meiner. Sie hält das Foto nah ans Gesicht, betrachtet es genauer. »Das hab ich gemacht.«

»Das hast du«, stimme ich ihr zu und versuche, meine Aufregung zu verbergen. »Du erinnerst dich daran, es gemacht zu haben?«

»Ja.«

Die Haustür geht auf und Trevor kommt rein.

»Ist das dein Bruder?«, fragt sie.

»Jepp.«

»Trevor!«, ruft sie in den Flur.

»Komme schon, Mama Jo!« Er stellt seinen Werkzeugkasten ab und eilt in die Küche, auf seinem Gesicht liegt ein sorgenvoller Ausdruck.

»Schau mal!«, sagt sie und deutet auf die Fotos. »Ich brauche eins von dir und Amy.«

Augenblicklich verziehen sich meine Lippen zu einem breiten Lächeln. Genau wie Trevors. »Ich schicke Ava ein paar, damit sie sie für dich ausdrucken kann.«

Mom nickt. »Gut.«

»Abendessen ist im Backofen«, wende ich mich an Trevor. »Noch zehn Minuten.«

Während Trevor zum Kühlschrank geht und ein Bier rausholt, steht Mom langsam auf. »Wartet hier«, sagt sie und verschwindet in ihrem Zimmer.

Sobald sie weg ist, tauschen Trevor und ich einen erstaunten Blick. »Ihr geht es so gut gerade«, flüstere ich.

Trevor nickt. »Ich will nur nicht, dass du dir zu viele Hoffnungen machst, okay? Das war schon mal so.«

»Ich weiß.«

»Ich mein's ernst, Ava.«

Ich presse die Lippen zusammen und nicke, während wir darauf warten, dass Mom zurückkommt.

»Hier«, sagt sie und stellt ein schwarzes Samtkästchen auf den Küchentisch. Sie klopft Trevor auf die Schulter. »Für dich.«

»Für mich?«, fragt er überrascht.

Mom nickt, während sie sich wieder hinsetzt.

Trevor öffnet das Kästchen, und seine Augenbrauen schießen

nach oben, als er den Inhalt sieht. »Ist das der Ring, den Dad für dich gekauft hat?«

Mom nickt erneut. »Für Amy.«

»Ich habe noch nicht vor, ihr einen Antrag zu machen«, sagt Trevor lachend.

»Eines Tages«, murmelt Mom, und ihre Lider sinken nach unten. Sie wird müde, bald muss sie sich hinlegen. »Das hier«, sagt sie zu mir und zieht ein weiteres Foto von Trevor und mir unter den anderen hervor. »Das hier mag ich besonders.«

Irgendwo im Wohnzimmer klingelt mein Handy, und ich bitte Trevor, es für mich zu holen, während ich die Fotos zu einem Stapel zusammenschiebe. »Es ist Connor«, sagt er, als er zurück in die Küche kommt.

»Warum ruft er an?«, murmle ich mehr zu mir selbst.

Ich nehme Trevor das Handy ab. »Hallo?«

»Ich habe eine Zusage von der Duke!«

»*Was?*«, kreische ich, mein Herz rast regelrecht, während mich unbändige Freude durchströmt.

»Was?«, flüstert Trevor und deutet auf das Handy.

»Connor hat eine Zusage von der Duke!«, schreie ich und presse das Handy fester ans Ohr. »Oh Gott, Connor! Du hast eine Zusage von der Duke!«

»Ich habe eine Zusage von der Duke«, wiederholt er atemlos, als könnte er es selbst kaum glauben.

»Wo bist du?«, stoße ich lachend hervor, ich schaffe es nicht, meine Freude zurückzuhalten.

»Ich bin draußen.«

»Er ist draußen«, wiederhole ich für Trevor und sehe ihn flehend an.

»Geh!«

Ohne zu zögern, stürze ich barfuß und voller Aufregung zur Tür raus. Connor geht gerade auf unsere Auffahrt zu, und ich renne los. Ich renne so schnell und so stürmisch und so ungebremst auf ihn zu, wie ich nur kann, krache gegen seine Brust und schlinge die Arme um seinen Nacken. »Du hast eine Zusage von der Duke!«, juble ich lachend und voller Stolz.

»Heilige Scheiße!«, murmelt er, während er mich an sich drückt, seinen einen Arm um meine Hüfte, die andere Hand an meinem Hinterkopf. »Ich kann es einfach nicht glauben, Ava.«

Ich löse mich von ihm und lande wieder auf meinen Füßen. »Du solltest es verdammt noch mal glauben, denn das passiert wirklich!«

Er fährt sich durch die Haare und sieht zum Himmel hoch. »Das ist *völlig verrückt.*«

»Nein, ist es nicht!«, sage ich und greife nach seinem Arm. Ich führe ihn zu unserer Veranda und ziehe ihn neben mich auf die Treppenstufe. Mein Grinsen ist so breit, dass es beinahe von Ohr zu Ohr geht. Und es ist mir egal, was wir im Moment sind oder was wir in der Vergangenheit waren. Träume sind Träume, und nichts und niemand sollte einem dieses Gefühl wegnehmen, wenn sie tatsächlich wahr werden. Ich habe in letzter Zeit so viele Tränen vergossen, dass es sich nach so viel mehr anfühlt, wenn man plötzlich vor Freude weint. »Gott, Connor«, schluchze ich. »Ich bin so stolz auf dich.«

Connor hat seine Ellbogen auf den Knien abgestützt und hält den Brief mit der Zusage fest umklammert; sein Kopf ist gesenkt, während er versucht, ruhig zu atmen.

»Alles okay?«, frage ich lachend und wische mir die Tränen von den Wangen. Ich weiß, wie viel ihm das bedeutet. Es bringt ihn einen Schritt näher an sein Ziel.

Er hebt den Blick. »Es passiert wirklich«, sagt er und versucht, sein Grinsen zu verbergen. »Heilige Scheiße, es passiert wirklich.«

»Das ist erst der Anfang«, sage ich und schüttle seinen Arm. »Du wirst dein Ziel erreichen! Ich kann es fühlen. Hier.« Ich lege die Hand über mein Herz. »Alles, wofür du so hart gearbeitet hast … Alles, was du je gewollt hast.«

Er fährt mit der Zunge über seine Lippen und schüttelt den Kopf. Stille senkt sich über uns, als seine Miene in sich zusammenfällt. Er hebt die Hand, und ohne mich dabei aus den Augen zu lassen, greift er nach einer meiner Haarsträhnen. »Nicht alles, Ava.«

Etwas in meiner Brust zieht sich zusammen, als mir die Bedeutung seiner Worte klar wird, und ich dränge hastig den plötzlichen Schmerz zurück. Denn das hier ist *sein* Moment. Seine Zeit. Und das hier ist größer als er und ich und all die Was-wäre-wenns, die wir mit uns herumschleppen. Ich weiche zurück und pflastere mühelos ein Lächeln auf meine Lippen. »Was hat dein Dad gesagt?«

»Er weiß es noch nicht.«

»Was?«

Er stößt einen lauten Seufzer aus. »Ich war … Ich habe nur den Briefkasten geöffnet, und dann habe ich den Brief gesehen und die ersten paar Wörter gelesen, und … und du warst die Erste, die ich sofort anrufen wollte.« Er schluckt, und sein Atem beschleunigt sich. »Und ich weiß, dass das vermutlich schlecht ist, wenn man bedenkt, was wir sind, aber …«

Ich unterbreche ihn, weil ich nicht will, dass dieser Moment von Fragen über uns zerstört wird. »Warte, das heißt, du hast nur die ersten paar Wörter gelesen?«

Er nickt.

Ich nehme ihm den Brief ab und tue so, als würde ich ihn lesen. »Sehr geehrter Connor Ledger, wir freuen uns, Ihnen mitteilen zu dürfen, dass Sie einen Platz auf unserer Warteliste …«

»Hör auf! Das steht da *nicht!*« Er reißt mir den Brief aus der Hand, dann liest er ihn hektisch durch. »Verdammt, Ava.« Er greift sich an die Brust. »Du hast mir eine Scheißangst eingejagt.«

Kichernd stoße ich mit dem Arm gegen seinen. »Geh und erzähl's deinem Dad.«

Connor zuckt mit den Schultern. »Er schläft.«

»Connor!«, rufe ich lachend. »Ich bin mir sicher, dass er dir nicht böse ist, wenn du ihn aufweckst.«

»Ich habe Schiss«, sagt er mit einem verlegenen Lächeln.

»Wovor?«

»Weiß nicht«, gibt er zu und reibt sich die Augen. »Es ihm zu erzählen … Es macht mich irgendwie nervös.« Sein Blick huscht zu mir. »Kommst du mit?«

Ich stehe auf. »Klar.«

Connor nimmt meine Hand, und ich überlasse es ihm, das Tempo vorzugeben, mit dem wir von meiner Auffahrt zu seiner laufen. Nachdem er die Tür geöffnet hat, bleibt er mitten im Wohnzimmer stehen. »Dad!«, ruft er. »Wach auf!«

»Connor?«, ertönt die Stimme seines Dads aus dessen Schlafzimmer.

»Ja. Und zieh dir eine Hose an! Ava ist hier!«

Ich unterdrücke ein Lachen.

Eine Minute später kommt Corey blinzelnd aus seinem Zimmer, die Lider sind noch halb geschlossen, weil er gerade erst aufgewacht ist. Sein Blick bleibt kurz an Connors Hand hängen, die meine festhält, bevor er in das Gesicht seines Sohns sieht. »Was ist los?«

Connor scheint plötzlich aufrechter zu stehen, als er seinem Dad den Brief gibt.

»Von der Duke?«, murmelt Corey, bevor er laut vorliest: »Sehr geehrter Connor Ledger, wir freuen uns, Ihnen mitteilen zu dürfen …« Weiter kommt er nicht, bevor seine Augen sich weiten und sein ganzes Gesicht regelrecht aufleuchtet, als wäre Schlaf vollkommen überbewertet. »Oh, Connor!« Und dann kann er sich plötzlich nicht mehr beherrschen, er verbirgt schluchzend das Gesicht in den Händen, und seine Schultern beben.

»Aww«, sage ich zu Connor und reibe seinen Arm. »Ich bin dann mal weg.«

»Okay.«

Ich stelle mich auf die Zehenspitzen und gebe ihm einen Kuss auf die Wange. »Gratuliere.«

»Danke«, murmelt er, aber er sieht nur seinen Dad an. Ich bin bereits an der Tür, als Connor leise lacht. »Dad. Was ist los?«

»Ich bin einfach so stolz auf dich, mein Sohn. Du hast es dir verdient. *Du* hast es geschafft.«

CONNOR

Dad verbringt den Rest des Abends am Telefon und erzählt jedem, der ihm zuhört, lang und breit davon, dass ich eine Zusage von der Duke habe. Zu sagen, dass er stolz auf mich ist, wäre eine Untertreibung, genauso wie zu sagen, dass ich glücklich bin, dass er sich so sehr darüber freut.

Schließlich setzen wir uns und gönnen uns zur Feier des Tages ein Festessen, sein Handy vibriert ununterbrochen, während meins still neben mir liegt. Abgesehen von Ava habe ich niemandem davon erzählt, und ich glaube, ich werde das auch so lange wie möglich durchhalten. Mit den Play-offs vor der Tür will ich mich voll und ganz auf das Team konzentrieren, das dafür sorgt, dass ich aus der Masse heraussteche.

Dads Handy leuchtet auf, und er geht nach dem ersten Klingeln ran. »Er hat es geschafft!«, schreit er beinahe. »Er hat eine Zusage von der Duke!« … »Ich weiß, ich bin so aufgeregt!« … »Er hat es ganz allein geschafft!«

Seine überschwängliche Reaktion lässt mich lächeln, aber Tatsache ist, dass er falschliegt. Ich hätte das alles nie im Leben ohne seine Unterstützung geschafft. Oder ohne sein beharrliches Drängen, es für das Mädchen nebenan zu tun.

Ich greife nach meinem Handy.

Connor: Hey, kann ich nachher noch vorbeikommen?

Ava: Natürlich! Alles okay?

Connor: Ja, ich muss dir nur etwas sagen.

Ava: Muss ich mir Sorgen machen?

Connor: Nein, schreib mir einfach, sobald du Zeit hast.

Ava: Okay.

Es ist fast zehn Uhr, als Ava mir schreibt.

Ava: Ich kann mich jetzt auf die Veranda raussetzen.

Connor: Bin in fünf Minuten da.

»Hey, Duke Blue Devil«, singt Ava, als ich ihre Auffahrt hochlaufe.

»Verdammt, das klingt echt gut«, sage ich lachend. Sie sitzt auf der Bank auf der Veranda, eingehüllt in eine Decke und die Hände um eine dampfende Tasse geschlossen. »Sieh dich nur an, vollkommen eingemummelt.«

»Es ist kalt«, antwortet sie und rutscht ein Stück, damit ich neben ihr Platz habe. Dann greift sie unter die Bank und holt eine zweite Tasse hervor, die sie mir hinhält. »Heiße Schokolade?«

Ich nehme sie ihr ab und puste über den aufsteigenden Dampf. »Danke.«

»Marshmallows?«, fragt sie und zieht unter der Decke eine Tüte Marshmallows heraus.

Lachend halte ich ihr die Tasse hin. »Mensch, was hast du da noch alles drunter versteckt?«

Sie lässt ein paar Marshmallows in meine Schokolade fallen. »Eine Sache hab ich noch, aber die ist eine Überraschung.«

»Ist es eine nackte Überraschung?«

»Connor!« Sie quietscht und stößt ihre Schulter gegen meine.

Die heiße Schokolade schwappt über den Rand und verbrennt mir die Finger. »Scheiße!«

»Tut mir leid!«

Zischend stelle ich die Tasse auf den Boden und schüttle meine Hand aus. Ich lecke die Flüssigkeit von meinen Fingern, und als ich zu Ava sehe, ist da ein Verlangen in ihrem Blick, mit dem sie auf meinen Mund, auf meine Hand starrt. Ihr Atem beschleunigt sich.

Erwischt.

Ich grinse. »Kann ich dir irgendwie helfen, du Creep?«

Ava blinzelt, kommt wieder zurück in die Realität … Eine Realität, in der ich nicht das Geringste dagegen gehabt hätte, ihre Zunge, ihre Lippen auf meinem ganzen Körper zu spüren. Sie räuspert sich. »Dreh dich um.«

»Was?«

»Dreh. Dich. Um.«

Ich schüttle den Kopf. »Nein.«

»Was glaubst du denn, was ich mache?«

»Ich weiß nicht. Brennend heiße Flüssigkeit über mich kippen?«

Sie verdreht die Augen. »Na gut«, brummt sie und kehrt mir den Rücken zu. Sie greift erneut unter die Decke, und kurz darauf zieht sie einen Luftballon hervor – diesmal in Blau. Ihre Schultern heben sich, als sie tief einatmet, bevor sie ihre Lippen an den Ballon legt und ihn aufbläst. Es dauert ein paar Sekunden, bis sie es schafft, ihn zu verknoten. Als sie fertig ist, dreht sie sich wieder zu mir um und hält mir den Luftballon entgegen.

Ich nehme ihn ihr ab und lese die schwarzen Buchstaben darauf.

Connor Ledger

#1 Buh-Devil

»Ich liebe ihn«, sage ich vollkommen ehrlich und mit einem dümmlichen Grinsen im Gesicht. »Das ist das beste Geschenk, das ich je bekommen habe.«

Sie kichert und nippt an ihrer heißen Schokolade. »Besser als der hübsche Truck in deiner Auffahrt?«

»Viel besser«, erwidere ich lachend und tausche den Ballon in meiner Hand gegen meine Tasse. Ich nehme einen kleinen Schluck.

Im selben Moment geht die Haustür auf und Trevor kommt raus, den Blick auf sein Handy gerichtet. »Hey, Kumpel«, sagt er, als er aufsieht. »Gratuliere.«

»Danke, Mann.« Wir machen den typischen – *merkwürdigen* – Handschlag, der für Sportler überall gleich ist.

»Übrigens«, fährt er fort, »wusstest du, dass laut …«

»Hör auf«, warnt Ava ihn.

Er mustert sie aus zusammengekniffenen Augen. »Ich rede mit Connor.« Er schenkt mir seine volle Aufmerksamkeit. »Wusstest du, dass laut Huffington Post und The Daily Beast der Campus der Texas A&M der *glücklichste* Campus des ganzen Lands ist? Des ganzen Lands, Connor.«

Ich habe keine Ahnung, worauf er hinauswill, mein Entschluss, auf die Duke zu gehen, steht fest. »Das wusste ich tatsächlich *nicht*«, antworte ich.

»Hm.« Trevor nickt und zuckt dann mit den Schultern. »Ich dachte, ich erwähne das mal.«

Nachdem er ohne ein weiteres Wort wieder im Haus verschwunden ist, drehe ich mich zu Ava. »Was war das denn?«

Sie verdreht die Augen, während sie gleichzeitig den Kopf schüttelt. »Er versucht, mich dazu zu bringen, auf die Texas A&M zu gehen.« Sie macht eine Faust und streckt den Daumen nach oben. »Gig ’em, Aggies!«

»Warte, wurdest du angenommen?«

Sie nickt. »Ich habe von ein paar Colleges eine vorzeitige Zusage bekommen.«

»Was?! Und das hast du mir nicht gesagt?«

»Das war, als, du weißt schon, wir nicht wirklich miteinander geredet haben. Die Zusagen haben ein *ziemliches* Drama verursacht.«

»Ja? Wieso das?«

Seufzend zuckt sie mit den Schultern, und im selben Moment fegt eine Windbö über uns hinweg und wirbelt ihre Haare völlig durcheinander. Sie versucht, sie zu bändigen, doch da zerrt auch schon ein weiterer Windstoß an ihren Locken. Frustriert verzieht sie das Gesicht, presst die Lippen fest zusammen.

Ich stelle die Tasse auf die Bank und schlüpfe aus meinem Hoodie, dann stehe ich auf. »Arme hoch«, befehle ich. Kichernd hebt sie die Arme, und ich ziehe ihr den Pulli über den Kopf, wobei ich darauf achte, dass ihre Haare vollständig unter der Kapuze sind. Dann setze ich mich wieder neben sie, und als ich aufschaue, sehe ich gerade noch, wie sie an dem Stoff schnüffelt. »Warum bist du so besessen von mir?«

»Er riecht gut«, sagt sie lachend. »Nach geduschtem Sportler und Teen Spirit.«

»An wie vielen Sportlern hast du bitte schon geschnüffelt?«

»Oh Gott«, stöhnt sie. »Es waren *so* viele.«

»Hm.«

Sie prustet lauthals und aus tiefster Kehle los.

Ich klopfe mit dem Handrücken auf ihr Bein, das unter der Decke verborgen ist. »Also, du hast von einigen Colleges eine vorzeitige Zusage …?«, greife ich das Thema wieder auf.

»Ja. Ich hab die Briefe vor Trevor versteckt.«

»Warum?«

»Weil …« Seufzend blickt sie auf die Straße hinaus. »Ich wollte nicht, dass er mich drängt, aufs College zu gehen. Und genau das hat er gemacht, und dann hat sich auch noch Mom eingemischt und ziemlich krasse Sachen gesagt. Ich bin aus dem Haus geflüchtet, und ein paar Stunden später hast du mich vor unserem alten Zuhause gefunden.« Sie legt den Kopf schief und sieht mich mit einem traurigen Lächeln an.

»Es tut mir leid, dass das passiert ist.«

»Schon okay. Wir arbeiten gerade daran.«

»Okay, du hast also *mehrere* vorzeitige Zusagen bekommen?«

»Hm«, sagt sie, als wäre es keine große Sache.

»Wo?« *Bitte sag Duke. Bitte sag Duke. Bitte sag Duke.*

Sie atmet tief ein. »Nur Texas A&M, University of Florida und UNC.«

»Das ist unglaublich, Ava. Ich meine, selbst wenn du nicht gehst, das ist …«

»Der Wahnsinn«, beendet sie den Satz für mich. »Und es ist ja auch nicht so, dass ich nicht stolz auf mich bin, denn das bin ich. Ich weiß, wie hart ich dafür gearbeitet habe. Ich bin einfach noch nicht so weit. Ich muss mir noch über eine Menge klar werden, bevor ich überhaupt ans College denken kann.«

Ich versuche, das Ganze aus Avas Sicht zu betrachten. Für mich ist alles so einfach. Ich habe ein Ziel, und es gibt nichts, was mich davon abhält, es zu erreichen. Abgesehen von mir selbst. In Avas Leben gibt es allerdings so viele Dinge, die sie nicht beeinflussen kann, und die Tatsache, dass sie das alles trotzdem schafft …

»Schmeckt dir die heiße Schokolade?«, fragt sie und reißt mich damit aus meinen Gedanken.

Ich nehme einen weiteren kleinen Schluck. »Ja, sie ist wirklich gut«, entgegne ich, und meine Schultern sind angespannt, als ich mir über den Arm reibe, um die Kälte zu vertreiben.

Ava rückt näher, während sie die Decke für mich aufhält. Ich rutsche zu ihr, nehme die Enden der Decke und wickle sie um uns beide, schirme uns vom Rest der Welt ab. Ihre Körperwärme reicht, um die Kälte zu vertreiben. »Du hättest mir deinen Hoodie nicht geben dürfen, *Dummkopf*«, sagt sie.

»Dann gibt ihn zurück.«

»Niemals«, flüstert sie empört.

Es macht mir allerdings nichts aus, denn ihre nackten Beine geben die meiste Wärme ab. Ich umfasse ihre Waden und lege sie über meinen Schoß. Sie rutscht hin und her, bis sie eine bequeme Position gefunden hat, ehe sie den Kopf an meinen Oberarm lehnt.

»Ich vermisse diese Momente mit dir«, sagt sie. »Wenn die Welt um uns herum still ist und wir einfach nur *sein* können … Wenn es egal ist, was wir sind. Weißt du, was ich meine?«

»Ja.«

»Wir brauchen kein Label, Connor. Egal, ob Freunde oder nicht, du wirst immer der Junge sein, der keine Mühen gescheut hat, mir zu beweisen, dass es Magie wirklich gibt, dass sie existiert, und …« Sie zögert einen Moment, ihr Atem streift warm über meine Brust. »Du wirst für mich immer unersetzlich bleiben.«

Ich lasse jedes ihrer Worte in mich einsinken, sauge sie regelrecht in mich auf. »Und du wirst für mich immer die Erste sein.«

Sie sieht zu mir hoch. »Aber wir haben nicht …«

»Du wirst immer meine erste *Liebe* sein, Ava. Alles andere ist unwichtig.«

Sie holt tief und zittrig Luft, ohne mich dabei aus den Augen zu lassen. Sekunden vergehen, und die unausgesprochenen Worte waren noch nie so laut, so klar. »Connor«, flüstert sie.

»Ich weiß«, antworte ich. Und das tue ich *wirklich*. Ich weiß, dass die Fehler, die wir gemacht haben, in der Vergangenheit liegen, und dass unsere Liebe stärker ist. Aber unsere Liebe ist nicht stärker als das *Leben.* Und das Leben ... das Leben ist momentan zu schwierig für sie, und das muss ich verstehen. Das muss ich akzeptieren. Ich unterbreche unseren Blickkontakt und nippe an der heißen Schokolade.

»Hey«, sagt sie schließlich. »Wolltest du mir nicht irgendetwas erzählen?«

Ach ja, richtig.

Ich wollte ihr sagen, dass *sie* mein Ziel ist. Dass alles, was ich getan habe, um so weit zu kommen, für sie war. Für sie und ihre Mom. Doch wenn ich Ava jetzt betrachte, sehe ich die Klarheit in ihren Augen, sehe ich, dass sie mich liebt, auch wenn sie mich nicht auf dieselbe Weise liebt wie ich sie. Und auch wenn sich meine Brust vor Kummer, wie ich ihn nie für möglich gehalten habe, zusammenzieht, will ich das zwischen uns nicht verlieren. Oder kaputt machen. Ich will sie nicht gehen lassen. »Es war nur wegen des Multimedia-Projekts. Machen wir irgendwas mit kranken Morden?«

»Gibt es etwas Faszinierenderes?«, murmelt sie und legt den Kopf wieder an meinen Arm.

Die Tür hinter uns geht auf und Ava knurrt. »Was jetzt?«

Ich lache leise.

Trevor steckt den Kopf heraus. »Zwei Worte. *Texas. Barbecue.*«

»Hau ab«, sagt sie lachend.

Trevor schließt die Tür.

»Texas Barbecue *ist* ziemlich genial«, murmle ich.

»Schon, oder? Es ist der erste Punkt auf meiner Pro-und-Kontra-Liste.«

»Du hast eine Liste?«

»Jepp.«

»Was steht da sonst noch drauf?«

»Peter macht dort die nächsten vier Jahre seinen Master.«

Mein Magen zieht sich zusammen. »Ist das ein Plus- oder ein Minuspunkt?«

Ava seufzt tief. »Das habe ich noch nicht entschieden.« Sie setzt sich auf und mustert aus zusammengekniffenen Augen die Tasse, die ich immer noch in der Hand halte. »Du lässt dir ganz schön viel Zeit damit.«

Ich verziehe das Gesicht. »Ich muss dir etwas gestehen.«

»Was denn?«

»Ich hasse Schokolade.«

Kapitel 13

AVA

Connor: Danke. Ich denke, deine Ballons habe ich tatsächlich am meisten vermisst.

Ava: lol. Trevor hat deine Nachricht gelesen und denkt, du redest von meinen Brüsten. Er würde dich gerade am liebsten umbringen.

Connor: Oh, yay! Kann's gar nicht erwarten, ihn wiederzusehen.

Ava: Wegen des Luftballons, gern geschehen. Viel Glück beim Spiel. ☺

Connor: Danke.

Ava: Ich meine BUUUUUH! DU LOSER!

Connor: lol

»Hey, Trevor!«, rufe ich, während ich Mom dabei helfe, es sich mit einer Decke und einer Klatschzeitschrift auf dem Sofa gemütlich zu machen.

Mit dem Handy ans Ohr gepresst, kommt er aus seinem Zimmer.

»Ist das Amy?«, frage ich.

Er nickt.

»Sag ihr Hallo von mir.«

»Von mir auch«, fügt Mom hinzu.

Er gibt unsere Grüße weiter: »Mama Jo und Ava sagen Hallo.« Danach ist er eine Weile still. »Sie sagt auch Hallo.« Dann wendet er sich an mich: »Was gibt's?«

Ich deute auf den neuen Fernseher, den Trevor mit dem Weihnachtsbonus, den er für seine Arbeit bei den Prestons bekommen hat, gekauft hat. »Hat der dieses AirPlay-Dingens?«

»Ich glaub schon, warum?«

»Sie übertragen Connors Spiel und ich wollte ausprobieren, ob wir es vielleicht auf einem größeren Bildschirm als dem von meinem Laptop schauen können.«

Trevor überlegt kurz. »Wann fängt das Spiel an?«

Ich werfe einen Blick auf die Uhr. »In fünf Minuten.«

»Ich ruf dich zurück«, sagt er zu Amy.

Er braucht drei Minuten, um den Fernseher so einzustellen, dass der Livestream von meinem Laptop über den TV-Bildschirm läuft, und ich mache es mir neben Mom auf dem Sofa gemütlich. »Sag mir einfach, wenn du etwas brauchst, okay, Mama? Wir können jederzeit aufhören zu schauen. Das ist gar kein Problem.«

Sie nickt. »Okay, Ava. Ich veh… veh…« Sie verzieht frustriert das Gesicht.

»Schon okay, lass dir Zeit«, ermutige ich sie.

»Ich vehspreche es.«

»Sehr gut!«, sage ich und hebe die Hand zu einem High-Five. Da sie in ihrer Hand eine Tasse Tee hat, verdreht sie nur die Augen und hält mir ihren Armstumpf entgegen. Ich gebe ihr trotzdem ein High-Five.

Gebannt verfolge ich das Spiel, meine Augen kleben regelrecht am Bildschirm. Soweit ich das verstanden habe, ist die Mannschaft, gegen die sie spielen, seit Jahren auf Platz drei in der Bestenliste oder Rangliste oder wie auch immer sie das nennen. Die St. Luke's und die Phillips Academy konkurrieren regelmäßig um den ersten Platz. Punktemäßig sind sie ganz nah beieinander, aber die St. Luke's hat immer ein paar Punkte mehr. Trotzdem ist es ein ziemlich spannendes Spiel. Ich werfe alle paar Minuten einen Blick zu Mom, aber sie scheint zufrieden damit zu sein, in ihrer Zeitschrift zu lesen. Trevor sitzt auf dem anderen Sofa und tippt auf seinem Handy herum.

Noch fünf Minuten bis zur Schlusssirene, da erzielt St. Luke's innerhalb von zwei Minuten zwölf Punkte und geht dadurch noch weiter in Führung. Connor ist für zehn dieser Punkte verantwortlich, und dann, nur noch drei Minuten bis zur Schlusssirene, schaltet etwas in ihm um. Es ist, als würde er sich selbst noch mehr pushen, härter kämpfen, schneller laufen, und er legt regelrecht eine Show hin, reißt die Zuschauer mit sich. Ich verkneife mir ein Grinsen, als er nach einem Wahnsinns-Dunk wie ein Gorilla auf seine Brust trommelt, sein Wuhuuu ist sogar über den Jubel der Menge hinweg zu hören. Er steht komplett unter Strom, und verdammt, ich liebe es, ihm dabei zuzusehen.

»Verflucht, Ava«, sagt Trevor lachend. »Wisch dir den Sabber vom Kinn.«

»Ach, sei still.«

Als das Spiel vorbei ist, bin ich mir nicht sicher, ob ich ihm wirklich eine Nachricht schicken soll. Das letzte Mal … na ja, da ist es nicht besonders gut gelaufen. Klar, die Umstände sind jetzt anders, aber die Erinnerung daran und die Angst, es wieder zu vermasseln, sind immer noch da. Daher beschließe ich, es für heute gut sein zu lassen, und hoffe, dass ich einfach morgen mit ihm reden kann.

Ich schiebe den Laptop auf dem Couchtisch zurecht, setzte mich davor auf den Boden und wechsle vom Livestream zu meinen Matheaufgaben.

Gerade als ich anfangen will, ertönt Moms Stimme hinter mir. »Connor, eins fünfundneunzig, aber er hofft auf einen Wachstumsschub.«

Mit hochgezogenen Augenbrauen drehe ich mich zu ihr um, bevor ich aus dem Fenster schaue. Vielleicht wollte sie damit sagen, dass Connor da ist. Aber das kann nicht sein. Er müsste immer noch im Umkleideraum sein. »Was ist mit ihm?«, frage ich, aber sie ist bereits wieder in ihre Zeitschrift versunken.

Eine halbe Stunde vergeht, bis Mom erneut sagt: »Connor, eins fünfundneunzig, aber er hofft auf einen Wachstumsschub.«

Wieder drehe ich mich verwirrt zu ihr um. »Hast du … hast du vorhin etwa doch das Spiel mit angesehen?«

Mom nickt, legt ihre Zeitschrift weg und steht auf. »Sag ihm, er soll herkommen.«

»Was?«, frage ich überrascht. Bestimmt hat sie nicht das gesagt, von dem ich glaube, dass sie es gesagt hat.

»Sag ihm, er soll herkommen.«

»Wann?«

»Jetzt.«

Unsicher sehe ich zu Trevor, doch er zuckt nur mit den Schultern. Na toll, er ist ja mal wieder eine große Hilfe.

»Warum möchtest du ihn denn sehen?«, hake ich verwirrt nach.

Mom seufzt. »Ava. Connor, eins fünfundneunzig. Soll herkommen. Jetzt.«

Mit offenem Mund starre ich sie an, versuche, einen Satz zu bilden, aber ich bringe kein Wort heraus.

Mom geht in die Küche. »Jetzt, Ava.«

Schnell stehe ich auf und folge ihr. »Mama, du weißt, dass Connor und ich nicht … Wir sind nicht … Er rechnet nicht damit, dass er zu uns kommen soll. Er ist vermutlich mit seinem Team unterwegs, feiern.«

Mom füllt ihre Plastikflasche mit Leitungswasser, bevor sie sich zu mir umdreht. »Frag ihn.«

Frag ihn … Als ob das so einfach wäre.

Es *ist* so einfach.

»Okay«, sage ich schließlich. »Ich frag ihn.«

Ich schnappe mir mein Handy vom Couchtisch und gehe in

mein Zimmer. Keine Ahnung, warum ich so nervös bin. Es ist ja nicht so, als hätte er sie noch nie getroffen … aber die Dinge haben sich verändert und *argh.*

Ich wähle seine Nummer und halte mir das Handy ans Ohr. Es klingelt und klingelt und klingelt, und gerade, als ich wieder auflegen will, geht er ran. Seine Stimme ist im ersten Moment weit entfernt. »Seid still, es ist Ava! Hallo?«

»Hey.«

»Hey, was ist los?«

Im Hintergrund höre ich ein paar Jungs, die sich unterhalten, aber er klingt nicht, als wäre er in der Umkleide. Eher, als wären sie in seinem Pick-up unterwegs. »Bist du gerade beschäftigt?«

»Ava!« Ich erkenne Mitchs Stimme und verziehe angewidert das Gesicht. »Wenn das ein Booty Call ist, dann sag es einfach.«

»Alter, halt den Mund!«, ruft Connor, bevor er zu mir sagt: »Ich fahre nur ein paar der Jungs zum Diner. Wir holen uns was zu essen. Kann ich dich später zurückrufen?«

»Ähm.« *Später* könnte erst in ein paar Stunden sein, und dann wird Mom zu müde sein. »Nein, schon okay. Wir reden einfach morgen.«

»Nein, ich bin gleich am Parkplatz. Dann schmeiße ich die Jungs raus und ruf dich zurück. Eine Minute, okay?«

»Es ist okay, Connor. Mach dein Ding.«

»Ich ruf dich zurück.«

Er legt auf, und ich sacke auf meiner Bettkante zusammen. Meine Nerven sind am Durchdrehen. Weniger als eine Minute später klingelt mein Handy.

»Hey«, antworte ich. »Tut mir leid, ich wollte dich nicht …«

»Ava, kein Problem. Was ist los?

»Nichts. Es ist dämlich … Ich sag ihr einfach, dass du keine Zeit hast.«

»Wem?«

Ich schlucke schwer.

»Deiner Mom?«, fragt er.

»Ja …«

»Ist sie … Geht es ihr gut?«

»Ja, ihr geht's gut. Es ist nur …« Ich zupfe einen Fussel von meinen Schlafshorts. »Sie will, dass du vorbeikommst.«

Stille.

Gefolgt von noch mehr Stille.

Nach einer gefühlten Ewigkeit räuspert er sich. »Wirklich?«

»Ja.« Ich seufze leise. »Ich weiß nicht, warum, und Mom will es mir auch nicht erklären. Sie sagt nur immer wieder, dass du vorbeikommen sollst. Und … Vergiss es einfach, du bist gerade unterwegs, ich sag ihr, dass du keine Zeit hast.«

Er atmet so tief ein und wieder aus, dass es kurz im Lautsprecher knackt. »Ich hab den Jungs quasi versprochen, dass ich …«

»Ich weiß«, unterbreche ich ihn. »Und ich will auch nicht, dass du deine Pläne änderst. Es ist *okay*, Connor. Wirklich.«

»Aber ich *will*«, sagt er. »Scheiße. Ich hab Oscar versprochen, dass ich ihn heimbringe.«

»Connor.« Ich lache auf. »Es ist *okay.* Du kannst nicht einfach alles stehen und liegen lassen, nur weil meine Mom dich auf einmal sehen will.«

»Lass mich kurz was essen, und ich bitte einen der anderen Jungs, Oscar nach Hause zu fahren. Ich kann ich einer halben Stunde bei dir sein.«

»Nein, das ist …«

»Ava!« Er schreit beinahe. »Ich mache nichts, was ich nicht *will.* Ich *will* deine Mom sehen und dich auch, glaube ich, kommt drauf an, was du anhast.

»Du bist ein Arsch.«

»Ich weiß. Bis gleich, okay?«

»Okay. Und, Connor?«

»Ja?«

»Danke.«

***

Sechsundzwanzig Minuten später poppt Connors Nachricht auf, dass er gerade unsere Auffahrt hochkommt. Ich öffne ihm die Tür, ein bisschen nervös und irgendwie besorgt, aber ich verdränge diese Gefühle, indem ich demonstrativ an ihm schnüffle. »Hmm. Geduschter Sportler.«

Er schlüpft aus seiner Teamjacke und hält sie mir grinsend hin. »Hier, für deine Sammlung, du Creep.«

Zufrieden nehme ich sie ihm ab und werfe sie in mein Zimmer, als wir daran vorbeigehen. Sie landet direkt auf meinem Bett, und ich versuche, mein Grinsen zu verbergen, während ich Connor ins Wohnzimmer führe. Mom sitzt auf dem Sofa, und Connor lässt sich neben sie fallen und legt den Arm auf die Lehne hinter ihr.

»Ich habe gehört, Sie wollen mich sehen, Miss Diaz?«, sagt er leise.

Trevor beobachtet das Ganze von der Tür zwischen Wohnzimmer und Küche aus, während ich mich mit rasendem Puls auf das andere Sofa setze. *Die Menschen haben nun mal Angst vor den Dingen, die sie nicht kennen,* und ich habe keine Ahnung, was gleich passieren wird. Connor hingegen … Er wirkt vollkommen ruhig. Fast schon zu ruhig. Vielleicht ist es das Siegesadrenalin oder die Tatsache, dass sie ihn gebeten hat, vorbeizukommen. Wer weiß das schon?

»Connor, eins fünfundneunzig, aber er hofft auf einen Wachstumsschub«, murmelt Mom und hebt den Kopf.

Connors Zähne blitzen weiß hervor, als er sie anlächelt.

»Das ist ihre Art, sich an Dinge zu erinnern«, erkläre ich. »So eine Art Eselsbrücke …«

Connor nickt. »Ich weiß.« Sein Blick wird weich. »Ich mach das schon, Ava. Entspann dich.«

Meine Mom steht auf und fängt an, auf und ab zu gehen, und Connor lässt sie dabei nicht aus den Augen. »Connor, eins fünfundneunzig, aber er hofft auf einen Wachstumsschub«, wiederholt sie.

»Gibt es etwas, was du Connor sagen möchtest, Mama Jo?«, ermuntert Trevor sie.

Mom nickt und klopft leicht an ihre Schläfe. »Hier drin«, sagt sie, ohne dabei mit dem Auf- und Ablaufen aufzuhören. »Connor, eins fünfundneunzig, aber er hofft auf einen Wachstumsschub.«

Connors Blick huscht zu mir, und ich sage lautlos: »Sorry.«

Er schüttelt den Kopf. »Sei still«, formt er mit den Lippen.

Ich funkle ihn wütend an, doch er ist zu sehr darauf konzentriert, meine Mom zu beobachten. »Connor, eins fünfundneunzig, aber er hofft auf einen Wachstumsschub«, wiederholt sie erneut. Plötzlich bleibt sie stehen, und ihre Augen sind weit aufgerissen. Ihr Blick zuckt zu Connor. »Schwacher Sprungwurf.«

Trevor prustet laut los, während ich scharf einatme. »Mama!«

Connors Augen weiten sich, aber sein Mund klappt noch weiter auf. Und dann lächelt er. Es ist das breiteste Lächeln, das ich je bei ihm gesehen habe. »Sie sagen also, ich habe einen schwachen Sprungwurf?«, fragt er kopfschüttelnd und mit bebenden Schultern.

Mom nickt. »*Schwach.*«

»Mama«, weise ich sie zurecht.

»Nein, Ava, ist schon gut«, versichert er mir. »Inwiefern ist er schwach?«, hakt er nach, immer noch mit diesem breiten Lächeln im Gesicht.

Trevor – er hat komplett die Beherrschung verloren. Er muss sich vor lauter Lachen den Bauch halten, und seine Augen tränen bereits.

»Haltung«, erklärt Mom.

Connor richtet sich zu seiner vollen Größe auf, seine kompletten *eins fünfundneunzig, aber er hofft auf einen Wachstumsschub.* »Haltung?«

»Ja, Haltung.«

»Haltung?«, wiederholt Connor.

Mom schüttelt den Kopf und sieht zu ihm hoch. »Bist du taub? Ich habe es schon zweimal gesagt.«

Connor lacht laut auf, bevor er zu mir schaut. »Verdammt, jetzt weiß ich, nach wem du kommst.«

»Sprungwurf schwach«, sagt Mom. »Falsche Haltung.«

Connor rollt seine Schultern zurück und stellt sich noch aufrechter hin. »Okay, Miss D. Zeigen Sie mir, was ich falsch mache.«

Mom nickt. »Okay.«

Connor steht mitten im Wohnzimmer und bringt seine Gliedmaßen in eine Position, von der ich annehme, dass sie seinen Sprungwurf darstellen soll. Beine auseinander, Hintern rausgestreckt, Arme gehoben. »Was ist daran falsch?«, fragt er.

Mom geht um ihn herum, mustert ihn nachdenklich, während sie sich mit dem Zeigefinger immer wieder ans Kinn tippt.

»Das ist echt Gold wert«, sagt Trevor, der sein Handy hochhält und ein Foto davon macht. Und dann noch mal fünf weitere.

Das Ganze wäre mir fast peinlich … wenn es nicht auch irgendwie niedlich wäre. Ich meine, der Junge meiner Träume, ein All-American, der gerade die Zusage für das vermutlich beste Basketball-College des Landes bekommen hat, steht in unserem Wohnzimmer und lässt sich von meiner Mutter Tipps für seinen Sprungwurf geben. *Seufz.* Das ist einfach göttlich.

Mit dem Fuß korrigiert meine Mom den Abstand zwischen Connors Beinen. »Besser«, sagt sie, bevor sie wieder anfängt, um ihn herumzulaufen. Vor seinem rechten Arm – seinem Wurfarm – bleibt sie stehen und verändert die Position des Ellbogens, dann hebt sie ihren amputierten Arm. »Argh«, schnaubt sie. »Manchmal vergesse ich, dass er nicht mehr da ist.«

Connor lächelt auf sie herab.

»Ava!«, ruft sie.

Ich richte mich auf. »Ja, Mama?«

»Halte seinen Arm.« Sie klopft auf Connors Bizeps. »Genau hier.«

Ich stelle mich vor ihn, greife nach seinem Arm, genau dort, wo Mom gesagt hat, und verdrehe die Augen, als Connor seine Muskeln anspannt. Er grinst auch auf mich herunter, und verdammt, ich kann nicht verhindern, dass mein Körper darauf reagiert – auf seine Nähe. Zu gut erinnere ich mich noch daran, wie es sich angefühlt hat, wenn er mich mit seinem ganzen Körper bedeckt hat, Haut an Haut. Wie seine Muskeln sich bewegt haben, als er sich immer weiter nach unten vorgearbeitet hat, bis seine Schultern unter meinen Schenkeln lagen … wie sein Nacken …

»Ava«, flüstert Connor. »Du wirst rot.«

Ich schnappe nach Luft und schüttle den Gedanken ab. »Sei still.«

Mom zieht Connors Unterarm näher in Richtung Kopf. »So.«

»So?«, fragt Connor, dann tut er so, als würde er einen Ball werfen. »Hm.« Er richtet sich wieder auf und lässt die Arme sinken. »Das muss ich mal ausprobieren.«

»Ja.« Mom nickt. »Probier es aus, und wenn es klappt, erwähn mich in deiner Dankesrede.«

Connor lacht. »Auf jeden Fall, Miss D.«

Mom tätschelt seinen Arm. »Connor, eins fünfundneunzig, aber er hofft auf einen Wachstumsschub. Ich gehe jetzt ins Bett. Gute Nacht.«

»Gute Nacht, Miss Diaz.«

»Soll ich dir …?«

»Nein«, unterbricht sie mich. »Du bleibst hier. Hilf ihm bei seinem schwachen Sprungwurf.« Sie verschwindet in ihrem Zimmer und schließt die Tür hinter sich.«

»So viel Spaß hatte ich seit Jahren nicht mehr«, sagt Trevor, bevor er es Mom gleichtut, in sein Zimmer geht, die Tür schließt und Connor, mich und seinen offensichtlich schwachen Sprungwurf allein zurücklässt.

»Es tut mir leid«, murmle ich. »Ich hatte keine Ahnung, dass sie dich *deshalb* sehen wollte.«

Er zuckt bloß mit den Schultern. »Kein Problem. Um ehrlich zu sein, es hat Spaß gemacht. Sieht so aus, als würde es ihr viel besser gehen.«

»Das tut es. Wir fragen uns nur, wie lange es so bleiben wird.«

Er nickt verständnisvoll, bevor er sich im Raum umsieht. »Na ja, jetzt, wo ich schon mal hier bin …«

»Das bist du.« Ich versuche, mir meine Nervosität nicht anmerken zu lassen. »Hast du Lust …?«

»Ja«, unterbricht er mich.

Ich lache. »Du weißt doch noch gar nicht, was ich sagen will.«

»Was auch immer es ist, *ja.*«

Ich schalte den Fernseher ein und deute auf das Sofa. »Willst du etwas zu trinken?«

Er setzt sich hin, lässt mich dabei jedoch nicht aus den Augen. »Klar.«

»Wasser?«

»Gern, danke.«

Ich mache mich auf den Weg in die Küche, und als ich kurz zu ihm zurückschaue, bemerke ich, dass er mich immer noch ansieht. Ich bringe ihm sein Wasser. »Bin gleich zurück«, sage ich und verschwinde in meinem Zimmer, um mir einen Kapuzenpulli anzuziehen. Mein Blick fällt auf seine Teamjacke auf meinem Bett, und in einem Anflug von *Scheiß drauf* ziehe ich sie an. Schnüffle daran. *Hmm, lecker.* Als ich kurz darauf ins Wohnzimmer zurückkomme, hält er gerade das Glas an die Lippen, doch als er mich sieht, erstarrt sein ganzer Körper. Bis auf seine Augen. Die folgen mir den ganzen Weg, bis ich mich, die Beine unter mir angezogen, neben ihn auf das Sofa setze. Er leert das Glas in zwei großen Schlucken, bevor er es auf dem Couchtisch abstellt. Dann lehnt er sich zurück und legt den Arm hinter mir auf die Lehne. »Du weißt, dass auf der Jacke hinten mein Name steht, oder?«

»Wirklich?«

Er nickt. »Das heißt im Prinzip, dass du jetzt mir gehörst.«

Kapitel 14

AVA

Als ich heute Morgen aufgewacht bin, die Decke bis zum Kinn hochgezogen, hatte ich immer noch Connors Jacke an. Was nicht weiter schlimm wäre, allerdings ist das Letzte, woran ich mich erinnern kann, dass ich gestern an Connor gekuschelt auf der Couch gesessen habe. Ich hatte den Kopf an seine Brust gelegt, seine Arme waren um mich geschlungen, und mit der Hand hat er immer wieder eine meiner Haarsträhnen zwischen den Fingern gezwirbelt. Ich erinnere mich, dass sich, als ich zu ihm hochgesehen habe, unsere Blicke getroffen haben, und genau wie während dieses stillen Moments, den wir auf der Veranda hatten, zischten erneut eine Million unausgesprochener Worte zwischen uns hin und her, doch ein Gedanke überschattete alle anderen: *Ich habe ein Problem. Ein großes, mich bis ins Innerste erschütterndes Problem.*

Ich kann mich jedoch nicht daran erinnern, eingeschlafen zu sein, und ich kann mich schon gar nicht daran erinnern, dass ich wieder aufgewacht und in mein Zimmer gegangen bin. Als dann mein Wecker geklingelt hat, bin ich ins Wohnzimmer gestürzt, in der Hoffnung, dass er noch da ist. Aber das war er nicht. Der Fernseher war aus, die Decke lag zusammengefaltet auf der Couch und sein leeres Wasserglas war abgewaschen und weggeräumt … Seitdem habe ich nichts mehr von ihm gehört.

Das Einzige, was ich sicher weiß, ist – wenn man bedenkt, was gestern Abend passiert ist –, dass die Ärzte offenbar endlich die richtige Dosis an Medikamenten gefunden haben, die Mom dabei helfen, die ganze Nacht durchzuschlafen und tagsüber ein halbwegs normal funktionierender Mensch zu sein. Ich bin so dankbar dafür, denn das bedeutet, dass ich einen kleinen Teil meiner Mutter zurückbekomme.

»Wir sind dann mal weg«, sage ich zu ihr und drücke ihr einen Kuss auf die Wange.

Sie sieht von dem für sie erstellten Kreuzworträtsel auf, an dem sie gerade sitzt. »Hab einen schönen Tag, Süße.«

»Ich kann es gar nicht erwarten, dass du endlich deinen Führerschein hast«, murrt Trevor, während er an der Haustür in seine Schuhe schlüpft.

»Ich kann es gar nicht erwarten, dass du mir endlich das Fahren beibringst«, gebe ich zurück.

»Das kannst du vergessen.« Er schnappt sich seine Schlüssel. »Ich hab nicht die Geduld, mich mit deinem Sturkopf abzugeben.«

Mom lacht.

»Mama!«, jammere ich. »Stell dich nicht auf seine Seite.«

»Er hat aber nicht ganz unrecht«, sagt Mom kichernd. »Und dein Bruder ist der geduldigste Mensch, den ich kenne.«

»Danke, Mama Jo.« Trevor stellt sich aufrechter hin. »Bis heute Abend.« Er zieht die Tür hinter uns zu und bleibt dann auf der Veranda stehen, sein Blick wirkt abwesend. »Ich glaube nicht, dass deine Mom mich schon mal als deinen Bruder bezeichnet hat.«

»Klar hat sie das.«

Er schüttelt den Kopf. »Nicht, wenn ich dabei war.«

Ich bleibe am Fuße der Verandatreppe stehen und sehe zu ihm hoch. »Ist das schlecht?«

»Nein«, sagt er und erwidert meinen Blick. »Es ist cool. Irgendwie. Es gibt mir das Gefühl, ein Teil der Familie zu sein.

»Natürlich bist du das.«

Er zuckt mit den Schultern. »Bisher hat es sich immer so angefühlt, als wären es nur du und sie, und ich war … ich weiß auch nicht.«

Ich zucke ebenfalls mit den Schultern. »*Ich* sage allen, dass du mein Bruder bist.«

»Schon klar, aber das ist etwas anderes«, widerspricht er, während er zu mir herunterkommt.

»Inwiefern?«

»Weil das schon immer so war.« Sein Blick fällt auf etwas hinter mir. »Hey, da ist Connor.« Er pfeift kurz und laut. »Kannst du meine Schwester mit zur Schule nehmen?«

»Nein!«, flüstere ich laut und boxe ihm gegen die Schulter.

Er tut so, als hätte ich ihm wehgetan. »Was?«

Ich zwinge mich, leise zu reden. »Ich bin nicht …«

»Was bist du nicht?«

»Nicht …« *Bereit, mich mit meinen Gefühlen auseinanderzusetzen. Zumindest noch nicht.*

»Kommst du?«, ruft Connor.

»Ja!«, antwortet Trevor an meiner Stelle, bevor er zu seinem Pick-up sprintet, die Tür zuschlägt und abschließt.

Ich stöhne innerlich, gehe dann jedoch die Auffahrt hinunter zu Connor, der auf dem Gehweg wartet. »Tut mir leid. Schätze, der faule Sack wollte sich keine unnötige Mühe machen.«

Connor hält mir die Tür zu seinem Auto auf. »Es macht mir nichts aus.«

»Sicher?«, frage ich, und leider füge ich noch hinzu: »Das letzte

Mal, als ich dich gebeten habe, mich mitzunehmen, ging es nicht besonders gut aus.«

»Gott, du bist echt nachtragend.«

»Du warst an dem Tag nicht besonders nett zu mir«, sage ich und steige in den Wagen.

Er schließt meine Tür, bevor er den Pick-up umrundet und sich hinters Steuer setzt. Dann greift er auf den Rücksitz, zieht sein Deo hervor und besprüht mich damit. »Komm drüber hinweg.«

»Connor!« Ich kurble das Fenster runter.

Er sprüht mich erneut ein.

»Hör auf!« Ich lache laut auf.

»Bist du mit Schmollen fertig?«

»Ich hab nicht geschmollt. Im Gegensatz zu dir! Schluchz-schluchz. Ich kann nicht mit dir befreundet sein, weil …«

»Weil es mich in den Wahnsinn getrieben hat, in deiner Nähe zu sein. Im besten Sinne des Wortes. Und das tut es immer noch. Aber weißt du, was der Unterschied zwischen dir und mir ist? Ich habe aufgehört, deswegen zu schmollen. Wie ist es mir dir?«

Ich knurre ihn an.

Er verdreht nur die Augen, sprüht mich noch einmal ein, bevor er das Deo hinter sich wirft und mir seinen kleinen Finger hinhält. »Waffenstillstand?«

Ich verhake meinen Finger mit seinem. »Waffenstillstand.«

***

Sobald wir in der Schule ankommen, gehen wir gemeinsam zu Miss Turners Büro, bevor Connor sich zum Training verabschiedet. »Sehen wir uns nachher in Multimedia?«, fragt er.

Ein Lächeln breitet sich auf meinen Lippen aus, und ich nicke, ehe ich das Büro betrete.

»Ava«, begrüßt mich Miss Turner mit einem Grinsen, das so breit ist wie das der Grinsekatze. »Ich habe mich schon auf unseren Termin gefreut. Ich habe Neuigkeiten …«

CONNOR

In Multimedia werden Ava und ich in verschiedene Gruppen eingeteilt, daher kann ich mit ihr nicht so viel reden, wie ich gern möchte. Oder *muss*, um ehrlich zu sein.

Ich bin echt am Arsch.

Und zwar so was von.

Doch das stört mich nicht im Geringsten.

Sobald es zum Ende der Stunde klingelt, eile ich zu ihr, sodass wir gemeinsam den Raum verlassen. »Hast du Lust, heute zusammen zu Mittag zu essen?«

Sie lehnt sich an die Wand direkt neben der Tür,und sieht zu mir hoch. »Ich kann nicht.«

Ich versuche, meine Enttäuschung zu verbergen, aber sie bemerkt sie trotzdem.

Sie legt ihre Hand an meine Brust, zieht sie jedoch hastig wieder zurück … als hätte die Gewohnheit ihre Finger zu meinem Herzen geführt, die Selbstzweifel sie jedoch einen Rückzieher machen lassen. Verlegen senkt sie den Blick. »Ich habe einen Wiederholungstest, den ich nicht verpassen darf, und ich weiß nicht, wie lang der dauert. Ich will nicht, dass du auf mich warten musst.«

Ich zucke mit den Schultern. »Ich würde auf dich warten.«

»Hi, Connor!«, ruft ein Mädchen, das gerade an uns vorbeiläuft.

»Was geht?«, antworte ich, ohne meine Augen von Ava zu nehmen.

Avas Mundwinkel zucken. »Ein Fan von dir?«

Ich schüttle den Kopf und zucke wieder mit den Schultern. »Ich habe keine Ahnung, wer das war.«

»Klar.« Sie zupft an meinem Ärmel. »Wenn du nach der Schule Zeit hast – ich könnte jemanden brauchen, der mich nach Hause fährt.«

»Leider nicht. Da habe ich ein Training nach dem anderen.«

»Blöd.«

»Aber ich könnte danach zu dir kommen, wenn du willst.«

»Wir werden sehen.«

Ich runzle die Stirn. »Was soll das heißen?«

Diesmal zuckt sie mit den Schultern. Sie stößt sich von der Wand ab, macht einen Schritt auf mich zu. »Was ist letzte Nacht passiert?«

Ich verkneife mir ein Grinsen. »Was meinst du?«

»Ich weiß nicht … Im einen Moment hab ich noch neben dir auf der Couch gesessen und im nächsten lag ich zugedeckt in meinem Bett, wo es gemütlich und warm war.«

»Und?«

»Hast du mich ins Bett getragen?«

Ich nicke.

»Das ist mir ein bisschen peinlich.«

»Muss es nicht«, versichere ich ihr. »Du warst ziemlich süß. Auch wenn du wieder meinen Wenis vollgesabbert hast.«

Ein empörtes Schnaufen ertönt aus dem offenen Klassenzimmer, und kurz darauf steht Miss Salas mit geweiteten Augen in der

Tür. »Sie sollten aufpassen, worüber Sie sich in der Schule unterhalten, junger Mann!«

Avas Kichern verstummt.

»Ich glaube, Sie haben mich missverstanden, Miss Salas«, sage ich.

Miss Salas' Augenlid zuckt vor Wut. »Sollten Sie beide nicht im Unterricht sein?«

»Oh, Mist.« Ava sieht sich lachend um.

Ich tue dasselbe.

Die Flure sind leer.

Ava klopft mir auf die Schulter. »Wir sehen uns später, du *Hengst.*«

Ich sehe Ava länger hinterher, als ich sollte, bevor ich mich zu Miss Salas umdrehe, die immer noch in der Tür steht. Mit verschränkten Armen. Ich schenke ihr dasselbe Lächeln, von dem Ava mal behauptet hat, dass es Mädchenherzen zum Schmelzen bringe. »Besteht die Möglichkeit, dass Sie mir eine Entschuldigung schreiben, dass ich zu spät bin?«

***

Ich stochere lustlos in meinem Essen herum, während ich mich frage, wie scheiße es von mir wäre, wenn ich Ava dafür *bezahlen* würde, dass sie mir Lunch mitbringt. Es klingt nach einem idiotensicheren Plan, aber er würde aus zwei Gründen nicht funktionieren. Erstens: Ich würde sie quasi dazu zwingen, mit mir zu reden, anstatt ihr die Wahl selbst zu überlassen, und zweitens: Ich habe kein Geld.

»Es gibt fast vier Milliarden Frauen auf der Welt, und wenn wir davon ausgehen, dass drei Milliarden von denen über achtzehn sind …«, sagt Mitch, und obwohl ich keine Ahnung habe, worauf er damit hinauswill, wünschte ich, ich könnte der Unterhaltung entkommen. »Das sind an die sechs Milliarden *legale* Brüste.«

»Gott.« Ich lasse die Gabel auf den Teller fallen und schiebe das Tablett von mir weg.

Neben mir murmelt Karen mehr zu sich selbst als zu jemand anders: »Warum sitze ich hier?«

»Weil du mir nicht widerstehen kannst«, erwidert Mitch und wirft ihr einen Luftkuss zu.

Karen verdreht die Augen, und im selben Moment vibriert das Handy vor ihr auf dem Tisch. »Gott sei Dank«, flüstert sie und geht ran. »Hi, Ava.«

»Was? Es ist Ava?« Das bin ich, *nicht* gerade unauffällig. Ich versuche, bei dem Gespräch mitzuhören, doch Karen drückt mein Gesicht weg und hält das Handy dann ans andere Ohr. »Ja, klar. Natürlich.«

Meine Augenbrauen schießen nach oben.

»Bin gleich da.« Sie steht ruckartig auf, sodass die Stuhlbeine laut über den Boden schaben. »Bis später, ihr Vollhonks.«

»Warte!« Ich springe auch auf. »Ist Ava okay?«

»Mädelsnotfall. Kümmere dich um deinen eigenen Kram!«

AVA

»Hey, Süße!«, ruft Karen und steigt die Tribünenstufen zu mir hoch, genau wie Connor es immer getan hat.

Ich setze mich aufrechter hin und stecke mein Handy weg. Connors Nachricht, ob alles okay ist, ignoriere ich.

Nichts ist okay.

Und er kann nicht derjenige sein, der mir da durchhilft.

»Tut mir leid, dass ich dich angerufen habe«, sage ich. »Ich hoffe, du warst nicht gerade beschäftigt.«

Sie verdreht die Augen und setzt sich neben mich. »Ich war nur zum dritten Mal kurz davor, Mitch eine reinzuhauen, also nein, überhaupt nicht beschäftigt. Und für dich hab ich immer Zeit. Was ist los?«

»Es ist dumm«, gebe ich zu. Inzwischen bereue ich es, sie angerufen zu haben. Ich hatte einen kleinen Moment der Panik und dachte, es wäre eine gute Idee, mich jemandem anzuvertrauen, der mir vielleicht tatsächlich helfen könnte. Aber nun, wo sie hier ist, bringe ich die Worte nicht über die Lippen.

»Ava.« Sie sieht mich ernst an. »Spuck's aus.«

»Es geht um … so eine Jungssache«, sage ich, weil ich offenbar wieder zwölf bin.

Karen grinst, und ich merke, wie sehr ich diese Momente mit ihr vermisst habe. »Geht es um *Connor?*«

Ich nicke.

»Und? Raus damit.«

»Ich … ich hab Angst.«

Sie lehnt sich zurück, stützt sich mit den Armen hinter sich ab und streckt die Beine aus. »Wovor genau hast du denn Angst?«

»Davor, dass sich alles wiederholt. Glaube ich.«

»Hm. Ich weiß nicht genau, was zwischen euch vorgefallen ist, also …«

»Es ist alles einfach zu kompliziert geworden«, gebe ich zu. »Mit meiner Mom und mit seinem Basketball, es hat einfach so viel Zeit in Anspruch genommen, und wenn wir dann zusammen waren, dann war es … ich weiß auch nicht. Schlecht? Also, nicht schlecht in dem Sinne, dass wir nicht zusammen sein wollten, aber wir standen so unter Druck und …« Ich stoße die Luft aus. »Ich rede wirres Zeug, das ergibt doch keinen Sinn.« Ich springe auf, kann nicht länger stillsitzen.

»Es ergibt sehr wohl Sinn. Nur … sprich es aus, A. Was auch immer es ist, sag es einfach.«

Als ich sie ansehe, liegt ehrliche Sorge in ihrem Blick, also tue ich, worum sie mich gebeten hat, und … *lasse alles raus.* »Das erste Mal, als wir uns ineinander verliebt haben, war es … wie *Magie.* Als wären wir zwei Menschen, die zufällig zur richtigen Zeit am richtigen Ort waren, und da war diese unbestreitbare Anziehung …« Ich fange an, auf und ab zu gehen, und mein Herz pocht heftig in meiner Brust. »Und es war, als würden uns unglaublich viele Dinge verbinden, aber dann … dann kam das Leben dazwischen, und es hat uns auseinandergerissen. Und das ist auch in Ordnung.« Ich nicke bekräftigend, meine Kehle brennt, als ich schlucke. »Ich habe mich damit abgefunden, dass es so kommen musste, aber jetzt …«

»Jetzt was?«, fragt sie leise, während sie mich neugierig mustert.

»Jetzt ist es anders.«

»Inwiefern?«

Ich lasse mich wieder neben sie fallen. »Jetzt ist es, als hätten sich all diese Gefühle verstärkt. Wir sind so kurz davor, wieder an diesen Punkt zu gelangen, aber ich habe Angst, weil … weil es diesmal so viel *mehr* ist. Es *bedeutet* viel mehr. Ich meine, jedes Mal wenn er mich ansieht, dann fühle ich diesen …«, ich lege die Hand über mein Herz, »… diesen Schmerz hier drin, als … als hätte davor etwas gefehlt. Als wäre Connor dieses Etwas. Und gestern Nacht …«

»Was war gestern Nacht?«, ermutigt sie mich, weiterzusprechen.

»Letzte Nacht ist er vorbeigekommen, und er und Mom … Die beiden hatten diesen Moment zusammen, der mir den Rest gegeben hat. Im besten Sinne.«

»Okay. Und was ist jetzt das Problem?« Sie lacht.

»Ich …« Ich atme tief durch, um mich zu beruhigen, bevor ich das Gesicht in den Händen verberge. »Ich will es so sehr«, sage ich, während ich versuche, meine Gefühle zu kontrollieren. »Aber ich will es für immer. Und ich glaube nicht, dass das möglich ist. Nicht in meiner Lage. Und auch nicht in seiner.«

Karen nickt stumm, als müsste sie das alles erst mal sacken lassen. Sie starrt auf das Spielfeld. Es sind zwar nur ein paar Sekunden, sie fühlen sich aber an wie Stunden. Dann blinzelt sie langsam, bevor sie sich mir zuwendet. »Willst du wissen, was ich glaube?«

»Bitte«, hauche ich.

»Ich glaube, dass du das erste Mal, als du dich in ihn verliebt hast, vielleicht eher in den *Gedanken* von einer Zukunft mit ihm verliebt warst. Weißt du, was ich meine?«

Ich nicke.

»Und jetzt … jetzt liebst du *ihn.*«

Mir stockt der Atem, als ich über ihre Worte nachdenke. »Ja«, flüstere ich. »Du hast recht. Das tue ich. Ich liebe ihn *so sehr*, Karen.«

Sie lächelt, aber es wirkt beinahe traurig. »Ich freue mich, dass du verliebt bist, Ava. Du hast es verdient.« Sie hakt sich bei mir unter und stößt ihre Schulter sanft gegen meine. »Und was diese Angst wegen dem *Für-immer* betrifft – es gibt keine Garantie, dass etwas für immer ist. Du weißt das besser als jeder andere. Also, angenommen, *Für-immer* wäre morgen vorbei, würdest du dann lieber mit der Reue leben oder mit den Erinnerungen an Connor?«

»Connor«, murmle ich und sehe sie an. »Danke.«

»Gern geschehen.« Sie gibt mir einen Kuss auf die Wange, bevor sie anfängt zu kichern. »Schätze, ich sollte dann wohl aufhören, ihn anzugraben.«

Ich pruste los. »Ja, das wäre nicht schlecht.«

Kapitel 15

CONNOR

»Wenn du Profibasketballer werden willst, dann musst du dich an diesen Scheiß gewöhnen«, sagt Rhys, weil ich mich über das öffentliche Training beschwert habe, das gleich stattfindet.

Es stört mich nicht wirklich, und ich weiß, wie wichtig solche Sachen sind … Schulspirit und all das. Aber ich würde die Trainingsstunden lieber dafür nutzen, daran zu arbeiten, mich zu verbessern, vor allem, da die Play-offs diese Woche beginnen. Das öffentliche Training kommt mir hingegen wie eine ziemliche Zeitverschwendung vor. Da könnte ich genauso gut heimgehen und auf meiner Veranda sitzen, da besteht wenigstens die klitzekleine Chance, Ava zu sehen. Inzwischen sind mehrere Tage vergangen, seit ich wirklich Zeit mit ihr verbracht habe, und das setzt mir zu. Wir schreiben uns ab und zu, aber das ist nicht dasselbe.

»Auf geht's, Gentlemen!«, ruft Coach Sykes.

Wir verlassen die Umkleide und marschieren, einer nach dem

anderen, auf das Spielfeld, während unsere Mitschüler und Mitschülerinnen uns lautstark zujubeln.

»Bring es einfach hinter dich«, sagt Rhys und schlägt mir auf den Hinterkopf.

Genau wie sonst auch beginnen wir das Training mit Aufwärmübungen, und ich habe bereits die Hälfte der Abfolge durch, als ich sie sehe. In der ersten Reihe direkt neben Karen sitzt Ava und verkneift sich ein Lächeln, während sie mich beobachtet. In der Hand hält sie einen Luftballon, leuchtend orange, mit der anderen winkt sie mir zu.

Ich laufe zu ihr, wobei ich alles andere um mich herum ignoriere. Vor ihr gehe ich in die Hocke, damit wir auf Augenhöhe sind. »Hi«, sage ich, da es das Einzige ist, was mir in diesem Moment einfällt.

»Hi«, antwortet sie und kichert verlegen.

»Was machst du hier?«

»Backen.«

»Ich meine, wie hast du es geschafft …?«

»Ledger!«, brüllt der Coach.

»Eine Sekunde!«, rufe ich zurück.

»Sofort, Junge!«

Ava lacht und senkt den Kopf. »Oh-oh. Das gibt Ärger.« Sie stößt mich an der Schulter weg, so fest, dass ich mich mit dem ausgestreckten Arm abfangen muss. »Geh! Zeig, was du draufhast, Nummer drei!«

Ich flexe, ich gebe es zu. Aber Avas Anwesenheit bringt mich dazu, mich noch mehr anstrengen, mich selbst übertreffen zu wollen. Davon abgesehen, bekommt sie mich nicht oft live und in Aktion zu sehen, also liefere ich ihr natürlich eine Show.

Das muss ich.

Sobald das Training vorbei ist, renne ich wieder zu Ava hinüber, um sie noch zu erwischen, bevor sie geht.

»Hi«, sage ich.

Kopfschüttelnd lächelt sie zu mir hoch. »Dir auf dem Spielfeld zuzusehen, ist genau wie einer Farbe beim Trocknen zuzusehen. Ich hab mich noch nie im Leben so sehr gelangweilt.«

Ich lache. »Tut mir leid, nächstes Mal gebe ich mir mehr Mühe.«

Sie schnalzt mit der Zunge. »Ich glaub nicht, dass es noch ein nächstes Mal geben wird, Nummer drei. *So* schlecht warst du.«

Karen steht etwas abseits von uns und beobachtet unseren Schlagabtausch mit gerunzelter Stirn. »So sieht es also aus, wenn man verliebt ist?«

»Karen!«, flüstert Ava entsetzt und sieht ihre alte beste Freundin mit weit aufgerissenen Augen an.

Erwischt.

»Was?« Karen zuckt mit den Schultern. »Als wenn ihr zwei das nicht selbst wüsstet.«

Ava atmet tief durch und sieht wieder zu mir hoch. »Karen fährt mich heim. Das dauert genauso lange, als wenn ich den Bus nehme.«

»Oder ich!«, stoße ich schnell – und viel zu laut, viel zu motiviert – hervor und deute mit dem Daumen auf mich. »Ich könnte dich auch heimfahren.«

»Ich weiß«, sagt sie. »Nur, bis du geduscht und …«

»Keine Dusche«, unterbreche ich sie. »Lass mich schnell meine Sachen holen.«

»Bist du dir sicher?«

»Er ist sich sicher, Ava«, mischt Karen sich ein, bevor sie sich zu mir dreht. »Wir warten draußen auf dich.«

Ich nicke, während Ava mich im selben Moment auffordert: »Gib mir dein Trikot.«

Meine Augenbraue wandert nach oben.

Sie zuckt mit den Schultern. »Für meine Sammlung.«

Ohne nachzudenken, greife ich nach hinten, ziehe mir das Trikot über den Kopf und halte es ihr hin.

Karen stößt einen leisen Pfiff aus, während Ava auf meinen nackten Oberkörper starrt. Dann hält sie sich mein Trikot unter die Nase und atmet tief ein. »Hmm. Ungeduschter Sportler. Eventuell ist das jetzt mein neuer Lieblingsduft.«

»Du hast echt einen Knall«, sagt Karen lachend und schlingt ihren Arm um Avas Schultern. »Hol dein Zeug, Ledger«, fügt sie an mich gewandt hinzu, bevor sie Ava herumdreht. Die beiden sind schon fast am Ausgang angekommen, als mir bewusst wird, dass ich Ava hinterherstarre ... und Ava – sie starrt zurück, den Hals verdreht, um mich weiterhin ansehen zu können, und die Unterlippe zwischen den Zähnen.

So schnell wie möglich hole ich meine Sachen und werfe einen Kapuzenpulli über, bevor ich auf den Parkplatz gehe, wo Ava und Karen bereits neben meinem Pick-up warten. Ava trägt mein Trikot, dazu ihren Schulrock und die kniehohen Strümpfe – ich glaube, ich bin noch nie so schnell hart geworden. Sie hält Karens Pompons vor ihre Brust, und als sie mich sieht, verziehen sich ihre Lippen zu einem breiten Grinsen.

»Bereit? Okay!«, brüllt sie den Standardruf der Cheerleaderinnen, während sie die Pompons herumwedelt, hochspringt und die Arme und Beine von sich streckt. Bei dem Gedanken, wie gerade jeder Kerl auf dem Parkplatz sie beobachtet, steigt ein Knurren in meiner Kehle hoch, doch ich schlucke es hastig wieder runter. Stattdessen bewege ich mich auf Ava zu, beobachte, wie ihr Lächeln weniger wird, je näher ich ihr komme. Sie lehnt den Kopf zurück und blickt zu mir auf, als ich vor ihr stehen bleibe. Ich nehme ihr die Pompons ab und gebe sie Karen. »Die brauchst du nicht.«

Ava kichert. »Du magst keine Cheerleaderinnen?«

Ich schüttle den Kopf, lege den Arm um ihre Taille und führe sie zur Beifahrertür. »Doch. Meine eigene, persönliche Cheerleaderin schon«, murmle ich, während Ava einsteigt.

Einen Moment lang sieht sie mich schweigend an. »Das ist schon ein bisschen besitzergreifend, findest du nicht?«

Ich zucke mit den Schultern. »Sag das noch mal, wenn du nicht meinen Namen auf deinem Rücken stehen hast.«

»Es ist nur ein Trikot«, flüstert sie, den Blick auf meine Lippen gerichtet.

»Wenn du dir das einreden willst, bitte.«

Die Spannung im Wagen ist so groß, dass keiner von uns etwas sagt, und wir sind schon fast zu Hause, als wir beide das Schweigen brechen. »Wie war dein Tag?«, frage ich im selben Moment, in dem Ava gesteht: »Ich weiß, dass es nicht nur ein Trikot ist.« Schnell presse ich die Lippen aufeinander und hoffe, dass sie weiterspricht. Was sie auch macht. »Ich weiß, dass es weitaus mehr bedeutet, und ich *mag*, dass es das tut. Die Sache ist nur, es gibt da ein paar Dinge, über die ich mir erst noch klar werden muss, ein paar persönliche Hürden … und ich weiß, dass es nicht fair ist, dich zu bitten, dass du auf mich wartest, aber ich hab mich gefragt, ob … wenn ich meine Probleme gelöst habe … ob du mir dann vielleicht noch mal eine Chance geben willst?«

Ich werfe einen Blick zu ihr hinüber, ein breites Grinsen im Gesicht. »Ja.«

»Ja?«

»Ein riesiges Verdammt-ja, Ava, ja!« Ich lache laut auf, kann meine Freude nicht mehr zurückhalten. Das ist alles, was ich wollte. Alles, was ich brauchte. »Und es ist mir egal, wie lange es dauert, bis du so weit bist. Ich bin *immer* für dich da.«

Sie rutscht auf der Sitzbank zu mir rüber, um mir einen Kuss auf die Wange zu geben. »Danke«, sagt sie, als würde es mich unglaublich viel Mühe kosten, darauf zu warten, eines Tages mit ihr zusammen zu sein. Das Mädchen ist verrückt, aber irgendwie liebe ich genau das an Ava.

Ich komme vor unseren Häusern zum Stehen und schalte den Motor aus, mache aber keine Anstalten, auszusteigen. Stattdessen lehne ich mich gegen die Tür und sehe sie an.

Ava beobachtet mich, und auf ihren Lippen liegt der Hauch eines Lächelns. »Also«, sagt sie.

»Also?«

»Danke fürs Mitnehmen.«

»Jederzeit.«

»Und für das Trikot«, fährt sie fort und zupft an dem Stoff.

»Gern.«

»Okay«, sagt sie kichernd und rutscht über die Sitzbank, um die Tür zu öffnen.

»Hey«, stoße ich hervor, verstumme dann aber wieder, weil ich nicht wirklich etwas zu sagen habe. Ich bin nur noch nicht bereit, mich von ihr zu verabschieden. »Hast du vielleicht Lust, an dem Multimediaprojekt zu arbeiten?«

»Heute Abend?«

»Oder jetzt …?«

Ihr Blick huscht zum Haus und dann wieder zu mir. »Ich weiß nicht so recht, in welcher Stimmung meine Mom ist.«

»Natürlich, klar.« Ich nicke und schaue über ihre Schulter, während ich gleichzeitig versuche, meine Enttäuschung zu verbergen.

»Wenn du mir ein paar Minuten gibst, dann sehe ich nach und …«

»Wirklich?«

»Hm.« Sie scheint nicht aufhören zu können zu grinsen, genauso wenig wie ich. Und keiner von uns beiden kann seinen Blick von dem anderen losreißen.

Sollte die Welt jetzt untergehen und ich sterben, wäre ich unglaublich glücklich. Klar, ich wäre zwar ein achtzehnjähriger Kerl, der noch nie Sex hatte, aber trotzdem … ich wäre *glücklich.*

Ich warte bei meinem Truck, während Ava ins Haus geht. Ein paar Minuten später öffnet sie die Tür wieder und winkt mich zu sich. Ein Gefühl unbändiger Freude durchströmt mich, also hole ich den Rucksack aus dem Wagen und folge Ava ins Haus.

»Du musst Connor sein, eins fünfundneunzig, schwacher Sprungwurf«, begrüßt mich eine Frau, vermutlich Krystal.

»Verdammt, was ist nur mit den Frauen in diesem Haus los?«, antworte ich.

Krystal lacht und drückt kurz Avas Arm, als sie an ihr vorbeigeht. »Hab noch einen schönen Abend, Süße.«

Sobald Krystal weg ist, dreht Ava sich zu mir um. »Mom hat einen Nulltag, also …«

Ava hat mir das Bewertungssystem für die Laune und emotionale Stimmung ihrer Mom schon mal erklärt. Ein Nulltag heißt *nichts.* So, wie Ava es beschrieben hat, ist es an so einem Tag, als wäre ihre Mom eine Hülle, und im Innern ist sie leer. Was natürlich Scheiße ist, aber es ist bei Weitem besser als ein Negativtag.

»Sie ist in der Küche und geht die Wörter aus ihrer Sprachtherapie durch. Ist es okay, wenn wir uns zu ihr setzen? Dann kann ich …«

»Natürlich«, unterbreche ich sie und folge Ava in die Küche, wo ihre Mom mit einem Stapel Karteikarten am Tisch sitzt. Sie nimmt eine hoch. »Kuh«, sagt sie und betrachtet das Bild.

Ava schenkt mir ein schwaches Lächeln. »Möchtest du etwas trinken?«

»Klar, danke.« Ich stelle meinen Rucksack neben mir ab und nehme ihrer Mom gegenüber Platz. »Hi, Miss D«, sage ich leise.

Miss Diaz sieht auf und gleich wieder auf den Stapel, von dem sie die nächste Karte zieht. »Hund.« Sie legt sie auf einem Stapel rechts von sich ab, als Ava mir einen Plastikbecher Wasser hinstellt.

»Danke.«

Miss Diaz nimmt die nächste Karte, auf jeder ist ein anderes Tier abgebildet. »Schilköte«, sagt sie.

Ava setzt sich neben mich. »Schil*dk*röte«, korrigiert sie.

»Schildkröte«, wiederholt Miss Diaz. Die Karte wandert auf den Stapel links von ihr, der größer ist als der rechts.

»Hast du schon eine Idee, auf welchen Mörder wir uns konzentrieren wollen?«, fragt Ava.

»Nicht wirklich«, antworte ich.

»Mörder«, sagt Miss Diaz.

Ava sieht lächelnd zu ihr hinüber. »Das ist nicht auf deinen Karten, Mama. Wenn Connor und ich dich ablenken, kann ich ihn auch bitten, zu gehen.«

Miss Diaz schüttelt den Kopf. »Connor, eins fünfundneunzig, aber er hofft auf einen Wachstumsschub.« Sie schaut zu mir hoch. »Hi, Connor.«

»Hi, Miss D.«

»Jo. Du kannst mich Jo nennen.«

»Okay, Jo.«

Sie konzentriert sich wieder auf ihre Karten, nimmt eine hoch, auf der ein Wurm abgebildet ist, und sagt: »Wurm«, bevor sie sie auf den rechten Stapel legt.

»Connor?«, flüstert Ava, und ich reiße meinen Blick von ihrer Mom los. »Sollen wir damit anfangen, unsere Lieblingsmörder einzugrenzen?«

»Es klingt sehr seltsam, wenn du es so formulierst.«

»Mörder«, wiederholt Jo.

Ava seufzt, und ihre Mom nimmt die nächste Karte.

Ava und ich arbeiten die nächsten Stunden an unserem Projekt und einigen uns darauf, dass der aktuelle Hype um die überraschende Festnahme des Golden-State-Killers, der in den Siebzigern und Achtzigern sein Unwesen getrieben hat, uns genug Material bietet, um darüber einen guten Podcast oder ein Video zu machen. Wir sammeln so viele Informationen, wie wir können, während Jo weiter ihre Karteikarten durchgeht. Inzwischen ist sie von Tieren zu Objekten übergegangen. Ball, Ring, Stift, sie alle wandern auf den rechten Stapel. Toaster, Fernseher, Computer hingegen landen auf dem linken.

»Hey, Jo«, sage ich neugierig. »Was war es noch mal, woran ich arbeiten soll?«

Sie sieht mich an. »Connor, eins fünfundneunzig, *schwacher Sprungwurf.*«

»Mein Sprungwurf, hm?«

Sie nickt.

Ava kneift argwöhnisch die Augen zusammen und stupst mir unterm Tisch leicht gegen das Bein. »Was soll das?«, flüstert sie.

Ich ignoriere sie, stattdessen frage ich ihre Mom: »Wissen Sie, welchen Mannschaftssport ich spiele?«

Jo schnaubt. »Basketball.«

Ich suche das Bild eines Basketballs aus ihrem Stapel heraus und schiebe ihr die Karte mit dem Zeigefinger zu. »Was ist das?«

Ava tritt mich. *Kräftig.* Ich ignoriere sie jedoch wieder.

»Ball«, sagt ihre Mom.

»Welche Art von Ball?«

Jo seufzt. »*Ball.*«

»Ich weiß, dass es ein Ball ist«, sage ich, während Ava mir auf den Fuß tritt und ihn regelrecht unter ihrem zerquetscht. »Aber welche *Art* von Ball?«

Jo sieht mich an, ein ausdrucksloser Blick trübt ihre Miene.

Ich lehne mich vor. »Haben Sie Collegesport gemacht?«, frage ich.

Sie nickt. »Basketball.«

»Eine Sekunde, Mama«, presst Ava zwischen zusammengebissenen Zähnen hervor. Sie steht auf und zieht mich am Ohr, ihr Griff wird fester, bis ich ebenfalls aufstehe. Sie schleift mich ins Wohnzimmer. »Was zum Teufel machst du da?«, flüstert sie aufgebracht, nachdem sie mich endlich losgelassen hat.

Ich reibe mir übers Ohr, um den Schmerz zu lindern. »Deine Mom ist nicht taub, Ava. Sie kann dich hören.«

Sie verschränkt die Arme. »Du sorgst nur dafür, dass sie sich dumm fühlt!«

»Nein, tu ich nicht«, erwidere ich und verschränke ebenfalls die Arme. »Ich unterhalte mich mit ihr. Hast du nicht gesehen, was gerade passiert ist?«

»Alles, was ich gesehen habe, ist, dass du dich wie ein Riesenarsch verhältst, und wenn du so weitermachen willst, kannst du direkt gehen.«

»Ava.« Ich packe sie sanft an den Schultern und drehe sie so, dass sie die Küche sieht, wo ihre Mom immer noch diese nutzlosen Karteikarten durchgeht. »Sie hat zwei Stapel«, fange ich an.

»Das weiß ich«, unterbricht Ava mich gereizt.

Ich ignoriere ihr angepisstes Verhalten und fahre fort, die Hände immer noch an ihren Schultern. »Auf dem rechten Stapel sind die Karten, die sie richtig hat. Das sind alles einsilbige Wörter. Alles andere landet auf dem linken Stapel, und diese Wörter haben alle mehr als eine Silbe. Aber sie kann diese Wörter *aussprechen*, Ava. Sie kann sie nur nicht mit den Bildern in Verbindung bringen. So wie gerade eben, als sie die Karte mit dem Basketball gesehen hat. Sie hat nicht gesagt, dass es ein Basketball ist, sondern dass es ein Ball ist. Was sie frustriert hat. Aber wenn ich mit ihr *rede*, wenn sie sich unterhält, sagt sie das Wort, und sie spricht es problemlos klar und deutlich aus.«

Avas Schultern sacken nach unten, als sie scharf einatmet.

»Diese Karteikarten«, fahre ich fort, »sind nutzlos. Du musst einfach nur mit ihr *reden.*«

Ava sieht mich einen Moment lang schweigend an, doch dann ruft sie: »Hey, Mama? Erinnerst du dich noch an Trevors Haustier? Sein Name war Fetch.«

Jo nickt.

»Weißt du noch, was für ein Tier das war?«

»Schildkröte«, antwortet Jo, ohne zu zögern.

»Oh mein Gott, Connor!« Ava wirbelt zu mir herum und wirft ihre Arme um meinen Nacken. »Wieso habe ich das nicht früher bemerkt?«

Ich habe keine Antwort darauf, also sage ich nichts. Stattdessen halte ich sie fest, drücke sie an mich, sodass ihre Wange auf meiner Brust liegt.

Die Haustür geht auf, und Trevor kommt herein. »Liebt mich! Füttert mich! Verehrt mich«, verlangt er, während er, ohne aufzusehen, aus den Schuhen schlüpft. Erst dann dreht er sich um und entdeckt Ava und mich, eng umschlungen. »Oh, wir umarmen uns also wieder«, murmelt er.

Ava kichert und lässt mich los. »Connor ist nur hier, weil wir Hausaufgaben machen.«

»Na klar«, erwidert Trevor, während er an uns vorbei in die Küche geht. »Ich weiß noch genau, wie ich es damals auch ›Hausaufgaben machen‹ genannt habe.« Er legt Avas Mom eine Hand auf die Schulter und haucht einen Kuss auf ihre Narben. »Was gibt's Neues, Mama Jo?«

Miss Diaz tätschelt liebevoll seine Hand. »Connor, eins fünfundneunzig, ist hier.«

»Habe ich gesehen. Gibst du ihm noch mehr Tipps für seinen Sprungwurf?«

Jo schnalzt mit der Zunge. »Schwach.«

Ich kann nicht anders, als zu lachen.

Trevor geht zum Kühlschrank und holt sich ein Bier, bevor er den Blick über unsere Hausaufgaben schweifen lässt, die wir auf dem ganzen Tisch ausgebreitet haben. »Woran arbeitet ihr zwei diesmal?«

»Serienmörder«, antwortet Ava.

Trevor schüttelt den Kopf. »Ohne Scheiß, Ava, irgendwann wird noch das FBI an unsere Tür klopfen, weil sie deinen Suchverlauf verdächtig finden.«

Ava zuckt mit den Schultern, ehe sie meine Hand nimmt und mich zum Tisch zurückzieht.

»Also«, sagt Trevor, »ich gehe davon aus, dass ich heute nichts zu essen bekomme?«

Ava verzieht das Gesicht. »Tut mir leid, ich hab völlig die Zeit vergessen.«

»Pizza?«, fragt Trevor.

»Klar.«

Er deutet auf mich. »Pizza?«

»Bin dabei.«

Dann deutet er auf Miss Diaz. »Pizza?«

Sie nickt und reißt die Arme jubelnd hoch. »Salamipizza!«

Ich stoße Avas Bein unter dem Tisch an. »Siehst du? *Fünf Silben.*«

***

Wir sitzen am Küchentisch und verschlingen ein Stück Pizza nach dem anderen, während Trevor und Ava sich gegenseitig necken und ich mein Bestes gebe, nichts zu verpassen. Jo lauscht dem Gespräch, manchmal lächelt sie sogar. Ich lege die Pizza zurück auf den Teller. »Also, Jo«, sage ich zu ihr, »ich habe mir ein paar alte Spielaufzeichnungen von mir angesehen, und wissen Sie, was mir aufgefallen ist?«

»Schwacher Sprungwurf?«

»Ganz genau«, lüge ich.

»Wegen der Haltung, richtig?«

»Vermutlich. Aber ich kann es nicht sicher sagen, und das Wohnzimmer ... es ist nicht dasselbe, wie direkt vor einem Basketballkorb zu stehen. Wissen Sie, was ich meine?«

Sie nickt. »Ja.«

»Also, ich habe mich gefragt, vielleicht könnten wir ja auf ein Basketballfeld gehen, und Sie zeigen es mir dort?«

Ava und Trevor verstummen schlagartig, und Jo – sie starrt mich an, als hätte ich ihr gerade erzählt, dass Ava von mir schwanger ist.

»Connor«, flüstert Ava. Ich verstehe nicht, warum sie so leise spricht, wenn ihre Mom *direkt daneben* sitzt. »Du weißt, dass meine Mom das Haus nicht verlässt. Warum fragst du sie das?«

Ich schiebe meinen Teller von mir weg, stützte mich mit den Unterarmen auf dem Tisch ab und lehne mich ein wenig vor, sodass ich nur mit Jo rede. »Ist es, weil Sie es nicht mögen, wenn die Leute Sie anstarren?«

»Connor, das reicht«, presst Ava hervor.

»Ja«, flüstert Jo.

Ich atme scharf ein, und meine Gedanken rasen. »Was, wenn wir nachts gehen, wenn Sie niemand sieht?«

Jo blinzelt und schüttelt dann den Kopf, immer und immer wieder, und sie hört nicht auf.

»Connor, du solltest jetzt gehen«, sagt Ava und steht auf.

Ich ignoriere sie. »Und was, wenn ich Ihnen verspreche, dass niemand außer uns dort sein wird?«, frage ich Jo.

»Ich meine es ernst«, faucht Ava. »Verschwinde!«

»Lass ihn weiterreden, Ava«, sagt Trevor.

»Was«, fahre ich fort, »wenn nur Sie und ich und Ava und Trevor dort sind?«

Jo klammert sich an ihren amputierten Arm und umarmt sich selbst. »Nein, nein, nein, nein, nein.«

Ava zieht mich grob vom Stuhl hoch, bevor sie die Hände an meinen Rücken legt und mich aus der Küche schiebt, durchs Wohnzimmer und direkt durch die Haustür nach draußen, wo sie die Tür fest hinter uns zuknallt. »Was zur Hölle läuft bei dir falsch?!«

Das Herz schlägt mir bis zum Hals, als ich mich zu ihr umdrehe. »Was ist mir dir? Du flüsterst direkt vor ihr, als könnte sie dich nicht hören. Sie ist kein Kind, und du musst aufhören, sie wie ein Baby zu behandeln.«

»Für wen zum Teufel hältst du dich eigentlich?«, brüllt sie.

»Sie ist eine Marinesoldatin, Ava. Sie ist stärker, als du glaubst!«

Ihre Nasenflügel blähen sich. »Wie kannst du es wagen!«

»Wie kann ich was wagen? *Es zu versuchen?*«

»Wie kannst du es wagen, dich einfach in unser Leben zu drängen und zu glauben, du könntest etwas ändern?! Ich muss mit diesem Scheiß schon seit *drei Jahren* zurechtkommen, Connor!« Sie atmet tief durch, die Wut treibt die Röte in ihre Wangen, und Tränen schimmern in ihren Augen. »Weißt du noch, was ich vorhin im Auto gesagt habe? Ich nehme es zurück!«

Das Herz rutscht mir in die Hose. »Nein, tust du nicht.«

»Doch, tue ich!«, schreit sie. »Gott, gerade jetzt, wo ich dachte, die Dinge wären zu gut, um wahr zu sein, musst du …« Die Haustür geht auf und unterbricht ihren Wutausbruch. Sie schlingt schützend die Arme um sich.

Trevor steckt seinen Kopf heraus. »Sie will mit dir reden.«

»Ich bin gleich bei ihr«, flüstert Ava und atmet, in dem Versuch, sich wieder zu sammeln, tief durch.

»Nicht mit dir«, sagt Trevor und sieht zu mir. »*Mit dir.*«

Ich schlucke, bin auf einmal nervös, und warte darauf, dass Ava einen Schritt zur Seite macht und mich vorbeilässt. Jo hat ihren Platz nicht verlassen, aber sie hebt den Kopf und erwidert meinen Blick, als ich die Küche betrete; Ava ist nur einen halben Schritt hinter mir.

»Veh … veh …« Sie blinzelt schnell. Einmal. Zweimal. »Vehsprich es, nur du, ich, Ava und Trevor.«

Ich lege die Hand aufs Herz. »Ich schwöre es Ihnen, Jo. Ich würde nie etwas tun, was Ihnen unangenehm ist.«

Einen Moment lang herrscht Stille, Ava, Trevor und ich warten, was sie als Nächstes sagt oder tut. Ava atmet schwer neben mir, also nehme ich ihre Hand in meine. Erleichterung durchströmt mich, dass sie mich lässt.

Jo steht auf. »Okay.«

»Okay?«, kreischt Ava beinahe.

Jo nickt. »Okay, Connor, eins fünfundneunzig, schwacher Sprungwurf. Morgen.«

»Morgen«, stimme ich zu.

Ihr Blick huscht zu Ava. »Schrei Connor nicht an, Schatz. Er ist ein guter Junge.« Sie bleibt vor mir stehen und tätschelt meine Wange. »Und hübsch ist er auch.«

Ava lacht ungläubig auf. »Okay, Mama.«

»Ich geh ins Bett«, verkündet Jo und küsst ihre Tochter auf die Wange.

Sobald sie in ihrem Zimmer verschwunden ist, drehe ich mich zu Ava. »Es tut mir leid«, sage ich schnell. »Ich hätte euch nicht so damit überfallen dürfen, es ist mir einfach rausgerutscht, und ich konnte nicht aufhören, aber mir ist klar, dass ich das vorher mit euch hätte abklären sollen. Und du hast recht. Ich kann nicht einfach auftauchen und erwarten, etwas verändern zu können. Es war dumm von mir zu glauben, dass ich es könnte.«

»Na ja, streng genommen …«, mischt Trevor sich ein, »hast du das. Ich meine, dass Mama Jo überhaupt darüber *nachdenkt*, das Haus zu verlassen, ist eine ziemlich große Sache.«

»Trevor hat recht«, sagt Ava leise und verzieht schmollend die Lippen, die ich so sehr küssen will. »Es tut mir leid, dass ich dich angeschrien habe. Meine Mom ist mir einfach so unglaublich wichtig, und ich nehme alles persönlich.«

»Ich weiß, und das verstehe ich auch.«

Sie seufzt. »Mom hat recht, du bist ein guter Junge.«

Meine Lippen verziehen sich zu einem breiten Grinsen. »Und hübsch bin ich auch. Vergiss das nicht.«

Kapitel 16

AVA

»Ava, bleib stehen!«, sagt Connor und packt mich an den Schultern, damit ich aufhöre, auf und ab zu laufen. Wir verbringen die Mittagspause wieder auf der Tribüne, und die Nervosität wegen heute Abend macht mich ganz hibbelig. »Vertrau mir, okay?« Er versucht, ein Grinsen zu unterdrücken, und das regt mich so sehr auf, dass ich ihm am liebsten eine reinhauen will.

Oder ihn küssen.

Ich kann mich nicht recht entscheiden.

Ich atme ganz tief ein und halte die Luft einen Moment lang an, bevor ich langsam wieder ausatme und zu ihm hochsehe. »Erzähl mir von deinem Plan«, verlange ich.

Er stöhnt, und seine Schultern sacken herab. »Wir warten, bis es dunkel ist. Ich schreib dir ein paar Minuten, bevor ich bei euch bin. Du öffnest die Tür. Wir gehen auf eine verdeckte Mission, bringen deine Mom in meinen Truck, der übrigens die dunkel getöntesten Fenster hat, die gesetzlich erlaubt sind, und dann … fahren wir los …«

»Aber *wohin*, Connor?«

Er zuckt mit den Schultern, vollkommen lässig, was mich immer mehr dazu bringt, ihm eine reinhauen zu wollen. »Es soll eine Überraschung werden.«

»Für wen? Mich oder meine Mom?«

»Für euch beide«, sagt er, es klingt aber mehr wie eine Frage.

Ich reiße mich von ihm los und fange wieder an, auf und ab zu gehen.

Connor lacht. »Entspann dich bitte.«

Ich drehe mich zu ihm um, hebe das Kinn. »Drei Jahre, erinnerst du dich?«, sage ich und deute auf mich. »Ich habe drei Jahre voller Gründe, mich *nicht* zu entspannen, und du …«

»Okay«, unterbricht er mich und macht einen Schritt auf mich zu. »Ich verstehe dich. Es tut mir leid.«

»Es wirkt aber so, als würdest du das alles nicht so ernst nehmen, wie du solltest.«

Seufzend lässt er den Kopf sinken und massiert sich die Nasenwurzel. Dann setzt er sich auf eine der Bänke, nimmt meine Hand und zieht mich neben sich, sodass unsere Oberschenkel sich berühren. Connor hält den Blick starr auf seine Hände gerichtet. »Ich bin alle Möglichkeiten durchgegangen, okay? Und wenn sie zu irgendeinem Zeitpunkt ihre Meinung ändert, dann fahren wir zurück. Ganz einfach. Aber du musst mir auch ein bisschen vertrauen. Vielleicht wirkt es für dich so, als wäre mir das hier nicht so wichtig wie dir, aber *deine Mom* ist mir wichtig, und nicht nur, weil sie deine Mom ist, sondern weil … sie …« Er verstummt, und ein weiterer tiefer Seufzer dringt über seine Lippen. »Ich weiß auch nicht, Ava. Deine Mom – sie hat etwas an sich, was mich dazu bringt, ein besserer Mensch sein zu wollen, und es gibt nicht viele Menschen auf dieser Welt, die das schaffen. Und ich hasse es, was andere ihr alles angetan haben. Das tue ich wirklich.« Er reibt sich frustriert über den Nacken. »Ich habe keinen Einfluss darauf, was andere tun, aber ich habe Einfluss darauf, was *ich* tue. Und wenn ich diese Kleinigkeit für sie tun kann, um ihr zu zeigen, um *dir* zu zeigen, dass nicht alle Menschen gleich sind, dann werde ich das tun …« Er sieht mich verschmitzt an. »Mit *Love and Basketball.*«

***

Connor: Dunkel genug?

Ava: Ja, denk schon.

Connor: Jackpot. Bin in fünf Minuten da.

Ava: Okay. Übrigens, was ist der Dresscode für heute Abend?

Connor: Dresscode?

Ava: Ja, ich meine, was soll ich anziehen?

Connor: Sorg einfach dafür, dass deine Mom warm genug angezogen ist und Sneakers trägt. In deinem Fall wäre ich ja für nackt, aber das wäre ein wenig unangebracht vor deiner ganzen Familie, also ...

Ava: Verstehe. Aber unter uns: Ich werde unter meiner Kleidung nackt sein ...

Connor: Das ist ... Verdammt. Gib mir doch zehn Minuten. Ich muss noch – du weißt schon was –, bevor wir loskönnen.

Ava: Connor!

Connor: Sag noch mal meinen Namen, aber diesmal mit einem Stöhnen.

Ava: Okay, wir sind hier fertig.

»Connor ist in fünf Minuten da«, sage ich zu Mom, als ich von meinem Handy aufblicke.

»Okay«, antwortet sie, ihre Stimme ist weniger als ein Flüstern. Ich weiß, dass sie Angst hat, kann es in ihren Augen sehen. Aber sie *will* das hier tun, sich selbst aus ihrer Komfortzone herauszwingen, und ich bewundere das. Trotzdem, es nimmt mir nicht meine eigenen Ängste *um* sie.

»Connor hat gesagt, wir können jederzeit zurückfahren, wenn du deine Meinung änderst«, erkläre ich ihr.

»Ach was!«, unterbricht mich Trevor, der mit Moms Sneakers ins Zimmer kommt. Er musste sie putzen und die Schnürsenkel neu binden, da es inzwischen Jahre her ist, seit Mom sie das letzte Mal getragen hat. »Du schaffst das, oder, Mama Jo?«

Mom hebt die Faust. »Ich schaffe das«, stimmt sie Trevor zu, doch ihre Stimme ist vollkommen tonlos.

Als ich heute heimgekommen bin, hat Krystal erzählt, dass Mom den Ausflug ein paarmal erwähnt habe, aber es war ein weiterer Nulltag, weshalb es schwierig ist, zu sagen, was sie wirklich von der Idee hält.

Trevor reicht mir die Sneakers, und ich ziehe sie Mom an und binde sie zu. »Fühlt sich das okay an?«

»Ja.«

Im selben Moment kommt Trevor mit einer großen Daunenjacke zurück, in die Mom schlüpft. Ich ziehe den Reißverschluss bis ganz zum Kinn hoch und schiebe ihr die Kapuze über den Kopf. »Du siehst aus wie ein riesiges Marshmallow«, sage ich, und sie lächelt – das erste Lächeln, das ich heute an ihr zu sehen bekomme.

»Connor, eins fünfundneunzig, guter Junge«, sagt Mom, immer noch mit demselben Lächeln auf den Lippen.

»Er hat dich echt gern, weißt du das?« Mein Herz schwillt an, als ich daran zurückdenke, wie er heute über sie gesprochen hat. »Er meint, du hast etwas an dir, was ihn dazu bringe, ein besserer Mensch sein zu wollen.«

Mom nickt und steht auf. »Ich will ihn nicht ent…ent…« Sie blinzelt kräftig und drückt die Faust an ihre Schläfe. Ich warte geduldig, ich weiß, dass sie das Wort aussprechen kann. »*Enttäuschen.*«

»Das könntest du gar nicht«, sage ich ehrlich und erhebe mich ebenfalls, als Scheinwerferlicht durchs Wohnzimmerfenster hereindringt und uns darauf hinweist, dass Connor da ist. Er und Trevor haben ausgemacht, dass er in der Auffahrt parken soll, damit das Risiko geringer ist, dass Mom *gesehen* wird. Es ist herzzerreißend, dass wir so denken müssen, aber auch notwendig. »Bist du bereit, Mama?«

Mom atmet tief ein und langsam wieder aus. »Bereit.«

Connor wartet auf der Veranda, als ich die Tür öffne. Sein dümmliches Grinsen ist so breit, dass es jedem den Boden unter den Füßen wegziehen würde. »Hi, Miss D. Ich bin dann so weit, unterrichtet zu werden.«

Mom legt ihre Hand in seine Armbeuge, und er führt sie zu seinem Wagen, wobei Mom auf dem Weg den Kopf unter der Kapuze gesenkt hält. Und so bleibt es auch die ganzen fünfzehn Minuten, die Connor braucht, um zum Sportpark zu fahren. Vor den verschlossenen Toren hält er an, und Trevor dreht sich zu ihm. »Wie kann man nur so dämlich sein und nicht wissen, dass der Sportpark geschlossen ist?«

Connor klappt die Sonnenblende runter und fängt den Schlüssel, der herabfällt. »Wie kann man nur so dämlich sein und glauben, dass ich keinen Schlüssel habe?« Er dreht sich zu Mom und mir auf dem Rücksitz um. »Ich habe versprochen, dass niemand da sein wird. Habe ich das gut gemacht?« Auf seinen Lippen liegt immer noch dieses dämliche Grinsen, als wäre er verdammt stolz auf sich selbst – was er auch sein kann.

Mom lächelt. »Das hast du gut gemacht, Connor.«

Nachdem er das Tor geöffnet und hinter uns wieder geschlossen hat, fährt Connor direkt zu den Basketballfeldern. Die Scheinwerfer seines Pick-ups beleuchten das halbe Spielfeld. Ich helfe Mom aus dem Wagen, während Connor ein paar Bälle von der Ladefläche holt. Als er zurückkommt, reicht er mir eine Decke, eine Thermoskanne und eine Papiertüte. »Was ist das?«, frage ich.

Sein Grinsen wird breiter. »Heiße Schokolade und Marshmallows.«

»Ich hoffe, du hast auch welche für mich mitgebracht«, mischt Trevor sich ein.

»Nein«, antwortet Connor und geht zur Dreipunktelinie.

»Warum nicht?«

»Weil ich nicht versuche, bei dir zu punkten.«

Kichernd folgt Mom Connor.

»Okay, Miss D …«

»Jo.«

»Jo. Haltung, richtig?« Er wirft den Ball – und versenkt ihn. »Besser?«

Mom lässt ihn ein paar Schritte nach rechts gehen. »Noch mal.«

Connor wirft. Daneben. »Mist.«

»Du übst zu viel von derselben Stelle aus«, erklärt Mom.

Connor wechselt die Position, geht ein paar Schritte zurück, wirft und verfehlt den Korb erneut. Ich weiß nicht, ob er das nur macht, damit Mom sich besser fühlt, aber Mom nimmt das Ganze extrem ernst. »Deine Füße stehen falsch.«

Connor nickt, als würde er zuhören. »Zeigen Sie es mir.«

Mom schiebt seine Füße mit ihren weiter auseinander.

Connor schüttelt den Kopf. »Nein. *Zeigen* Sie es mir«, wiederholt er und hält ihr den Ball entgegen.

Mom hebt ihre Arme. »Nur ein Arm, *Dummkopf.*«

Connor lacht leise. »Man braucht auch nur einen Arm zum Werfen, oder?«

Mom seufzt. »Ich bin nicht die mit dem schwachen Sprungwurf«, erwidert sie.

Trevor schwingt sich lachend auf die Motorhaube von Connors Pick-up, dann hilft er auch mir hoch. Wir machen es uns bequem und beobachten die beiden.

Connor scheint einen Moment über Moms Worte nachzudenken. »Okay, machen wir folgenden Deal: Wir spielen entlang der Zone H-O-R-S-E, ich mach etwas vor, Sie machen es nach – und der Verlierer muss dem Gewinner ein Abendessen kochen. Einverstanden?«

»Das ist nicht fair!«, rufe ich.

»Willst du auch mitspielen?«, ruft Connor zurück.

Ich schüttle den Kopf und presse die Lippen aufeinander.

»Du bist mir eine ganze Armlänge voraus«, sagt Mom.

Connor verdreht die Augen, lässt dann aber den Ball fallen und zieht den rechten Arm durch den Ärmel seines Pullis nach innen. »Nur damit eins klar ist: Ihnen fehlt nicht der *ganze* Arm. Nur die Hälfte. Streng genommen bin *ich* jetzt derjenige, der im Nachteil ist. Also, zeigen Sie mir, was Sie draufhaben, oder ziehen Sie den Schwanz ein?«

»Oh, verdammt«, flüstert Trevor neben mir.

Ich atme scharf ein. »Connor!«

Sein Blick trifft auf meinen.

Und Mom … Mom *lacht.* Dieses ungehemmte, unbeschwerte Lachen, das mein Herz höherschlagen lässt. »Du reißt die Klappe ganz schön weit auf, Mister«, sagt sie. »Aber, Junge, gegen mich hast du nicht die geringste Chance.« Sie hebt den Ball auf, macht zwei

Schritte auf den Korb zu und wirft. Der Ball trifft das Korbbrett und landet direkt im Netz.

Connors Mund klappt so weit auf, dass sein Riesenego darin Platz hätte. »Verdammt.«

»*Verdammt*«, äfft Mom ihn nach. »Du hast wohl vergessen, dass ich meinen linken Arm inzwischen seit mehreren Jahren nutze.«

»Hm«, macht Connor.

»Jetzt hol den Ball, Junge.«

Connor weicht überrascht zurück. »Was? Haben Sie auf einmal auch Ihre Beine verloren? Holen *Sie* doch den Ball.«

Neben mir erstickt Trevor regelrecht vor lauter Lachen.

Mom hebt den Ball auf und ruft über die Schulter zurück: »H-O-R-S-E ist was für Schlappschwänze. Einer gegen einen. Einundzwanzig gewinnt, Mr *Duke.*«

Connor richtet sich auf. »Ich werde es Ihnen nicht leicht machen, nur weil Sie *alt* sind.«

Mom wirft ihm den Ball zu, bevor sie zu Trevor und mir herüberkommt, und den Reißverschluss ihrer Jacke öffnet. »Das erwarte ich auch nicht.« Ich helfe ihr aus der Jacke, während ich Connor über ihre Schulter hinweg ansehe.

Er zwinkert mir zu.

Ich zeige ihm den Mittelfinger … aber auf meinen Lippen liegt ein Grinsen – das dümmlichste Grinsen in der Geschichte aller Grinser.

Mom dreht sich wieder zu Connor um. »Ich mag mein Steak halb durch.«

Connor spielt den Ball zu ihr. Mom prellt ihn zurück, aber Connor versucht, ihn mit der Hand anzunehmen, die unter seinem Pulli gefangen ist.

»Gar nicht so einfach, oder?« Mom lacht laut.

Trevor und ich verfolgen das Duell, das zweifellos als das schlechteste Match aller Zeiten bezeichnet werden kann. Sie schaffen es kaum, den Ball im Spiel zu halten, und mir ist klar, dass Connor nicht mal annähernd sein volles Können zeigt, und Mom weiß das bestimmt auch, aber sie spricht ihn nicht drauf an. Davon abgesehen, ist es ziemlich schwer für sie, überhaupt zu Wort zu kommen bei all dem Hin und Her und dem ganzen *Lachen.* So viel Lachen.

»Ich weiß nicht, was Ava an dir findet. Deine Handarbeit ist echt mies.«

Connor prustet los. »Jetzt gehen Sie aber wirklich unter die Gürtellinie.« Er dribbelt an ihr vorbei, prellt den Ball zwischen ihren Beinen hindurch, bevor er einen Korbleger macht und den Ball versenkt. »Wenn meine Rechnung stimmt, steht es zwanzig neun.« Er hält den Ball an der Seite. »Und ich bin mir ziemlich sicher, dass ich Sie gerade an die Wand spiele, Miss D.«

Mom stemmt die Hand in die Hüfte. »Du hast recht. Schätze, wir müssen öfter herkommen und trainieren.«

Connor strahlt. »Ja?«

Mom nickt. »Denkst du, du kannst den Ball sich mit einer Hand auf meinem Finger drehen lassen?«

Connor zuckt mit den Schultern und geht auf sie zu. »Mit vereinten Kräften …«, murmelt er.

Mom streckt den Zeigefinger nach oben, und Connor legt den Ball darauf, dreht ihn. Doch der Ball fliegt sofort zur Seite weg, und Mom bricht in schallendes Lachen aus. »Das war zu viel Schwung!«

Connor rennt dem Ball hinterher, seine Schultern beben. »Es ist schwieriger, als es aussieht!«

»Dann tauschen wir!«, befiehlt Mom, als Connor wieder vor ihr steht.

Sie tauschen die Rollen, und Mom macht genau dasselbe, was Connor gemacht hat. Die beiden können sich vor Lachen kaum noch halten und müssen sich sogar die Tränen aus den Augen wischen. Und ich? Mir geht es genauso. Denn ich hätte nicht erwartet, jemals wieder in meinem Leben Moms Freude in Form von diesem unkontrollierten Lachen zu hören oder sie so befreit und unglaublich optimistisch zu sehen.

»Ich muss mich setzen«, sagt sie kichernd. »Ich bin frische Luft nicht mehr gewohnt!«

Connor lässt sich grinsend neben sie fallen, und als Mom sich auf den Rücken legt, macht er es ihr nach. Die beiden schauen in den Nachthimmel, wo die Sterne sich hell von der Dunkelheit abheben. Mom dreht den Kopf zur Seite und sieht Connor an. »Danke, Connor, eins fünfundneunzig, schwacher Sprungwurf. Ich habe gar nicht gemerkt, wie sehr ich das hier gebraucht habe.«

»Gern geschehen, Miss D«, antwortet er und schiebt seine Hand wieder durch den Ärmel, um nach ihrer zu greifen. »Es war mir eine Ehre.«

Ich schniefe und versuche, den sich ankündigenden Schwall Tränen zurückzuhalten, aber vergeblich. Und Trevor – er muss es gehört oder irgendwie gespürt haben, denn er wirft einen Arm um meine Schultern und zieht mich an sich. Er drückt mir einen Kuss auf die Schläfe und wischt seine eigenen Tränen mit dem Ärmel seiner Jacke weg. Dann räuspert er sich, seine Stimme ist leise und die Worte nur für mich gedacht: »Wenn die Welt am dunkelsten ist …«

Ich atme geräuschvoll ein. »… das ist die Zeit, in der die *Magie* erscheint.«

Kapitel 17

AVA

Connor: Hey, ist deine Mom wach?

Ava: Überspringen wir ab jetzt die Begrüßung? Ich fühle mich benutzt.

Connor: Guten Morgen, zukünftige feste Freundin.

Ava: Guten Morgen. ☺

Connor: Ist deine Mom wach?

Ava: Ja, warum?

Connor: Ich muss zu einem frühen Training, aber ich habe noch fünf Minuten. Kann ich vorbeikommen?

Ich schaue von meinem Handy auf. Mom steht an der Spüle und starrt hinaus in den Garten. Sie hat den gestrigen Abend nicht mehr erwähnt, und ich habe mich nicht getraut, ihn anzusprechen.

Ava: Wir treffen uns auf der Veranda.

»Ich treffe mich nur kurz mit Connor draußen. Ich bin in ein paar Minuten zurück. Okay, Mama?«

Mom antwortet nicht, und Trevor und ich tauschen einen wissenden Blick. Wir sind den Verlust ihres Kurzzeitgedächtnisses schon gewohnt, aber Connor … Er hatte damit bis jetzt noch keine Berührungspunkte, und ich mache mir Sorgen darüber, wie er reagiert.

Connor steht bereits auf unserer Veranda. Ich schließe die Haustür hinter mir und gehe auf ihn zu.

»Hi, zukünftige feste Freundin«, begrüßt er mich und gibt mir mit seiner kalten Nase einen Kuss auf die Wange. »Wie geht es meiner zweitliebsten Lady heute?« Er sieht so glücklich und hoffnungsvoll und voller Leben aus, und ich will die Blase des Glücks nicht zerplatzen lassen.

Nach einem Seufzen mache ich einen weiteren Schritt auf ihn zu und lege die Hände auf seinen Bauch, bevor ich zu ihm hoch und in seine Augen schaue. »Mom hat heute keinen guten Tag, und ich weiß nicht, ob sie nur erschöpft ist von gestern Abend oder ob …« *Ob das einfach eine Wiederholung der unzähligen vorherigen Tage ist.*

Connors Lächeln verrutscht, nur für eine Sekunde, bevor er das Kinn hebt. »Sie wird sich freuen, mich zu sehen.«

Ich *kann es nicht.*

Ich bringe es nicht über mich, diese Hoffnung zu zerstören, also öffne ich die Tür und gehe zur Seite, um ihn hereinzulassen. Mom hat sich nicht von ihrer Position wegbewegt, und Connor geht leise auf sie zu. »Guten Morgen, Miss D.«

Mom dreht sich blitzschnell zu ihm um, ihr Augen sind frei von jeglichen Emotionen, und ihre Stimme ist vollkommen ausdruckslos, als sie murmelt: »Hallo.« Das war's. Das ist alles, was sie zu ihm sagt, bevor sie wieder nach draußen starrt.

Ich habe mich gegen den Türrahmen der Küche gelehnt, lasse jetzt den Kopf dagegen sinken, während ich mit hinter dem Rücken verschränkten Armen zusehe, wie Connors Gesichtsausdruck völlig entgleist. Trevors lauter Seufzer füllt die Stille. Er steht vom Küchentisch auf und geht an Connor vorbei, jedoch nicht, ohne ihm leicht auf die Schulter zu klopfen. »Lass dich davon nicht runterziehen, okay?«, flüstert er Connor ins Ohr.

Connors Adamsapfel hüpft, als er schluckt, aber er erwidert nichts darauf. Mit gesenkten Schultern sieht er zu mir, und ich erkenne den exakten Moment, in dem die Hoffnung in seiner Brust stirbt und das Lebhafte in seinen Augen flackert und flackert, bevor es ganz erlischt.

»Tut mir leid«, forme ich mit den Lippen, während mir bei seinem Anblick Tränen in die Augen steigen.

Er zwingt sich zu einem Lächeln – das traurigste, herzzerreißendste Lächeln – und kommt zu mir herüber. Seine Brust hebt sich, als er tief einatmet. Er legt seine warmen Lippen in einem vorsichtigen Kuss auf meine Stirn und drückt meine Hand. »Sehen wir uns in der Schule?«

Ich lasse den Kopf auf seine Brust sinken, lege die Hand an sein Herz, wo das Echo der Magie gegen meine Finger klopft. »Bitte sei nicht traurig«, flüstere ich und blinzle gegen die warmen Tränen hinter meinen Lidern an.

Er lacht auf, kurz und abgehackt. »Mir geht es gut«, versichert er mir, während er zurücktritt. Einen Augenblick später ist er draußen und nimmt seinen Kummer mit.

Ich schaue zu meiner Mutter. Sie starrt auf die Spüle hinab. »Alles leer«, flüstert sie.

»Ich hab das Geschirr schon abgewaschen.«

Sie schüttelt den Kopf, langsam, ganz langsam. »Nicht das Geschirr, Ava.«

»Was dann?«

Seufzend dreht sie sich zu mir um, und ihr Blick findet meinen. »Ich.«

***

Connor gibt ein Bild der Hoffnungslosigkeit ab, als ich zur ersten Stunde Multimedia den Raum betrete. Kopf gesenkt, Unterarme auf dem Tisch. Er ignoriert den Wirbel wegen des Spiels heute Abend.

»Hey«, sage ich, stelle meine Tasche neben seinen Basketball und setze mich neben ihn.

Er sieht auf, und der Hauch eines Lächelns tritt auf seine Lippen. »Hey.«

»Wie war das Training?«

Seine Wangen blähen sich, so heftig stößt er die Luft aus. »Es hat mich beinahe gekillt«, sagt er und lacht leise. »Nach dem Spiel werde ich mich wahrscheinlich fühlen, als hätte man mich einmal durch die Mangel gedreht.«

»Wirkst du deshalb so …?« Ich lasse den Satz absichtlich unvollendet, da ich ihn nicht triggern will.

Er nickt. »Ja. Ich bin angespannt wegen heute Abend.«

»Kann ich irgendwas tun?«

Ein leises Lachen steigt in seiner Brust hoch und bleibt ihm in der Kehle stecken. Er lehnt sich zu mir. »Es gibt eine ganze *Menge*, was du tun kannst, um meine Anspannung zu lösen, Ava«, flüstert er, »aber das ist nicht wirklich *freundschaftlich*.« Er legt die Hand auf meinen Oberschenkel und fährt ein Stück höher und unter meinen Rock.

Und nur, um ihm eins reinzuwürgen, flüstere ich zurück: »Dir unterm Tisch einen runterzuholen zum Beispiel?«

Seine Hand erstarrt in der Bewegung, seine Schultern spannen sich an. Während er sich zurücklehnt, schaut er mich aus zusammengekniffenen Augen an. »Okay, du hast gewonnen.« Er seufzt, und seine Mundwinkel heben sich leicht. »Wenn ich ehrlich bin, ist es ein wenig das Spiel und ein wenig das, was mit deiner Mom passiert ist.«

Ich rümpfe die Nase. »Das hab ich mir schon gedacht.«

»Ich komme drüber hinweg, es ist nur …«

»Schwer?«, beende ich den Satz für ihn.

Er presst die Lippen zu einer schmalen Linie zusammen und senkt den Blick. »Schätze, ich habe wirklich erwartet, dass es etwas ändern würde. Und ich dachte … Es war dumm …«

»War es nicht.«

Und das ist alles, worüber wir reden können, bevor Miss Salas in den Raum kommt und einen einstündigen Vortrag über die Auswirkungen von Social Media auf unsere Generation hält.

Connor nimmt die Hand die ganze Zeit über nicht von meinem Oberschenkel.

***

»Wie kommen Sie mit dem Plan voran?«, fragt Miss Turner und beißt von ihrem Sandwich ab.

Ich sage ihr ständig, dass ich es hasse, ihr die Mittagspause wegzunehmen, aber ich hab das Gefühl, dass sie meine Gesellschaft der aller anderen an dieser Schule vorzieht. »Er hat gerade eine Art Stillstand erreicht. Ich versuche immer noch, das alles zu verarbeiten, um ehrlich zu sein.«

»Nun, du hast nicht mehr viel Zeit übrig, du solltest also anfangen, deinen Traum zu verwirklichen. Hast du schon jemandem davon erzählt?«

Ich schüttle den Kopf. »Nein. Ich will es niemandem verraten, bis alles unter Dach und Fach ist.«

»Ich bin stolz auf dich, Ava. Du hast es weit gebracht von dem Mädchen, das zu mir gekommen ist, weil es gegen die ganze Welt um sich herum ankämpfen wollte.«

»Oh, ich kämpfe immer noch«, versichere ich ihr. »Aber jetzt weigere ich mich, klein beizugeben.«

Sie lächelt, und ein Hauch Stolz schwingt darin mit. »Und wie läuft es mit Connor?«

Ich runzle die Stirn. »Ich glaub, ich hab ihn kaputt gemacht …«

Zehn Minuten vor Ende der Mittagspause verlasse ich Miss Turners Büro. Das Herz schlägt viel zu heftig in meiner Brust. Wenn es jemals den perfekten Moment in meinem Leben gibt, Mut aufzubringen für das, was ich als Nächstes tun muss, dann ist es jetzt. Denn wie Miss Turner gesagt hat, wenn ich wirklich das will, was mein Herz sich wünscht, dann muss ich darum kämpfen.

Ich wische mir die verschwitzen Hände am Rock ab, laufe vor der Cafeteria auf und ab. Ich kneife die Augen zusammen, während mich eine nervöse Energie durchströmt. »Tu es einfach, Ava«, flüstere ich mir selbst zu, dann verdrehe ich die Augen. Ich spucke ganz schön große Töne für jemanden, der sich vor Angst, einen verdammten Raum zu betreten, fast in die Hose macht.

Ohne noch einmal drüber nachzudenken, trete ich durch die Glasschiebetür, den Kopf erhoben. Ich sehe mich nicht um oder bleibe stehen, als die Gespräche um mich herum verstummen. Stattdessen gehe ich zu Connor hinüber, bemerke, wie Rhys' Augen sich weiten, ehe er zu mir deutet. Connor dreht den Kopf, und dann steht er langsam auf.

»Bleib sitzen!«, befehle ich ihm. Es kommt härter raus, als geplant, aber es ist zu spät, es zurückzunehmen.

Sein Blick wird weich, seine Mundwinkel heben sich zu einem verschmitzten Grinsen.

Das Blut rauscht in meinen Ohren, und ich warte, bis sein Hintern wieder auf dem Stuhl ist, dann setze ich mich auf seinen Schoß und schlinge einen Arm um seinen Nacken. Ich spüre sein Lächeln an meiner Schulter, als er die Hand an meine Hüfte legt.

Hinter mir kichert Karen. »Respekt, Girl. So stellt man heutzutage Besitzansprüche.« Aber das ist es nicht, worum es mir hier geht, und ich hoffe, Connor weiß das. Ich bin hier, weil … weil es an der Zeit ist, mich nicht länger zu verstecken. Und weil ich es *will.*

Seine Hand wandert über meinen Rücken hoch zu meinem Nacken, und dort hält er mich fest, während seine Nase an meinem Hals entlangfährt, bis seine Lippen direkt unter meinem Ohr sind. Sein Atem wärmt meinen ganzen Körper, und ich schaudere, als er mich dort küsst.

»Hallo«, sagt er, seine Stimme ist rau. Und dieses einzelne, dumme Wort treibt mir die Röte direkt ins Gesicht.

Ich senke den Kopf, bis meine Lippen seine berühren, und gebe ihm einen schnellen Kuss. »Hallo«, erwidere ich, bevor ich mir auf die Lippe beiße, um nicht zu grinsen.

Seine Augen strahlen – ein absoluter Kontrast zu heute Morgen, und das … *das* ist der Grund, warum ich hier bin. Denn ich will alles tun, was ich nur kann, um ihm seinen Kummer zu nehmen, genau wie er es so viele Male schon für mich getan hat.

Ich ziehe sein Tablett näher zu mir und nehme mir einen Apfel. »Isst du den noch?«

Er schüttelt den Kopf, grinst übers ganze Gesicht. »Nimm ihn. Nimm alles. Was immer du willst. Wann immer du es willst.«

Kapitel 18

AVA

»Hast du etwas dagegen, wenn wir uns Connors Spiel anschauen?«, frage ich Mom, während sie es sich mit einer Decke und ihrem Tablet auf dem Sofa gemütlich macht. Sie hat angefangen, zum Zeitvertreib zu lesen, was ein *riesiger* Schritt ist, aber ich frage mich, wie es möglich ist, dass sie sich an das erinnert, was sie gelesen hat, nicht aber an den lebensverändernden Moment, der gerade erst gestern war.

»Nein, Ava. Du musst mich nicht um Erlaubnis bitten, um deinem Freund zuzusehen«, murmelt sie und verdreht die Augen.

»Er ist nicht mein …«

»Hör auf damit«, mischt Trevor sich ein, der den Fernseher für mich einstellt.

»Womit aufhören?«, stoße ich hervor.

»Dich selbst zu belügen.«

Da hat er recht.

Der Livestream beginnt, als das Team aufs Feld tritt, und Connor – er läuft mit dem aufgeblasenen Luftballon, den ich vorhin auf seiner Veranda positioniert habe, raus. Er drückt ihn, bis er platzt, dann schiebt er sich die Reste vorn in seine Hose. Ich lache laut auf, im selben Moment sagt Trevor: »Dein Kerl ist seltsam.«

»Nein, du!«

»Du reagierst aber sehr leidenschaftlich, dafür dass er *nicht* dein Freund ist.«

***

Ich sitze auf dem Boden zwischen Couch und Wohnzimmertisch und schaue mir das Spiel an. Sogar Trevor scheint daran interessiert zu sein. Vielleicht, weil es das erste Spiel der Play-offs ist, und wenn sie das und das nächste gewinnen, steigen sie auf in die Regionalmeisterschaft. Es ist gerade mal Halbzeit, aber die St. Luke's hat ein viel stärkeres Team, und die Punkteanzeige beweist das. Wenn Connor nicht spielen würde, würde ich mich zu Tode langweilen.

Als die zweite Hälfte beginnt, legt Mom das Tablet weg und klopft auf den Platz neben sich auf der Couch. Ich stehe auf und setze mich zu ihr unter die Decke. Connor erzielt die nächsten fünf Punkte, und Mom rutscht nach vorn, richtet sich auf. Ihre Augen kleben am Bildschirm. Sie schaut das Spiel. Ich beobachte sie. Denn da ist etwas in ihrem Blick, ihre Augen weiten sich minimal, jedes Mal wenn Connor auftaucht. »Gefällt es dir, Connor beim Spielen zuzusehen, Mama?«

»Hm.«

Trevor fragt: »Denkst du, sein Sprungwurf hat sich gebessert?«

»Ich weiß nicht«, murmelt Mom. »Aber ich fühle … *etwas.*« Sie klopft mit der flachen Hand auf ihre Brust. »*Hier* drin.«

Ich richte mich auf, Hoffnung erfüllt mein Herz. »Wirklich?«

»Wie ähm …« Ihre Unterlippe zittert. »Wie *Glück.*« Sie dreht sich zu mir. »Aber … aber ich weiß nicht, *warum.*«

Trevor und ich tauschen schnell einen Blick. Ich frage sie so vorsichtig wie möglich: »Du erinnerst dich nicht?«

Ihre Mundwinkel wandern nach unten. »Nein, Ava«, sagt sie und schüttelt den Kopf, ihre Augen füllen sich mit Tränen. »Ich erinnere mich nicht.« Der erste Schluchzer kommt eine Sekunde später, und ich schlinge die Arme um sie, spüre, wie ihre Schulter an meiner Wange bebt.

Ich streiche ihr übers Haar, so wie sie es früher bei mir getan hat. »Es ist okay, Mama.«

»Ist es nicht!« Sie weicht zurück, ihr Blick wandert zwischen Trevor und mir hin und her. »Woran sonst erinnere ich mich nicht?«

»Mama Jo«, versucht Trevor, sie zu besänftigen, und geht vor ihr in die Hocke. Er legt die Hände auf ihre Knie. »Es ist okay. Solange du dich daran erinnerst, wer du bist und wer wir sind, ist alles andere unwichtig.«

Mom schüttelt den Kopf und schlägt mit dem Handrücken immer wieder gegen ihre Schläfe. Ich greife nach ihrer Hand, damit sie aufhört. »Geburtstage und Feiertage und …« Sie konzentriert sich auf Trevor. »Warum bist du nicht in Texas?«

Trevor atmet scharf ein, die Worte bleiben ihm im Hals stecken und er sieht Hilfe suchend zu mir.

»Bist du meinetwegen hier?«, fragt sie.

Trevor schließt die Augen.

»Bist du?«, herrscht sie ihn an.

»Ich …« Trevor atmet aus und sieht flehend zu mir.

In meinen Ohren rauscht es. Mom war noch nie so, sie war noch nie an dem Punkt, an dem sie nicht mehr verstanden hat, was um sie herum passiert. »Trevor arbeitet jetzt hier«, sage ich. Es ist nur die halbe Wahrheit.

Sie sieht sich im Haus um, als würde sie es zum ersten Mal sehen. »Wo ist William?« Es ist *lange* her, seit sie Trevors Dad erwähnt hat, und das letzte Mal … war das der Beginn von viel zu vielen Negativtagen, um sie noch zählen zu können.

Auf dem Bildschirm punktet Connor erneut. Mom zieht die Nase kraus. »Connor«, flüstert sie. »Glück.« Dann verzieht sie das Gesicht, und ein neuer Heulkrampf setzt ein. Sie schaukelt auf ihrem Platz vor und zurück, vor und zurück, ihre Faust wandert von ihrer Schläfe zu ihrem Herzen, wieder und wieder. »Ich erinnere mich nicht. Ich erinnere mich nicht. Ich erinnere mich nicht …«

***

Ava: Hey. Ich konnte nicht das ganze Spiel sehen. Es tut mir leid. Aber es sah aus, als würdet ihr auf einen Sieg zusteuern.

Connor: Ja, es war ein Kinderspiel. Alles okay?

Ava: Rufst du mich an, wenn du mit Feiern fertig bist?

Connor: Kein Feiern für mich heute Abend. Ich muss mich ausruhen. Mach mir gerade ein Eisbad. Willst du mit in die Wanne?

Ava: Würd ich gern.

Ava: Ich vermisse dich, Connor.

Connor: Ich ruf dich an, sobald ich aus der Wanne gestiegen bin.

Connor hält sein Wort, und eine halbe Stunde später ruft er auch schon an. Ich kann deutlich hören, dass er tatsächlich gerade erst aus dem Bad gekommen ist, denn er hat mich auf Lautsprecher, während er in seinem Zimmer herumläuft und Schubladen auf- und zuschiebt, um sich anzuziehen. »Ich vermisse dich auch!«, ruft er, kaum dass ich rangegangen bin und bevor ich etwas sagen kann. »Du hast es vorhin geschrieben, und ich habe es nicht zurückgeschrieben, und ich wollte nicht, dass du denkst, ich vermisse dich nicht, weil, das tue ich. Gib mir nur eine Sekunde.«

Ich warte mit dem Handy am Ohr, und meine Mundwinkel verziehen sich zu einem Lächeln. Es sollte unmöglich sein, dass ich mich so fühle, wie ich es gerade tue, nur weil ich seine Stimme höre oder weiß, dass er in der Nähe ist. Vor allem nach gestern Abend. Eine Sekunde vergeht, dann knackt es in der Leitung, und ich weiß, dass er den Lautsprecher ausgemacht hat, um mir seine volle Aufmerksamkeit zu schenken. »Bist du da?«, fragt er.

»Jepp.«

»Schlimmer Abend?«

Ich stoße einen schweren Seufzer aus. »Ich will nicht darüber reden. Ich würde viel lieber über dich und das Spiel reden. Erzählst du mir davon?«

»Ähm … Da gibt es nicht viel zu erzählen, aber …« Er zögert einen Moment. »Ava, ich weiß, irgendwas ist los. Was ist passiert?«

Ich senke den Blick, starre auf den Scheck, den ich aus meiner Schublade gezogen habe.

Ich kann mich um dich kümmern, Ava.

Mir läuft die Zeit davon. Und die *Möglichkeiten.* »Kannst du vorbeikommen?«

»Fenster oder Tür?«

»Fenster.«

Ich ziehe die Vorhänge zur Seite, dann öffne ich das Fenster und warte auf ihn. Mein Herz rast und kommt gleichzeitig zur Ruhe, als ich ihn entdecke. Er trägt Flip-Flops, ein Muskelshirt und Basketballshorts. »Ist dir nicht kalt?«

Er erreicht mein Fenster, die Zähne zusammengebissen. »Ich habe nicht wirklich nachgedacht, als ich los bin. Ich wollte dich nur sehen.«

Ich mache einen Schritt zurück und helfe ihm, so leise wie möglich hereinzuklettern, dann schließe ich hinter ihm das Fenster. »Willst du deinen Hoodie zurück?«, frage ich, immer noch mit dem Rücken zu ihm.

Als ich mich umdrehe, liegt er in meinem Bett und zieht die Decke bis zum Kinn hoch. »Alles gut.«

»Alles klar, mach es dir gemütlich.«

Er grinst. »Das habe ich vor, aber zuerst …« Er greift nach meiner Hand und zieht mich zu sich, während er mir Platz macht. Ich steige zu ihm ins Bett, und die Kälte seiner Haut ist mir egal, als er einen Arm um mich schlingt. »Was ist heute passiert?«

»Sie tut sich schwer damit, sich an Dinge zu erinnern«, murmle ich, während ich die Linien auf seiner Handfläche mit dem Finger nachfahre. »Und nicht nur den gestrigen Abend, sondern … Sie hat nicht verstanden, warum Trevor nicht in Texas sondern hier ist, und sie hat wieder nach William gefragt.« Ich sehe zu ihm auf, sehe die tiefen Falten auf seiner Stirn, die sein wunderschönes Gesicht zerstören. »Ich weiß nicht, was es ausgelöst hat, aber das letzte Mal, als es so schlimm war … Die Dinge sind daraufhin so schnell bergab gegangen. Ich hab nur einmal geblinzelt, und sie war …«

»Habe ich das ausgelöst? Weil ich sie letzte Nacht zum Sportpark mitgenommen habe?«

»Nein, Connor«, sage ich hastig. »Es ist … So ist nun mal ihr *Leben.*«

»Aber ich habe es schlimmer gemacht?«, murmelt er und zieht die Hand aus meinem Griff. Er presst die Handflächen gegen die Schläfen, massiert sie. Er legt den Kopf schief und seine Augen wandern zur Decke, als könnte er dort Antworten finden. Sein frustriertes Stöhnen hallt in meinem Zimmer, in meinem Herzen wider.

Ich greife erneut nach seiner Hand, verschränke meine Finger mit seinen und küsse seinen Handrücken. Doch ich halte inne, als ich die schwarze Schrift darauf sehe. Ich kneife die Augen zusammen, um die Wörter zu entziffern: *Miss D.*

»Was ist das?«, frage ich, und er schaut auf seine Hand, fährt die Schrift mit dem Finger nach.

Er seufzt. »Jedes Mal wenn ich zu einem Wurf ansetze, sehe ich ihren Namen, und es erinnert mich an …«

»An was?«

Er leckt sich über die Lippen, starrt auf unsere verbundenen Hände. »Es erinnert mich an sie … und an dich. Es hilft mir, weiterzumachen.«

Mein Herz schwillt bei seinen Worten an, und ich hebe den Blick. »Warum bist du nur so perfekt, Connor?«

»Ich bin nicht perfekt, Ava«, widerspricht er und schüttelt den Kopf. »Wenn ich es wäre, wären wir nicht hier.«

»Zusammen in meinem Bett?«, versuche ich zu scherzen.

Aber er findet es nicht lustig. »Denkst du je darüber nach, was aus *uns* geworden ist?«

»Natürlich«, flüstere ich.

Aber ich glaube nicht, dass es eine wirkliche Frage war, denn er fährt fort: »Ich tue es. Ich denke ständig darüber nach. Über all die Male, die ich es verkackt habe …«

»Es lag nicht nur an dir …«

»*Doch*, Ava.« Er räuspert sich. »Ich war ungeduldig und egoistisch, und ich glaube, ich habe nicht wirklich verstanden, wie … wie *schlimm* es für dich war. Und an dem Abend, an dem deine Mom mich gebeten hat, vorbeizukommen, da habe ich … Gott, das klingt jetzt so falsch …«

»Nein, erzähl's mir«, ermutige ich ihn.

Er zieht scharf die Luft ein, seine Brust hebt sich. »Ich habe gedacht, wenn ich jemals wieder mit dir zusammenkommen will, dann geht das nur über deine Mutter. Aber jetzt, ich weiß auch nicht, jetzt stecke ich *gefühlsmäßig* drin. Es fühlt sich so viel größer an als nur du und ich.« Er schluckt hörbar. »Ich denke ständig an all die Dinge, die ich getan habe und die ich bereue und wie sehr ich dir damit wehgetan habe, und jetzt habe ich das doppelt. Ich will keinem von euch beiden wehtun, und ich habe das Gefühl, dass ich das tun werde. Dass ich euch enttäusche ...«

»Connor, nein«, flüstere ich und blinzle die Tränen weg, die hinter meinen Lidern brennen.

»Aber ich tue es schon wieder – egoistisch sein –, denn ich weiß, dass du Zeit brauchst, und ich will dir diese Zeit geben. Wirklich.« Seine Brust hebt und senkt sich mit jedem Atemzug. »Aber es ist, als ... als hättest du jeden Teil von mir erobert, und ich krieg dich nicht aus meinem verdammten Kopf raus. Jedes Mal wenn wir getrennt sind, ist da dieser Schmerz in meiner Brust. Es ist, als würde ich keine Luft mehr bekommen, außer ich bin bei dir.«

»Es ist wie weißes Rauschen«, murmle ich und drehe mich weg, sodass ich die Tränen wegwischen kann, ohne dass er sie sieht.

»Was?« Vorsichtig umfasst er mein Kinn und zwingt mich, ihn anzusehen. »Was ist wie weißes Rauschen?«, fragt er, und sein Blick huscht zu meinen Augen.

Ich zucke mit den Schultern. Angst schleicht sich in jedes meiner Worte. »Wenn du nicht da bist. Es ist, als wäre in meinem Innern nur weißes Rauschen, als wäre alles Chaos und nichts ergibt Sinn, und dann höre ich deine Stimme oder sehe dich, und es ist, als ... als würde sich alles aufhellen und ...«

Ich komme nicht dazu, meinen Gedanken zu beenden, denn sein Mund verschließt meinen, sein warmer Atem hüllt jeden Zentimeter von mir ein. Seine Lippen öffnen sich, unsere Zungen treffen aufeinander. Ein Stöhnen dringt aus meiner Kehle, als er die Finger in meinen Haaren vergräbt. Jede Bewegung, jede Berührung führt zu noch mehr Hitze. Ich ringe nach Atem, mein ganzer Körper steht in Flammen. Ich weiche zurück, schnappe nach Luft, aber er hört nicht auf. Kann nicht aufhören. Er widmet sich meinem

Hals, küsst mich dort, während seine Hände auf meinen Hüften landen. Ich erobere erneut seinen Mund, brauche mehr von ihm. Unsere Zungen begegnen sich wieder, er bewegt uns, bis ich unter ihm auf dem Rücken liege. Ich fahre mit den Fingern durch seine Haare, während seine Lippen über mein Kinn wandern, immer weiter hinunter, über meinen Hals, zu meinem Schlüsselbein. Er schiebt seine Hand höher, lässt sie immer weiter hinaufgleiten und nimmt dabei mein Top mit.

Ich schließe die Augen, spüre jede einzelne Bewegung, jede Berührung, und ich verliere mich. Ich verliere mich in allem, was Connor ist. Seine Hände hinterlassen eine brennende Spur auf meiner Haut, seine Lippen streichen zärtlich an meinem Kinn entlang, bis mein Mund nur noch wenige Zentimeter von seinem entfernt ist.

Er überbrückt den Abstand, und seine Lippen teilen sanft meine. Seine Hand wandert in meinen Nacken, sein Blick sucht meinen. »Ich liebe dich, Ava«, haucht er. »Ich liebe dich mehr als jemals zuvor.«

»Ich dich auch«, flüstere ich und kämpfe gegen den plötzlichen Kloß in meinem Hals an. »Gott, Connor, ich liebe dich so sehr.« Ich küsse ihn wieder und wieder, bis er den Kuss unterbricht.

»Ich *will* dich, Ava. *Alles* an dir.«

»Bist du sicher?«

Er verdreht die Augen. »Das ist das Dümmste, was du je gefragt hast.«

Ich kichere leise, meine Lippen wandern zu seinem Hals. »Ich habe Kondome in meinem Nachttisch.«

»Fuck sei Dank«, stößt er hervor, rollt sich von mir herunter und zieht die Schublade auf. Er entdeckt die ungeöffnete Schachtel sofort und reißt sie innerhalb weniger Sekunden auf. Dann nimmt er die Anleitung heraus, richtet sich etwas auf und faltet sie sorgfältig auseinander.

Ich kichere.

»Machst du dich über mich lustig?«

Ich presse die Lippen zusammen. »Nein.«

»Das ist sehr wichtig, junge Dame«, sagt er mit übertrieben elterlicher Stimme. »Ich muss mich konzentrieren.«

Während sein Blick über die Zeilen huscht, setze ich mich auf und ziehe ihm die Hose aus, klettere rittlings auf ihn und reibe mich an ihm. Er beißt sich auf die Lippe und sieht mich atemlos an. »Ava«, murmelt er und legt die Beschreibung auf seine Brust. Dann nimmt er ein Kondom, reißt die Verpackung auf und vergleicht es mit der Skizze in der Anleitung. Er rollt sich das Kondom über, und ich helfe ihm dabei.

»Gut so?«, frage ich.

Er nickt und legt seine Hände an meine Hüfte. »Okay, ich habe achtzehn Jahre auf das hier gewartet. Das ist es jetzt hoffentlich auch wert«, scherzt er.

Ich lasse mich langsam auf ihn sinken, wobei ich mein Bestes gebe, mir mein leichtes Unbehagen angesichts seiner Größe nicht anmerken zu lassen. Es ist zwar nicht mein erstes Mal, aber es ist definitiv nicht das, womit sich mein Körper wohlfühlt.

Er stößt die Luft aus, die er angehalten hat, und sein Griff verstärkt sich um meine Oberschenkel, als er mich bittet, mich nicht zu bewegen.

»Ist alles okay?«, frage ich.

Er rümpft die Nase, beißt sich auf die Unterlippe. »Hm.« Aber sein ganzes Gesicht ist rot, und sein Atem kommt nur kurz und abgehackt.

»Tu ich dir weh?«

»Nein«, sagt er hastig, ehe er langsam die Hände von meinen Schenkeln nimmt, sein Atem geht immer noch stockend. Dann atmet er aus. »Das ist also Sex, hm? Ich verstehe nicht, was daran so besonders sein soll«, witzelt er.

»Nein«, sage ich, ziehe mich langsam zurück und nehme ihn dann ganz in mir auf.

»Oh, fuck!«, presst er hervor.

»*Das* ist Sex.«

Er legt den Arm über seine Augen. »Gott, Ava, ich werde nicht lange durchhalten.«

»Das ist okay«, versichere ich ihm. »Beim nächsten Mal schaffst du es länger.«

Er hebt den Arm und sieht mich mit hochgezogenen Brauen an. »Du lässt mich das noch mal machen?«

»Hm, vielleicht«, sage ich, ziehe mich zurück, bevor ich mich erneut auf ihn sinken lasse.

Zwölf Sekunden später rolle ich mich zur Seite.

Ich weiß, dass es so lang war, weil Connor offenbar mitgezählt hat. Er klettert aus dem Bett, um das Kondom zu entsorgen, dann legt er sich wieder zu mir, schlingt die Arme um mich. »Puh, immerhin weiß ich jetzt, dass ich beim nächsten Mal meine persönliche Bestzeit überbieten kann.«

Ich kichere an seine Brust.

Er drückt seine Lippen an die Stelle unter meinem Ohr. »Du bist jetzt meine erste *Alles.* Meine Erste und *Einzige.* Für immer.«

Seine Worte füllen mich aus. Er füllt mich aus. Nicht nur mein Herz. Sondern jede Faser meines Körpers. Auf alle nur erdenkliche Art und Weise. Meine Hand findet die Stelle über seinem Herzen. Ich spüre die Magie, die zwischen uns pocht, mich in meinen Grundfesten erschüttert … und meine gesamte Welt auf den Kopf stellt. »Ich liebe dich so sehr, Connor.«

Kapitel 19

CONNOR

Ich wache auf, und ich bin nicht länger Jungfrau. Ja, das ist mein erster Gedanke. Mein zweiter Gedanke ist, warum ich aufgewacht bin.

»Bleib liegen«, flüstert Ava und gibt mir einen sanften Kuss auf die Lippen.

Ich zwinge mich, die Augen aufzumachen, aber ich bin froh, dass ich es tue, denn Ava ist kaum einen Zentimeter von mir entfernt und streichelt mir mit den Fingern über die Haare.

Ihre Mundwinkel verziehen sich zu einem Lächeln. »Wann musst du in der Schule sein?«

»Ich weiß es nicht«, murmle ich und ziehe sie näher. Hmm. Eine warme, nackte Ava ist DAS BESTE. »Ich habe den Wecker gestellt.«

»Okay, schlaf weiter. Komm runter, wenn du so weit bist. Ich mach dir Frühstück.«

Ich kann nicht anders, als zu lächeln. »Ja?«

Sie nickt.

Ich reibe meine Nase an ihrem Hals. »Daran könnte ich mich glatt gewöhnen«, murmle ich.

Kichernd löst sie sich von mir, löst sich aus meiner Umarmung. »Ich muss aufstehen.«

Meine Augen fallen wieder zu, und das nächste Mal wache ich auf, weil die Bettdecke komplett von mir runtergezogen wird.

»Ava!«, schreit Trevor. »Da ist ein nackter Connor in deinem Bett!«

»Fuck!«, keuche ich und packe das, was ich von der Decke noch erwische, um mich zu bedecken.

»Sei still! Lass ihn in Ruhe!«, ruft Ava zurück. Einen Moment später steht sie in der Tür.

»Guten Morgen, Sonnenschein«, singt Trevor und schiebt die Vorhänge zur Seite. Ich blinzle gegen das helle Sonnenlicht, das durchs Fenster hereinfällt. »Wir müssen reden«, fügt er hinzu und setzt sich auf Avas Schreibtischstuhl.

Ava seufzt, während sie ins Zimmer kommt, meine Shorts vom Bettende aufhebt und sie mir reicht. Ich bin immer noch nicht ganz wach, daher habe ich Schwierigkeiten, mir die Shorts anzuziehen, ohne mich komplett vor dem Bruder meiner Freundin zu entblößen.

Ava setzt sich neben mich. »Was?«, knurrt sie Trevor an.

Trevor sieht zwischen uns hin und her, sein Blick bleibt an mir hängen, seine Augen funkeln belustigt. »Na, Mr Duke. Was wird das hier?«

Er will Spielchen spielen. Okay, von mir aus. Ich zögere keine Sekunde. »Deine Schwester hat mich entjungfert.«

Ava prustet los. »Verdammt, Connor!«

Unfähig, mein Grinsen zu verbergen, füge ich hinzu: »Es war ziemlich *gut* … der ganze *Sex* und so …«

»Hör auf!«, ruft Ava lachend.

Ich rede einfach weiter, während Trevor den Kopf schüttelt und versucht, sich das Lachen zu verkneifen. »Unter uns gesagt, Trevor, ich bin mir ziemlich sicher, dass ich ihr die besten zwölf Sekunden ihres Lebens geschenkt habe.«

Nachdem ich mich fertig angezogen habe, gehe ich zu den anderen in die Küche. Trevor schlingt Eier mit Speck herunter, während Ava am Herd steht und Jo die Arbeitsfläche abwischt.

»Guten Morgen, Miss D«, begrüße ich sie zögerlich, als ich zu ihr gehe.

Sie nickt. »Guten Morgen, Connor, eins fünfundneunzig, aber er hofft auf einen Wachstumsschub.« Eine Sekunde später fügt sie hinzu: »Schwacher Sprungwurf.«

Die Tatsache, dass sie sich an mich erinnert, löst den Schmerz, der fast den ganzen gestrigen Tag in meiner Brust genistet hat. Ich lehne mich an die Küchenanrichte, sodass ich sie anschauen kann. »Sie sollten wissen, dieser schwache Sprungwurf hat mir den All-American-Titel *und* ein Stipendium an der Duke verschafft. Außerdem … Ich hatte den Wachstumsschub, auf den ich gehofft habe. Ich bin jetzt offiziell eins achtundneunzig, Sie müssen sich das also merken, bis Sie mich das nächste Mal sehen.«

Ihr Blick huscht zu mir. »Connor, eins achtundneunzig.« Sie zuckt mit den Schultern. »Schwacher Sprungwurf.«

Trevor lacht in sich hinein.

»Iss«, befiehlt Ava und stellt mir einen Teller mit Frühstück auf den Tisch. Ich setze mich Trevor gegenüber und haue rein.

»Wie kommt es, dass du *seinen* Toast in kleine Dreiecke geschnitten hast?«, fragt er Ava.

Sie verdreht die Augen. »Soll ich dir was Süßes geben? Dann bist du vielleicht nicht mehr ganz so sauer, du Arsch.«

»Ava«, mahnt Jo. »Sei nett zu deinem Bruder.«

Trevor streckt seiner Schwester die Zunge raus.

Auf einmal murmelt Jo: »Zwanzig neun, zwanzig neun, zwanzig neun.«

Wir halten inne und schauen zu ihr.

»Zwanzig neun, zwanzig neun, zwanzig neun.«

»Sagst du die Uhrzeit?«, fragt Ava. »Denn es ist sechs Uhr vierzig.«

Jo schüttelt den Kopf, als sie sich zu uns dreht, und klopft mit den Fingern an ihre Schläfe. »Zwanzig neun, zwanzig neun, zwanzig neun.«

»Es kann nicht die Zeit sein«, murmelt Trevor. »Sie würde die militärische Zeitangabe nehmen.«

»Hier drin«, sagt Jo frustriert, während sie von ihrem Kopf zu ihrem Herzen zeigt. »Zwanzig neun, zwanzig neun, zwanzig neun.«

»Siehst du?«, sagt Trevor. »Sie würde zwanzig null neun sagen, wenn es eine Uhrzeit wäre.«

»Mama?«, fragt Ava und macht einen Schritt auf sie zu. »Was ist zwanzig neun?«

»Hier drin!« Jo schreit beinahe, während sie die Hand auf ihre Brust drückt.

»In deinem Herzen?«, fragt Ava. »Dein Herzschlag?« Sie runzelt die Stirn. »Was …?«

Jo schreit: *»Das Glück!«*

Ava schüttelt langsam den Kopf, ganz langsam. *»Das Glück* ist um zwanzig Uhr neun?«

Jos Nasenflügel blähen sich, als sie die Luft ausstößt, und ein frustriertes Stöhnen dringt aus ihrer Kehle.

»Wartet!« Hastig stehe ich auf, meine Gedanken rasen. »Sie redet vom Punktestand!«

Ava schnaubt. »Welcher Punktestand?«

Ich kann nicht aufhören zu grinsen, als ich auf Jo zugehe. »Der Punktestand, richtig? Von unserem Spiel. Einer gegen einen.«

»Nein«, flüstert Trevor. »Das kann nicht sein.«

»Ja!« Jo nickt, ein breites Lächeln im Gesicht. »Der Punktestand!« Sie reißt die Arme hoch, siegreich. »Ich erinnere mich!«

»Du erinnerst dich!«, ruft Ava, sie strahlt vor Freude.

»Heilige Scheiße!«, sagt Trevor lachend. Er steht ebenfalls auf, hebt Jo hoch und wirbelt sie herum.

Als sie zurück auf den Füßen steht, lacht sie auf. »Zwanzig neun!« Sie drückt die Hand an ihre Brust, und während sie mich direkt ansieht, fügt sie hinzu: »*Das Glück*. Hier drin. Mein Herz.«

»Dein Herz?«, frage ich und kämpfe gegen den Kloß in meinem Hals an, dann lasse ich den Kopf zurückfallen, schaue an die Decke, während ich tief einatme, um mich zu beruhigen. »Scheiße, Miss D. Sie hätten fast *mein Herz* gebrochen, als Sie sich nicht mehr erinnert haben.«

Jo lacht. »Zwanzig neun.«

»Das stimmt.« Ich nicke.

Ihr Grinsen wird breiter. »Ich habe gewonnen.«

»Haben Sie nicht.« Ich lache. »Sie schulden mir ein Abendessen!«

Jo kichert. »An den Teil erinnere ich mich nicht.«

»Oh, Sie haben *selektiven* Gedächtnisverlust. So ist das also.«

Von hinten schlingt Ava die Arme um meine Hüften. Ich ziehe an ihrer Hand, bis sie an meiner Seite steht.

Jo lächelt uns an, dann sieht sie zu mir hoch. »Sie hat gesagt, du bist *nicht* ihr Freund.«

»Das hat sie gesagt?«

Jos Schultern beben vor Lachen. »Jepp.«

Ich hebe das Kinn und schaue auf sie herunter. »Also, was kochen Sie mir heute Abend?«

»Hundescheiße vom Nachbarn.«

Ava kichert an meiner Brust.

»Hmm«, sage ich. »Mein Lieblingsessen!«

»Wie wäre es mit Tacos?«, fragt sie.

»Ja!«

Alle Handys im Haus vibrieren zur selben Zeit. Meins liegt immer noch in Avas Zimmer, also warte ich ab, bis Ava und Trevor gelesen haben, was auch immer auf ihren Displays steht.

»Ihr glücklichen Scheißer«, murmelt Trevor.

»Schule fällt heute aus«, sagt Ava und zeigt mir ihr Handy.

Ich lese die Nachricht: *Aufgrund unvorhergesehener Ereignisse findet heute an der St. Luke's kein Unterricht statt, Februar …* Eine weitere Nachricht ploppt auf, diesmal von Rhys, und ohne nachzudenken, öffne ich sie. Es ist ein Foto von einem riesigen, ein Meter großen Plastikpenis, der den Haupteingang – den einzigen Eingang – der Schule versperrt. Ich pruste los und zeige es Ava. Sie lacht ebenfalls und zeigt es Trevor.

»Was ist so lustig?«, fragt Jo und versucht, aufs Handy zu schauen.

Trevor gibt es Ava zurück, ohne es ihr zu zeigen.

»Jemand hat der Schule einen dummen Streich gespielt«, erklärt Ava ihrer Mom.

»Zeig es mir.«

»Nein, Mama, das ist etwas Unanständiges.«

»Zeig es mir!«

»Zeig es ihr«, sage ich. »Es ist lustig.«

Ava seufzt und zeigt ihrer Mom das Foto. Jos Augen werden groß.

Ava sieht zu Trevor. »Na ja, schätze, wir können Krystal anrufen und ihr sagen, dass sie nicht zu kommen braucht.«

»Ne«, sagt Trevor, »die Agentur braucht vierundzwanzig Stunden Vorlauf oder sie stellen es uns trotzdem in Rechnung.«

»Geht!«, drängt Jo uns.

Ava weicht bei ihrer Reaktion überrascht zurück. »Wohin sollen wir gehen?«

»Irgendwohin. Ihr beide«, sagt Jo und deutet auf Ava und mich. »Ihr beide. Seid Jugendliche. Habt Spaß.«

»Bist du dir sicher, Mama?«, fragt Ava, aber ich höre bereits die Begeisterung in ihrer Stimme. Ein ganzer Tag, den wir zusammen verbringen können, ohne Einschränkungen. Wir hatten diese Möglichkeit bisher nur ein einziges Mal, und es war der schönste Tag in unserem Leben.

»Ich bin mir sicher«, sagt Jo, und ihre Stimme wird weich. »Ihr braucht es. Ihr habt es verdient.«

»Danke, Miss D.« Ich hebe die Hand zu einem High Five und warte darauf, dass sie abklatscht.

Stattdessen nimmt sie meine Hand und legt sie auf ihre Narben, ehe sie zu mir aufsieht. »Weißt du, warum ich dich so mag, Connor?«

Ich grinse von einem Ohr zum anderen. »Weil ich hübsch bin?«

»Weil du mich wie einen Menschen behandelst.« Ihr Lächeln bringt ihr Gesicht zum Leuchten. »Und jetzt versprich mir, dass ihr geht«, sagt sie und lässt meine Hand los, um ihre eigene auf ihre Brust zu legen. »Geht und findet *das Glück* in euren Herzen, genau wie ich.«

»Ich verspreche es«, sage ich und verdränge den plötzlichen Druck in meiner Kehle.

Trevor steht auf, um das Geschirr in die Spüle zu stellen, und klopft mir auf die Schulter, als er die Küche verlässt. »Verdammt, Connor, du bist wie ein Magier.«

Ava schnappt nach Luft und sieht zu mir hoch. Ihre Lippen sind geöffnet und ihre Augen geweitet. »Mein *Magier.*«

Kapitel 20

AVA

In meiner Schreibtischschublade lebt ein Scheck.

Ein Scheck über einen sechsstelligen Betrag.

Unterschrieben von Peter Parker.

Die Summe reicht, um einen Platz in einem Behandlungszentrum zu ermöglichen.

In meinen Gedanken

frage ich mich, wie es wäre, wenn wir uns nicht mehr so viele Sorgen machen müssten.

In meinem Herzen

versuche ich, mir vorzustellen, wie es sich anfühlen würde, sie auf diese Weise aufzugeben.

Der Scheck ist auf meinen Namen ausgestellt.

Ich kann mich um dich kümmern, Ava,
hat Peter gesagt.
Aber es ist unser kleines Geheimnis.
In meinen Gedanken
frage ich mich, warum er den Scheck nicht Trevor angeboten hat.
Doch in meinem Herzen
weiß ich es bereits.
In meiner Schreibtischschublade lebt ein Foto.
Mom und ich, umgeben von Glühwürmchen.
Wenn die Welt am dunkelsten ist,
das ist die Zeit, in der die Magie erscheint,
hat meine Mom immer gesagt.
In meinen Gedanken
frage ich mich, ob der Scheck eine Art von Magie ist.
Aber in meinem Herzen
glaube ich daran: **Hoffnung erschafft den *Magier*.**

Kapitel 21

CONNOR

Sobald Krystal in Avas Haus eintrifft, gehen wir rüber in meins und direkt ins Bett. Ich rufe Dad an, um sicherzugehen, dass er die Nachricht von der Schule bekommen hat, und sage ihm, dass Ava hier ist und wir wahrscheinlich in meinem Zimmer abhängen werden, sodass er keine unangenehme Überraschung erlebt, wenn er nach Hause kommt. Doch sobald mein Kopf auf dem Kissen landet, habe ich alle Mühe, wach zu bleiben; und klar, es gibt andere Dinge, die ich viel lieber mit meiner Freundin in *meinem Bett* tun würde, aber ich bin einfach *so* verdammt müde. Das gestrige Spiel war zwar ein einfacher Sieg, dennoch habe ich alles gegeben. Früher war ich nur dabei, um die Aufmerksamkeit der Colleges zu bekommen. Jetzt tue ich es für die NBA-Scouts. Ava spürt all das offenbar, denn sie küsst mich auf die Nasenspitze und fährt mir mit der Hand durch die Haare. »Schlaf eine Runde, Babe.«

Meine Lider sind schwer, als ich sie schnell zurückküsse. »Was machst du dann?«

»Hast du Kopfhörer?«

»Auf meinem Schreibtisch.«

Sie klettert aus dem Bett und kommt mit den Kopfhörern und ihrem Handy zurück. »Ich höre mir einfach einen Podcast an.«

»Bist du sicher?«

»Ja.«

Zwei Minuten später, Kopfhörer in den Ohren, schläft sie tief und fest. Sie schnarcht sogar ein bisschen. Ich grinse, während ich sie beobachte und all das, was ich an ihr liebe und vermisst habe, in mich aufnehme. Ihre Lippen verziehen sich zu einem Lächeln, als wüsste sie, dass ich sie ansehe. Sie kuschelt sich unwillkürlich enger an mich, bis nichts mehr zwischen uns ist.

Kein Abstand.

Keine Vergangenheit.

Kein Bedauern.

Ich wache auf, als mein Handy irgendwo am anderen Ende meines Zimmers klingelt. Zuerst ignoriere ich es, denn der einzige Mensch, der mir wichtig genug ist, um ranzugehen, liegt in meinen Armen. Aber dann klingelt es wieder und wieder, und Ava gibt mir einen Klaps auf die Wange, während sie ins Kissen murmelt: »Sag ihm, es soll ruhig sein.«

»Sei ruhig«, murmle ich.

Es hört auf zu klingeln, und Ava lächelt. »Hey, es hat funktioniert.« Doch dann klingelt ihr Handy, und natürlich setzt sie sich sofort auf und sucht danach, obwohl es *in ihrer Hand* vibriert.

Mit einem leisen Lachen entwende ich es ihrem Griff. Rhys' selbstgefälliges Grinsen nimmt fast das ganze Display ein, als ich rangehe: »Was?«

»Ich hab versucht, dich anzurufen.«

Ich drehe mich auf den Rücken und bedecke die Augen mit meinem Arm. »Merkwürdig.«

»Wer ist es?«, fragt Ava.

»Rhys«, antworte ich, während Ava sich rittlings auf mich setzt. Sie schenkt mir ein Lächeln, bevor sie sich über mich beugt und ihre Lippen an meinen Hals drückt, mich küsst. »Ist es wichtig?«, sage ich ins Handy. »Ich bin gerade nämlich etwas beschäftigt.«

Ava kichert, während es still wird in der Leitung.

»Cool«, murmle ich nach ein paar Sekunden. Dann lege ich einfach auf, schlinge die Arme um Ava und ziehe sie zu mir.

Sie küsst mich erneut, zieht eine Spur an Küssen über meine nackte Brust, bis hinab zu meinem Bauch, ehe sie zu mir aufblickt. »Hast du Kondome hier?«

Shit. »Ich weiß es nicht.«

»Okay …« Sie will von mir runterklettern, doch ich halte sie fest.

»Warte. Mein Dad sollte zu Hause sein«, sage ich, um sie zu necken. »Ich frag ihn.«

»Was? Nein!«

»Warum nicht?«

»Ich will nicht, dass er weiß, was wir hier drin machen!«

»Als ob er das nicht wüsste, und selbst wenn nicht, es wäre ihm sicher lieber zu wissen, dass wir verhüten.« Ich räuspere mich, dann rufe ich: »Dad!«

Sie hält mir den Mund zu, ihre Augen sind weit aufgerissen, und sie rollt sich schnell zurück auf ihre Seite, als Dad an der Tür klopft.

»Connor?«, fragt er. »Hast du mich gerufen?«

»Ich hasse dich«, formt sie mit den Lippen.

Ich lache leise. »Ja, ich wollte nur wissen, ob du zu Hause bist.«

»Oh, okay.«

Avas Handy klingelt erneut, wieder Rhys, und dieses Mal geht Ava ran und macht den Lautsprecher an. »Hey, Rhys.«

»Ledger ist bei dir, oder?«

»Jepp.«

»Poolparty bei mir. Bewegt eure Ärsche rüber.«

»Alles klar«, sagt Ava und lacht. »Ich rede mit meinem *Freund* und frag ihn, ob er hingehen will.«

»Er hat keine Wahl, A. Er hat bei der Party gestern Abend schon den Schwanz eingezogen, er muss kommen. Er ist verdammt noch mal *Mannschaftskapitän.*«

»Co-Kapitän«, werfe ich ein. »Und wie es aussieht, erledigst du den Job für uns beide.«

»Ava«, sagt Rhys unbeeindruckt.

»Ja?«

Seine Stimme wird ernst. »Sag deinem Freund, er muss sich zumindest kurz sehen lassen … *für das Team.*«

Ava hebt die Augenbrauen und wirft mir einen Blick zu, der sagt: *Er hat recht, Connor.* Sie selbst macht keine Anstalten, Rhys zu antworten, also tue ich es: »Ich werde kommen … *bald.*«

Rhys legt ohne ein weiteres Wort auf, und ich drehe mich zu Ava. »Wie zum Teufel kann er eine Poolparty schmeißen, wenn es draußen kalt ist?«

»Kennst du nicht seinen Innenpool?«

»Es gibt einen Innenpool?«

»Jepp. Im Westflügel.«

»Sie haben *Flügel?*«

Sie geht nicht weiter darauf ein, sondern fügt hinzu: »Aber es ist mehr ein Strand als ein Pool. Es gibt Sand und Wellen, und es fühlt sich irgendwie nach Sommer an und als würde die Sonne scheinen, selbst wenn es draußen nur –1 Grad hat.«

Ich verdränge die bohrende Frage, *woher* sie das weiß. »Vermisst du es?«, frage ich. »Das Haus und das Geld?«

Sie senkt den Blick. »Das Haus ja, aber hauptsächlich wegen der Erinnerungen, die damit verbunden sind. Das Geld nur, weil es unser Leben um einiges einfacher machen würde.«

»Wem gehörte das Haus eigentlich?«, frage ich, während ich näher zu ihr rutsche und eine Hand auf ihre Hüfte lege. »Gehörte es Trevors Dad oder deiner Mom?«

»Es gehörte meinen Großeltern. Sie haben es Mom hinterlassen, als sie gestorben sind. Es ist altes Geld, es kommt von meinen Ururururururgroßeltern. Es ist schade, dass ich es nicht an unsere Kinder weitergeben kann, wenn wir … Ich wollte sagen, *meine* … Ich …« Sie verstummt, und ihre Wangen werden rot.

Ich schiebe die Fantasie von einem *Für-immer* mit ihr beiseite, auch wenn ich darüber schon viel öfter nachgedacht habe, als ich zugeben würde.

»Mom hat mir erzählt, dass ihre Eltern stocksauer waren, als sie sich dazu entschloss, der Marine beizutreten. Es kam aus dem Nichts. Sie ging ebenfalls auf die St. Luke's.«

»Ach ja?«

Ava nickt. »Sie war die erste Schülerin, die suspendiert wurde, weil sie keine angemessene Schulkleidung trug. Aber nicht etwa, weil ihr Rock zu kurz gewesen wäre oder so was. Es war, weil sie Kampfstiefel und eine Hose trug.« Sie kommt am Ende des Satzes ins Stocken, ihre Wörter werden von einem schwachen Kichern abgelöst.

»Das klingt ganz nach deiner Mom«, sage ich. »Weißt du, wer dein Dad ist?«

»Nope«, antwortet sie und schüttelt den Kopf. Sie dreht sich auf den Rücken und blickt zur Decke hoch, während ihre Hand meine auf ihrem Bauch festhält. »Mom meinte, sie sei nur eine kurze Zeit mit ihm zusammen gewesen, nicht lange genug, um ihm zu sagen, dass sie schwanger sei.«

»Hast du mal darüber nachgedacht, nach ihm zu suchen? Was, wenn er euch finanziell unterstützen kann?«

»Ja, ich habe darüber nachgedacht, so circa *eine* Sekunde lang. Aber es wäre so gut wie unmöglich, ihn zu finden. Mom hat mir nie seinen Namen genannt, sie hat ihn auch nicht auf meiner Geburtsurkunde angegeben, und ich will sie jetzt nicht danach fragen. Ich will nicht, dass sie weiß, wie verzweifelt wir sind, versteht du?«

Ich stütze mich auf dem Ellbogen ab und sehe auf sie hinab. »Ist es so schlimm?«

»Wir kommen momentan zurecht, aber ja …« Ihre Mundwinkel sinken nach unten. »Ziemlich bald schon werden wir im Minus sein.«

»Was wirst du dann machen?«, frage ich.

Ava zuckt mit den Schultern, und ihre Brust hebt sich, als sie tief einatmet. Ihr Blick huscht kurz zu mir, bevor sie wieder wegsieht. »Einfach hoffen, dass sich alles von selbst regelt.«

Ihr Handy vibriert mit einer Nachricht, und sie verdreht die Augen, als sie sie liest.

> **Rhys:** Ich schicke Mitch zu euch, damit er eure faulen Ärsche hierher bringt, wenn ihr nicht bald kommt.

Ava seufzt. »Willst du hingehen?«

»Willst du?«

»Glaub schon. Könnte Spaß machen.«

»Genauso wie im Bett zu bleiben und meine persönliche Bestzeit zu toppen.«

Lachend klettert sie aus dem Bett und zieht mich mit sich. »Wir haben später noch genug Zeit dafür.«

»Ava.« Ich bleibe vor ihr stehen und nehme ihre Hände in meine. »Das ist wichtig, und ich will, dass du mir zuhörst.«

»Okay.«

»Denn ich will dich nicht enttäuschen.«

»Connor.« Sie schiebt die Unterlippe vor und sieht zu mir hoch. »Was ist los?«

Ich schüttle den Kopf und ziehe scharf die Luft ein. »Ich weiß nicht, wie oft ich meine Bestzeit noch toppen kann.«

***

Ava trägt einen Bikini, bei dem man *alles* sieht. Okay, nicht alles, aber fast, und ich weiß nicht, was ich davon halten soll. Zum Glück sind wir noch nicht aufgebrochen, daher gibt es keine neugierigen Blicke.

»Ist das zu freizügig?«

Ja. Ich presse die Lippen zusammen und schüttle den Kopf. »Nein.«

»Sicher? Ich hab keinen neuen Bikini gekauft, seit das mit meiner Mom war, das heißt, die hier sind alle aus der Zeit, als ich vierzehn war.«

Okay, das erklärt einiges. »Ich meine, er ist ein bisschen … eng.«

Ava steht vor einem Ganzkörperspiegel, und ich versuche, meinen Blick von ihrem Hintern loszureißen, als sie über die Schulter zu mir sieht. »Zu klein, um ihn zur Party zu tragen?«

Sei kein Arsch, Connor. Sei kein Arsch. »Er ist okay.« *Ist er nicht.*

»Connor, sei bitte ehrlich und hör auf, auf meinen Hintern zu starren!«

Ich hebe den Kopf. »Ich kann nicht anders.« Ich fasse ihr an den Hintern und schmolle, als sie meine Hand wegschlägt.

»Also? Ist er zu klein?«

»Soll ich wirklich ehrlich sein?«

Sie nickt.

»Es ist nicht so, dass er zu klein ist. Es ist eher so, dass du ein bisschen *mehr ausfüllst* als damals, und ich weiß nicht, Ava«, murre ich. »Ich werde jetzt schon ganz stachelig, wenn ich nur daran denke, dass die anderen Jungs dich darin sehen … Ich würde ihnen am liebsten die Augen ausstechen, aber ich kann meine Teamkollegen nicht so schwer verletzen, weil ich in die nationale Meisterschaft kommen will.«

»Und die Zeit im Gefängnis wäre auch Scheiße ...«

»Ja, das auch.«

»Ich werde einfach nicht in den Pool gehen.«

»Aber das macht *Spaß*. Du hast gesagt, du willst Spaß haben.« Ich stöhne. »Hör nicht auf mich. Du solltest dir von mir nicht vorschreiben lassen, was du anziehen und was du nicht anziehen kannst. Nur ... lass mich nicht in die Nähe von Messern.«

Sie kichert.

»Und vielleicht auch nicht in die Nähe von Kugelschreibern, oder generell in die Nähe von Dingen, mit denen ich jemandem die Augen ausstechen könnte.«

»In Ordnung«, murmelt sie und öffnet eine Schublade. Sie holt Jeansshorts heraus, und ich kralle unwillkürlich die Finger in die Matratze, als sie sich direkt vor mir vornüberbeugt, um sie sich über die Beine zu ziehen.

Ich gewinne rechtzeitig die Fassung wieder, bevor sie sich zu mir umdreht – doch jetzt sind da ihre Brüste, und ich winde mich, die Enge in meiner Hose ist schmerzhaft unangenehm. »Meinst du nicht, wir könnten einfach ...?«

»Nie endenden Sex haben?«, unterbricht sie mich und verdreht dabei übertrieben die Augen.

»Ich hätte nichts dagegen.«

Sie verdreht erneut die Augen, und auf einmal werde ich wieder unsicher. »Ich werde besser werden.«

Sie zieht eine andere Schublade auf. »Sei still, du Idiot.«

»Ich sag es noch mal, du hast wirklich eine seltsame Art, deine Liebe zu zeigen.«

Sie holt ein Wildcats-Trikot heraus, *mein* Trikot, und schlüpft hinein. »Da«, sagt sie und dreht sich zu mir um. »Nun wird jeder wissen, dass wir zusammen sind. Wie ist das als Zeichen meiner Liebe?«

Ich greife nach ihrer Hand und ziehe daran, bis sie zwischen meinen Beinen steht. Ich lege den Kopf in den Nacken und lasse sie nicht aus den Augen. »Sag es.«

Sie schenkt mir ein Lächeln, echt und ehrlich. »Ich liebe dich, Connor Ledger.« Dann nimmt sie mein Gesicht in ihre Hände und küsst mich. Ihr Mund ist bereits geöffnet, als ihre Lippen auf meine treffen. Ihre Zunge teilt meine Lippen, und ihre Lust nimmt mich regelrecht gefangen. Als sie sich wieder von mir löst, fügt sie hinzu: »Und du bist unglaublich im Bett.«

***

Ava führt mich an der Hand zum »Westflügel«, auch wenn ich durch die laute Musik und das Johlen der anderen den Weg dorthin selbst gefunden hätte. Es war kein Scherz, als sie gesagt hat, der Innenpool sei mehr wie ein Strand. Wenn man sich die offensichtlichen, szenisch angemalten Wände wegdenkt, ist es, als wäre man während der Frühjahrsferien am Myrtle Beach.

Sobald Rhys meine Anwesenheit verkündet hat, werde ich von den Jungs aus dem Team belagert und auch von ein paar Mädchen, die bei ihnen gestanden haben. Avas Griff um meine Hand lockert sich ein wenig, aber ich halte sie fest, stelle sicher, dass sie keine Möglichkeit hat, zu fliehen. Sich zu *verstecken.* Die Jungs begrüßen sie mit derselben Freude wie mich, und ich weiß nicht, ob es ehrlich gemeint ist oder ob sie es nur tun, weil sie wissen, wie wichtig mir Ava ist, aber ich weiß es zu schätzen. Als Nächstes taucht Karen auf, verkündet, dass Ava den Rest des Tages ihr gehöre, und ich lockere nur widerwillig meinen Griff um ihre Hand und lasse die beiden zusammen weggehen. Aber ich beobachte sie. Ganz genau. Denn ich kann sie nicht *nicht* beobachten. Ich liebe es, ein echtes Lachen auf Avas Gesicht zu sehen, als sie bei einer Gruppe Mädchen sitzt, von denen ich annehme, dass es mal ihre Freundinnen waren. Ich liebe es, zu sehen, wie ihre Augen aufleuchten, wenn sie lacht, wie sie den Kopf dabei in den Nacken wirft und wie sie mit Nachdruck mit den Armen gestikuliert, wenn sie diejenige ist, die etwas sagt. Ich liebe es, wie sie immer mal wieder zu mir herüberblickt, wie ihre Augen nach mir suchen und wie ihre Mundwinkel sich heben, wenn sie mich entdeckt.

Ich liebe es sogar, wie ihre Hüften schwingen, als sie zu mir rüberkommt und dabei völlig ignoriert, dass ich mich mit einigen meiner Teamkollegen unterhalte. Sie schlingt die Arme um meinen Nacken, zieht meinen Kopf zu sich runter und küsst mich genau so, wie sie es tut, wenn wir hinter verschlossenen Türen sind. Ich liebe es, wie sie zu mir hochsieht und wie sie lächelt, als sie sagt: »Ich habe es gefunden.«

»Was gefunden?«

»Das Glück.«

Kapitel 22

AVA

»Wie verflucht dumm können diese zwei Vollidioten nur sein?«, schreit Connor, seine Fingerknöchel treten weiß hervor, so fest hält er das Lenkrad, als er nach der Schule nach Hause fährt.

Ich erwidere nichts darauf, denn es gibt nichts, was ich sagen könnte, was es in Ordnung bringen würde.

Das Team ist in die Regionalmeisterschaft aufgestiegen.

Das Problem? Mitch und Rhys sind suspendiert. Vom Spiel ausgeschlossen. Und egal, wie viel Geld ihre Eltern auch zahlen würden, und egal, wie viele Angebote sie der Schule unterbreiten, ein komplett neues Gebäude auf dem Campus zu finanzieren, es reicht nicht, damit die Schulbehörde ihre Entscheidung zurücknimmt.

Die ganze *Riesendildo-mit-Superkleber-an-die-Schultür-kleben-und-mit-Gleitgel-einreiben-damit-man-ihn-nicht-zu-fassen-kriegen-kann*-Sache? Die geht auf das Konto der zwei Vollidioten, über die Connor sich aufregt. Was bedeutet, dass Connor das gesamte Team auf seinem Rücken tragen muss, damit sie überhaupt irgendeine *Chance* auf den Sieg haben.

Das alles ist erst vor wenigen Stunden passiert. Und das Finale der Regionalmeisterschaft ist *heute*. Zu sagen, er wäre angepisst, wäre die Untertreibung des Jahrhunderts. Sein Handy klingelt ununterbrochen, seit wir die Schule verlassen haben, und er hat jeden Anruf ignoriert, außer den von seinem Coach, der will, dass

Connor sofort zurück in die Schule kommt, damit sie gemeinsam die Spielerliste überarbeiten können. Ich habe ihm gesagt, dass er bleiben könne, dass er mich nicht nach Hause zu fahren bräuchte, aber er hat mir versichert, dass er da rausmüsse, Dampf ablassen. Und das ist es, was er gerade macht … während er fährt.

»Wegen eines verdammten, dummen, sinnlosen Prank, Ava!«

»Ich weiß, Babe. Das tut mir so leid.«

Seine Nasenflügel blähen sich, sein Kiefermuskel zuckt. Nervös lege ich eine Hand auf seinen Oberschenkel. Sein Blick huscht zu der Stelle, an der ich ihn berühre, und seine Brust hebt sich. Ohne Vorwarnung fährt er an den Straßenrand, sodass Schotter unter den Reifen wegspritzt. Mein Gurt verkeilt sich, als er abrupt bremst.

Connor atmet ein paarmal tief durch, um sich zu beruhigen, bevor er sich zu mir dreht. »Es tut mir leid, Ava. Ich lasse das alles an dir aus.«

»Schon okay«, versichere ich ihm. »Ich verstehe das.« Wirklich, das tue ich. Dieses Finale ist unglaublich wichtig für ihn. Danach wäre das Team in der nationalen Meisterschaft.

»Ich weiß, dass du das tust«, stößt er hervor. »Aber außer den beiden in ihre verkrüppelten Eier zu treten, weiß ich nicht, was ich tun soll.«

»Ich könnte das übernehmen«, sage ich. »Ich würde das *liebend gern* tun. Vor allem bei Mitch.«

Der Hauch eines Lächelns tritt auf seine Lippen, und er lehnt sich zu mir rüber, gibt mir einen Kuss auf die Schläfe. »Du wirst dir das Spiel anschauen, oder?«

»Natürlich. Um nichts in der Welt würden wir uns das entgehen lassen. Ich kann dir garantieren, dass Mom bereits dein Trikot anhat.«

Sein Lächeln wird breiter. Dann greift er in seine Schultasche, kramt darin herum, bis er einen dicken schwarzen Marker findet. Er reicht ihn mir. »Tust du mir einen Gefallen?«

»Was immer du willst.«

»Kannst du *Miss D* auf meine Hand schreiben?«

Ich verkneife mir ein Grinsen und tue, worum er mich gebeten hat. Seine Hand ruht auf meinem nackten Oberschenkel.

»Und darunter *Ava.*«

Meine Augen weiten sich, als ich zu ihm aufsehe. »Du willst meinen Namen auch dort stehen haben?«

Er nickt, das Zeichen für mich, ihn hinzuschreiben. »Du bist mein Grund, Ava. Ihr beide seid das.«

***

»Da ist er!«, schreit Mom und springt auf die Füße, als der Livestream des Spiels beginnt und Connor auf dem Bildschirm erscheint. »Da ist mein Junge!«

»Ähm, streng genommen ist das *mein* Junge, Mama.«

»Oh, scht. Sei nicht so kleinlich!«

Nachdem das Spiel angefangen hat, wird innerhalb von wenigen Minuten deutlich, dass Connor ohne Rhys und Mitch auf dem Spielfeld zu kämpfen hat. Er ist wirklich der Einzige im Team, der einen Cent wert ist, und die Spieler der Phillips Academy, das gegnerische Team, bleiben bei dem, was sie immer tun, wenn es um Connor geht: Sie doppeln ihn.

»Verflucht noch mal!«, brüllt Mom den Fernseher an. »Gebt dem Jungen etwas Platz zum Atmen!«

»Verdammt«, knurrt Trevor und lehnt sich nach vorn, die Ellbogen auf den Knien. »Er kommt an diesen Scheißkerlen einfach nicht vorbei!«

»Lasst ihn in Ruhe!«, schreit Mom.

Ich bleibe ruhig und beobachte den Jungen, den ich liebe, dabei, wie er ein Spiel spielt, das er liebt, oder es zumindest versucht, aber er scheint so ernüchtert, so hoffnungslos. Ich erkenne es an der Art, wie seine Schultern nach unten sacken, erkenne es an der Art, wie er die Stirn runzelt und den Kiefer anspannt. Er ist frustriert, und die einzigen Menschen, die diesen Frust verdienen, wärmen in ihren Anzügen die Ersatzbank.

Fuck Rhys und Mitch.

Sie haben es ihm kaputt gemacht.

Die Sirene ertönt zum Ende des ersten Viertels, und es steht 30:12 für die Phillips, und während die meisten unserer Punkte von Connor erzielt wurden, waren das alles Freiwürfe wegen der ständigen Fouls gegen ihn.

Die Phillips will Blut sehen.

Und sie haben es auf Connor abgesehen.

»Gott, er hasst es bestimmt«, murmle ich.

»Was du nicht sagst«, erwidert Trevor.

Das zweite Viertel beginnt, und seine Gegner haben ausgewechselt, aber sie sind immer noch zu zweit, und mit frischen Beinen blocken sie Connor komplett vom Spiel.

»Fuck!«, brüllt Mom. Und ich fühle ihren Frust bis in mein Innerstes. Zehn Minuten später *zwingt* Coach Sykes Connor zum Auswechseln. Die Kamera zoomt an ihn heran, als er sich auf die Bank fallen lässt und ein Handtuch vors Gesicht führt. Er behält es dort, während seine Schultern nach unten sacken, seine Brust hebt und senkt sich. Ich kann mir nur ansatzweise vorstellen, wie ausgelaugt er sein muss. Wie enttäuscht. Sein Kampfgeist ist gebrochen, und ich kann es durch den Bildschirm sehen. Als er endlich das Handtuch herunternimmt, sind seine Augen rot, sein Blick ist leer, als wüsste er bereits, dass es vorbei ist. Nicht nur für das Team, sondern auch für ihn. Ich verziehe das Gesicht, und meine Brust schmerzt bei seinem Anblick.

»Wo findet das Spiel statt?«, fragt Mom aus dem Nichts.

»An der Wyndham Tech.«

»Wie weit ist das entfernt?«

»Ungefähr fünfzehn Minuten von hier.«

Mom steht schnell auf. »Na, dann geh, Ava! Er braucht dich.«

Mir stockt der Atem. Ich würde alles geben, um bei ihm zu sein. Für ihn da zu sein. Aber … »Wie soll ich dort hinkommen? Ich darf noch nicht fahren. Trevor müsste mich hinbringen, und wir können dich nicht allein lassen.«

Mom hebt das Kinn. »Dann gehen wir eben alle!«

»Was?!«, rufen Trevor und ich gleichzeitig.

»Holt euren Kram«, stößt Mom hervor. »Schuhe. Schlüssel. Jacke. Schnell, schnell! Unser Junge braucht uns!«

Wir fragen nicht, ob sie sicher ist, dass sie mitkommen will, dass sie von *einer Menge* Leute in der Öffentlichkeit gesehen werden will, denn sie treibt uns innerhalb weniger Minuten zur Tür hinaus. »Du fährst besser schnell, Junge, oder ich schwöre dir …«, murmelt Mom und lässt den Sicherheitsgurt einrasten, kaum dass wir in Trevors Pick-up sitzen.

Zu meiner Überraschung tritt Trevor das Gaspedal *durch*, bis wir beim Gebäudekomplex ankommen. Nach einem kleinen Rückschlag beim Ticketkauf, um überhaupt erst zum Spiel *eingelassen* zu werden (und dank dem Schrecken, den die Leute bekommen haben, als Mom sie aus dem Weg geschubst hat) erreichen wir den Spielfeldrand in dem Moment, als die Teams aus der Halbzeitpause zurückkommen.

Sobald ich Connor sehe, beginnt mein Herz zu rasen. Ich forme mit den Händen einen Trichter um meinen Mund und schreie: »Buh!« Aber die Zuschauer sind viel zu laut, und er ist zu konzentriert, also atme ich tief ein, fülle meine Lunge mit Luft. »BUH, LEDGER! BUUUH!«

»Warum buhst du ihn aus?«, fragt Trevor.

»Vertrau mir einfach«, sage ich. »BUH, LEDGER!«

Meine Mom stimmt mit ein. »BUH! BUUUUH!«

Und ich habe meinen Bruder noch nie so sehr geliebt, wie in diesem Moment. »Ich kann nicht glauben, dass ich das tue«, murmelt er und hebt mich mühelos hoch. Ich halte mich an seinem Kopf fest, als er mich noch höher drückt, bis ich auf seinen Schultern sitze. »BUH, LEDGER!« Er brüllt so laut, dass die Zuschauer um uns herum verstummen.

»Buh!«, schreit Mom, und Oscar, Connors Teamkollege, dreht sich endlich zu uns um, um herauszufinden, woher das verrückte Ausbuhen kommt. Als er mich entdeckt, verziehen sich seine Lippen zu einem Grinsen, und er schlägt Connor mit dem Handrücken auf den Arm, bevor er mit dem Kopf in meine Richtung deutet. Connor blickt auf, auf, auf, seine Augen weiten sich, als er uns sieht. Sein Mund formt die Worte »eine Sekunde« zu seinem Coach, dann läuft er zu uns rüber, während Trevor mich wieder auf die Füße stellt.

Connor ist eindeutig schockiert, sein Blick wechselt zwischen Mom und mir hin und her. Immer wieder. Er konzentriert sich erst auf mich. »Was machst du hier?«

»Ich musste …«

Das ist alles, was ich sagen kann, bevor ich mich in seinen Armen wiederfinde. Seine Hand liegt fest an meinem Hinterkopf. Er drückt mich an seine Brust, wo die Magie kräftig an meinem Ohr pocht. »Gott, ich bin so froh, dass du hier bist, Babe. Ich werde da draußen *fertiggemacht.*«

»Ich weiß«, murmle ich und weiche etwas zurück, um zu ihm aufzusehen, aber er wendet sich bereits an meine Mom.

»Sie sind für mich hergekommen?«, fragt er sanft.

»Natürlich, wir lieben dich, Connor«, erwidert sie, und mein Herz schwillt an. »Aber gib ja nicht auf«, befiehlt sie mit strenger Stimme. »*Wag* es nicht, aufzugeben!«

Connor lacht kurz auf. »Nein, Ma'am.« Und dann ruft sein Coach nach ihm, dass er zurück zu seinem Team kommen solle.

»Ich liebe dich«, sage ich und gebe ihm einen schnellen Kuss. Ich zupfe an seinem Trikot, das zu meinem und dem von meiner Mom passt. »Du schaffst das!«

Wir verlieren.

Wir verlieren haushoch.

Wir werden regelrecht *niedergemetzelt.*

Sobald die Schlusssirene ertönt, schüttelt Connor die Hände seiner Teamkollegen, und dann …

Dann sinkt er auf ein Knie, sein ausgestreckter Arm hält ihn aufrecht, während sein ganzer Körper vor Erschöpfung zittert. Er ist völlig erledigt. Komplett am Ende. Ich habe ihn noch nie so hart spielen, so extrem an seine Grenzen gehen sehen. Als er aufblickt, nehmen seine müden Augen das Jubeln der Spieler und Fans der Phillips Academy wahr, während er sich zweifellos wünscht, er wäre ein Teil davon. Er wollte in die *nationale Meisterschaft.* Er hat mir unzählige Male gesagt, wie sehr er die nationale Meisterschaft *braucht.* Und jetzt ist diese Chance verstrichen, vollkommen außerhalb seiner Reichweite. »Gott, ich hasse es, dass das Ganze für ihn jetzt gelaufen ist«, murmle ich.

Mom nimmt meine Hand. »Er ist ein starker Junge. Er wird darüber hinwegkommen.«

»Ava!«, ruft Corey, Connors Dad, während er die Tribüne herunterkommt. Er sieht so aus, wie ich mich fühle.

Ich hebe eine Hand und winke ihm kurz, beobachte, wie sich die Reihen hinter ihm leeren, und warte, bis er vor mir stehen bleibt. »Er hat alles gegeben.«

»Mehr als das«, stimmt Corey mir zu. Er gibt Trevor die Hand und stellt sich meiner Mom vor, auch wenn er sie bereits kennengelernt hat – aber sie wird sich vermutlich nicht an die Umstände erinnern.

»Ihr Sohn hat sich tapfer geschlagen«, sagt Mom.

»Er ist ein Kämpfer.«

Wir alle drehen uns um und sehen zu Connor, der einzige Wildcat-Spieler, der noch auf dem Feld ist. Er sitzt auf dem Hartholzboden, Beine ausgestreckt, Knie leicht angewinkelt, Kopf eingezogen. Coach Sykes tritt auf ihn zu, drückt ihm kurz die Schulter, und was auch immer er zu Connor sagt, es lässt ihn nicken.

Der Coach lässt ihn wieder in Ruhe, und Corey greift nach meinem Ellbogen. »Komm mit«, sagt er, also folge ich ihm aufs Spielfeld und bleibe zögernd vor Connor stehen. Ohne aufzusehen, hebt er die Hand, und ich ergreife sie. Er zieht an meiner Hand, zieht mich zu sich herunter, bis ich vor ihm knie. Ich lasse zu, dass er mich umarmt, sehe über seinen festen Griff und die Tränen hinweg, die mein Trikot durchnässen, als er seine Augen an meiner Schulter reibt. Sein ganzer Körper bebt, nicht weil er weint, sondern von dem Adrenalin, das ihn immer noch durchströmt. Er presst seine Lippen auf meine Schläfe, und sein schwerer Atem streicht sanft über meine Wange.

»Es tut mir so leid, Babe. Ich weiß, wie wichtig dieses Spiel für dich war.«

Er schluckt laut, bevor er ein Stück zurückweicht. Seine Augen sind gerötet, als er in meine sieht. Er nickt, und ich weiß, dass er mich hören kann, dass er mich versteht, aber es reicht nicht, um ihm den Schmerz zu nehmen. Er ist so entmutigt, so enttäuscht. So verdammt am Boden zerstört.

Mom kommt auf uns zu und bleibt neben ihm stehen, und ihre Narben werden von der Hallenbeleuchtung noch mehr hervorgehoben. »Steh auf, Connor!«

Mein Blick fliegt zu ihr. »Mama, nicht jetzt!«

»Steh. Auf!«

»Mama!«

»Schon okay«, murmelt Connor, lässt mich los und kommt auf die Füße. Als er vor ihr steht, ist er nur halb der Mann, in den ich mich verliebt habe. Er scheint in der Zeit, die es gedauert hat, ein einziges Spiel zu verlieren, geschrumpft zu sein.

»Gottverdammt noch mal, Nummer drei!«, brüllt sie, als wäre er einer der Soldaten in ihrer Einheit. »Kopf hoch!«

Connor atmet tief ein, hebt dann langsam den Kopf und sieht auf sie herab.

»Schultern zurück!«

Er streckt den Rücken durch, zieht die Schultern zurück, genau wie sie es befohlen hat.

Mom schnaubt. »Und jetzt hör mir gut zu, junger Mann! Du gehst mit erhobenem Kopf vom Spielfeld! Du hast dieses Team getragen! Ganz allein. Nicht nur heute, sondern die ganze verdammte Saison über! Es gibt nichts, wofür du dich schämen musst. *Nichts!* Hast du mich verstanden?«

Connor schließt die Augen, und es dauert ein paar Sekunden, bis er sie wieder öffnet. »Ja, Ma'am«, murmelt er.

»Ich kann dich nicht hören!«

Connors Brust hebt sich, als er sich noch mehr aufrichtet. Er räuspert sich, bevor er antwortet. Dieses Mal mit kräftigerer Stimme. »Ja, Ma'am!«

Mom schenkt ihm ein Lächeln. »Guter Junge. Und jetzt umarme mich.«

»Ich bin völlig durchgeschwitzt«, sagt er mit einem schiefen Grinsen.

Sie verdreht die Augen. »Mir wurde ein Arm in Afghanistan weggesprengt, Connor. Ich komme mit ein bisschen Schweiß schon klar.«

Connor lacht, während er sie umarmt. »Es war nur der halbe Arm, Miss D. Hören Sie auf, das so auszuschlachten.« Mom lacht ebenfalls, und sie drückt ihn fest an sich. Nachdem er sie losgelassen hat, dreht er sich zu mir. »Ich sollte wohl unter die Dusche springen.«

»Okay.« Ich nicke. »Ruf mich an, sobald du zu Hause bist, ja? Aber lass dir Zeit. Ich bin sicher, du willst dich etwas ausruhen.«

»Wo gehst du hin?«, fragt Mom mich.

»Nach Hause.«

»Nein, das tust du nicht. Du stehst deinem Mann bei.«

»Aber Mama ...«

Sie hebt eine Hand, um mich zu unterbrechen. »Ich werde nach Hause fahren. Ich werde meine Glücksschlaftabletten nehmen, und ich werde direkt ins Bett gehen.« Sie sieht zu Trevor. »Habe ich recht, Trevor?«

Trevor nickt und sieht mich an. »Ich mach das schon, Ava. Du solltest bei Connor bleiben.«

Ich schaue zu Connor auf. »Willst du, dass ich bleibe?«

Er schnalzt mit der Zunge. »Das ist das Zweitdümmste, was du je gefragt hast.«

»Wir sehen uns dann zu Hause«, sagt Connors Dad und hält ihm die Hand hin. Connor schlägt sie beiseite und umarmt ihn, genauso wie er es bei meiner Mutter gemacht hat. Coreys Finger krallen sich in das Trikot an Connors Rücken. »Ich bin stolz auf dich, Sohn.«

»Danke, Dad.«

Ich streiche mit der Hand über seinen Arm. »Ich warte draußen auf dem Parkplatz auf dich.«

»Okay.« Er mustert die Mitglieder unserer beiden Familien, bevor er einen Schritt auf mich zumacht und mich schnell küsst. »Ich liebe dich. Danke, dass du gekommen bist.«

»Bedank dich bei meiner Mom«, sage ich in dem Moment, als Connors Hauptgegner an uns vorbeiläuft.

Er starrt anzüglich auf meine Brüste. »Hey, Bitch. Wenn du diesen Loser abschießen und was mit einem Sieger anfangen willst, ich bin hier.«

Fünf Stimmen erklingen gleichzeitig:

»Na, na«, sagt Corey, der Netteste von uns allen.

Ich zische: »Ich würde lieber Scheiße fressen und daran ersticken!« Gleichzeitig droht Trevor: »Sag noch mal so ’ne Scheiße zu meiner Schwester, und du wirst es bereuen«, und Connor knurrt: »Pass verdammt noch mal auf, was du sagst!«

Aber Mom – sie fährt die ganz schweren Geschütze auf: »Friss einen Sack voll Schwänze, du Vollidiot!«

***

Wir laufen zusammen zum Parkplatz, verabschieden uns von Corey und gehen dann zu Trevors Pick-up. Ich vergewissere mich, dass Trevor genau weiß, welche Medikamente Mom in welcher Reihenfolge und zu welcher Uhrzeit nehmen muss, und er versichert mir, dass er alles im Griff habe, und er erinnert mich daran, dass ich nur einen Anruf entfernt sei, sollte er mich brauchen. Was nicht der Fall sein wird, verspricht Mom. Und während ein Teil von mir Angst hat, dass ich nicht da sein werde, wenn irgendwas passieren sollte, weiß ein viel wesentlicherer Teil von mir, dass ich bleiben muss. Dass ich für Connor da sein muss.

Ich sehe zu, wie sie davonfahren, bis die Rücklichter in der Ferne verblassen. Als ich mich sicher genug fühle, mich zu bewegen, mache ich mich auf den Weg zum Ausgang der Umkleiden, wo die Phillips-Fans immer noch im Siegesrausch sind und Eltern und Freunde unseres Teams darauf warten, ihre Unterstützung zu zeigen. Rhys und Mitch stehen bei Rhys' Wagen, und ich bin kurz davor, zu ihnen zu gehen – nur, um ihnen in ihre verkrüppelten Eier zu treten.

Ich tue es nicht.

Aber ich würde es am liebsten tun.

Ich bleibe in den Schatten, da ich nicht gesehen werden will, bis Connor herauskommt.

»Hey«, sagt eine Frau und bleibt neben mir stehen.

Ich sehe sie an und lächle verwirrt. »Hi?«

»Du bist mit Connor Ledger befreundet, oder?« Sie ist mittleren Alters, hat blonde Haare und die Augen hinter einer Sonnenbrille verborgen, die fast ihr ganzes Gesicht einnimmt – was keinen Sinn ergibt, denn die einzige Sonne hier in der Gegend ist vor ein paar Stunden untergegangen.

Ich lege den Kopf schief. »Ja«, sage ich, »ich bin seine Freundin. Kann ich Ihnen helfen?«

Sie schenkt mir ein Lächeln, aber es ist schwach. »Er hat wirklich gut gespielt heute.«

Ich nicke. »Sind Sie eine Journalistin? Oder vielleicht ein Scout?« Hoffnung nistet sich in meinem Herzen ein. »NBA? Das wäre der *Wahnsinn.* Es würde ihn auf jeden Fall aufmuntern.«

»Nein, tut mir leid«, sagt sie und kichert. »Ich bin nur ein Fan.«

»Okay.« Ich sehe weg, konzentriere mich auf den Ausgang und füge hinzu: »Er hat eine Menge Fans.«

»Ja, ich bin sicher, dass er die hat.« Ihre Stimme wird lauter, klarer, als wollte sie sagen: *Hör mir zu.* »Seid ihr zwei schon lange zusammen?«

»Irgendwie ja. Mit Unterbrechung seit Beginn des Schuljahrs …« Ich runzle die Stirn und drehe mich wieder zu ihr. »Tut mir leid, wie war noch mal Ihr Name?«

»Oh, das ist nicht wichtig«, sagt sie schnell und macht einen Schritt zurück. »Aber, ähm … Könntest du ihm das geben?« Sie holt eine weiße Schachtel aus ihrer Tasche. »Es ist nur ein kleines Geschenk.«

Ich nehme die Schachtel, obwohl ich immer noch keine Ahnung habe, was die Frau eigentlich will. »Von einem *Fan*?«, frage ich, denn wenn das ihre benutzte Unterwäsche ist oder so was … *Eklig.* Aber vermutlich sollte ich mich daran gewöhnen, vor allem da das hier zu seiner Zukunft dazugehören wird.

Die Frau nickt. »Ja. Von einem *Fan.* Hat mich gefreut, dich kennenzulernen, äh …?«

»Ava.«

»Ava.« Sie lächelt, und es ist echt. »Das ist ein hübscher Name.«

Kapitel 23

CONNOR

Ava und ich nehmen einen Umweg, um uns etwas zu essen zu holen, bevor wir zu Rhys fahren, weshalb es, als wir dort ankommen, bereits ziemlich voll ist. Sie klammert sich an meinen Arm, kaum dass wir drinnen sind, und sie lässt auch nicht los, während wir uns durch die Menge schieben, um zum Rest vom Team im Poolhaus dazuzustoßen. Ein Reel mit den Highlights unserer Saison läuft auf dem riesigen Bildschirm, und ich weiß nicht, wessen Idee das war, aber derjenige ist einfach komplett bescheuert. Das Letzte, was ich jetzt will, ist, daran erinnert zu werden, was nicht länger in meiner Reichweite ist.

»Hey, Superstar!«, begrüßt mich Karen, umarmt jedoch erst Ava und dann mich. Ava lässt immer noch nicht meine Hand los.

»Ich fühle mich gerade nicht wirklich wie ein Superstar«, murmle ich.

Karen kneift die Augen zusammen, ihr Blick wandert zu Ava, bevor er auf mir landet. »Hey, wer bin ich?« Sie senkt die Stimme, um meine nachzumachen. »Schluchz, schluchz, ich wurde vom besten Spieler der Region gedoppelt und ich konnte nicht das ganze Team tragen so ganz allein, weil zwei Volldeppen dachten, es wäre witzig, einen ein Meter großen Schwanz an eine Tür zu kleben.«

Ava kichert und streichelt tröstend meinen Arm.

Ich drehe mich zu ihr.

»Sie hat damit nicht ganz unrecht«, sagt Ava und zuckt mit den Schultern.

»Davon abgesehen«, fügt Karen hinzu, »Scheiß auf diese Typen, Connor. Duke ist es egal ...«

»Sch!«, unterbreche ich sie.

»Was?« Karen sieht mich schief an. »Es weiß niemand, dass du an der Duke angenommen bist?«

Ich schüttle den Kopf. »Woher zum Teufel weißt du es?«

Ihr Blick huscht für eine halbe Sekunde zu Ava, aber ich bemerke es. Ich drehe mich zu meiner Freundin.

Ava zuckt erneut mit den Schultern. »Sorry. Ich habe mich so gefreut. Und was tut das jetzt noch zur Sache? Deine Saison ist vorbei, also ...«

»Ja, du hast wahrscheinlich recht«, murmle ich.

»Hey, alle zusammen!«, ruft Ava und lässt endlich meinen Arm los. Alle Augen richten sich auf sie, als sie die Arme in die Luft reckt, mit den Fingern das Friedenszeichen macht und brüllt: »Mein Freund wurde an der Duke angenommen, *Arschlöcher!*«

Der Raum bricht in ohrenbetäubenden Jubel aus, und dann

werde ich von zu vielen Jungs auf einmal getackelt. Ich lande mit dem Rücken am Boden und versuche, aus dem Haufen zu entkommen. Ava steht mit verschränkten Armen über uns. »So heiß.«

Ich drücke so viele Gliedmaßen, wie ich greifen kann, zur Seite, bis der Weg frei ist, sodass ich unter ihnen hervorkriechen kann. Rhys bietet mir die Hand an, und sein Grinsen geht von einem Ohr zum anderen. Ich ergreife sie, komme auf die Füße.

»Gratuliere, Mann. Du hast es verdient!«

Er ist so ehrlich, wie man nur sein kann, und ich verdränge die Feindseligkeit, die ich ihm gegenüber verspürt habe, denn es gibt nichts, was ich jetzt noch daran ändern könnte. Es ist geschehen. Und Ava hat recht. Ich wurde an der *Duke* angenommen. »Danke, Mann.«

»Lass uns darauf anstoßen statt auf unsere Niederlage, ja?«

Ich schüttle den Kopf. »Ich muss fahren.«

Rhys schaut zu Ava. »Verdammt, du musst echt mal den Führerschein machen, A.«

»Bin schon dabei«, sagt sie lachend und hängt sich wieder bei mir ein.

Eine halbe Stunde später hat sich nicht viel geändert, aber ich merke, dass Ava irgendetwas bedrückt. Sie sitzt auf meinem Schoß, während wir die Videoaufnahmen anschauen. Beziehungsweise sie schaut sie an, und ich beobachte sie dabei. Es ist nicht so wie beim letzten Mal, als sie hier war, als sie tatsächlich glücklich darüber wirkte. Heute ist sie nicht ein einziges Mal von meiner Seite gewichen, und sie klinkt sich auch nicht in die Gespräche ein. Ich lehne mich vor, drücke meine Lippen an die Stelle, an der ihr Hals in die Schulter übergeht, bis sie sich aus der Position herauswindet. Sie dreht sich zu mir um, schenkt mir ein schwaches Lächeln.

»Was ist los?«, frage ich.

»Nichts«, versucht sie ihr Bestes, mich zu überzeugen. »Macht es dir keinen Spaß?«

Wenn ich ehrlich bin, nein. Ich wäre viel lieber irgendwo mit ihr allein, aber ich weiß, dass ich hier sein muss. Für das Team. Für meine Freunde. Auch wenn die Saison vorbei ist. Also sag ich: »Doch, alles in Ordnung. Aber du scheinst … ich weiß auch nicht … als wärst du nicht du selbst …?«

Sie leckt sich über die Lippen, ihr Blick sucht meinen. Dann seufzt sie. »Ich mache mir nur Sorgen, das ist alles. Trevor ist es nicht gewohnt, mit meiner Mom allein zu sein, und ich weiß, es ist dumm, denn die beiden haben es selbst vorgeschlagen, und ich will für dich da sein, Connor. Wirklich. Es ist nur … Ich kann nicht aufhören, mir Sorgen zu machen.«

»Dann lass uns nach Hause fahren.«

»Nein«, antwortet sie schnell. »Wie schon gesagt, ich will mit dir hier sein. Ich wünschte nur, ich könnte an zwei Orten gleichzeitig sein.«

»Warum rufst du ihn nicht einfach an?«, schlage ich vor. »Fragst nach.«

»Weil ich nicht will, dass er das Gefühl hat, ich würde ihm nicht vertrauen.«

»Ava.« Ich klopfe auf ihr Bein, bedeute ihr, aufzustehen. »Er wird damit rechnen, dass du anrufst.«

Sie steht auf. »Glaubst du?«

»Ich weiß es.« Ich erhebe mich ebenfalls und nehme ihre Hand. »Lass uns vorn rausgehen und ihn anrufen, damit du aufhören kannst, dir Sorgen zu machen.«

Die Neuigkeiten wegen der Duke haben sich wie ein Lauffeuer verbreitet, denn ich werde alle paar Sekunden aufgehalten, weil mir irgendjemand auf die Schulter klopfen und gratulieren will, während wir doch nur so schnell wie möglich zur Haustür wollen. Es dauert eine gute halbe Stunde, bis Ava und ich den Vorgarten erreichen, die himmelewiglange Einfahrt hinunterlaufen und am Gehweg ankommen, wo es endlich ruhig genug ist, um die eigenen Gedanken zu hören.

Ava holt ihr Handy aus der hinteren Hosentasche und wählt Trevors Nummer. Als sie bemerkt, dass ich mich zu ihr gelehnt habe, um mitzuhören, stellt sie das Handy auf Lautsprecher und hält es zwischen uns.

Trevor antwortet mit einem Was-geht-ab?

»Nichts«, sagt Ava. »Ich wollte nur nachfragen, wie es läuft.«

»Ich wusste es«, sagt Trevor und lacht leise. »Es ist alles in Ordnung. Deine Mom ist auf der Stelle eingeschlafen. Ich hab ein paarmal nach ihr gesehen, und jetzt gehe ich auch ins Bett.«

»Okay, sie hat ihre Medikamente genommen?«

»Ja.«

Ich drücke ihre Hand.

»Und da ist kein Glas …?«

»Nein.«

»Und hat sie …?«

»Ava!«, unterbricht Trevor sie. »Es ist alles in Ordnung. Vertrau mir, okay?«

Avas Schultern sacken herab. »Das tue ich … Ich habe mir nur …«

»… Sorgen gemacht«, beendet er den Satz an ihrer Stelle. »Das musst du nicht. Uns geht es gut.« Er schweigt einen Moment. »Hey, warum verbringst du die Nacht nicht bei Connor?«

Sie sieht mit geweiteten Augen und fragendem Blick zu mir hoch.

Ich nicke, vielleicht ein bisschen zu enthusiastisch.

»Wenn das für dich okay ist?«, sagt sie ins Handy.

»Klar«, antwortet Trevor. »Es ist okay. Ich stehe sogar früh auf und mache ihr Frühstück, dann kannst du ausschlafen.«

»Meinst du das gerade ernst?«, murmelt Ava, sie ist den Tränen nahe.

»Ja, und ich bleibe hier, bis Krystal da ist.«

»Trevor …«

»Hey, ich rufe sogar in der Schule an und sag ihnen, dass du krank bist.«

Ava starrt mich mit offenem Mund an. »Was hast du mit meinem Bruder gemacht?«, fragt sie Trevor.

Er lacht. »Hey, Ava. Du musst mir etwas versprechen, okay?«

»Ja?«

»Hab einen schönen Abend und hör auf, dir Sorgen zu machen!«

Ava lacht kurz auf. »Das werde ich.«

»Gut, dann sehen wir uns, wenn ich morgen nach der Arbeit nach Hause komme.« Er legt ohne ein weiteres Wort auf, und Avas Augen sind riesig, als sie langsam zu mir hochsieht. »Was ist da gerade passiert?«

»Ich weiß es nicht, aber hinterfrag es besser nicht.«

»Wir haben also die ganze Nacht.«

»Und morgen den ganzen Tag …«

»Was willst du tun?«

»Die Möglichkeiten sind endlos.«

Sie sieht zum Haus zurück. »Willst du dir deine Niederlage wegtrinken, bis du dein Gesicht nicht mehr spürst?«

Ich lache. »Irgendwie schon, ja.«

AVA

Wir gehen zurück ins Poolhaus und setzen uns zu den Leuten, mit denen Connor die meiste Zeit verbracht hat, seit er hier ist. Die einzigen Mädchen in dieser Gruppe sind Karen und ich, und es ist irgendwie perfekt.

Ich bin angeheitert.

Connor ist betrunken. Und ein betrunkener Connor ist hundertmal alberner als ein nüchterner Connor.

Mitch macht einen derben Witz über Karens Mom, und Karen droht, ihm einen Dartpfeil, den sie aus einem mir unbekannten Grund in der Hand hält, in den Schwanz zu rammen. Connor löst seinen Arm von mir und angelt nach seinem Handy. Seine Lider sind schwer und seine Daumen langsam, als er durch die Kontakte scrollt und nach einer Nummer sucht. Er kommt zu Scheiße-im-Hirn-Mitch und wählt. Kichernd beobachte ich, wie Mitch sein Handy aus der Hosentasche zieht und es sich ans Ohr hält, während er Connor, der ihm auf dem Boden gegenübersitzt, mit zusammengekniffenen Augen ansieht. »Was?«, antwortet Mitch.

Connor lallt leicht. »Hey, Mann. Ich hab eine Frage.«

»Okay?«

»Was hat einen kleinen Schwanz und hebt ab?«

»Was?«

»Eine Fledermaus.«

»Und?«

Alle lauschen dem Gespräch, die Köpfe bewegen sich hin und her.

Connor sagt: »Was hat einen großen Schwanz und legt auf?«

»Was?«, fragt Mitch.

Connor legt auf, und der Raum bricht in die Art von Lachen aus, das betrunkene Idioten und dumme Witze nun mal mit sich bringen. »Kannst du das bestätigen oder musst du widersprechen, Ava?«, fragt Oscar.

»Ich meine, ich habe nicht viele Vergleiche, aber ich würde schon sagen, er ist ziemlich groß.«

»Burn!«, brüllt Mitch und schaut zu Rhys.

Und zu spät wird mir klar, was ich da gerade gesagt habe. »Nein, das habe ich damit nicht …«

Connor hält mir den Mund zu. »Das ist *absolut* das, was sie gemeint hat.«

Rhys funkelt Connor an. Eine Sekunde. Zwei. Dann prustet er los. »Gott sei Dank kommst du endlich mal zum Zug. Wir haben dich hinter deinem Rücken schon alle Maria genannt.«

»Maria?«, fragt Connor verwirrt und wendet sich fragend an mich.

»Jungfrau Maria.«

»Aaaah.« Er nickt langsam.

»Wie war dein erstes Mal?«, fragt Oscar, und ich habe keine Ahnung, wie wir bei diesem Thema gelandet sind. Reden Jungs über so was?

»Die ersten sechs Sekunden war ich ziemlich nervös«, sagt Connor. »Aber die letzten sechs … Die waren fucking *Gold wert!*«

Ich nutze seinen Bizeps, um mein Lachen dahinter zu verbergen, aber ich bin die Einzige, die versucht, sich zusammenzureißen. Alle anderen rasten völlig aus. »Ich brauch noch einen Drink«, verkünde ich.

Connor steht auf. »Ich mach das.«

Ich komme ebenfalls auf die Füße. »Ich begleite dich.«

In der Ecke des Raums ist ein Servierwagen, auf dem so viele unterschiedliche Alkoholsorten stehen, wie man sich nur wünschen kann. Connor betrachtet nachdenklich eine Flasche Tequila, die Schale mit Salztütchen sowie die mit Zitronenspalten, bevor er sich zu mir dreht. Er beißt sich auf die Unterlippe und macht einen Schritt auf mich zu. Er zieht an meinem Top, bis ich zwischen seinen Beinen stehe, legt den Kopf schief und küsst mich am Hals. Seine Lippen öffnen sich, seine Zunge streicht an meinem Kiefer entlang, bis sein Mund meinen findet. Seine Hand wandert meinen Rücken hinab. Er küsst mich erneut, seine Zunge schiebt sich sanft zwischen meine Lippen. Ich lehne mich ihm entgegen, verliere mich in diesem Moment mit ihm.

Als er sich von mir löst, ruht sein Blick auf mir. »Glaubst du, du wärst an mir interessiert, wenn du immer noch in so einem Haus wohnen würdest?«

»Und *das* ist das Dümmste, was *du* jemals gefragt hast.«

»Ist es das?«

»Meine Mom war bei der Marine, Connor. Die zahlen einen Scheiß, wie du ja siehst. Sonst wären wir gar nicht in dieser Situation. Das Haus ist das Einzige, was ihre Eltern ihr hinterlassen haben, und ich wurde nicht …«, sie kreist mit dem Finger einmal den Raum ein, »*so* erzogen.«

Er senkt erneut den Kopf, und ich erwarte, dass er mich wieder küsst. Doch stattdessen sagt er nur: »Ich war mal hier zum Abendessen, und sie hatten zwei unterschiedlich große Gabeln.«

Ich lache leise.

»Und Messer. Und sogar Löffel. Und ich bin mir ziemlich sicher, dass ich eine Taube gegessen habe.«

Ich werfe den Kopf zurück, so heftig muss ich lachen. »Wahrscheinlich hast du das wirklich.«

Seine Augen scheinen mich regelrecht in sich aufzusaugen. »Ich liebe es, dich lachen zu sehen.«

Mein Herz flattert. »Ich liebe *dich.*«

Er lächelt und richtet sich wieder zu seiner vollen Größe auf. »Hattet ihr auch ein Poolhaus?«

»Ja, hatten wir.«

»Hattest du auch ein eigenes Spielezimmer?«

»Hm.«

»Hattet ihr *Flügel?*«

Ich kichere. »Keines der Häuser auf der anderen Straßenseite ist so extravagant wie dieses, aber wir hatten den See.«

»Den *See?*«

Ich nicke.

»Es gibt dort einen verdammten *See?*«

Ich kann nicht anders, als über seine Reaktion zu lachen. »Ja.«

»Gott. In Florida hatten wir Sümpfe.«

»Mit Alligatoren?«, frage ich.

»Ich habe nie einen gesehen.«

»Ihr hattet endlose Sommer.«

»Und tödliche Naturgewalten.«

»Vermisst du Florida?«, frage ich ihn.

Er schüttelt entschieden den Kopf. »Ich habe alles, was ich brauche, genau hier.« Er nimmt meine Hand und küsst die Innenseite meines Handgelenks. »Vermisst du den See?«

»Ja«, gebe ich zu. »Wir hatten eine Terrasse, die aufs Wasser hinausging, und wenn Mom zwischen ihren Einsätzen zu Hause war, haben wir dort gesessen, den Glühwürmchen zugesehen und die ganze Nacht geredet.« Ein Kloß bildet sich in meinem Hals. »Ich vermisse diese Terrasse, und diese Version meiner Mom.«

»Sie ist immer noch da«, versichert er mir und tippt sich ans Herz. »Hier drin.«

Ich wische meine plötzlichen Tränen an seinem Shirt ab, während ich mich frage, wie es möglich ist, dass er mich innerhalb kürzester Zeit so viel fühlen lassen kann.

»Lass uns gehen«, sagt er und zieht mich zur Tür.

»Wo gehen wir hin?«

»Zu deiner Terrasse.«

»Connor!« Ich stemme die Füße in den Boden, um ihn aufzuhalten. Als er sich zu mir umdreht, sage ich: »Du kannst nicht einfach das Grundstück von jemand anders betreten und dich in seinen Garten setzen.«

»Bullshit.« Connor schnaubt. »Und wie ich das kann.«

***

Nur wenige Minuten später stehen wir auf der Veranda meines alten Zuhauses. Connor sieht mit dem albernsten Grinsen aller Zeiten zu mir herunter, bevor er die Hand hebt und zweimal an die Tür klopft.

Ich kralle mich an seinen Arm. »Das ist dumm. Lass uns gehen.« Ich will ihn gerade wegziehen, als die Haustür aufgeht.

Ein Mann mittleren Alters steckt den Kopf heraus. Mit zusammengezogenen Brauen fragt er: »Kann ich euch helfen?«

»Hallo, Sir«, sagt Connor und verstärkt seinen Griff um meine Hand, sodass ich nicht weglaufen kann. »Mein Name ist Connor Ledger, und das ist …«

»Wer ist es?«, fragt eine Frau von irgendwo im Inneren. Der Mann öffnet die Tür weiter, und seine Gattin, wie ich annehme, taucht neben ihm auf. Sie schaut erst zu Connor, dann zu mir, und ihre Augen weiten sich, als sie mich sieht. »Ava?«

Ich habe keine Ahnung, wer sie ist und woher sie mich kennt. Trotzdem nicke ich. »Ja, Ma'am.«

Sie legt eine Hand an die Brust ihres Mannes und schiebt ihn aus dem Weg. »Es tut mir leid, es klingt verrückt, aber ich erinnere mich an dich, als wir damals mit dem Makler das Haus besichtigt haben. Du warst hier zusammen mit deinem ... Bruder?«

Ich nicke.

»Ja«, fügt sie hinzu, »ihr habt gerade eure Sachen gepackt.«

Erinnerungen brechen über mich herein, dunkle Momente aus der Zeit in meinem Leben, in der nichts einen Sinn ergab und in der es sich anfühlte, als würde alles um mich herum in sich zusammenfallen. »Ich erinnere mich nicht an Sie«, murmle ich und mache unbewusst einen Schritt näher zu Connor. Ich nutze seinen Arm, um mich zu schützen, denn wenn sie mich kennt, dann weiß sie auch alles andere über mich.

»Wollt ihr hereinkommen?«

»Nein«, sage ich hastig und ziehe an Connors Arm. Ich recke den Hals und sehe zu ihm auf, und Tränen brennen heiß hinter meinen Augen und in meiner Nase. »Können wir gehen?«

»Es tut mir leid«, sagt die Frau. »Ich wollte keine ...«

Alten Wunden aufreißen? Unbehagliche Stimmung schaffen? Schmerzhaften Erinnerungen hervorrufen? Sie hätte alles davon sagen können, und jedes Wort hätte zugetroffen, denn hier zu stehen, vor einer Tür, die einmal meine Haustür war, der Eingang zu einem Ort, den ich mein Zuhause genannt habe, wo die Musik laut war und das Lachen noch lauter, bis ... bis das ganze Blut in meine Hände sickerte ...

»Ich will gehen«, wiederhole ich, mache noch einen Schritt zurück und versuche, Connor dazu zu bringen, dasselbe zu tun.

Sein Blick ist voller Mitgefühl, als er schnell sagt: »Aber die Terrasse und der See und die Erinnerungen, Ava. Die guten, weißt du noch?«

Tränen treten in meine Augen. »Mir egal«, lüge ich. Ich *will* mich an die guten Momente erinnern. Ich weiß nur nicht, ob ich das kann.

»Ihr wollt auf die Terrasse gehen?«, fragt die Frau und nickt. »Das könnt ihr gern machen.« Sie deutet zur Seite des Hauses. »Geht durch den Garten, wenn ihr nicht hereinkommen wollt.«

Connor lässt mich nicht aus den Augen, als er fragend die Brauen hochzieht. »Es kann nicht schaden«, drängt er, und er sieht so verdammt hoffnungsvoll und erwartungsvoll drein.

»Okay.«

»Ja?«

Ich nicke.

»Gebt mir fünf Minuten«, sagt die Frau. »Wir treffen uns am Seitentor.«

Connor hält seinen Arm um mich geschlungen, während wir warten. Wir sprechen kein Wort. Ich habe keine Ahnung, wie wir von Wir-feiern-seine-Duke-Zusage über Er-ertränkt-seine-Niederlage-in-Alkohol zu dem hier gekommen sind. Zum Jetzt. Und ich weiß, ich sollte dankbar sein, aber die Wahrheit ist, ich habe Angst.

»Wir gehen zur Terrasse, du siehst dich um und dann wirst du direkt wissen, ob du gehen oder bleiben willst. Und ich tue, was immer du willst«, sagt er, als könnte er meine Gedanken lesen. »Mach dir keinen Druck.«

Das Seitentor geht auf und die Frau lächelt uns an. Ich sollte sie wirklich nach ihrem Namen fragen, aber ich glaube nicht, dass ich mit dem Kloß im Hals auch nur ein Wort herausbringe. »Bitte«, sagt sie und winkt uns herein, »lasst euch Zeit.«

»Vielen Dank, Ma'am«, sagt Connor. Jegliche Spur von Betrunkensein ist aus seiner Stimme verschwunden. Ich führe ihn am Haupthaus, am Pool und am Poolhaus vorbei und hinter das Gewächshaus, wo der Garten sich öffnet. Der See ist hübscher, als ich ihn in Erinnerung habe, und ich bleibe stehen, schließe die Augen, atme tief ein und schwelge in den Erinnerungen, die allein der Geruch hervorruft. Als ich die Augen wieder öffne, begegne ich Connors Blick.

Er beobachtet mich, und ein Lächeln umspielt seine Mundwinkel. »Alles okay?«

»Ja.« Ich nicke langsam, bevor ich zur Terrasse schaue. Die Stühle sind andere als die, die wir hatten, es stehen zwei dort, ein kleiner Tisch zwischen ihnen. Lichterketten hängen von den Säulen, die die Terrasse einsäumen, und beleuchten sie spärlich. Als wir darauf zulaufen, bemerken wir einen Krug mit Eistee, zwei Gläser und zwei Teller mit Kuchenstücken.

Connor lacht. »Die Dinge laufen hier auf dieser Seite der Stadt tatsächlich anders.« Er setzt sich auf einen der beiden Liegestühle und zieht an meiner Hand, bis ich auf seinem Schoß lande, und legt die andere an meinen Bauch. »Es ist schön hier«, murmelt er und stützt sein Kinn auf meiner Schulter ab. »Erzähl mir von einer Erinnerung.«

Ich drehe mich halb zu ihm um. »Was meinst du?«

»Erzähl mir etwas von deiner Mom, *bevor* das alles passiert ist. Worüber habt ihr *genau hier,* an exakt diesem Ort, geredet?«

Ich versuche, in eine andere Zeit zurückzukehren, in ein anderes Leben. Ich räuspere mich, rutsche auf seinem Schoß herum, bis ich seitlich auf ihm sitze und ihn beim Reden anschauen kann, und schlinge den Arm um seinen Nacken. »Als sie vor ihrem letzten Einsatz zu Hause war, haben wir hier gesessen und darüber gesprochen, wie besessen von Jungs Karen ist.«

Connor nickt, sein Grinsen wird breiter, als sein Blick auf meinen Lippen verweilt, die sich bei der Erinnerung zu einem Lächeln verziehen. Es ist so echt – die Art und Weise, wie er mich ansieht –, als wäre er glücklich, nur weil ich es bin. »Was hatte deine Mom dazu zu sagen?«

»Sie meinte, wir wären zu jung für die Liebe«, erzähle ich ihm. »Und sie hat gesagt, dass sie sich nur vor einer Sache fürchtet: nicht hier zu sein und mich älter werden zu sehen, nicht mitzuerleben, wenn ich mich das erste Mal verliebe.« Die Erinnerung schnürt mir die Kehle zu, genauso wie das, was sie danach gesagt hat. Denn ich fühle es tief in meinem Herzen. Ich fühle es in Connors. Ich lasse ihn nicht aus den Augen, verberge nicht meine Tränen, als ich fortfahre: »Und sie hat gesagt, dass sie sich für mich wünscht, dass ich einen Jungen finde, der mich durch meinen Kummer hindurch hält und mich in meinen Triumphmomenten hochhebt. Der mich bedingungslos liebt. Und dass sie sich wünscht, dass ich verstehen werde, was *Liebe* bedeutet – in all ihren Facetten. Aber, Connor, ich wusste nicht …«

»Was wusstest du nicht?«, fragt er und streicht mit den Daumen über meine Wangen.

»Ich wusste nicht, dass es sich so anfühlen würde. Als hätte ich keine Wahl.«

»In der *Liebe?*«

»Ich glaube nicht, dass wir eine Wahl haben, in welche Richtung unser Herz schlägt. Denn ich *wollte* mich nicht in dich verlieben. Ich wollte mich *überhaupt nicht* verlieben. Aber dann bist du hier aufgetaucht, und … und ich habe dir schon sehr früh gesagt, dass ich dabei bin, mich in dich zu verlieben, aber ich habe gelogen. Ich hatte mich bereits verliebt. Und jetzt kann ich mir nicht mehr vorstellen, wie mein Leben ohne dich wäre. Ich kann nicht eine einzige Sekunde denken oder atmen oder mich bewegen oder leben, ohne dass du in meinen Gedanken bist, und ich weiß, dass das falsch ist, diese … *Besessenheit*, mit der ich dich liebe … Aber so ist es nun mal.« Ich schlucke das Ergebnis meiner Beichte herunter, lasse ihn nicht aus den Augen. »Und jetzt sind *wir* hier.«

Kapitel 24

CONNOR

Wir bleiben stundenlang am See sitzen, während Ava mir nur die guten Erinnerungen an ihre Mom erzählt, und ich höre aufmerksam zu, gebe mir alle Mühe, auf jedes Wort zu achten, auf jede Silbe, die über ihre Lippen kommt. Ich beobachte ihr Lächeln. Ich beobachte, wie die Tränen fallen. Ich lausche ihrem Lachen, und ich lausche ihrem Weinen. Und ich verliere mich in all diesen Seiten von Ava, witzig und selbstsicher, verletzlich und traurig, und ich verliebe mich noch mehr in diese unterschiedlichen Versionen von ihr.

Wir nehmen ein Taxi nach Hause, wir wissen beide, was noch vor uns liegt, zumindest heute Nacht, und wir können weder die Hände noch die Lippen vom jeweils anderen lassen.

Als wir zu Hause ankommen, trage ich sie huckepack unsere Auffahrt hoch, während sie an meinem Nacken kichert. »Mein Dad arbeitet heute Nacht, also …«

Sie springt von meinem Rücken, als wir uns der Tür nähern. »Also … können wir uns laut *unterhalten.*«

»Ja.« Mein Grinsen zieht sich übers ganze Gesicht. »*Unterhaltungen* sind mega.«

Wir gehen direkt auf mein Zimmer, und ich schließe die Tür hinter mir ab.

»Hast du nicht gesagt, dein Dad arbeitet?«, fragt Ava.

Ich zucke mit den Schultern. »Gewohnheit.«

Ava setzt sich an den Rand meines Betts und zieht ihre Jacke aus. Dabei fällt eine Flasche Whiskey zu Boden. »Die hab ich völlig vergessen.«

»Hast du die von Rhys mitgehen lassen?«

Sie zuckt mit den Schultern. »Ich hab sie für Trevor mitgenommen.« Sie sieht zu mir hoch. »Aber wir können sie auch selbst trinken, wenn man bedenkt, dass ich theoretisch nicht vor morgen Nachmittag nach Hause muss.«

»Ich hole Gläser.«

Als ich zurückkomme, zwei Whiskeygläser in der Hand, ist Ava bereits aus fast allen Kleidungsstücken geschlüpft. Nur mit einem Tanktop, BH und Slip bekleidet, hält sie die Flasche an ihre Lippen und trinkt einen kleinen Schluck.

»Du konntest nicht mal auf mich warten?«, sage ich und stelle die Gläser auf meinen Nachttisch.

Sie zuckt wieder mit den Schultern und hält mir die Flasche hin. Ich nehme einen Schluck, bevor ich sie ihr zurückgebe. Sie legt den Kopf in den Nacken, und die Muskeln an ihrem Hals ziehen sich zusammen, als sie daraus trinkt. Ich kann nicht anders, ich nehme ihr die Flasche aus der Hand und stelle sie achtlos auf den Nachttisch, dann drücke ich meine Lippen auf ihren Hals. Ich liebe es, wie sie ihren Rücken durchdrückt, damit ich sie noch tiefer küssen kann. Sie seufzt, und ihre Finger vergraben sich in meinen Haaren, während ich meine Hand unter ihr Top schiebe und dabei ihre Brust streife.

»Connor?«, flüstert sie.

Ich arbeite mich an ihrem Hals hoch, bis mein Mund auf ihren trifft, und ich küsse sie, meine Zunge streicht langsam über ihre, denn im Gegensatz zu den bisherigen Malen, haben wir jetzt *Stunden*, um uns zu entdecken, zu necken.

»Connor«, wiederholt sie und drückt meine Schultern zurück.

Ich hebe die Augenbrauen.

»Ich habe eine Frage«, sagt sie, und ich nicke, damit sie weiter spricht. »Warum hast du immer noch so viel an?«

Ich lache leise und lehne mich an die Wand. »Ich versuche nur, mir Zeit zu lassen. Den Moment mit dir zu genießen.«

Sie atmet durch die Nase aus, und dann setzt sie sich rittlings auf meinen Schoß und verschränkt die Hände in meinem Nacken. »Tut mir leid wegen deiner Saison.«

Ich zucke mit den Schultern. »Wir können nichts mehr daran ändern. Aber hey, das heißt auch, dass ich jetzt ein bisschen mehr Zeit habe. Zumindest die Spiele fallen weg. Ich will trotzdem noch zum Training gehen, wenn das okay ist.«

Sie lacht. »Du brauchst dafür nicht meine Erlaubnis.«

Ich stoße mich von der Wand ab und küsse ihre Brust. »Ich will dich einfach nur glücklich machen, Ava.«

Sie lehnt sich ein Stück zurück und nimmt mein Gesicht in beide Hände. »Das tust du.«

»Ja?«

Sie verdreht die Augen. »Ich meine, du würdest mich natürlich noch glücklicher machen, wenn du endlich dein Shirt ausziehen würdest.« Also greife ich nach hinten und ziehe mir das Shirt über den Kopf. Sie fährt mit den Händen über meine Schultern, über meine Brust. »Viel besser.«

»Jetzt du.«

Sie schlüpft aus ihrem Tanktop, dann aus ihrem BH, bis sie in all ihrer Schönheit vor mir sitzt. Ich küsse sie erneut, während sie sich an mich drängt. Meine Finger wandern über ihre Seite, bis zu ihrem Slip, doch sie hält mich auf, verschränkt ihre Finger mit meinen. Mit hochgezogenen Augenbrauen sehe ich sie an. »Nicht?«

»Noch nicht.«

Ich schiebe gespielt schmollend die Unterlippe vor. »Wann?«

Sie rutscht von mir herunter, und ich schreie innerlich auf, doch dann öffnet sie meinen Reißverschluss, streift mir die Hose runter, ehe sie selbst aus ihrem Slip schlüpft.

Ich ziehe sie wieder zu mir, küsse sie, wieder und wieder. Fragend sehe ich ihr ins Gesicht, und als sie nickt, verliere ich mich voll und ganz in ihrem Lächeln. Ich greife nach einem Kondom in meiner Nachttischschublade, und dann bin ich über ihr, küsse sie, während ich in sie eindringe. Unser Stöhnen erfüllt den Raum. Schweiß bildet sich auf unserer Haut, während wir einen gemeinsamen Rhythmus finden.

Schwer atmend liegen wir ineinander verschlungen unter der Bettdecke. »Eines Tages«, sage ich, und meine Brust hebt und senkt sich, »wenn ich in der NBA spiele, werden wir in einem so großen Haus wohnen, dass wir jederzeit Sex haben und dabei so laut sein können, wie wir wollen, ohne dass deine Mom uns hört.«

Ava hebt den Kopf von meiner Brust. »Warum sollte meine Mom dort sein?«

»Weil sie bei uns wohnt.« Ich kneife die Augen zusammen. »Ist doch klar.«

»Wirklich?«

Ich nicke. »Wer kümmert sich um die Pferde?«

»Welche Pferde?«, fragt sie.

Ich gebe ihr einen Klaps auf die Stirn. »Die Therapiepferde, Dummerchen.«

Ihr Grinsen wird breiter. »Du kaufst meiner Mom Therapiepferde?«

Ich verdrehe die Augen. »Selbstverständlich.«

Lachend schüttelt sie den Kopf. »Warum sagst du das alles so, als hätten wir darüber schon mehrmals gesprochen?«

»Ach ja, ich habe dir ja nie davon erzählt.« Ich finde eine perfekte Position für meinen Kopf auf dem Kissen. »Ich habe nur darüber *nachgedacht.*«

Sie runzelt die Stirn. »Denkst du wirklich über all das nach?«

Meine Lider werden schwer, der Schlaf droht mich zu überwältigen. »Ava, meine Zukunft mit dir ist *alles*, woran ich denke.«

Kapitel 25

CONNOR

Das Klingeln meines Handys weckt mich, und meine Augen brennen, als ich sie öffne. Sämtliche Gliedmaßen von Ava sind irgendwie mit meinen verworren, und es dauert ein bisschen, bis ich mich von ihr lösen kann, um nach meinem Telefon zu suchen. Ich entdecke es in der Tasche meiner achtlos zu Boden geworfenen Jeans und verziehe das Gesicht, als ich Dads Namen auf dem Display sehe.

»Hey, Dad.«

»Hey. Schläfst du immer noch?«

»Ja, Ava hat die Nacht hier verbracht, und ähm …« Ich versuche zu schlucken, aber meine Kehle ist zu trocken. »Hey, besteht die Möglichkeit, dass du in der Schule Bescheid sagst …« Ich verstumme.

Er schweigt einen Moment, bevor er antwortet: »Ja, kann ich machen.«

»Du bist der beste Dad, den ich je hatte«, murmle ich.

Dad lacht. »Lange Nacht?«

»Ziemlich.«

»Du bist hoffentlich nicht alkoholisiert gefahren?«

»Nein. Mein Auto steht noch bei Rhys, und ich werde nicht lügen: Wir haben auch hier noch etwas getrunken. Sorry.«

»Schon okay. Ich finde es gut, dass du ehrlich bist, aber denk dran, du bist noch minderjährig, Connor.«

»Ich weiß.«

»Nimmt Ava sich heute auch frei?«

»Ja.«

»Also sehe ich euch beide, wenn ich nach Hause komme?«

Ava bewegt sich neben mir.

»Hm«, murmle ich.

»Soll ich Frühstück vom Diner mitbringen?«

»*Wirklich* der beste Dad der ganzen Welt, und diesmal ist es nicht mal ein Scherz.«

»Ich muss ins Bad«, murmelt Ava, klettert über mich drüber, um aus dem Bett zu steigen.

»Wir müssen auch Ross anrufen.« *Meinen Agenten.* Er wird *begeistert* sein, wenn er hört, wie schlecht meine Statistik gestern Abend war.

Ich unterdrücke ein Seufzen. »Klar.«

Ava ignoriert den Kleiderhaufen am Boden und öffnet meine Schubladen, bis sie Boxershorts und ein altes Trikot von mir findet. Sie zieht beides an.

»In Ordnung. Dann lass ich euch mal wieder in Ruhe«, sagt Dad, während Ava ihre Tasche durchwühlt. Sie zieht ihr Handy heraus und eine schlichte weiße Schachtel. Sie wirft die Schachtel in meinen Schoß, bevor sie das Zimmer verlässt.

»Vergiss nicht, in der Schule Bescheid zu geben«, erinnere ich Dad.

»Werde ich nicht. Bis später.«

»Bye.« Ich lege auf und öffne die Schachtel.

Mein Herz bleibt stehen.

Mein Atem stockt.

Zwei Spielzeugautos.

Eins rot. Eins blau.

Lightning McQueen und Sally.

Meine Hände zittern, als ich sie umdrehe, und ein Teil von mir weiß bereits, was er dort vorfinden wird: die Initialen CL, die in das Metall eingraviert wurden, sodass alle im Kindergarten wussten, dass die Autos mir gehören.

Die Übelkeit steigt mir die Kehle hoch, und ich werfe mich ruckartig nach vorn, erreiche den Papierkorb gerade noch rechtzeitig. Ava eilt ins Zimmer zurück und geht neben mir in die Knie, legt die Hand auf meinen Rücken. »Verdammt, wie viel haben wir getrunken?«

Ich übergebe mich erneut, und ich will nicht, dass sie mich so sieht. Oder riecht. Ich wische mir den Mund am Arm ab und sehe sie an. »Woher hast du die?«, stoße ich hervor. Mein Herz rast, und Panik rauscht durch meinen ganzen Körper.

»Wovon redest du?«

»Die Autos!«

»Welche Autos?«

»Die Schachtel, Ava!«, schreie ich. »Woher hast du diese Schachtel?!«

»Eine Frau hat sie mir gegeben.« Ihre Augen weiten sich. »Warum schreist du mich an?«

Ich atme tief durch, um mich zu beruhigen, denn sie weiß es nicht. Und ich will auch nicht, dass sie es weiß. »Welche Frau?«

»Keine Ahnung. Sie war nach dem Spiel da, als ich auf dem Parkplatz auf dich gewartet habe.« Ihre Brust hebt sich, als sie scharf einatmet. »Warum? Was …?«

»Tut mir leid«, unterbreche ich sie und blinzle heftig. Ich massiere mir die Nasenwurzel, um das Pochen in meinem Kopf zu lindern. »Ich war nur verwirrt, und der Kater …« Meine Worte sind viel zu schnell, genauso wie mein Puls, aber ich will nicht, dass sie es merkt. Dass sie anfängt, Fragen zu stellen. Denn das wird sie. Und ich werde keine Antworten darauf haben. »Es tut mir leid«, wiederhole ich und setze mich auf meine Fersen. Ich habe vergessen, dass ich nackt bin. Ich sehe zu ihr hoch. Sorgenvolle Augen blicken zurück. »Es ist nur so viel gleichzeitig passiert«, lüge ich, versuche, meine Erinnerungen loszuwerden. Ich *hasse* es, sie anzulügen, aber ich kann nicht … ich kann damit gerade verdammt noch mal nicht umgehen. »Da war Dad, der am Handy war, und dann mein Kopf, der dröhnt, und du …« Ich versuche zu lächeln. »Du, wie du so verflucht süß ausgesehen hast wie auch jetzt gerade wieder.«

Die Spur eines Lächelns. *Gut.* Es funktioniert.

»Ich sollte das hier sauber machen«, sage ich und hebe den Papierkorb hoch. »Und mir die Zähne putzen.« Ich ziehe Boxershorts an, bevor ich das Zimmer verlasse und den Papierkorb mitnehme. Dann gehe ich ins Bad, spritze mir Wasser ins Gesicht und beschwöre meinen Körper, sich verdammt noch mal zu beruhigen. Alles ist viel zu schnell, das Blut, das durch meine Adern rauscht, der donnernde Puls, die rasenden Gedanken – alles davon ist zu schnell, zu viel. Ich kralle mich an den Rand des Waschbeckens, starre mich selbst im Spiegel an.

Das kann nicht wirklich passieren.

Nicht jetzt.

Nie wieder.

Ava.

Ich muss nur zu Ava zurückgehen, und alles wird wieder gut werden. Alles wird wieder normal werden.

Ich wasche den Papierkorb aus, putze mir die Zähne und gehe

zurück in mein Zimmer. Ava liegt inzwischen wieder in meinem Bett, auf der Seite, und die Bettdecke auf meiner Hälfte ist zurückgeschlagen, als hätte sie auf mich gewartet. Sie lächelt. »Guten Morgen, fester Freund.« Und sie ist *alles*. Sie ist alles, was ich brauche. Alles, was ich will. Sie ist genug, um mich zu beruhigen, mein Herz mit Ruhe zu erfüllen. Ich hebe die Autos auf, werfe sie in den Papierkorb und klettere zu ihr ins Bett, wo ich alles andere vergessen kann. Sie hebt den Kopf, sodass ich den Arm darunterschieben und um sie schlingen kann, wo er hingehört. »Was willst du heute machen?«, fragt sie.

»Alles, was du willst.«

Sie legt ihr Ohr an meine Brust, kuschelt sich an mich, und ihre Finger klopfen im selben Takt wie mein Herzschlag, dem sie lauscht. Sie sieht zu mir hoch und flüstert: »Ich will mich in deiner Magie verlieren.«

Kapitel 26

AVA

Ich greife schnell nach meinem Handy und schalte den Wecker aus, da ich Connor, der neben mir schläft, nicht aufwecken will. Es sind inzwischen ein paar Wochen vergangen, seit das Team die Regionalmeisterschaft verloren hat, und wir haben fast jede Nacht zusammen verbracht. Mom und Trevor scheint es nicht zu stören. Tatsächlich hat Mom nach der ersten Nacht, in der Connor *nicht* hier übernachtet hat, direkt am Morgen nach ihm gefragt, aus Sorge, dass wir uns gestritten haben.

Connor stöhnt, als ich aus dem Bett steige, und seine Hand greift nach meinem Arm. »Ich bin wach«, murmelt er.

»Nein, bist du nicht. Schlaf weiter.«

»Nein, ich helfe dir mit dem Frühstück.« Eine Sekunde später schnarcht er.

Er hasst es, dass ich ihn ausschlafen lasse, aber er braucht den Schlaf. Er trainiert immer noch, so oft er kann, und versucht, das Beste aus dem zu machen, was die Coaches ihm bieten können, bevor er im Herbst auf die Duke geht. In meiner Brust wird es eng bei dem Gedanken, dass er weggeht, dass ich nicht jeden Morgen diese Momente mit ihm haben kann. Aber mein Stolz auf ihn erstickt diese Gedanken. Ich küsse ihn schnell, bevor ich das Zimmer verlasse und in die Küche gehe. Mom ist bereits wach und sitzt mit ihrem Tablet am Tisch. »Alles okay, Mama?«, frage ich und küsse die Narben, die sie zu der Frau gemacht haben, die sie heute ist. Lange Zeit dachte ich, sie hätten sie zu einer Fremden gemacht, aber die Medikamente, die sie seit einiger Zeit nimmt, haben mir ihr *wahres Ich* zurückgegeben, und ich könnte darüber nicht glücklicher sein.

»Mir geht's gut, Liebes, ich wollte nur mein Buch weiterlesen.«

»So gut, hm?«

Sie nickt. »Lesen hat mir tatsächlich sehr geholfen.«

»Wirklich?«

»Ich glaube, es gibt mir das Gefühl, dass ich *lebe*, verstehst du?«

Ich mache den Herd an und stelle eine Pfanne auf die Platte, bevor ich mich zu ihr drehe. »Was meinst du?«

»Es hat mir allmählich zugesetzt – den ganzen Tag im Haus zu sein –, und lesen erlaubt mir, Dinge zu sehen und zu fühlen, ohne das Haus verlassen zu müssen.«

»Willst du es verlassen?«, frage ich. »Denn das kannst du, wir alle können das, wie wir es mit Connor gemacht haben, und … du bist zu seinem Spiel mitgekommen, und das war nicht so schlimm.«

Sie zuckt mit den Schultern. »Vielleicht eines Tages, wenn ich mich wohler fühle. Diese Stadt ist nicht besonders freundlich.«

»Ja«, seufze ich, und meine Gedanken verlieren sich in Vorstellungen von unserer Zukunft. Ich brauche einfach Zeit, rede ich mir ein. Bald werden wir hier für immer weggehen.

»Hey«, flüstert sie und sieht zu meinem Zimmer. »Ist Connor hier?«

»Ja, er schläft.«

»Ich habe eine Überraschung für ihn.«

Ich lächle. »Was für eine Überraschung?«

Sie steht auf und entknotet ihren Bademantel, um mir zu zeigen, was sie darunter trägt. Ich muss lachen. »Er wird es lieben.«

Eine Stunde später geht meine Schlafzimmertür auf. Connor reibt sich die Augen und kommt in die Küche. Als er Mom entdeckt, die mit dem Rücken zu ihm an der Spüle steht, bleibt er jedoch stehen. Seine Augen weiten sich, und sein Lächeln erfüllt mein Herz mit Freude.

Ich lache. »Schau mal, was Mama sich von Trevor hat bestellen lassen.«

Mom, die ein Highschool-All-American-Trikot mit Connors Namen und seiner Nummer auf dem Rücken trägt, dreht sich zu ihm herum, und ihr Lächeln spiegelt das von Connor wider.

»Hey, das steht dir gut!«, ruft Connor, der auf einmal hellwach und voller Leben ist. Er geht zu ihr und gibt ihr einen Kuss auf die Narben, wie er es fast jeden Morgen macht. »Wo hast du das überhaupt herbekommen? Nicht mal *ich* habe eins.«

Mom kichert. »Ich habe eben meine Quellen«, sagt sie und tätschelt ihm die Wange. »Wann geht dein Flug zum All-American-Spiel?«

»Kurz vor Mittag«, antwortet er.

»Kommt dein Dad mit?«

»Nope, er konnte sich nicht freinehmen.«

»Wirklich?«, frage ich und mische mich in die Unterhaltung ein, meine Sorge ist offensichtlich. »Ist das okay für dich?« Ich versuche, die Frage so vage wie möglich zu formulieren, da ich von seiner Angst vor Flughäfen weiß, Mom jedoch nicht, und ich weiß nicht, ob er will, dass sie es erfährt.

Connor zwinkert mir zu, er lächelt immer noch. »Ja, alles gut, Babe. Ich bin jetzt ein großer Junge.«

Trevor kommt in die Küche und lässt sich auf einen Stuhl fallen. »Mama Jo«, brummt er, »meine Trikots hast du nie getragen.«

Mom verdreht die Augen. »Das liegt daran, dass Football nur was für Weicheier ist.«

Connor prustet los, und ich kichere, während ich Trevors Schulter drücke.

»Ich habe das Gefühl, ich wurde von dem Goldjungen hier ersetzt«, beschwert Trevor sich.

»Niemals«, versichert Mom ihm und lacht, während sie zur Tür geht.

Connor wartet, bis sie weit genug weg ist, bevor er die Zähne bleckt und meinen Bruder angrinst. »Sie liebt mich mehr.«

Trevor schüttelt den Kopf. »Raus aus meinem Haus, du billige Shawn-Mendes-Kopie«, knurrt er, aber er macht nur einen Witz … *glaube* ich.

»Shawns Haare sind dunkler«, sage ich, auch wenn ich verstehe, wie Trevor darauf kommt.

»Wer ist Shawn Mendes?«, fragt Connor.

»*Wer ist Shawn Mendes*«, äfft Trevor ihn nach.

»Jungs. Das reicht«, warne ich und hebe den Pfannenwender in meiner Hand. »Ihr zwei vertragt euch jetzt oder ich prügle euch beide windelweich.«

Trevor zittert gespielt ängstlich. »Du bist echt Furcht einflößend«, sagt er. Im selben Moment nimmt Connor mir den Pfannenwender weg und gibt mir einen leichten Klaps auf den Hintern.

Ich stöhne übertrieben auf und beiße mir auf die Unterlippe, während ich zu ihm aufsehe.

Connor lacht.

Trevor murmelt: »Ich will *nicht* wissen, was ihr beide hinter geschlossenen Türen treibt.«

Ich ignoriere ihn und wende mich an Connor: »Bist du sicher, dass du mich in die Schule fahren kannst?«

»Ja.« Er übernimmt für mich und brät sein und Trevors Frühstück weiter. »Ich will keine Sekunde mit dir verpassen.«

Trevor würgt.

»Außerdem habe ich noch genug Zeit«, fügt er hinzu. »Genug, um wieder nach Hause zu fahren und zu packen.«

»Du hast noch nicht gepackt?«

»Er ist ein Kerl«, mischt Trevor sich ein. »Wir brauchen nicht viel.«

»Er hat recht«, stimmt Connor zu und gibt Trevors Frühstück

auf einen Teller, bevor er es vor ihm abstellt. Er wuschelt durch die wenigen Haare, die noch auf Trevors Kopf sind. »*Ich* trage einfach dein Trikot, Trevor.«

Trevor prustet. »Ach, halt doch den Rand.«

Connor holt sich sein eigenes Frühstück und setzt sich meinem Bruder gegenüber. »Vermisst du es? Ein Trikot zu tragen?«

»Manchmal«, erwidert Trevor und zuckt mit den Schultern. »Aber es war nie mein Ziel wie bei dir, es hat nicht mein Leben bestimmt, verstehst du?«

»Was *war* dein Ziel? Beziehungsweise ist …?«

Ich tue so, als würde ich das Geschirr spülen, aber ich lausche jedem Wort, das sie sagen.

»Ich wollte immer Talentscout werden«, antwortet Trevor.

»Ach ja? Du wärst ein guter Scout.«

»Meinst du?«

»Ja. Oder ein Agent.«

»Wie kommst du darauf, dass ich in beidem gut wäre?«

»Weil dir die *Menschen* wichtig sind. Meinem Agenten sind nur die finalen Zahlen wichtig. Statistiken, Geld. Dir hingegen wäre der Mensch wichtig, den du vertrittst, und du würdest alles tun, damit er oder sie das Beste aus allem herausholt.«

»Vielleicht«, erwidert Trevor, und ich höre den nachdenklichen Ton in seiner Stimme.

»Müsstest du dafür wieder an ein College?«

»Vermutlich schon, ja. Aber …« *Aber das hier ist jetzt mein Leben*, doch das spricht er nicht laut aus.

Die Unterhaltung verliert sich daraufhin, und schon bald machen wir uns alle auf den Weg und verabschieden uns an der Tür von Krystal und Mom.

»Was machst du da?«, fragt Connor und sieht auf der Fahrt zur Schule zu mir rüber.

Ich blättere eine Seite meiner Englischhausaufgabe um. »Ich wollte nur den Aufsatz noch mal ganz kurz überfliegen. Wir müssen ihn heute abgeben, und ich habe ihn erst heute Morgen fertig geschrieben.«

»*Wann* heute Morgen?«

»Während du geschlafen hast. Gib mir nur zwei Minuten.«

Er schweigt, bis ich den Aufsatz durchgelesen und zurück in meine Tasche gesteckt habe. »Kann ich dich etwas fragen?«

»Klar.«

»Wann ... Wie ... Warum ...?«

»Wer, wie, was, wieso, weshalb, warum?«, singe ich.

Er lacht leise. »Ich verstehe einfach nicht, *wann* du die Zeit findest, so viel zu lernen, und *wie* du es geschafft hast, vorzeitig an all diesen großartigen Colleges angenommen zu werden, und *warum* du das alles überhaupt machst, wenn du gar nicht vorhast, hinzugehen.«

Ich lasse die Worte auf mich wirken. »Wow. Das ist eine ganze Menge, die du nicht verstehst.«

»Ich weiß. Es gibt eine ganze Menge, was ich an *dir* nicht verstehe.« Er lächelt mir zu.

»Zum Beispiel?«

»Zum einen, warum du mit mir zusammen bist.«

»Deine Selbstabwertung ist nur manchmal süß.«

»Okay.« Er lacht. »Dann verstehe ich nicht, wie du es immer schaffst, alle Fragen, die ich dir stelle, zu umgehen.«

Ich seufze. »Ich lerne nachts, wenn Mom im Bett ist ...«

»Aber ich bin jetzt da, und ich habe dich noch nie ...«

»Ich lerne, sobald du schläfst.«

»Was? Wieso weiß ich das nicht?«

»Weil du wie ein Toter schläfst.«

»Punkt für dich. Also nächste Frage, wie?«

»Vorzeitige Zusagen?«

Er nickt.

»Ich hatte einen wahnsinnig guten Essay. Habt Mitleid mit mir, ich bin die Tochter einer verwundeten Kriegsveteranin …«

»Aah.«

»Außerdem, meine Noten sind gut, zwar nicht großartig, aber gut genug.«

Er nickt erneut. »Okay, und als Letztes … *Warum?*«

Ich sauge die Luft tief ein, atme sie langsam wieder aus. »Weil es Trevor schon immer wichtig gewesen ist. Es gibt gewisse Dinge, von denen er nicht will, dass ich sie versäume, und College ist eins davon. Ein großer Batzen des Gelds, das wir durch den Verkauf unseres Hauses bekommen haben, wurde dafür beiseitegelegt, und ich will nicht, dass das alles umsonst war, und … mehr als alles andere – ich will ihn nicht enttäuschen. Er hat so viel aufgegeben, das Mindeste, was ich tun konnte, war, ihm diesen Wunsch zu erfüllen.«

Connor nickt erneut, während er an seiner Unterlippe knabbert, und ich kenne ihn inzwischen gut genug, um zu wissen, dass es bedeutet, dass er über etwas nachdenkt.

»Was geht dir durch den Kopf, Nummer drei?«

Er atmet schnaubend aus. »Was sind deine Pläne für nächstes und übernächstes Jahr?«

Das ist die Eine-Million-Dollar-Frage, und ich hätte sie kommen sehen müssen. »Ich bin mir nicht sicher. Tatsächlich treffe ich mich heute mit Miss Turner deswegen. Hoffentlich kann sie mir einen Rat geben.«

»Sind Vertrauenslehrer nicht genau dafür da?«

»Ja, aber Miss Turner hat sich meiner ernsthaft angenommen. Ich bin ihr kleines Projekt. Davon abgesehen mag ich sie. Sie ist ein netter Mensch.«

»Ist sie das?«

»Jepp. Wusstest du, dass sie hier in der Gegend aufgewachsen ist? Sie war auf der West High. Ich bin mir ziemlich sicher, dass sie ihren Job liebt, aber sie hasst die St. Luke's. Sie bittet seit drei Jahren um finanzielle Fördermittel, wird aber ständig vertröstet.«

»Das ist wirklich Scheiße.«

»Es ist, als würde hier niemand psychische Gesundheit ernst nehmen, schon gar nicht an dieser Schule. Wir sind die Zukunft, und niemanden kümmert es einen Dreck, wie wir uns fühlen. Dabei ist das Gehirn ein Organ, oder? Es sollte genauso behandelt werden, wie wenn man Schmerzen in der Niere oder sonst wo hat. Da lässt man sich ja auch untersuchen, und jeder um einen herum würde einem sagen, dass man zu einem Arzt gehen solle. Aber wenn der Schmerz in deinem Gehirn sitzt, dann tun diese Arschlöcher …«

»Da rennst du bei mir offene Türen ein, Ava. Ich verstehe dich nur zu gut.«

»Sorry«, murmle ich. »Es ist einfach Scheiße, dass niemand sie ernst nimmt.« Ich schaue durch die Windschutzscheibe, als er langsamer wird und den Blick konzentriert auf das grüne Licht der Ampel richtet.

»Warum wirst du langsamer? Es ist grün.«

»Werd rot, werd rot, werd rot«, flüstert er und grinst, als die Ampel auf Gelb wechselt. Er lässt das Auto ausrollen und hält an.

»Die Ampel hättest du locker geschafft.«

»Ich weiß, aber ich wollte nicht.« Er dreht sich zu mir, und ein Lächeln zupft an seinen Mundwinkeln, bevor er sich zu mir herüberlehnt, seine Lippen auf meine presst und mich langsam, intensiv, perfekt küsst. Als er sich von mir löst, sagt er: »Hi, erinnerst du dich an mich? Ich bin dein fester Freund, und ich werde heute für ganze vier Tage wegfliegen. Ich werde nicht vor Montagabend zurückkommen.«

»Es tut mir leid.« Ich drücke seinen Arm an meine Brust, während er wieder losfährt. »Ich weiß.« Ich *weiß*. Das ist alles, woran ich gestern Nacht denken konnte, als er neben mir geschlafen hat. An das, und an all die schrecklichen Dinge, die passieren könnten, während er weg ist. Aber er muss diese Dinge nicht wissen. Ich will, dass er geht und das Beste draus macht. »Es sind nur vier Tage«, sage ich und hoffe, dass er nicht hört, wie gezwungen mein Lachen klingt. »Ich bin sicher, du wirst es überleben.« *Aber ich werde ohne dich zu kämpfen haben*, sage ich nicht.

»Schätze, wir sollten uns daran gewöhnen, hm?«

Ich nicke, auch wenn mich die Aussicht, ab Herbst auf unbestimmte Zeit von ihm getrennt zu sein, innerlich umbringt.

»Na ja. Die Duke ist nur etwas mehr als zwei Stunden entfernt, wenn du also hierbleibst, was ich hoffe, dann kann ich kommen, wann immer es mir möglich ist. Du musst allerdings dein Bett für mich warm halten. Ich bin mir ziemlich sicher, dass Dad vorhat, wieder nach Florida zu ziehen.«

»Wirklich?«

Connor nickt, sagt jedoch nicht viel mehr. Als wir an der Schule ankommen, sucht er einen Parkplatz und steigt aus, um mir die Tür zu öffnen. Ich hätte nie gedacht, dass diese ganze Kavaliersache etwas ist, was mir gefällt – ich habe immerhin Arme und Beine und kann mir auch selbst die Tür öffnen –, aber irgendwie liebe ich es, dass er es für mich macht. Sobald wir aus seinem Pick-up ausgestiegen sind, wird er von Leuten umringt, die ihm viel Glück für das Wochenende wünschen. Ich erkenne deutlich, dass er sich unwohl fühlt, aber er erwidert jede nette Geste mit einem Lächeln, und als die Ansammlung sich auflöst, greift er nach mir, und seine Finger verschränken sich mit meinen.

»Ich werde dich so sehr vermissen«, sagt er in dem Moment, in dem es zum ersten Mal klingelt. Er stößt einen unterdrückten Fluch aus, und ich gebe ihm schnell einen Kuss.

»Ich muss los«, sage ich hastig. Ein weiterer schneller Kuss. »Wir sehen uns Montag.« Dann löse ich mich aus seinem Griff und renne die Treppe zum Eingang hoch. Der Schmerz in meiner Brust führt zu einem Brennen hinter meinen Augen. *Es sind nur vier Tage*, rede ich mir selbst ein. *Ich schaffe das.* Mit jeder Stufe, jedem Zentimeter, den ich mich weiter von ihm entferne, werden meine Emotionen stärker. Tränen treten mir in die Augen, und ich kann sie nicht zurückhalten. Und ich will es auch nicht. *Shit.* Ich drehe mich um, und ich bin so froh, dass er immer noch da steht und mir hinterhersieht. Und dann renne ich zurück zu ihm, schneller, als ich jemals gerannt bin. Ich wollte nicht, dass er mich so sieht, aber ich kann ihn nicht gehen lassen, ohne mich richtig von ihm zu verabschieden. Er stößt sich von seinem Wagen ab, sobald ich nahe genug bin, und öffnet die Arme. Ich werfe mich ihm regelrecht entgegen, verschränke die Arme in seinem Nacken, während er seine um meine Taille legt, und schlinge meine Beine um seine Hüfte. »Ich will nicht, dass du gehst«, murmle ich an seinem Hals. Es ist dumm und erbärmlich, und ich bin *die Schlechteste Freundin Ever.*

»Verflucht, Ava, bring meine Gefühle nicht so durcheinander!«

Ich lehne mich ein Stück zurück, ohne ihn dabei loszulassen. »Ich wollte nicht, dass du weißt, wie schrecklich ich dich vermissen werde«, murmle ich und kann ein Schmollen nicht unterdrücken.

Er setzt mich wieder auf die Füße, aber hält mich nah bei sich. »Ich werde dich auch vermissen. Wie verrückt. Aber wir telefonieren und schreiben jeden Tag.«

Ich nicke. »Es sind *vier* ganze Tage.«

»Es fühlt sie wie eine Ewigkeit an.«

»Ich weiß.«

»Lach dir keinen anderen Freund an, während ich weg bin.«

Ich schnaube, drücke mein Ohr an seine Brust, sodass ich der Magie lauschen kann, die nur für mich existiert. »Du bist nicht derjenige, der sich Sorgen machen muss«, sage ich an dem Kloß in meinem Hals vorbei. »Es werden so viele Groupies dort sein. Triff dich nicht mit anderen Mädchen.« Es sollte ein halbherziger Scherz sein, aber ich kann offenbar meine tatsächliche Sorge, die sich in meinem Innern aufgebaut hat, nicht ganz verbergen.

Er streicht mir die Haare aus dem Gesicht, sodass er mir direkt in die Augen sehen kann. »Ava, *komm schon.*«

»Ich weiß«, seufze ich. »Aber du bist dort draußen und wirst dein Ding machen, und ich bin das Kleinstadtmädchen, das du zurückgelassen hast ... Die Geschichte ist so alt wie die Menschheit.«

»Hör auf«, befiehlt er.

Ich zucke mit den Schultern. »Ich bin ein bisschen unsicher, okay?«

Er atmet schnaubend aus, dann küsst er mich. »Was kann ich tun, damit du dich besser fühlst?«

Ich streiche mit dem Finger über seine Stirn. »Lass dir meinen Namen hierhin tätowieren.«

Er lacht. »Nur AVA?«

Ich nicke. »Und Diaz. Nur damit es ganz klar ist. Vielleicht auch Ava E. D. Diaz.«

»Das sind eine Menge Buchstaben, Babe.«

»Na, zum Glück hast du einen riesigen Schädel.«

Er wirf den Kopf in den Nacken und lacht laut, und ich grinse, löse mich etwas von ihm, um ihm Platz zum Atmen zu geben.

»Ich verhalte mich dumm«, gebe ich zu. »Geh und hab eine schöne Zeit. Die *beste* Zeit. Vergiss mich.«

»In Ordnung. Ich werde dich nicht vergessen, aber ich werde *versuchen*, ohne dich eine schöne Zeit zu haben.«

»Gut.«

»Du kommst zu spät zu Multimedia, und Miss Salas ist in letzter Zeit ein echtes Biest.«

»Du hast recht.« Ich küsse ihn noch mal und überlasse meiner Zunge das Reden.

Als wir uns voneinander lösen, fragt er: »Hey, wenn ich zurück bin, machst du das mit deiner Zunge dann noch mal an …«

Lachend entferne ich mich zum zweiten Mal von ihm. »Ja, Connor!«, brülle ich so laut, dass alle um uns herum es hören können. »Ich verspreche es. Wenn du zurück bist, wachse ich wieder deine Brusthaare! Und deinen Hintern auch!«

Kapitel 27

AVA

Unser Haus sieht am nächsten Tag aus wie am vierten Juli, mit roten, weißen und blauen Luftschlangen und Luftballons, die überall im Wohnzimmer verstreut sind. Es war Moms Idee, und ich war voll dafür. Trevor hält einen einsamen Texas-A&M-rotbraunen Ballon in die Luft. »Gig 'em, Aggies!« Er ist immer noch schwer verletzt, weil er denkt, wir hätten uns nie für seine Spiele interessiert, aber es war schwierig, ihm zu zeigen, wie stolz wir auf ihn waren, als er weit weg in Texas war.

Wir richten uns vor dem Fernseher ein, mit Popcorn und Getränken. Mom trägt ihr All-American-Trikot, und ich trage eins von Connors Wildcats-Trikots. Mit jeder Minute, die der Spielbeginn näher rückt, scheint sich auch meine Aufregung zu verdoppeln. Es ist seine erste landesweite Übertragung, und ich freue mich so wahnsinnig für ihn.

Ich mache ein Foto vom Wohnzimmer und eins von Mom und schicke sie Connor. Darunter die Caption:

> **Ava:** Wir sind nur ein klein wenig aufgeregt. Merkt man das?

Und dann mache ich ein Foto von Trevor, der finster dreinblickt, mit seinem Ballon.

Ava: Er zählt nicht.

Ich warte bis eine Minute vor Spielbeginn, bevor ich meine nächste Nachricht abschicke.

Ava: Ich weiß, du wirst die Nachricht erst nach dem Spiel sehen, aber ich will, dass du weißt, wie stolz ich auf dich bin und auf alles, was du erreicht hast, und auf alles, was du bist. Egal, was heute auch passiert oder morgen oder in einem Jahr, du wirst immer meine Nummer eins sein, #3. Ich liebe dich mehr als die Magie in dir.

»Da ist er«, sagt Mom und schlägt mir etwas zu begeistert auf den Oberschenkel.

Trevor dreht die Lautstärke hoch, als das All-American-Team mit den Spielern aus dem Osten der USA das Feld betritt. Sie stellen sich für die Nationalhymne in einer Reihe auf, und die Kamera wandert von einem Spieler zum nächsten. Mir stockt der Atem, als Connor auf dem Bildschirm erscheint, und dann bleibt mir komplett die Luft weg, als ich die riesigen schwarzen Buchstaben auf seinen Armen bemerke.

»Hat er sich über Nacht tätowieren lassen?«, murmelt Trevor.

»Spul noch mal zurück!«, befehle ich.

»Es ist ein Livestream, Dummkopf.«

Ich brumme. Ich will unbedingt wissen, was zum Teufel da auf seinen Armen steht. Zum Glück sind die Kommentatoren ein paar Minuten später, während sie die Warm-ups zeigen, genauso neugierig wie ich. »Was ist das an Ledgers Armen?«, fragt einer von ihnen.

»Wer weiß? Kids mit Full-Sleeve-Tattoos sind heutzutage *ziemlich cool*«, erwidert der andere.

»Können wir an seine Arme ranzoomen?«, fragt der Erste, und der Kameramann muss ihn gehört haben, denn er fokussiert auf einen von Connors Armen, während er von der Dreipunktelinie wirft.

»Ist das …?« Es ist offensichtlich, dass der erste Kommentator versucht, die Buchstaben zu entziffern, aber ich weiß bereits, was dort steht, und mein Herz wird von dem Gewicht von Connors Liebe ruckartig nach unten gezogen.

»Ava E. D. Diaz«, flüstere ich mit einem Grinsen im Gesicht. »Oh. Mein. Gott.«

»Es scheint der Name eines Mädchens zu sein.« Der Kommentator lacht. »Was für ein glückliches Mädchen!«

»Was steht auf dem anderen Arm?«

Die Kamera fokussiert auf seinen anderen Arm, und mein Grinsen muss so abartig dümmlich aussehen, während ich zeitgleich in Tränen ausbreche. »*First and Forever.*«

»Heirate ihn, Ava«, befiehlt Mom.

Das habe ich vor …

Aber den Gedanken behalte ich für mich.

CONNOR

> **Ava:** Oh, du! Ich weiß nicht mal, was ich sagen soll, Connor. Du haust mich echt um – und das jeden verdammten Tag. Ich kann nicht glauben, dass du das getan hast!

Ava: Verdammt, #3. Das war ein Auftritt!

Ava: Heilige Scheiße, was für ein Dunk! Das Korbbrett schreit nach seiner Mama. Ich kann es bis hierher hören!!!

Ava: Junge, gönn deinem Gegner doch mal eine Pause.

Ava: Wieso zum Teufel warst du in der Tabelle so weit unten, wenn du der beste Spieler da draußen bist?

Ava: Dein Agent schaut hoffentlich zu. Ruft Leute an. Handelt Deals für dich aus!

Ava: DAS ist mein Kerl!!!

Ava: Fuck. Ich glaube, meine Stimme ist weg.

Ava: OMG!!!

Ava: CONNOR LEDGER, LEUTE!! MVP – wertvollster Spieler ever.

Ava: MVP! MVP! MVP!

Ava: Okay, ich hör schon auf!

Ava: MVP! MVP! MVP! MVP!

Ava: Okay, jetzt hör ich wirklich auf.

Ava: Du wirst so was von belohnt werden, wenn du zurück bist. Ich mache das mit meiner Zunge, was du so sehr magst. Einen ganzen Monat lang. Jede Nacht. Mehrmals.

Ava: MVP! MVP! MVP! MVP! MVP! MVP! MVP! MVP! MVP! MVP! MVP! MVP! MVP! MVP! MVP! MVP! MVP! MVP! MVP! MVP! MVP! MVP! MVP! MVP! MVP! MVP! MVP!

Ava: Zu viel? Tja, mir egal!

Ava: Ich liebe dich. Ich vermisse dich. Ruf mich an, wenn du damit fertig bist, MVP zu sein. MVP!

Meine Wangen tun weh, so breit ist mein Grinsen, als ich Avas Nachrichten lese.

Connor: Bin gerade aus der Dusche gekommen. Gleich noch Shake Hands mit ein paar NBA-Scouts. Wünsch mir Glück.

Ava: Als würdest du das brauchen.

Connor: lol. Ich ruf dich an, wenn ich fertig bin?

Ava: Lass dir Zeit, MVP.

Connor: Wenn du so weitermachst, wird mein Ego noch größer.

Ava: Oh, ich werde dein Ego schon wieder runterholen. Und nicht nur das. Und ich werde deinen Wenis vollsabbern, Baby!

Connor: Du bist verrückt, und ich liebe dich.

Ava: Ich liebe dich mehr.

Connor: Muss los. Schick Nacktbilder.

Die Stunden nach dem Spiel verschwimmen in einem Rausch von Händeschütteln und dem Sammeln von Visitenkarten. Agenten, Scouts, sogar ein paar Profibasketballer wollen mich und die anderen Spieler kennenlernen. Mein Plan war, heute herzukommen und mir einen Namen zu machen. Ich hatte das Gefühl, ich müsste etwas beweisen, also bin ich aufs Spielfeld gegangen und habe genau das getan. Nie im Traum hätte ich damit gerechnet, die Auszeichnung MVP zu bekommen. Nicht bei dem Kaliber an Talenten, die heute gespielt haben. Es ist irre.

Ich erzähle dieselbe Geschichte auch den Reportern während der Pressekonferenz, mein Adrenalin nach dem Spiel ist hoch genug, um meine Nervosität zu verdrängen. Als alles vorbei ist und ich zum Bus gehe, der uns zurück ins Hotel bringt, hole ich direkt mein Handy heraus und lese noch mal Avas Nachrichten, die mich an meinen Grund erinnern, an mein Ziel. Mein Lächeln wird breiter, als ich ein paar neue Nachrichten von ihr sehe.

Ava: Ich lasse mir deinen Namen auf den Hintern tätowieren.

Ava: Ich bin offiziell ein Connor-Ledger-Groupie. Ich bin eine von vielen, klar, aber ich bin DIE eine von vielen, und ich weiß auch, wohin ich stechen muss, um jemanden sofort und leise zu töten … Nur für den Fall, dass dir ein anderes Mädchen zu nahekommt.

Ava: Shit. Lösch das. OMG. Das war nur ein Scherz, FBI! Haha. *verschlagener Blick*

Ava: Connor Ledger: St. Luke's Academy, All-American MVP, Duke-Student, neuer Point Guard für … [hier bitte einfügen, welches gottverdammte NBA-Team du auch immer willst, denn DU SCHAFFST DAS, BABE!].

»Connor?«

Ich sehe auf, und mein Grinsen verblasst augenblicklich. Mein Herz stockt, und jeder Muskel in meinem Körper erstarrt.

»Ledger, kommst du?«, ruft einer meiner Teamkollegen aus der Bustür raus.

»Ich ähm … Ich komme nach. Wir sehen uns später.«

»Sicher?«, fragt er, und ich nicke.

Ich warte, bis die Türen des Busses zugehen, bevor ich tief durchatme und dann die Frau vor mir ansehe. Wut kocht in mir hoch, doch sie verraucht fast sofort wieder. »Was … was willst du?«

Sie lässt den Kopf sinken, ebenso ihre Schultern. »Erinnerst du dich nicht mehr an mich?« Ihre Haare sind heller, als ich sie in Erinnerung habe. Ihre Augen ebenfalls. Und sie ist gealtert. Nicht im positiven Sinn. Aber sie ist immer noch die Frau, die mich in meinen Albträumen heimsucht.

Ich schlucke die Unruhe, die in meiner Kehle aufsteigt, herunter und spreche die Wahrheit aus, an die ich mich seit *fünfzehn* Jahren klammere. »Es ist ziemlich schwierig, die Person zu vergessen, die versucht hat, dich umzubringen.«

Sie nickt, und es scheint, als würde die Luft sich um uns herum verdichten. »Ich war nicht sicher, ob du dich an mich erinnerst«, sagt sie so leise, dass es kaum lauter ist als ein Flüstern.

So viele Male habe ich über exakt diesen Moment nachgedacht, und darüber, was ich zu ihr sagen würde, wenn ich die Möglichkeit hätte. Schnell verdränge ich den Schmerz in meinem Innern. »Ich würde mich vielleicht besser an dich erinnern, wenn du dich umdrehst, schließlich bist du, als ich dich das letzte Mal gesehen habe, von mir weggegangen.«

»Du bist wütend.«

»Sollte ich das nicht sein?« Ich atme tief ein, versuche, ruhig zu bleiben, aber es bringt nichts. »Was willst du?«

»Hör mal«, sagt sie, und ihr Blick huscht zu den Leuten, die immer noch um uns herumschwirren. »Das hier ist nicht der richtige Zeitpunkt oder der richtige Ort … Aber können wir uns vielleicht irgendwo treffen?«

»Nein.« Ich will nicht hier sein. Nicht mit ihr. Nicht *allein.* Ich umklammere mein Handy fester. So erbärmlich es auch klingt, aber ich will zu meinem Dad.

»*Bitte.*«

Ich lache kurz auf, schaue über ihre Schulter und hoffe, dass sie den Schmerz in meinen Augen nicht sieht. »Es ist fast schon lustig … Ich habe dasselbe Wort immer und immer wieder geschrien, in diesem Auto … als ich das Gefühl hatte, zu ersticken. Ich habe *bitte, Mama* geschrien, und es hat dich damals nicht gekümmert, also …«

»Ich weiß.« Sie wischt sich etwas aus den Augen, und mein Blick zuckt zu der Stelle. Ich erkenne deutlich den Schmerz, den sie mit sich trägt. »Es gibt eine Menge Dinge, über die wir reden müssen.«

»Über die *du* reden musst«, presse ich hervor, versuche, mich stark zu geben, selbstbewusst. »Ich habe dir nichts zu sagen.«

Ich will weggehen, aber sie hält mich auf, legt ihre Hand an meinen Ellbogen. Ich zucke zurück. Drehe mich wieder zu ihr.

»Du bist mir nichts schuldig«, sagt sie.

»Ich weiß das.«

»Connor.« Sie seufzt und sieht sich erneut um. »Du weißt nicht, wie viel ich damit riskiere, hier zu sein.«

Ich mache einen Schritt auf sie zu, baue mich über ihr auf und lasse mich von der anfänglichen Wut leiten. »Ich sollte dich verhaften lassen.«

»Ich weiß«, flüstert sie, und ich erkenne an ihrer Stimme, dass sie kurz davor ist, in Tränen auszubrechen. Und ich wünschte, ich würde mich nicht so fühlen, wie ich es in dem Moment tue, als ihr ein Schluchzer über die Lippen kommt. Ich wünschte, ich könnte einfach weggehen, genauso wie sie es getan hat. Aber …

Aber ich *kann es nicht.*

»Hier«, sagt sie und weicht einen Schritt zurück. Sie hält den Blick gesenkt, als sie mir einen gefalteten Zettel reicht. »Hier ist meine Nummer. Ich werde heute Abend um halb acht bei dieser

Adresse sein. Komm oder komm nicht, aber glaub mir, Connor: Es ist besser, sein ganzes Leben mit der Wahrheit zu leben, als damit, etwas zu bereuen.«

AVA

Ich höre den Rest des Nachmittags und den Großteil des Abends nichts von Connor, daher gehe ich davon aus, dass er beschäftigt ist. Natürlich wird er das sein. Ich helfe Mom, es sich auf der Couch gemütlich zu machen, während ich ihr zuhöre, wie sie über Connors Spiel und die MVP-Auszeichnung redet und redet und redet, und ich lächle, als sie sagt: »Du hast so ein Glück, dass ihr euch habt.«

Ich bringe ein bisschen Ordnung ins Haus, behalte aber die Luftschlangen und Luftballons, um Connor damit zu überraschen, wenn er zurückkommt. Dann gehe ich in mein Zimmer, schnappe mir die große Geschenkeschachtel, die ich unter meinem Bett aufbewahre, und klopfe an Trevors Tür. Er antwortet nicht, und als ich die Tür öffne, sehe ich, dass er nicht da ist. Er ist auch nicht in der Küche oder im Bad, also schaue ich auf der Veranda nach. Er sitzt auf der Bank und hält sich das Handy ans Ohr. Als er mich sieht, sagt er: »Ich ruf dich zurück.« Nachdem er aufgelegt hat, dreht er sich zu mir. »Was ist los?«

Ich setze mich neben ihn, vergewissere mich, dass das Babyfon eingeschaltet ist, sodass ich es höre, wenn Mom mich braucht. »War das Amy?«

»Ja.« Er deutet auf die Schachtel. »Was hast du da?«

Ich lächle. »Ich weiß, dass du nur herumalberst mit dieser ganzen Ich-bin-eifersüchtig-auf-Connor-Sache …«

Er kneift die Augen zusammen.

»Zumindest *glaube* ich, dass du es nicht ernst meinst.«

»Tue ich nicht«, versichert er mir, und ich atme erleichtert aus.

Ich halte ihm die Schachtel hin. »Aber ich wollte, dass du weißt, dass ich auf dich genauso stolz bin wie auf ihn.«

Er nimmt mir die Schachtel ab, und seine Augen werden schmal vor Verwirrung, als er den Deckel öffnet. Er holt das erste Album heraus und schlägt es auf. Auf der Seite ist ein Foto von ihm und mir bei seinem ersten Collegespiel – als ich Mom und William angefleht habe, mitkommen zu dürfen. Trevor ist in voller Footballmontur, und ich trage ein Aggie-Trikot und seine Nummer steht auf meiner Wange. Ich sehe so jung aus. Wir beide. Er blättert um – und sieht den Zeitungsartikel über sich und seine Herkunft, den ich aus der *Texas A&M Today* ausgeschnitten habe.

»Das hast du gemacht?«, flüstert er, und ich höre die Emotionen in seiner Stimme, die er um jeden Preis zu verbergen versucht.

»Das ist nur von deinem ersten Jahr am College«, sage ich und nicke. Ich greife in die Schachtel und ziehe nacheinander fünf weitere Alben heraus, die Fotos und Artikel, für die ich keinen Platz mehr darin hatte, die ich aber aufbewahren wollte, lasse ich in der Schachtel. »Das sind alle Jahre vom Beginn der Highschool an aufwärts.« Dann deute ich auf ein weiteres Fotoalbum. »Und das hier ist nur von dir und mir, wie wir zusammen aufgewachsen sind.«

Er schweigt, während er sich jedes Foto ansieht, jeden Zeitungsartikel, jeden Ausdruck von jeder Website, die jemals seinen Namen erwähnt hat. Er schnieft gelegentlich, und ich kenne meinen Bruder gut genug, um zu wissen, dass er zwar nach außen hin groß und kräftig ist, aber im Innern … ist er ein riesiger Softie, und sein abgehackter Atem erinnert mich wieder daran, warum ich ihn so sehr liebe, warum ich nach wie vor zu ihm aufsehe.

»Gott, Ava«, murmelt er und wischt sich mit dem Handballen über die Augen. »Ich hatte keine Ahnung, dass du das alles gemacht hast.«

»Ich weiß«, sage ich und rutsche näher zu ihm, als er seinen Arm um meine Schultern legt. »Und das klingt jetzt vielleicht noch kitschiger und megafalsch, aber ... du warst der erste Junge, den ich geliebt habe, Trevor, und das wird sie niemals ändern. Du wirst immer mein großer Bruder sein, und ich werde dir immer auf den Sack gehen.«

Er lacht kurz und löst sich von mir. Dann lässt er den Kopf nach vorn fallen, und seine Brust senkt sich, als er schwer seufzt. »Ava, ich muss dir etwas sagen, aber ich *will* es nicht. Vor allem nicht jetzt.«

Ich packe ihn an den Schultern und zwinge ihn, sich aufzusetzen, damit ich sein Gesicht sehen kann. »Was ist los?«

Er erwidert meinen Blick, seine Augen sind gerötet und seine Nasenflügel blähen sich, als er ausatmet. »Verdammt, ich weiß nicht, wie ich dir das sagen soll.«

Ich verdränge den Schmerz in meiner Brust. »Sag es einfach, Trevor. Du machst mir Angst.«

»Wir sind pleite, Ava. Und ich weiß nicht, wie ich das wieder hinkriegen soll.« Er sieht nach vorn, sein Blick scheint meilenweit entfernt zu sein, während ich versuche, meinen rasenden Puls zu beruhigen. »Ich habe gestern versucht, einen Kredit zu bekommen, aber sie haben ihn mir verweigert. Ich habe mir schon etwas von Mr Preston geliehen, aber ich kann ihn nicht noch mal fragen, und ich habe dich vorhin angelogen ... Das am Telefon war nicht Amy. Das am Telefon war Peter ...«

»Nein!«, stoße ich hervor. »Bitte ihn nicht um Geld.«

»Ich *muss* es tun.«

»Nein.« Ich stehe auf. Laufe auf und ab. »Ich werde mir einen Job suchen.«

»Das wird nicht ausreichen.«

»Ich breche die Schule ab. Wir sind so nah dran. Ich kann immer noch meinen Abschluss machen.« *Vermutlich.* »Und ich kann aushelfen.«

»Das Geld, das du verdienen würdest, reicht vielleicht für Krystal, aber dann kannst du genauso gut zu Hause bleiben, und selbst dann, wir sind so weit im Minus ...«

Ich wische mir die Tränen weg, die zu schnell über meine Wangen laufen.

»Es tut mir leid, Ava«, bringt er stockend hervor. »Ich dachte, es würde reichen, aber ...«

»Hör auf!«, brülle ich und bleibe vor ihm stehen. »Du hast mehr getan als ...« Mein Magen zieht sich zusammen, und ich kriege keine Luft mehr.

Er sieht auf, müde und mit sorgenvollem Blick. »Durch die Änderungen in ihrer Versicherung müssen wir mehr für ihre Medikamente bezahlen, und jetzt, wo sie endlich die richtigen ...«

»Ich rufe die Ärzte an, damit sie am Montag kommen. Wir werden abwarten, was sie sagen.«

Trevor nickt. »Aber wir brauchen trotzdem Hilfe, und Peter ...«

»Nein!«

»Warum nicht?«

»Darum!« Denn bei Peter wäre die Schuld mehr als nur finanzieller Art. Ich versuche, mich zu beruhigen. »Wir schaffen das auch allein. Lass mich einfach die Ärzte anrufen und die Versicherung und … gib mir ein paar Tage, bevor du mit ihm redest, okay? Versprich es mir.«

»In Ordnung.«

»Und tu das nie wieder.«

»Was?«

»Die ganze Last allein tragen. Hab keine Geheimnisse vor mir.«

Er nickt. »Es tut mir leid, dass ich nicht genug tun konnte.«

Ich setze mich wieder neben ihn und schlinge die Arme um meinen Fels in der Brandung, den ich für selbstverständlich gehalten habe. »Sag nicht, dass es dir leidtut, Trevor. Niemals.«

Ich brauche nur Zeit, rede ich mir ein, *und alles wird sich von selbst regeln.*

CONNOR

Die Welt ist hellorange, als die Sonne untergeht, und es erinnert mich an die Luftballons auf meiner Veranda, die von Ava. Ich wünschte, ich wäre bei ihr, anstatt hier um kurz vor acht Uhr auf dem Gehweg zu stehen und an einer Straßenlaterne zu lehnen und in das Fenster eines Kettenrestaurants auf der anderen Straßenseite zu schauen.

Sie ist immer noch da, meine Mutter, und wartet auf mich. Von Zeit zu Zeit schaut sie auf die Uhr oder zur Tür, in der Hoffnung, dass ich auftauche.

Ich weiß nicht, warum ich hier bin. *Neugier*, versuche ich mir einzureden. *Krankhafte* Neugier. Ich kneife mir in die Nasenwurzel, versuche, das Hämmern in meinem Kopf zu lindern.

Kurz entschlossen stoße ich mich von der Straßenlaterne ab, mache einen Schritt nach vorn, dann noch einen, bis ich die Straße überquert habe und die Tür öffne. Meine Mom richtet sich auf, als sie mich entdeckt, der Hauch eines Lächelns zupft an ihren Mundwinkeln. Ein Teil von mir hasst es, dass ich ihr diese kleine Freude bereitet habe. Aber ein anderer Teil von mir erinnert sich an all die Momente der Freude, die wir zusammen hatten, und ich glaube, ich hasse das sogar noch mehr.

»Hey«, murmle ich, kaum dass mein Hintern den Stuhl berührt. In der Nische, in einer Ecke des Restaurants, fühle ich mich auf einmal wie eingesperrt. Angst macht sich schlagartig in mir breit und nimmt mir die Luft zum Atmen. Ich hätte nicht herkommen sollen, aber jetzt ist es zu spät. Und ich weiß, wenn ich es nicht getan hätte, würde ich es für immer bereuen.

»Möchtest du etwas zu trinken? Kaffee? Heiße Schoko …«

»Ich hasse Schokolade.«

»Wirklich?« Sie hebt die Augenbrauen. »Du hast sie früher geliebt.«

Ich lasse sie nicht aus den Augen. »Ich habe eine Menge Dinge geliebt.«

Meine Erzeugerin schüttelt den Kopf, ihr Blick wandert zu der Schrift auf meinen Armen. Sie liest sie, bevor ich sie verbergen kann. »Ava. Sie ist deine Freundin, oder?«

»Du weißt, wer sie ist. Du hast sie getroffen. Und ich würde es zu schätzen wissen, wenn du ihren Namen nicht in den Mund nimmst.« *Ich will nicht, dass du ihr den Glanz nimmst, wie du es bei mir getan hast.* Aber das sage ich nicht laut.

Sie hebt den Blick, er wird weicher. »Ich bin zurückgegangen.«

Ich lehne mich vor. »Was?«

»Ich bin zum Auto zurückgegangen. Als mir klar wurde, was ich getan hatte. Ich bin zurückgegangen …« Tränen sammeln sich in ihren Augen, doch sie wischt sie schnell weg. »Aber man hatte dich bereits … *gefunden* … und es waren so viele Menschen um dich herum, und ich konnte nicht …«

»Du konntest nicht damit umgehen«, beende ich den Satz für sie. »Genauso wenig wie du damit umgehen konntest, eine Mutter zu sein, oder?« Ich schlucke den Kloß in meinem Hals herunter. »War ich so schlimm als Kind?« Es hätte barsch klingen sollen, aber meine wahren Gefühle brechen mit den Worten heraus, all meine Unsicherheiten.

»Connor, nein«, wispert sie, während sie zittrig ausatmet. »Es hatte nie etwas mit *dir* zu tun.« Sie greift über den Tisch und legt ihre Hand auf meine, und ich lasse es zu. Ich *lasse* es verdammt noch mal zu. »Als alle weg waren … Da habe ich deine Spielzeugautos gesehen. Erinnerst du dich daran, Liebling? Du hast sie so sehr geliebt, du konntest nirgends ohne sie hingehen.«

Ich ziehe die Hand zurück, verberge sie in meinem Schoß und lasse den Blick gesenkt. »Ich erinnere mich.«

»Du hast dir stundenlang die Filme angesehen, und der Soundtrack lief immer in unserem Auto …«

Ich habe darauf nichts zu sagen, also schweige ich.

»Magst du immer noch Autos?«

»Nicht wirklich.«

Sie seufzt. »Es dreht sich jetzt alles um Basketball, oder?«

Ich nicke.

»Beziehungsweise tut es das schon eine Weile. Ich glaube, das erste Mal, als ich deinen Namen gelesen habe, da warst du etwa zwölf.«

Jetzt schaue ich doch auf, die Augen vor Überraschung weit aufgerissen.

»Ich verfolge dein Leben schon seit Jahren, habe aus der Ferne beobachtet, wie du aufwächst.« Wehmut schwingt in ihren Worten mit, und mein Herz zieht sich auf eine Art zusammen, die ich nie für möglich gehalten hätte. Sie hat sich Gedanken um mich gemacht … aber nicht genug, um mich zurückzugewinnen.

»Wo warst du? Und was willst du jetzt von mir?« Ich halte einen Atemzug inne, ehe ich mit leiser Stimme hinzufüge: »Wir haben kein Geld – Dad und ich –, und wenn du glaubst, du könntest irgendwie etwas bekommen, weil ich auf dem Weg in die Basketballliga bin, dann … dann weiß ich auch nicht mehr, was ich noch sagen soll.«

»Ich will dein Geld nicht«, sagt sie hastig. »Und dein Dad … Scheiße, Connor, niemand darf wissen, dass ich hier bin. Wenn irgendjemand herausfindet, dass ich noch lebe, dann …«

»Ich weiß, was dir dann blüht.« Und *ich* halte alle Karten in der Hand.

»Ich meine es ernst, Connor. Nicht dein Dad, nicht deine Freundin. Niemand.«

»Warum sollte ich dir vergeben? Hast du vergessen, was du mir angetan hast?«

»Nein!« Sie schreit beinahe. »Ich habe mich die ganze Zeit in einer Hütte im Wald versteckt, habe nie das Haus verlassen und habe jeden Tag mit dem Schmerz, mit dem Wissen gelebt, was ich dir angetan habe!« Das letzte Wort endet in einem Schluchzer, der so groß und laut ist, dass die anderen Gäste die Köpfe zu uns drehen. Sie duckt sich, greift nach einer Serviette aus dem Serviettenspender, um sich die Tränen wegzuwischen. Ihre Stimme ist kaum noch ein Flüstern, als sie hinzufügt: »Ich beschütze dich und jeden, der dich liebt, wenn ich dir sage, dass sie es nicht erfahren *dürfen*. Ich bin immer noch … auf der *Flucht.*« Sie spuckt das Wort aus, als wäre es Säure auf ihrer Zunge. »Und wenn sie es wüssten, könnten sie eine Menge Ärger kriegen, wenn …« Sie verstummt, und ich weiß, worauf sie hinauswill, was sie meint. Ich habe genug True-Crime-Dokumentationen gesehen, um die Konsequenzen zu kennen, aber es beantwortet immer noch nicht die Frage, was sie *will.*

Verwirrung erfüllt jede Faser meines Seins, und ich hasse es, dass ich meine Gefühle nicht kontrollieren kann. Ich hasse es, dass es mir im Herzen wehtut, sie so aufgelöst zu sehen, aber sie lächeln zu sehen, macht mich wütend. »Warum riskierst du dann jetzt alles?«

Sie braucht einen Moment, um ihre Atmung zu beruhigen. »Meine Mom ist krank.«

»Okay …?«

»Erinnerst du dich an sie?«

Ich schüttle den Kopf. »Kein bisschen.«

Sie nickt langsam. »Sie ist der einzige Mensch, mit dem ich Kontakt habe, und sie fragt ständig nach dir. Sie weiß, was ich getan habe … und lässt mich jeden Tag wissen, was sie darüber denkt. Aber …« Ihre Mundwinkel sacken nach unten. »Sie stirbt, Connor. Krebs. Und sie hat nicht mehr lange. Sie wollte, dass ich Kontakt zu dir aufnehme, und ich *musste* es tun. Für sie. Und vielleicht auch ein wenig für mich.«

Ich stoße stockend die Luft aus, während ich zulasse, dass ihre Worte tief in mein Innerstes vordringen.

»Sie hat in alldem nichts Falsches getan, also wenn du mich dafür bestrafen willst, verstehe ich das. Aber tu ihr das nicht an, Connor. Sie ist deine Großmutter, und sie liebt dich so sehr.«

»Okay, was willst du, was ich tue?«

»Sie will dich noch einmal sehen, bevor sie … bevor sie stirbt.«

Ich reibe mir den Nacken, meine Gedanken rasen. »Ich muss darüber nachdenken.«

»Ich weiß. Und du hast meine Nummer. Bloß … Die Zeit läuft uns davon, verstehst du?«

»Ja, ich verstehe das.«

Sie lächelt.

Ich stehe auf und trete aus der Nische. »Ich sage dir Bescheid.«

»Okay.« Sie steht ebenfalls auf. »Ich nehme an, eine Umarmung kommt nicht infrage?«

Ich erstarre, bin fassungslos, und doch hebe ich die Arme und lasse zu, dass sie den Abstand überwindet. Sie legt die Arme um meinen Oberkörper …

… während ich meine fallen lassen.

»Ich habe bereits eine Mutterfigur in meinem Leben«, sage ich ihr mit schwerem Herzen.

Sie weicht zurück, und Verwirrung liegt in ihren Augen, als sie mich ansieht.

Ich verdränge die unzähligen Gedanken, die mich nicht mehr losgelassen haben, seit ich die Spielzeugautos gesehen habe, die sie Ava gegeben hat, und füge hinzu: »Die Mom von meiner Freundin – sie ist eine Kriegsveteranin, und ihre Verletzungen haben zu Gehirnschäden geführt –, und selbst *sie* findet einen Weg, mich bedingungslos zu lieben. Und mein Dad … Er hat unglaubliche Arbeit geleistet und schon so früh die Rolle von zwei Elternteilen übernommen, dass ich nach einer Weile aufgehört habe, dich zu vermissen. Sogar ganz aufgehört habe, an dich zu denken. Und es tut mir leid«, sage ich, strecke das Kinn vor und schiebe die Schultern zurück, genau so wie Miss D es mir an dem Tag befohlen hat, an dem ich das Regionalspiel verloren habe, »ich kann nicht so tun, als wäre alles zwischen uns in Ordnung, denn das ist es nicht.« Ich drehe mich zur Tür, lasse sie stehen.

Ich schaffe zwei Schritte, bevor sie meinen Namen ruft, und ich halte inne, schließe die Augen, als sie sagt: »Rede mit deinem Dad darüber, was damals passiert ist, Connor. Er ist an all dem nicht ganz unschuldig.«

***

Ich warte, bis ich zurück in meinem Hotelzimmer bin, bevor ich aufs Handy schaue. Weder Dad noch Ava haben angerufen, aber ich habe eine Nachricht von Dad, in der er mich bittet, ihn anzurufen, sobald ich kann. Meine Gedanken verschwimmen in einem einzigen Durcheinander, als ich seine Nummer wähle. Die Frage schwebt ganz vorn, liegt mir regelrecht auf der Zunge. *Was weiß er, was ich nicht weiß?*

»Connor!«, schreit Dad. »Ich wollte nicht anrufen, falls ich dir damit deine Coolness kaputt mache.« Er lacht. »Aber verdammt, Junge! Du hast mich heute zu einem sehr stolzen Vater gemacht! Ich könnte mir selbst in den Hintern treten, dass ich nicht dabei war. Ich hätte meinen Job kündigen und einfach mitkommen sollen. Scheiß auf sterbende Menschen, oder?«

Ein sengender Schmerz lodert in meiner Brust auf, in meinem Kopf, in meinem ganzen Körper. Ich werfe mich aufs Bett, richte die Augen zur Decke.

»Bist du da, Sohn?«

»Ja, sorry …«

Seine Stimme ist ganz aufgeregt. »Ich habe mitbekommen, wie sie im Nachbarhaus jedes Mal wild gejubelt haben, wenn du zu sehen warst.« Er stößt die Luft aus, und in meinen Ohren beginnt es zu rauschen. »Gott, Connor, selbst wenn nichts davon geschehen wäre, allein wer du jetzt bist, der Mann, der aus dir geworden ist … Wenn ich ehrlich bin, ich bin sogar unglaublich stolz auf mich selbst, dass ich dich großgezogen habe.« Er kann nicht aufhören zu lachen, und ich stelle ihn mir vor, wie er im Pyjama auf der Couch sitzt, ein breites Grinsen im Gesicht, wie der Stolz seine Augen zum Leuchten bringt, genau wie an dem Tag, als er erfahren hat, dass ich an der Duke angenommen wurde. Aber erst jetzt wird mir klar, dass das exakt die Art ist, auf die er mich mein ganzes Leben lang angesehen hat.

Scheiß drauf, was meine Mom zu sagen hatte. Sie weiß nicht, was wir sind – Dad und ich –, denn sie hat sich entschieden, nicht da zu sein. Und wie kann sie es verdammt noch mal wagen, mir das wegzunehmen. »Dad?«

»Ja, Sohn?«

»Ich hab dich so lieb.« Ich blinzle die Tränen zurück. »Auch wenn ich dir das bisher nie gesagt oder dir nie das Gefühl gegeben habe … du sollst wissen, dass ich das tue. Dass ich nur wegen dir hier bin. Und ich liebe dich.«

Ich warte, bis meine Gedanken stabil genug sind, erst dann rufe ich die Person an, mit der ich schon den ganzen Tag reden will.

Ava antwortet mir mit genauso viel Begeisterung wie mein Dad. »MVP! MVP! MVP!«, jubelt sie, und ich kann nicht anders, als zu lachen.

»Oh Mann, ich vermisse deine Stimme.«

»Ich vermisse *dich!*«

»Wie war dein Tag?«

»Ach, du weißt schon, ich hab nur meinem Freund dabei zugesehen, wie er seine Träume wahr macht, also dasselbe wie immer«, sagt sie und lacht. »Tut mir leid wegen der ganzen Nachrichten.«

»Das muss es nicht. Sie … sie waren perfekt.«

»Was hast du seit dem Spiel gemacht?«

»Hauptsächlich Leute kennengelernt und Hände geschüttelt, mir selbst einen Namen gemacht«, lüge ich. »Mit den anderen Jungs abgehangen.«

»Das ist gut, Babe! Ich bin froh, dass du das meiste aus allem rausholst. Geht ihr heute Abend alle weg zum Feiern?«

»Die anderen vermutlich schon. Ich bin allerdings ziemlich am Ende. Ich warte nur darauf, dass du diese Nacktbilder schickst.«

Sie lacht.

»Und bei dir? Was hast du gemacht? Wie geht's deiner Mom?«

»Ihr geht's gut. Uns geht's gut. Alles ist gut.«

»Hey, Ava?«

»Ja?«

»Kannst du mir einfach was erzählen?«

»Was denn, Babe?«

»Irgendwas. Ich will einfach nur deine Stimme hören.«

Ich höre ihr Lächeln praktisch durchs Handy. »Habe ich dir schon erzählt, was gestern in Multimedia war?«

»Nein.«

»Also, Roy sollte mit Myra ein Team bilden …« Sie erzählt mir die Geschichte, und ich lausche jedem ihrer Worte, und ich versuche so sehr, Geborgenheit in ihrer Stimme zu finden, aber zum ersten Mal überhaupt kann ich sie nicht spüren, nicht hören … kann sie nicht finden … denn ich habe mich selbst verloren.

Ich bin so verdammt verloren.

Kapitel 28

AVA

»Sorry, ich muss da rangehen«, sage ich, als Connors Name auf meinem Handy aufleuchtet. Ich verlasse die Küche und entferne mich gerade so weit, dass Connor die Unterhaltung nicht hören kann, die Trevor, Mom und Krystal mit den Ärzten führen.

»Hey, MVP!«, begrüße ich ihn und hoffe, er kann mein aufgesetztes Lächeln nicht durchs Handy hören.

»Rhys hat gesagt, du bist heute nicht in der Schule …«

»Wow, hast du mich sogar von Georgia aus etwa die ganze Zeit im Blick?«

»Nein, Ava«, sagt er mit ernster Stimme. »Er hat wegen etwas anderem angerufen und es dabei erwähnt. Was ist los?«

»Nichts, Babe. Moms Ärzte sind hier …«

»Warum?«

»Es ist nur eine Kontrolluntersuchung, ganz normal …« Ich lüge ihn weiterhin an, weil ich nicht will, dass er sich Sorgen macht. »Habe ich dir das nicht erzählt? Die ist schon seit Monaten geplant.«

Er stößt die Luft aus. »Nein, hast du nicht«, erwidert er, und seine Stimme wird weicher. »Es ist also alles in Ordnung?«

»Ja, alles ist gut«, versichere ich ihm und füge hinzu: »Tut mir leid, dass du dir Sorgen gemacht hast.«

Er seufzt. »Schon okay.«

»Was machst du gerade?«

»Ich warte am Flughafen.«

»Um wie viel Uhr landest du?«

»Um fünf. Ich komme wahrscheinlich gegen acht nach Hause. Dad will mit mir zusammen zu Abend essen, und dann …«

»Kommst du zu mir?«, frage ich, und dieses Mal ist mein Lächeln echt. »Bitte?«

Er lacht kurz. »Ja, natürlich.«

»Schläfst du hier?«

»Das hatte ich vor.«

Ich seufze, lasse seine Stimme die Leere in meinem Herzen füllen. »Gott, ich vermisse dich«, sage ich, während er gleichzeitig sagt: »Gott, Ava, du hast keine Ahnung, wie sehr ich dich vermisst habe.«

Wir lachen beide ins Handy, eine einzelne Sekunde der Klarheit in einem ansonsten von Nebel durchzogenen Leben.

»Ich muss aufhören«, sage ich. »Aber ich kann's kaum erwarten, dich zu sehen.«

»Hey, Ava?«

»Ja?«

Er schweigt kurz. »Ich glaube, bis zu diesem Wochenende habe ich nicht wirklich begriffen, wie sehr ich dich liebe und wie sehr ich dich brauche. Du bedeutest mir alles. Und ich will einfach, dass du das weißt.« Er legt auf, bevor ich ein Wort erwidern kann, und ich schaue auf mein Handy, starre es an, frage mich, was zur Hölle gerade passiert ist. Ich lege eine Hand auf meinen Bauch, versuche, die Schmetterlinge darin zu beruhigen.

»Ava?«, ruft Trevor und holt mich damit zurück in die Realität – eine Realität voller Angst und Unsicherheit.

CONNOR

Dad ist auch in live genauso stolz auf mich wie am Handy, und nach allem, was mit meiner Mutter war, erschwert es den Druck auf meiner Brust nur noch mehr. Ich wünschte, ich könnte mich genauso sehr freuen, ihn zu sehen, wie er sich darüber freut, mich zu sehen, aber die Fragen sind da, so viele von ihnen, und ich weiß nicht, wo ich anfangen soll. Hinzu kommt, dass ich nicht mal weiß, ob ich es überhaupt will.

Nichts Gutes kann dabei herauskommen, wenn man alte Wunden wieder aufreißt.

Nichts.

Ich sitze am Küchentisch, beobachte ihn, wie er mich ansieht, ein Lächeln auf den Lippen, vor Stolz leuchtende Augen. »Du warst perfekt, Connor. Jede Sekunde, die du auf dem Feld warst. Da war nicht ein einziger Fehler.«

Ich schlinge mein Essen herunter, mache mir nicht die Mühe zu antworten, und schaue auf die Uhr.

»Junge, habe ich dir etwa nicht genug Geld mitgegeben, damit du dir dort etwas zu essen kaufen kannst?«

Ich verschlucke mich fast an dem Steak und huste, schlage mir mit der Faust auf die Brust, um meine Luftröhre freizukriegen. Dann wische ich mir den Mund mit einer Serviette ab und schütte ein ganzes Glas Wasser hinunter. »Sorry«, sage ich. »Ich habe Ava versprochen, dass ich nach dem Essen zu ihr komme.« Und so gern ich meinen Dad auch habe, er kann meinen Schmerz nicht auf dieselbe Art lindern wie sie. Aber … »Ich bin unhöflich. Du hast dir so viel Mühe gegeben, und … ich verhalte mich wie ein Arsch. Sorry.«

Er lacht leise und schüttelt den Kopf, während er mir den Teller wegzieht. »Geh.«

»Nein, Dad«, stoße ich hervor und hole mir den Teller zurück. »Sie kann warten.«

»Aber *du* kannst es nicht. Oder, Connor?«

Ich zucke mit den Schultern, mein Herz schwillt vor Hoffnung an bei dem Gedanken, sie wiederzusehen.

Dad steht auf und nimmt meinen Teller mit. »Geh, Connor!«, sagt er lachend.

»Bist du sicher?«

»Ja!«

Ich frage nicht noch mal nach. Stattdessen schnappe ich mir mein Handy und tippe eine Nachricht an Ava, während ich schon die Haustür hinter mir zumache.

Connor: Ich komme jetzt rüber.

Ava öffnet die Tür in der Sekunde, in der ich ihre Veranda erreiche, und sie ist so viel mehr, als ich in Erinnerung habe. *Vier Tage.* Es waren nur vier Tage, aber die haben sich angefühlt wie eine ganze Ewigkeit, und so wie ihre Wangen sich durch ihr breites Grinsen anspannen, wie sie mich einen Schritt zurückdrängt, damit sie die Tür hinter sich schließen kann, und wie sie in meine Arme springt, ihre Lippen auf meine drückt, hat sie die letzten Tage genauso empfunden wie ich. Ich verstärke meinen Griff an ihren Oberschenkeln, als sie die Beine um meine Hüfte schlingt, die Hände an meine Wangen legt und den Kopf leicht dreht, während ihre Zunge auf meine triff, und *das hier.* Das hier ist genau das, was ich gebraucht habe, um alles andere zu vergessen.

Ich habe nur sie gebraucht.

Sie unterbricht unseren Kuss, in ihren Augen liegen mehr Emotionen als in ihren Worten. »Ich habe jede Sekunde gehasst, die du weg warst, du Creep. Tu das nie wieder.«

»Ich auch.«

»Nie wieder.«

Ich seufze, lehne mich an das Geländer der Veranda und stelle sie zurück auf die Füße. »Wie wollen wir das machen?«

Sie gibt mir einen Klaps auf die Brust. »Ich weiß es nicht, Connor! Schrumpf mich und steck mich in deine Tasche. Was denn sonst?!«

Ich unterdrücke ein Grinsen. »Was ist mit deiner Mom?«

»Schrumpf sie auch.«

Bevor ich etwas erwidern kann, geht die Haustür auf, nur einen Spalt, und Miss D flüstert: »MVP! MVP! MPV!«

Ava lacht. »Sie hat schon auf dich gewartet.«

Ich nehme Avas Hand und führe sie ins Haus. Vor Miss D bleibe ich stehen, und mein Lächeln spiegelt ihres. Ich habe gar nicht gemerkt, dass ich sie ebenfalls vermisst habe, während ich weg war, aber jetzt … jetzt bin ich froh, wieder in der Nähe der zwei Frauen zu sein, die mir in meinem Leben am allerwichtigsten sind.

»Hast du es satt, dass die Leute dir sagen, wie stolz sie auf dich sind?«, fragt sie.

Ich zucke mit den Schultern. »Ein weiteres Mal geht immer.«

»Oh, Connor, eins achtundneunzig, ich bin so stolz auf dich!« Sie macht einen Schritt auf mich zu und umarmt mich, und ich schlinge die Arme um sie und halte sie fest. Eine Sekunde. Zwei. Und ich lasse sie nicht los, als sie sich von mir lösen will. Ich denke an die Umarmung von meiner eigenen Mutter. Wie körperlich schmerzhaft es war, auch nur darüber nachzudenken, sie so zu halten. Wie ich nicht einmal die Arme heben konnte, als sie mir die Umarmung angeboten hat …

Ich sehe über Miss Ds Kopf hinweg, dass Trevor uns stirnrunzelnd beobachtet. Als er meinen Blick bemerkt, richtet er sich auf und setzt ein unechtes Lächeln auf. »Du warst gut, Mann.«

Schließlich lasse ich Miss D los. »Danke«, sage ich zu ihm. Wenn er wirklich sauer ist wegen Miss Ds Zuneigung zu mir, dann muss ich mit ihm darüber reden. Ich drehe mich zu Ava. Sie sieht ihre Mom genauso an, wie Trevor es getan hat.

»Ich gehe jetzt ins Bett«, verkündet Miss D.

»Ich bereite alles für dich vor«, sagt Ava, und ihre Stimme ist kaum mehr als ein Flüstern. Sie tätschelt meinen Arm, als sie an mir vorbeigeht. »Wir sehen uns gleich in meinem Zimmer?«

Ich werfe einen Blick zu Trevor, aber er starrt auf seine Füße. »Ja, klar«, sage ich.

Irgendetwas ist anders, *stimmt nicht.* Ich spüre es in meinen Knochen, oder vielleicht ist es auch nur in meinem Kopf, weil seit ein paar Tagen nichts mehr wirklich klar ist.

Ich gehe in Avas Zimmer, lasse die Tür angelehnt, und setze mich auf ihr Bett. Mein Handy brennt regelrecht ein Loch in meine Hosentasche. Ich ziehe es heraus, lege es auf den Nachttisch. Ich habe meiner Mutter eine Nachricht geschickt. Nur eine. In der ich ihr gesagt habe, dass ich Zeit brauche. Ich habe seitdem nichts mehr von ihr gehört.

Auf der anderen Seite der Tür flüstern Ava und Trevor lautstark, eine hitzige Auseinandersetzung, und ich kneife die Augen zusammen, während ich versuche, etwas zu verstehen.

»Du rufst ihn nicht an!«, flüstert Ava.

»Wir müssen etwas tun, wenn wir …«

»Wir reden morgen darüber«, unterbricht Ava ihn. »Gib mir noch heute Nacht, okay?«

»Gut.«

Als Ava den Raum betritt, lächelt sie, aber es ist nicht dasselbe Lächeln, mit dem sie mich begrüßt hat. Es ist nicht echt. Es ist nicht Ava. »Bist du bereit, deine Nacktbilder zu bekommen?«, fragt sie und setzt sich neben mich.

»Ich habe dich und Trevor gerade streiten gehört. Was ist los?«

»Wir haben nicht gestritten«, murmelt sie, während sie auf ihre Beine starrt, die sie vor- und zurückschwingt.

»Es klang nach einem Streit.«

Jetzt sieht sie doch zu mir auf. »Wirklich?«

Ich lecke mir über die Lippen, suche nach einer Antwort, aber ich bin müde, und das Letzte, was ich will, ist, mich deswegen mit ihr anzulegen. Sie schiebt ihre Haare auf eine Seite, sodass ihr Hals freiliegt, und ich weiß, was sie will. Ich presse meine Lippen auf die Stelle unter ihrem Ohr und stöhne leise, als sie die Finger in meine Haare krallt. Sie dreht den Kopf, sodass ihr Mund auf meinen trifft, und sie stößt mich an den Schultern zurück, bis ich auf dem Rücken liege, und alles andere verblasst, als ich mich in ihren Berührungen verliere, in ihrem Duft, in dem Gefühl ihrer nackten Haut, als sie sich an mich presst. Die Welt verstummt, genauso wie die rasenden Gedanken, die mich geplagt haben. Es existieren nur noch sie und ich und ihr geflüstertes Ich-liebe-dich-so-sehr, Connor. Für immer.

Als es vorbei ist, liegt sie in meinen Armen, den Kopf auf meiner Brust. »Das ist es also, was die Leute meinen, wenn sie von Liebe machen reden«, sinniert sie, während sie einen einzelnen Finger über meinen Oberkörper wandern lässt.

»Vermutlich«, stimme ich ihr zu, halte meine Stimme jedoch gesenkt, damit wir den Rest des Hauses nicht aufwecken.

Sie stützt sich auf dem Unterarm ab und sieht auf mich herab. »Connor?«

»Ja?«, erwidere ich und halte ihr die Haare aus dem Gesicht, damit ich sie sehen kann.

»Denkst du, dass wir es schaffen werden? Ich meine, wenn du auf die Duke gehst und ich … keine Ahnung was mache … Glaubst du, dass wir das hinkriegen? Dass wir das alles überstehen?«

»Das hoffe ich verdammt noch mal, Ava.«

»Gut«, haucht sie. »Denn ich will den Rest meines Lebens mit niemand anders außer dir verbringen.«

»Ich auch nicht.«

Sie grinst. »Na ja, du hast genau genommen gar keine andere Wahl, als mit dir zu leben.«

»Du weißt, was ich meine, Klugscheißerin.« Ich schiebe sie von mir weg und stehe auf. »Ich muss nach Hause.«

Sie setzt sich abrupt auf und hält sich die Bettdecke vor die Brust. Mit großen Augen sieht sie mich an. »Was?!«, flüstert sie etwas zu laut.

Ich lache kurz auf. »Beruhig dich«, sage ich und schlüpfe in meine Jogginghose, ohne Boxershorts. »Ich muss nur schnell meine Zahnbürste und so holen. Das ist alles noch in meiner Tasche.« Ich gebe ihr einen Kuss auf die Stirn. »Ich komme zurück. Keine Sorge.«

Sie lässt sich zurücksinken, macht es sich auf ihrer Seite gemütlich, damit neben ihr Platz ist, wenn ich zurückkomme.

Ich renne nach Hause, erwische Dad noch, bevor er zur Arbeit fährt. »Ich übernachte heute bei Ava«, sage ich, während ich meine Tasche öffne, um meinen Kulturbeutel herauszuholen.

»Muss ich mit ihrer Mom darüber reden, dass du so oft über Nacht bleibst?«, fragt Dad, der in meiner Zimmertür stehen geblieben ist. »Es ist kein Problem, oder? Du schleichst dich nicht rein?«

»Nein«, sage ich lachend. »Miss D macht sich eher Sorgen, wenn ich am Morgen *nicht* da bin.«

»Und ihr Bruder, Trevor, für ihn geht das auch in Ordnung?«

»Ja, Dad.« Ich habe inzwischen alles, was ich brauche, und schnappe mir noch Ersatzklamotten für die Schule morgen. »Alles okay.«

»Gut.« Er nickt. »Und du und Ava, ihr seid vorsichtig, wenn es um *Intimität* geht?«

Lachend drehe ich mich zu ihm um. »Wir verhüten, ja.«

»Nur auf eine Art? Denn kein Verhütungsmittel ist zu einhundert Prozent sicher, und ich weiß, dass du sie liebst, und du würdest alles für sie tun – das hast du bereits bewiesen –, aber ein Baby in naher Zukunft …«

Ich atme scharf ein, wiederhole die Worte in meinem Kopf. »Ich rede mit ihr darüber, dass sie die Pille nimmt.«

»Okay, gut«, sagt Dad. »Das war einfacher, als ich es mir vorgestellt habe.«

»Dad, Ava und ich sind nicht wie *normale* Jugendliche. Ich bin mir sicher, ein Baby ist das Letzte, was sie möchte. Sie muss sich bereits um ihre Mom kümmern. Jetzt auch noch ein Baby würde nur …«

»Natürlich, klar …«

»Aber mach dir keine Sorgen.« Ich klopfe ihm auf die Schulter, als ich an ihm vorbeigehe. »Du wirst noch früh genug Großvater werden.«

»Oh Gott, bewahre mich«, murmelt er.

Ich lache leise, als ich die Haustür hinter mir zumache. Die Vorstellung von einem Für-immer mit Ava lässt mich einen peinlichen Hüpfer machen, während ich zu ihr zurückgehe. Ich öffne die Tür, die ich unverschlossen gelassen habe, und gehe direkt in ihr Zimmer. Ava sitzt am Rand ihres Betts, den Kopf gesenkt und ihr Handy in der Hand. Sie sieht auf, als ich hereinkomme, und mein Herz zieht sich zusammen, als ich die Tränen in ihren Augen sehe. »Was ist passiert?«

Sie reicht mir ihr Handy, und das Herz rutscht mir in die Hose. Es ist nicht ihr Handy. Es ist meins. »Wer ist Wendy?«, flüstert sie.

Mein Magen krampft sich zusammen, und mir stockt der Atem. Ich sehe hinunter auf das Handy, lese die Nachricht darauf.

> **Wendy:** Danke, dass du dich vor ein paar Tagen mit mir getroffen hast. Ich musste dich wirklich sehen.

»Connor?«, schluchzt Ava.

Ich sehe sie an, dann schließe ich die Augen, damit ich nicht den schmerzhaften Ausdruck in ihrem Gesicht sehen muss. »Sie ist … *niemand.*«

»Connor!«

Ich öffne ruckartig die Augen, und ich bereue es in dem Moment, als ich sie vor mir stehen sehe, die Hand auf ihr Herz gepresst. Sie schluchzt laut auf, dann noch mal. »Wer ist sie?«

Wut durchströmt mich, nicht auf Ava. Sondern auf meine Mutter. Dafür, dass sie alles kaputt machen kann, was mir wichtig ist, obwohl sie *kaum* in meinem Leben existiert. Nur ist sie nicht hier. Ava schon. Also nehme ich diese Wut und lasse sie an der Person vor mir aus. »Warum gehst du an mein Handy?«

»Verschwinde!« Ihre Faust trifft meine Brust. »Verschwinde auf der Stelle!«

Mein Herz lodert auf, Reue macht sich in mir breit. »Es tut mir leid, Ava.« Ich greife nach ihren Ellbogen. »*Bitte,* es tut mir leid.«

»Wer ist sie?!«, schluchzt sie.

»Ich kann es dir nicht sagen«, stoße ich hervor. *Sie darf es nicht erfahren,* und *ich bin noch nicht bereit.* »Aber, bitte, es ist nicht das, wonach es aussieht, das *schwöre* ich dir.« Meine Stimme bricht. Es ist mir egal. Ich flehe sie an, lege die Hände aneinander. »Du *musst* mir glauben, Ava. Bitte.«

Ihre Nasenflügel blähen sich, die Tränen laufen jetzt schnell und ungebremst über ihre Wangen. »Und *du* musst darüber nachdenken, worum du mich bittest. Denn du hast eine ziemlich zweifelhafte Vergangenheit, wenn es darum geht, mir die Wahrheit zu sagen, vor allem wenn es mit anderen Mädchen zu tun hat! Und jetzt verschwinde, Connor!«

Kapitel 29

CONNOR

Ich schlafe nicht.

Kann nicht schlafen.

Alles in mir ist gebrochen.

Ich bereue meine erste Reaktion darauf, dass Ava die Nachricht gelesen hat, aber ich bereue nichts von dem, was danach war. Die zwangsläufig rechtlichen Konsequenzen für sie, wenn sie die Wahrheit kennt, überwiegen deutlich, ihr die Wahrheit zu sagen. Und sosehr ich auch möchte, dass sie ein Teil dessen ist, was ich gerade durchmache, sie darf es nicht sein. Sie darf es nicht wissen.

Ich greife nach meinem Handy, als der Wecker klingelt, und bete, dass ich vielleicht eine ungelesene Nachricht von Ava habe. Aber da ist nichts. Die letzte Nachricht ist von meiner Mom, und alles, was sie auslöst, ist, dass die bereits gebrochenen Stücke meiner Seele noch weiter zerbersten. Ich tippe eine Antwort:

Ich hasse dich.

Ich lösche sie sofort wieder.

Dann versuche ich, Ava anzurufen. Sie geht nicht ran. Also mache ich mich für die Schule fertig und warte bei meinem Auto. Wenn sie mir nur ein paar Minuten zuhört, damit ich ihr alles erklären kann, ohne zu viel zu verraten, reicht das vielleicht aus. Ich stoße mich von meinem Auto ab, als die Haustür aufgeht, aber es ist nicht Ava. Nur Trevor. Er funkelt mich an, die Augen zusammengekniffen, und das Letzte, was ich gebrauchen kann, ist eine Predigt von ihm.

»Wartest du auf Ava?«, ruft er.

»Ja.«

»Sie ist schon weg, Bro. Sie hat gesagt, du hast heute vor dem Unterricht Training, und dass sie den Bus nimmt.«

Sie hat gelogen. »Da haben wir wohl aneinander vorbeigeredet.«

Er öffnet die Tür von seinem Pick-up. »Hast du versucht, sie anzurufen?«

»Das mache ich jetzt.«

Ich steige in meinen Wagen und wähle noch mal ihre Nummer, und wieder geht sie nicht ran. Ich erreiche die Schule vor dem ersten Klingeln. Wir haben heute keinen gemeinsamen Unterricht, und ich sehe sie auch nicht während der Mittagspause oder in einer anderen Pause. Ich suche nach ihr, meine Augen wandern immer hin und her. Als es zum Ende der Mittagspause klingelt, gehe ich nicht zum Unterricht. Stattdessen gehe ich zu Miss Turners Büro und klopfe.

»Herein!«, ruft sie.

Ich stecke den Kopf hinein, und mein Blick ist gefühlt überall gleichzeitig.

»Mr Ledger, wie kann ich Ihnen helfen?«

»Haben Sie Ava heute schon gesehen?«

Sie schüttelt den Kopf. »Nein. Hätte ich das tun sollen?«

Ich schließe die Tür, ohne auf ihre Frage zu antworten, und gehe zum Schülerparkplatz, auf dem mein Auto steht. Mein Puls rast, mein Magen zieht sich zusammen. Sobald ich hinter dem Steuer sitze, verschwimmt alles, während ich überall nach ihr suche, wo sie vielleicht sein könnte. Ich kann keinen einzigen klaren Gedanken mehr fassen, und als mein Handy mir den Eingang einer Nachricht anzeigt, taste ich so hektisch danach, dass ich fast von der Fahrbahn abkomme.

Wendy: Sie ist bereit zu reisen. Wann kannst du weg?

Ich ignoriere die Nachricht, und meine Hand ballt sich zu einer Faust, bevor sie auf das Lenkrad knallt. »Fuck!« Ich fahre zurück nach Hause, und ich weiß, ich sollte warten, aber ich kann nicht. Genauso wie ich weiß, dass ich nicht klopfen sollte, es aber trotzdem tue.

Krystal öffnet die Tür gerade weit genug, um durch den Spalt rauszusehen. Als sie mich erkennt, öffnet sie die Tür weiter. »Hey, Connor.«

»Ist Ava hier?«

»Nein.« Sie runzelt besorgt die Stirn. »Sie sollte in der Schule sein.«

Ich seufze. »Wir müssen uns wohl verpasst haben. Tut mir leid für die Störung.«

Miss D taucht hinter Krystal auf. »Hast du schon versucht, sie anzurufen?«

Ich will sie nicht beunruhigen, daher sage ich: »Nein, mein Akku ist leer, also … Sehen wir uns später?«

Miss D nickt. »Warum bist *du* nicht in der Schule?«

»Ich hatte einen Termin wegen Basketball.« Die Lüge kommt mir mühelos über die Lippen, und ich hasse es, dass es das tut.

»Willst du hier auf sie warten?«, fragt sie.

»Ich kann nicht. Ich habe noch ein paar Sachen, die ich im Haushalt erledigen muss.«

»So ein guter Junge«, sagt Miss D zu Krystal.

Sie lügt auch.

Sie weiß es nur nicht.

Ich sitze auf der Veranda und schaue immer wieder auf die Uhr. Ava muss bald nach Hause kommen, damit Krystal Feierabend machen kann. Sie wird nicht einfach abhauen. Zumindest hoffe ich das. Ich überlege mir, was ich ihr sagen werde. Ich werde mich entschuldigen. Noch mal. Und ich werde sie bitten, mir zu vertrauen, ihr versichern, dass es anders ist als beim letzten Mal, und ihr sagen, dass ich einfach nur Zeit brauche. Ich werde sie anflehen, dass sie sich an all das erinnert, was wir haben und was wir teilen, und dass sie tief in sich hineinhört und sich die Frage stellt, ob sie wirklich glaubt, dass ich in der Lage bin, etwas, *irgendetwas* zu tun, womit ich ihr wehtun würde. Und ich bete zu einem Gott, an den ich nicht glaube, dass meine Liebe für sie genug ist.

Genau wie ich erwartet habe, taucht Ava auf, läuft den Gehweg entlang. Sie muss an meinem Haus vorbei, und ich renne die Auffahrt hinunter. »Ava!«

Sie zuckt zusammen, als sie mich hört, sieht jedoch nicht auf. Ich bleibe vor ihr stehen, versperre ihr den Weg. »Ava, bitte.« Ich nehme ihre Hand, doch sie entzieht sie mir wieder. Und dann schaut sie auf. Ihre Augen sind rot und geschwollen und spiegeln den Schmerz, den sie in ihrem Herzen trägt, deutlich wider. Der Anblick allein lässt mich einen Schritt zurückweichen.

Ich habe diesen Anblick verursacht.

Ich bin *schuld* daran.

Jeder Gedanke, jeder Herzschlag, jeder Atemzug verlangsamt sich.

Stoppt.

Erstirbt.

Ihre Lider sind schwer, als Tränen aus diesen ahornfarbenen Augen fallen, denselben Augen, die einst so viel Stärke und Mut und Kampfgeist ausgestrahlt haben, um sich keine Gefühle anmerken zu lassen. Um sie trocken zu halten. Ich habe ihr einmal gesagt, dass sie diese Tränen niemals vor mir verbergen müsse. Aber jetzt wünschte ich, sie würde es tun. Denn ich kann ihren Schmerz nicht ertragen, wenn ich derjenige bin, der ihn verursacht hat.

»Ich kann das jetzt nicht, Connor«, sagt sie, und ich nicke, denn ich kann es auch nicht. »Ich brauche einfach Zeit.«

Die brauche ich auch, will ich ihr sagen. Stattdessen mache ich einen Schritt zur Seite und gebe ihr, was sie will, was sie sagt, was sie *braucht*, in der der Hoffnung, dass sie mir bald dasselbe geben wird.

Kapitel 30

AVA

Ich bekomme kein Guten-Morgen von meiner Mom an dem Tag, nachdem ich die Schule geschwänzt habe. Keinen Kuss auf die Wange. Kein Was-gibt-es-zum-Frühstück? Nope. Das Erste, was sie sagt ist: »Ist Connor hier?«

»Gerade nicht«, antworte ich und zwinge mich zu einem Lächeln. »Aber er kommt vielleicht heute Abend vorbei.« Ich will ihr nicht das Herz brechen und ihr sagen, dass sie ihn vielleicht – ganz vielleicht – nicht mehr sehen wird. Nie wieder.

Ich habe es *versucht.*

Ich bin jedes mögliche Szenario, wer Wendy sein könnte, in meinem Kopf durchgegangen, und ich habe mir seine Reaktion, als ich ihn mit der Nachricht konfrontiert habe, noch einmal vor Augen geführt. Erst war da Wut, als ihm klar geworden war, dass ich die Nachricht gesehen habe, dann kam die Entschuldigung. Und das reicht aus, um mich davon zu überzeugen, dass es die schmerzhafte Wahrheit ist, egal, wie sehr sie auch wehtut.

Ich hatte jede Absicht, gestern zur Schule zu gehen. Bei der Vorstellung, ihn zu sehen, hat sich mir allerdings der Magen umgedreht. Also bin ich ziellos umhergelaufen, bis es Zeit war, nach Hause zu gehen. Ich habe mich an Orten versteckt, an denen mich niemand finden würde, habe immer wieder geweint, wenn die Hoffnung mir wie ein Traum vorkam.

Als Trevor aufsteht, fragt er mich dasselbe wie Mom. Ich sage beiden: »Er ist momentan wirklich sehr beschäftigt mit Basketball und versucht, so viel Training wie möglich vor dem Unterricht unterzukriegen … und er muss sich ausruhen, und mein Bett ist zu schmal für ihn, um wirklich tief schlafen zu können.« *So.* Das sollte alles abdecken.

»Wir sollten dir ein neues Bett kaufen«, sagt Mom und sieht zu Trevor. »Wir können uns das doch leisten, oder?«

»Klar«, lügt Trevor. An mich gewandt fügt er hinzu: »Mach dir nicht die Mühe, mir Frühstück zu machen. Ich muss heute früher zur Arbeit.«

Ich hebe eine Augenbraue. »Wirklich?«

Er nickt, den Blick auf mich gerichtet. Es ist eine stumme Botschaft. *Er hat noch mehr Aufträge angenommen … für noch mehr Geld … und nicht, um mir ein neues Bett zu kaufen.*

Ich mache mich für die Schule fertig, nehme mir vor, auch tatsächlich hinzugehen, denn ich kann mich nicht ewig verstecken. Als Krystal kommt, verlasse ich das Haus und gehe zur Bushaltestelle, wobei ich bete, dass Connor mich nicht aufhält. Auf halben Weg dorthin verdunkelt sich der Himmel und die Schleusen öffnen sich. Donner grollt, gefolgt von so heftigem Regen, dass ich kaum noch einen halben Meter weit sehen kann. »Scheißleben!«, presse ich hervor, nehme meine Tasche von der Schulter und halte sie mir über den Kopf, als könnte sie mich irgendwie schützen. Zum Glück muss ich nicht lange auf den Bus warten, und als wir die Haltestelle in der Nähe der Schule erreichen, steige ich aus und haste auf das Gebäude zu, um mich vor dem Regen zu retten. Aber die Tore sind zu, abgeschlossen. Ich packe die Eisengitter mit beiden Händen und rüttle daran, während ich in den Himmel fluche: »Was zur Hölle?!«

Ich hole mein Handy heraus und wähle Rhys' Nummer.

»Ava?«

»Warum ist die Schule zu?«

»Schulfrei. Warum?«

»Gottverdammte Scheiße!«, schreie ich, und er lacht. »Kannst du mich nach Hause fahren? Es gießt wie aus Kübeln, und ich hab den Bus genommen.«

»Ähm … Ich bin gerade ein bisschen … beschäftigt.«

Durch das Telefon höre ich ein Mädchen kichern, dann: »Fester, Rhys!«

»Igitt!« Ich lege auf, nehme mir eine Sekunde, um mich zu bemitleiden, bevor ich im Schneckentempo zurück zur Bushaltestelle gehe. Es bringt nichts, zu rennen. Ich bin bereits vollkommen durchnässt, und diese Bushaltestelle hat keine Überdachung, weil reiche Kinder nicht mit dem Bus fahren. Sie haben Chauffeure oder die Kreditkarte ihrer Eltern und können überallhin mit dem Taxi fahren.

Ich stelle die Tasche auf den Boden und lege mich auf die Bank, lasse mir dir Regentropfen direkt ins Gesicht prasseln, wo sie sich mit den Tränen vermischen, die nicht aufhören wollen zu fallen. Autos fahren vorbei, spritzen schmutziges Wasser von der Straße auf mich, und es ist mir alles so egal, dass ich mich nicht mal bewege.

Ein Auto kommt näher, der Motor stottert, als es langsamer wird und dann neben mir zum Stehen kommt. Ich lasse die Augen geschlossen, selbst als ich höre, wie das Fenster runtergelassen wird. Ich will demjenigen gerade sagen, dass er sich verpissen solle, da höre ich Connors Stimme. »Steig ein!«

Ich setze mich auf, greife nach meiner Tasche und stehe auf. »Verpiss dich!«

»Ava!«

Ich gehe weg, wobei ich mir die Tasche fest an die Brust presse. Er fährt davon. Fuck sei Dank. Aber dann höre ich die Reifen quietschen, als er umdreht und mir von der anderen Straßenseite aus zubrüllt: »Steig in das verdammte Auto, Ava!«

Das alles ist so absurd, dass ich beinahe lachen muss, aber ich bin zu wütend, zu müde, also beschleunige ich meine Schritte. Ich habe keine Ahnung, wo ich hingehe, ich muss hier einfach nur *weg*. Er fährt auf den Parkplatz eines Restaurants ein paar Meter vor mir, also mache ich auf dem Absatz kehrt und laufe in die Richtung zurück, aus der ich gekommen bin. Er kann herumfahren, so viel er will, aber er wird mich nicht dazu bringen, einzusteigen. Arme schlingen sich um mich, entreißen mir meine Tasche.

»Hilfe!«, schreie ich.

»Hör auf!«, schreit er zurück.

Als ich mich umdrehe, rennt er mit meiner Tasche zurück zu seinem Auto. Er öffnet die Beifahrertür und wirft sie hinein, dann schließt er die Tür. Er steht da, der Regen prasselt auf ihn. Er trägt nur Basketballshorts und ein weites Tanktop, und alles klebt auf seiner Haut, lässt die Muskeln durchscheinen, über die ich so gern mit den Händen streiche. Über die ich so gern mit den Händen *gestrichen habe.* Genauso wie Wendy. *Vermutlich.*

Scheiß auf ihn. Er kann meine Tasche haben. Ich renne los, und es dauert nicht lange, bis ich seine Schritte hinter mir höre. Seine Arme schlingen sich um meine Hüfte, und er hebt mich hoch. Ich trete um mich, schreie erneut um Hilfe. Doch er hält mir den Mund zu, während er mich herumwirbelt und zurück zum Wagen trägt. Autos fahren vorbei, und niemanden scheint es zu kümmern, dass hier jemand gekidnappt wird. Wir erreichen seinen Wagen, Connor öffnet die Beifahrertür und wirft mich auf den Sitz. Ich drehe mich auf den Rücken und trete ihm gegen die Brust. Er schnappt sich meine Füße, schiebt mich über die Sitzbank.

»Hör auf damit!«, schreit er, sichert die Tür, damit ich sie von innen nicht mehr öffnen kann, und schlägt sie zu. Dann rennt er zur Fahrerseite und erreicht sie gerade noch rechtzeitig, um mich davon abzuhalten, auf dieser Seite zu entkommen. Er setzt sich hinters Steuer. Seine Kiefermuskeln zucken, während er den Motor startet.

Ich versuche, die Tür zu öffnen, aber nichts passiert, also setze ich mich ordentlich hin, beiße die Zähne zusammen und verschränke die Arme. Das Restaurant ist geschlossen, daher sind keine anderen Autos auf dem Parkplatz, und der Regen prasselt zu laut auf uns herunter, sodass niemand meine Schreie hören würde.

Connor scheint einmal tief durchzuatmen oder zehnmal, um sich zu beruhigen, und ich weiß nicht, warum er so angepisst ist, wenn ich diejenige bin, die hier gegen ihren Willen festgehalten wird. Er steigt aufs Gas, die Reifen drehen durch, bevor wir wegkommen. Er fährt los, und sein Zorn scheint unser Tempo zu bestimmen, als er um das Restaurant herumrast.

»Connor«, schreie ich und greife nach seinem Arm, als der Maschendrahtzaun vor uns auftaucht. Der Zaun ist kaum zu sehen in dem strömenden Regen und Connor kommt nur wenige Zentimeter davor zum Stehen.

»Fuck!«, flucht er und schlägt mit der Faust aufs Lenkrad.

Großartig. *Hulk Connor.* Ich habe diese Seite an ihm erst einmal gesehen, und das war, als er den Schluss gezogen hatte, dass Peter mir wehgetan hat. Er lag damals falsch. Er liegt auch jetzt falsch. Ich suche unauffällig nach einer Fluchtmöglichkeit, sehe den Schalter für das Fenster und drücke drauf. Das Fenster fährt runter, und Hoffnung durchströmt mich. Ich will gerade rausklettern, als Connor erneut flucht. Seine Finger bohren sich in meine Haut, als er mich an der Hüfte zurückzieht.

»Was zur Hölle stimmt nicht mit dir?!«, brüllt er.

Er hält mich an sich gepresst, während er das Fenster über den Schalter an der Fahrertür wieder hochfährt. Dann verriegelt er den Mechanismus ebenfalls.

Ich trete gegen das Armaturenbrett.

Weil, *Scheiß auf ihn.*

»Verdammt noch mal, beruhig dich, Ava!«

Er lässt mich los, und reibt sich mit der Hand über die Augen. »Warum machst du das alles so verdammt unmöglich?!«, schreit er. Seine Brust hebt und senkt sich mit jedem Atemzug, während der Donner über uns grollt.

Ich sehe mich um, aber ich kann kaum einen halben Meter weit sehen, geschweige denn meine eigenen Gedanken hören. Aber ich höre Connors Atemzüge, jeder davon abgehackt, bis sie sich, langsam langsam wieder beruhigen. Mit dem Rücken zur Tür beobachte ich, wie sein Adamsapfel auf und ab hüpft, als er schluckt, beobachte, wie sein Blick von seinem Schoß über meine Beine wandert, dann hoch zu meinem Gesicht. Regenwasser tropft von seinen Haaren, läuft in Strömen über die Wangenknochen und das Kinn.

»Ava«, sagt er leise. »Du musst mir zuhören.« Er atmet aus. »Kannst du das tun? Bitte?«

Ich nicke, meine verräterischen Finger sehnen sich danach, ihn zu berühren.

»Ich will das hier alles nicht«, murmelt er.

»Gut«, sage ich und hebe das Kinn. »Ich nämlich auch nicht, also lass mich gehen, und wir müssen nicht …«

Sein tiefes Seufzen unterbricht mich. »Das habe ich nicht gemeint.« Noch ein Atemzug. »Was ich meine, ist, ich will mich mit dir nicht im Kreis drehen. Ich will nicht mit dir streiten und dann wieder zusammenkommen und dann streiten und dann alles wieder von vorn beginnen. Ava …« Er schüttelt den Kopf, sein Blick wirkt abwesend. »Du bist die *Einzige* für mich. Wenn es dich nicht gibt, dann gibt es nichts anderes. Niemand anders.« Er lacht kurz bitter auf, und seine Augen fixieren meine. »Ich habe mich für dich fast umgebracht.«

»Wovon zum Teufel redest du?«

Er schluckt, und sein Blick verrät, wie erschöpft er ist, sowohl seelisch als auch körperlich. »Ich hatte ein Ziel im Leben, Ava. Vier Jahre College und danach die NBA. Und dann habe ich dich kennengelernt, und ich habe deine Mom kennengelernt, und alles hat sich geändert. Ich habe mich selbst so hart und so heftig gepusht, dass ich in ein gutes College reinkomme und so hoffentlich die Aufmerksamkeit kriege, die ich brauche, damit ich das eine verpflichtende Jahr abschließen kann, für den NBA Draft aufgestellt werde und dann einen halbwegs vernünftigen Vertrag bekomme, um mich um euch beide zu kümmern – um dich und deine Mom. Ich habe meinen Verstand und meinen Körper zu so verdammt viel gepusht; du hast keine Ahnung. Ich habe dich nie sehen lassen, wie schlimm es war, aber ich habe dich deswegen schon einmal beinahe verloren.« Er schweigt einen Moment, doch als er weiterspricht, sind seine Worte voller Klarheit. »Alles, was ich getan habe, seit dem ersten Tag, an dem ich dich getroffen habe, war für *dich.* Jedes Opfer, das ich gebracht habe, jede Entscheidung …« Er hält sich die Hand ans Herz. »Jeder Schlag meines Herzens gilt nur *dir.* Und ich habe so sehr *versucht, immer* für dich da zu sein. Egal, was in meinem Leben auch passiert ist, ich habe alles verdrängt, damit ich für dich eine Stütze sein konnte …«

Tränen sammeln sich in meinen Augen, während ich der Wahrheit lausche, die über seine Lippen kommt.

»Und ich sage das nicht, weil ich dein Mitleid will«, fügt er hinzu und blinzelt den Schmerz in seinen Augen weg, als er den Blick senkt. »Ich sage es, weil du das *erkennen,* es *verstehen* musst. Denn jetzt gerade musst du mir *vertrauen.* Du musst an mich glauben. An *uns.*« Eine einzelne Träne fällt von seinen Wimpern, und er hält den Daumen darunter, um sie aufzuhalten.

Ich rutsche näher an ihn heran, seine Magie ruft nach mir, und ich nehme seine Hand in meine.

Er sieht auf, und seine krampfhaft zurückgehaltenen Tränen zerstören mich. »Ich leide, Ava, und ich *brauche* dich. Ich brauche dich, dass du für mich da bist, selbst wenn … selbst wenn ich dir nicht sagen kann, *warum.*«

Ich umfasse sein Gesicht mit beiden Händen, küsse seinen abgehackten Atem weg. »Okay.«

Er schlingt die Arme um mich, während ich ihn festhalte. Sein

Mund findet meinen Hals, und er küsst mich dort. »Sag mir, dass du mich liebst.«

Ich fange seine Lippen ein. »Ich liebe dich.«

Er atmet stockend aus, als er sich von mir löst. »Verlass mich nicht, Ava. Nicht du auch noch.«

Mein Blick huscht zu seinen Augen, und ich versinke in der Verletzlichkeit, derer ich gerade Zeugin bin. »Ich schwöre es, Connor.«

Sein Mund erobert meinen, sein Drängen zwingt mich, mich auf den Rücken zu legen, während seine Hand über meinen Schenkel streicht. Ich öffne meine Beine, gebe ihm, was er will.

Was er *braucht.*

Selbst wenn es mich meinen Stolz kostet.

Kapitel 31

AVA

»Gibt es etwas, was ich für sie tun kann?«, fragt Connor. Sein Blick wandert von Mom, die auf der Couch im Wohnzimmer sitzt, zurück zu mir.

Ich wasche die letzten Teller ab und gebe sie ihm zum Abtrocknen. »Nicht wirklich, sie ist einfach manchmal so.« Es ist eine Lüge, und er scheint es zu merken, so wie er mich gerade ansieht.

Es ist jetzt ein paar Wochen her, dass Connor und ich uns gestritten haben, und etwa genauso lange ist es her, seit die Ärzte da waren. Sie haben keine Lösung für unsere finanziellen Probleme gefunden, außer Moms Medikamente zu reduzieren und sie durch Alternativen zu ersetzen. Sie hatten gehofft, dass die Veränderungen nicht so drastisch sein würden, aber das ist jetzt der dritte Nulltag in Folge, und die Dinge sehen nicht gerade rosig aus, und das ist noch nett umschrieben. Aber immerhin hatte sie keine Negativtage.

Noch nicht.

»Vielleicht sollten wir wieder mit ihr zum Sportpark fahren. Das könnte helfen, oder?«

Ich trockne meine Hände an einem Geschirrtuch ab und sehe zu ihm hoch. »Ich weiß nicht, Connor. Du kannst sie fragen, aber nicht gerade jetzt.«

Er nickt und schaut aus dem Fenster. »Die Glühwürmchen werden bald fliegen. Das könnte auch helfen.« Es erwärmt mein Herz, dass er so fürsorglich ist, vor allem, wenn es um sie geht. Ich wünschte nur, es wäre genug, um den dauerhaft dumpfen Druck in meiner Brust zu vertreiben. Zwischen uns ist es nicht mehr dasselbe seit Wendy. Ich weiß immer noch nicht, wer sie ist, und ich werde auch nicht fragen. Aber die Frage ist da, drängend, in meinen Gedanken immer an erster Stelle, und vielleicht liegt es daran, dass ich mit meinen Gefühlen für ihn zu kämpfen habe. Oder vielleicht schiebe ich die Schuld für unsere Distanziertheit auf das, anstatt auf *alles* andere, das gerade um uns herum zu passieren scheint.

Autoscheinwerfer leuchten durch das Wohnzimmerfenster herein, und ich schaue auf die Uhr. Es ist beinahe acht Uhr, und Trevor kommt gerade erst nach Hause. Einen Moment später öffnet er die Tür, und sein Blick geht direkt zu Mom auf der Couch. Er begrüßt sie mit einem Kuss auf die Wange, bevor er zu uns in die Küche kommt. »Hey, Mann«, sagt er zu Connor. Dann zu mir: »Bitte sag mir, dass wir was zu essen haben.«

»Ja. Ich hab dir einen Teller voll im Kühlschrank aufgehoben.«

»Hast du jetzt erst Feierabend?«, fragt Connor.

Trevor nickt, während er den Kopf in den Kühlschrank steckt und nach dem Teller sucht, der garantiert direkt vor seiner Nase ist. »Jepp. Ich muss irgendwie diesen Schuldenberg abtragen.« Er sieht zu Connor. »Kennst du jemanden, der irgendwelche Arbeiten zu machen hat? Wir sind ziemlich verzweifelt …«

Ich räuspere mich, halte ihn davon ab, zu viel zu verraten. Ich will nicht, dass Connor es erfährt, dass er sich Sorgen macht.

Trevors Blick geht zwischen Connor und mir hin und her, aber Connor ist der Erste, der etwas sagt. »Wie schlimm ist es?«

»Es ist nicht schlimm«, lüge ich.

Trevor sieht mich kopfschüttelnd an. »Ava, Connor kennt Leute in der Gegend. Besser als du. Er kann uns vielleicht ein paar Kontakte über das Team besorgen, um uns zu helfen. Kontakte mit Geld.«

»Trevor, hör auf.« Ich seufze. »Es ist nicht sein Problem.«

Connor stößt sich von der Küchenanrichte ab. »Warte, ist es *so* schlimm?«

»Nein.« Noch eine Lüge.

»Ja«, sagt Trevor und funkelt mich aus zusammengekniffenen Augen an. »Was ist dir lieber? Dass Connor ein paar von meinen Visitenkarten verteilt oder dass ich Peter anrufe, denn …«

»Moment mal«, unterbricht Connor.

Ich knirsche mit den Zähnen und senke den Blick.

»Was hat Peter damit zu …?«

»Nichts«, unterbreche ich ihn. »Er hat *nichts* damit zu tun. Genauso wenig wie du.« Ich sehe zu Trevor. »Das ist *mein* Problem. Meins ganz allein.«

»Und meins«, sagt Trevor. »*Hauptsächlich* meins.«

»Ich brauche nur Zeit«, flüstere ich und schiele zu Mom. Sie hat sich nicht von ihrem Platz wegbewegt. Tatsächlich hat sie sich überhaupt nicht bewegt. Sie ist im Sitzen eingeschlafen.

»Das sagst du immer wieder, aber ich glaube nicht ...«

»Ich werde das jetzt nicht mit dir diskutieren«, fauche ich und fülle einen Becher mit Wasser. Ich drehe am Zahlenschloss für den obersten Küchenschrank, wo wir Moms Medikamente, Gläser und alles, was scharf ist und womit sie sich möglicherweise wehtun könnte, wegschließen. Ich sammle alle Tabletten zusammen, die sie am Abend nehmen muss, und drehe mich zu Connor. »Wir sehen uns gleich oben in meinem Zimmer. Kannst du schon mal alles vorbereiten?«

Er nickt, aber er macht keine Anstalten, sich zu bewegen.

Ich gehe zu Mom, wecke sie sanft auf und begleite sie in ihr Zimmer, wo sie die Tabletten schluckt und ohne Probleme direkt wieder einschläft. Als ich in mein Zimmer komme, sitzt Connor an meinem Schreibtisch, und vor ihm steht ein Stativ. Er hat sein Handy daran befestigt, sodass die Kamera auf mein Bett gerichtet ist. Wir wollen an unserem Multimediaprojekt weiterarbeiten. In den letzten Tagen haben wir recherchiert und an einem Skript gearbeitet, und heute Abend wollen wir das Ganze filmen.

»Soll ich mich umziehen?«, frage ich und betrachte mein ausgeleiertes T-Shirt und die Jogginghose.

»Ich finde, du siehst perfekt aus«, sagt Connor, ein trauriges, schiefes Grinsen zupft an seinen Mundwinkeln.

Ich öffne die Schubladen, eine nach der anderen, ohne wirklich auf irgendetwas darin zu achten. Ich höre, wie die Schreibtischstuhlrollen über den Teppich näher kommen, bevor ich Connors Hände an meiner Hüfte spüre. Ich drehe mich zu ihm um, erkenne den Kummer, der seine Gesichtszüge trübt.

»Warum versuchst du, es vor mir zu verheimlichen?«

»Ich habe dir doch gesagt, es ist nicht dein Problem.« Davon abgesehen – er darf sich gar nicht erst beschweren! Schließlich hat *er* auch Geheimnisse vor mir.

»Es *ist* mein Problem.« Er zieht mich zu sich, bis ich seitlich auf seinem Schoß sitze. »Du weißt, wie viel du mir bedeutest, oder?« Ich schweige, weil ich nicht weiß, wie ich darauf antworten soll. Er haucht mir einen Kuss auf die Schläfe, lässt seine Lippen dort. »Was passiert nur mit uns, Ava? Ich habe das Gefühl, dass wir uns voneinander entfernen.«

Weil es so ist.

»Ich weiß es nicht, Connor. Es ist nur so viel los im Moment …«

»Warum kannst du mich nicht ein Teil davon sein lassen?«

»Du hast deine eigenen Probleme.« *Wendy*-Probleme. »Wir sollten einfach dieses Projekt abschließen und dann ins Bett gehen.« Ich stehe auf, setze mich an den Rand meines Betts direkt vor die Kamera und gehe meine Notizen durch. Connor lässt den Kopf sinken und bleibt, wo er ist. »Oder wir können es morgen machen, wenn dir das lieber ist.«

»Nein.« Er schüttelt den Kopf, dann sieht er mich an. »Wir machen es jetzt.«

Er rollt zurück hinter die Kamera und drückt auf Aufnahme. Ich lese vom Skript ab, gebe mein Bestes, für die Kamera zu performen, aber jedes Mal wenn ich den Blick hebe, sehe ich Connors Gesicht. Sehe, wie er mich durch das Display seines Handys ansieht. Etwas fehlt. Das Licht in seinen Augen ist erloschen, und er sieht mich nicht mehr so an wie früher, so, wie ich es liebe.

Grau.

Alles ist grau, und um mich herum gibt es keine Farben mehr, kein Leben.

Ich unterbreche meinen Vortrag und räuspere mich, versuche, meine Gefühle wegzublinzeln. »Vielleicht ist jetzt doch kein guter Zeitpunkt für das hier.«

Er seufzt und hebt den Blick ein paar Zentimeter, um mich direkt anzusehen. Er fährt sich mit den Händen durch die Haare, zieht daran. Dann steht er auf und setzt sich neben mich. »Ich kann nichts tun, wenn ich nicht weiß, was kaputt ist, Ava.«

Ich.

Ich bin kaputt.

Jedes Mal wenn ich meine Mutter ansehe, geht etwas in mir kaputt.

Jedes Mal wenn Trevor zur Tür reinkommt, zerbricht etwas in mir.

Und jedes Mal wenn ich mit Connor zusammen bin, zerstört es mich.

»Es ist alles gut«, lüge ich. Wieder. »Ich will nur, dass es dir auch gut geht.«

Er nickt, akzeptiert meine nichtssagende Antwort und atmet tief ein. »Willst du, dass ich heute bei dir bleibe?«

Schnell schüttle ich den Kopf, ignoriere die Enttäuschung in seinen Augen. »Ich bin ziemlich müde«, sage ich. »Ich werde wahrscheinlich direkt schlafen gehen.«

Er weiß, dass es eine Ausrede ist, genau wie in allen anderen Nächten davor, seit wir in seinem Auto miteinander geschlafen haben. Er ist nicht hiergeblieben, und wir sind nicht intim geworden. Es ist nicht so leicht, diesen Teil von einem selbst jemandem zu geben, wenn man sich ständig fragt, ob dieser Jemand diesen Teil von sich selbst jemand anders gegeben hat.

Kapitel 32

CONNOR

Am nächsten Morgen wartet Ava an meinem Pick-up. Sie ist immer noch im Pyjama und nicht mal annähernd fertig für die Schule. »Du hast dein Handy im Stativ vergessen«, sagt sie und gibt es mir.

»Ja, habe ich mir schon gedacht«, sage ich und tippe auf das Display. Der Akku ist leer, was mich nicht überrascht.

»Keine Angst, ich habe es nicht durchsucht.«

Mein Blick fliegt zu ihr. »Ich hatte keine Angst deswegen.« Ich habe nicht mal daran gedacht.

Sie nickt und sieht weg.

Ich seufze. »Ich nehme an, du kommst heute nicht in die Schule?«

Sie weigert sich noch immer, mich anzusehen. »Ich muss ein paar Dinge erledigen.«

»Okay …«

Ihr Blick huscht zu meinem. Für eine einzige Sekunde. »Sehen wir uns später?«

»Klar.«

Sie will gerade gehen, da greife ich nach ihrer Hand, ziehe sie zu mir. Ich neige den Kopf, meine Lippen nähern sich ihren, doch sie dreht sich weg und weicht zurück. »Ich hab mir noch nicht die Zähne geputzt. Ich hab sicher Mundgeruch.«

»Ist mir egal.«

»Mir aber nicht.« Sie schüttelt mich ab. »Wir sehen uns.«

Und damit verschwindet sie.

Ich bin weder naiv noch dumm genug, um nicht zu merken, was los ist oder wie sie sich fühlt. Wir haben seit Wochen keinen Sex mehr, und jegliche andere Form der Intimität fühlt sich an wie ein Segen. Es ist nur eine Hürde, rede ich mir ein. Eine kleine. Schon bald werden wir sie überwunden haben, und alles wird wieder so sein, wie es vorher war. Sie gibt mir Zeit, und ich gebe ihr etwas Luft zum Atmen …

Denn so funktionieren Beziehungen …

… oder?

***

Ich bin früh in der Schule, damit ich Rhys noch vor der ersten Stunde abpassen kann. »Hey, kann ich mit dir reden?«

»Was ist los?«

***

Connor: Wann kommst du von der Arbeit nach Hause?

Trevor: Fahre jetzt los. Sollte in etwa zwanzig Minuten da sein. Alles okay?

Connor: Ja. Alles gut. Ich warte draußen auf dich. Ich muss mit dir reden.

Trevor fährt eine halbe Stunde später in die Auffahrt. Ich gehe schnell rüber, da ich ihn erwischen will, bevor er reingeht. Ich ziehe den Umschlag aus meiner hinteren Hosentasche und warte, bis er ausgestiegen ist, bevor ich ihn Trevor gebe. Er mustert erst mich mit zusammengekniffenen Augen, dann den Umschlag. Er öffnet die Lasche und wirft einen Blick hinein. »Das sind eine Menge Hunderter, Connor.« Er sieht sich um. »Was ist das?«

Ich zucke mit den Schultern. »Ich habe ein paar Sachen verkauft.«

Er schüttelt den Kopf und klatscht mir den Umschlag gegen die Brust. »Ich werde dein Geld nicht annehmen.«

Ich hebe die Hände und mache einen Schritt zurück, zwinge ihn so, das Geld zu behalten. »Es wird helfen, oder?«

»Connor …«

Ich verschränke die Arme vor der Brust. »Eines Tages werden du und Ava begreifen, dass es nicht nur euch drei betrifft. Es betrifft auch mich. Miss D – sie ist wie eine Mutter für mich, egal, ob ihr das versteht oder nicht. Ich trage nur meinen Teil dazu bei.«

Trevor nickt langsam. »Es ist nur geliehen.«

»Es ist, was immer du dir selbst einreden willst.«

Er seufzt. »Danke.«

»Gern geschehen.«

***

Ich wache am nächsten Morgen auf, weil jemand an die Tür klopft. Nein. Weil jemand die Tür regelrecht *einschlägt.* »Connor, ich weiß, dass du da bist! Lass mich rein!«

»Shit«, flüstere ich und werfe die Bettdecke zurück. Ich öffne die Tür, und bevor ich überhaupt irgendetwas sagen kann, drängt Ava sich an mir vorbei und in mein Zimmer. Sie wirft alles durcheinander, durchwühlt meine Schubladen, meinen Schrank. Sie gräbt sogar in meiner Schultasche, zieht den Laptop heraus und legt ihn aufs Bett. Dann sucht sie nach meinem Handy. Sie legt es daneben. Auf einmal dämmert es mir, und ich weiß, warum sie hier ist. Ich lehne mich an den Türrahmen und beobachte sie, wie sie mitten in meinem Zimmer steht, fertig angezogen für die Schule. Sie stemmt die Hände in die Hüften und sieht sich um, erst am Boden, dann an den Wänden, aber sie wird nicht finden, wonach sie sucht, zumindest nicht hier. Als hätte sie meine Gedanken gelesen, drängt sie sich an mir vorbei und macht dasselbe im Wohnzimmer. Sie dreht jedes Kissen auf der Couch um, prüft den Fernseher, dann die Stereoanlage. Sie sucht den Boden ab und dann die Wände ... Ich stöhne, als ihre Schultern sich verspannen. Sie drückt sich erneut an mir vorbei und geht zur Tür.

»Soll ich dich in die Schule mitnehmen?«, rufe ich ihr hinterher, denn ich bin immer noch nicht richtig wach, und es ist das Einzige, was mir einfällt.

»Nein danke!«, ruft sie und stapft die Verandatreppe hinab.

Heute wird echt *klasse.*

Ich sehe Ava erst wieder zum Ende der Mittagspause, als sie in die Cafeteria stürmt, als wäre der Teufel höchstpersönlich hinter ihr her.

»Verdammte Scheiße, Connor, was ist mit deiner Freundin los?«, fragt Mitch lachend.

Ich unterdrücke einen Fluch und stehe auf, aber sie geht direkt auf Rhys zu, ihre Locken hüpfen. »Gib es zurück!«

Rhys mustert sie misstrauisch, bevor sein Blick zu mir huscht, aber seine Worte gelten ihr. »Was soll ich zurückgeben?«

»Das Trikot!«

»Welches Trikot?«

»Das signierte Larry-Bird-Trikot, du verdammter Hohlkopf. Gib es ihm zurück!«

Rhys lacht, im Gegensatz zu mir, denn anders als ihm entgeht mir die Wut in Avas Augen nicht. »Es war ein fairer Tausch.«

Ava knirscht mit den Zähnen, als sie die Hand hebt und Rhys an den Haaren zieht, bis er seinen Kopf zurückwerfen muss. Der ganze Tisch zieht scharf die Luft ein, ein gesammelter Ausdruck des Mitgefühls für unseren gefallenen Bruder. »Gib es zurück!«, brüllt Ava, aber ihre Worte enden in einem Schluchzen, sie ist vollkommen aufgelöst. *Aber so was von.*

Ich schlinge die Arme von hinten um ihre Hüfte und hebe sie hoch. »Lass gut sein, Ava.«

»Nein!«

Ich versuche, sie wegzuziehen, aber sie hält sich immer noch an Rhys' Haaren fest, und er ist gezwungen, mitzugehen. »Bring deine verdammte Frau unter Kontrolle, Ledger!«

Ava lässt seine Haare los, aber nur, damit sie ihn treten kann. »Gib es ihm zurück!«

»Nicht hier!«, presse ich hervor und bedeute Rhys, uns nach draußen zu folgen. Ich trage Ava, immer noch mit dem Rücken zu mir, während sie sich in meinem Griff windet und weiterhin versucht, Rhys anzugreifen, als wäre das hier seine Schuld. Ist es nicht. Und davon abgesehen, ich mag Rhys. Ich will ihn ehrlich gesagt nicht an Avas wütende Ninjatritte verlieren.

Sobald wir die Cafeteria verlassen haben und außer Reichweite sämtlicher Handys sind, die man auf uns richten könnte, stelle ich Ava zurück auf die Füße. Sie geht sofort wieder auf Rhys los, und er macht gerade noch rechtzeitig einen Schritt zur Seite.

»Ava!«, rufe ich. »Beruhige dich, verdammt noch mal!«

Sie ignoriert mich, bleibt direkt vor Rhys stehen. »Gib es ihm sofort zurück!«

»Er hat es mir verkauft!«

»Na und? Dann verkauf es ihm zurück!«

Rhys schüttelt den Kopf und verschränkt die Arme. »Nein!«

»Es ist keine große Sache«, sage ich. »Es ist nur ein verdammtes Trikot.«

Sie wirbelt zu mir herum, und Tränen sammeln sich in ihren Augen. »Es ist nicht einfach nur ein Trikot, Connor!« Ihre Brust hebt sich, als sie tief Luft holt. »Du warst zwölf, und du und dein Dad, ihr seid zehn Stunden lang gefahren für die minimale Chance, ihn zu treffen! Ihr habt fünf Stunden vor dem Laden gewartet, bis ihr endlich an der Reihe wart! Und du hast mir erzählt, wie es sich angefühlt hat, deinem Helden gegenüberzustehen, und wie nervös du warst, als dein Dad ein Foto von euch beiden gemacht hat! Und das Lächeln auf dem Gesicht deines Dads, als der Kerl dir die Hand geschüttelt und gesagt hat, dass du deinen Träumen folgen sollest! Du hast mir all das erzählt, als ich in deinen Armen gelegen habe, und du hast gesagt, es war einer der schönsten Tage in deinem Leben, weil du deinen Helden getroffen hast, zusammen *mit* deinem Helden: deinem Dad! Also, *nein*, Connor!«, schreit sie, während sie weint. »Es ist nicht einfach nur ein verdammtes Trikot. Es ist eine wunderschöne Erinnerung an einen Moment, den du mit deinem Dad geteilt hast. Und du kannst das nicht einfach wegwerfen, weil … weil … Du bekommst diese Momente nicht zurück! Du kannst sie nicht noch mal erleben!«

Das Herz rutscht mir in die Hose, als mir klar wird, dass es nicht um das Trikot oder Geld geht … Es geht hier nicht mal um *mich*.

»Du kannst das alles nicht noch mal erleben, Connor, du kannst es einfach nicht …« Sie verstummt, ihre Schluchzer sind so heftig, dass sie nichts anderes mehr tun kann.

»Komm her«, sage ich und ziehe sie an mich. Dieses Mal lässt sie es zu. Sie weint an meiner Brust, ihre Tränen durchnässen mein Shirt. Ich streiche ihr über die Haare, jeder Teil von mir trauert um den Verlust ihrer gemeinsamen Augenblicke mit ihrer Mom. »Es tut mir leid«, flüstere ich und küsse sie auf den Kopf.

Sie sieht auf, und ihre Wangen sind nass. Ihre heftigen Schluchzer sind in Schluckauf übergegangen, sie hickst erneut, und ich betrachte sie mit gerunzelter Stirn, drücke meinen Mund auf ihren, nehme ihren Kummer in mir auf. »Es tut mir leid, Ava. Ich wollte dir nicht wehtun.«

»Ich gebe es zurück«, sagt Rhys und streichelt ihr den Rücken. Er schenkt mir ein trauriges Lächeln, dann lässt er uns allein.

»Es ist nicht einfach nur ein Trikot«, murmelt Ava.

Ich suche in ihrem Gesicht nach einem Hinweis darauf, dass sie sich beruhigt hat. »Ich weiß.«

Ein weiterer Schluchzer kommt ihr über die Lippen, und sie presst ihr Ohr an meine Brust. »Die Glühwürmchen kommen vielleicht zurück, aber sie bringen keine Magie mehr mit.«

Kapitel 33

CONNOR

Ava sitzt in Multimedia neben mir. Sie hat den Kopf auf den Tisch gebettet und die Arme schützend um sich gelegt. Miss Salas bemerkt es, und ich stupse Ava mit dem Fuß unter dem Tisch an. Sie blickt auf und wischt sich die Spucke von den Lippen.

Sie hat mir erzählt, dass sie in letzter Zeit nicht gut schläft, allerdings nicht wegen ihrer Mom. Sie ist gestresst wegen der Unsicherheit ihrer Zukunft, und ich versuche, das zu verstehen. Ich habe ihr angeboten, bei ihr zu bleiben, aber sie hat abgelehnt, also gebe ich ihr weiterhin Luft zum Atmen, während sie mir weiterhin Zeit gibt.

Unversehens öffnet sich die Tür, und Trevor kommt herein. Der ganze Raum schnappt nach Luft und Miss Salas kreischt. »Junger Mann! Was glauben Sie, was sie hier tun?«

»Einen Moment«, murmelt Trevor und sucht den Raum nach Ava ab.

Als er auf sie zugeht, richtet sie sich auf. »Was ist passiert?«

Trevor leert den Inhalt einer Tüte, die er mitgebracht hat, auf unseren Tisch. Er hebt eine Plastikkrone hoch und setzt sie Ava auf den Kopf. Er reißt eine Packung Konfetti auf, sodass kleine Fetzen Papier durch die Luft segeln und das reinste Chaos um uns herum hinterlassen. Er nimmt eine Handvoll davon und wirft sie auf Ava. Als Nächstes kommt eine von diesen Lufttrüsseltröten. Er hält sie an seine Lippen und bläst hinein. »Alles Gute zum Geburtstag!«

Ich lache.

Mehr Konfetti.

»Tut mir leid, dass wir es heute Morgen vergessen haben«, sagt er.

»Schon okay«, murmelt Ava, und der Hauch eines Lächelns zupft an ihren Mundwinkeln.

Er löst ein Konfetti vor ihrem Gesicht. »Alles Gute zum Achtzehnten!« Dann richtet er ihre Krone. »Wir sehen uns zu Hause. Muss wieder los!« Er kneift ihr in die Wange, sodass ihr Mundwinkel zur Seite gezogen wird. »Ich hab dich lieb, du kleines Monster.«

»Hab dich auch lieb.«

»Verlassen Sie sofort mein Klassenzimmer!«, schreit Miss Salas.

»Bin schon weg«, flötet Trevor. »Gott, Sie haben sich nicht im Geringsten verändert.«

Die Klasse bricht in Gelächter aus, und ich drehe mich zu Ava. »Die Krone steht dir.«

Sie lächelt. »Findest du?«

»Du könntest auch einen Kartoffelsack tragen und wärst immer noch hübsch.«

Sie rutscht näher, legt ihren gekrönten Kopf an meinen Oberarm und hängt sich an meinen Arm. »Hey«, flüstert sie. »Wann musst du los?«

Mein Magen zieht sich zusammen. »Ich fahre direkt nach der Schule zum Flughafen.«

Sie schmollt.

»Es tut mir leid, ich weiß, dass ich deinen Geburtstag verpasse, aber es gehört dazu …«

»Ich weiß«, unterbricht sie mich. »Das gehört alles dazu, wenn man All-American und MVP ist, oder?«

Es ist unglaublich schmerzhaft, mich zu einem Lächeln zu zwingen, vor allem nach all den Lügen, die ich ihr erzählen musste. »Es ist nur eine Nacht in Georgia.«

Sie nickt. »Vielleicht können wir morgen was zusammen machen. Nur du und ich?«

Mein Grinsen wird breiter, und dieses Mal ist es echt. »*Liebend* gern, Ava.«

Sie atmet aus, und ihr Lachen ist so rein und so Ava. Einen Moment später richtet sie sich auf und drückt ihre Lippen auf meine. »Ich liebe dich.«

»Ich liebe dich auch.« Ich schüttle ungläubig den Kopf. Ich habe seit einer Ewigkeit auf diesen Moment gewartet, und jetzt ist er endlich da. »Ich habe dein Geschenk in meinem Schließfach.«

»Du hättest mir nichts kaufen müssen.«

»Du musst mir aber versprechen, es erst zu benutzen, wenn es dunkel ist, okay?«

Sie drückt meinen Arm. »Versprochen.«

»Sind Sie zwei Turteltauben dann fertig?«, ruft Miss Salas. »Ich habe hier einen Unterricht zu halten, und es geht nicht um ungewollte Schwangerschaft bei Jugendlichen.«

»Sorry«, sage ich, und Ava flüstert: »Blöde Kuh!«

AVA

Ich halte Connors Geschenk in der Hand und werfe einen Blick aus dem Wohnzimmerfenster, um zuzusehen, wie der Tag in die Dämmerung übergeht.

»Wann wirst du es aufmachen?«, fragt Trevor.

»Connor hat gesagt, ich soll warten, bis es dunkel ist.«

»Wenn du in dein Zimmer gehst und die Vorhänge zuziehst, ist es vielleicht dunkel genug.«

»Das ist nicht dasselbe«, murmle ich.

Trevor brummt. »Es macht *mich* nervös. Ich will wissen, was drin ist.«

»Connor, eins achtundneunzig, zwanzig neun«, murmelt Mom. Ihre Bewegung ist langsam, als sie sich zu mir dreht. »Alles Gute zum Geburtstag, Ava.«

»Danke, Mama.«

Sie hat mir schon unzählige Male zum Geburtstag gratuliert, seit ich nach Hause gekommen bin, und ich glaube, es liegt hauptsächlich daran, dass ich immer noch die Krone trage, die Trevor mir aufgesetzt hat. Ich habe sie nicht abgenommen. Connors Geschenk ist das einzige richtige Geschenk, das ich bekommen habe, und so kindisch es auch klingt, ich freue mich darauf, es auszupacken.

Als ich heute Morgen das Haus verlassen habe, hat Connor mit einem Strauß Blumen auf mich gewartet. Erst da ist Trevor eingefallen, dass ich heute Geburtstag habe. Er stand in letzter Zeit ziemlich unter Strom, daher war ich ihm nicht böse. »Warte.« Ich setze mich auf. »Connor hat gesagt, ich soll es erst *benutzen,* wenn es dunkel ist. Er hat nicht gesagt, dass ich es nicht vorher öffnen darf.«

Trevor hebt die Augenbrauen und lehnt sich nach vorn. »Mach es auf!«

»Ja, Ava«, sagt Mom. »Mach es auf!«

Ich reiße erst das Geschenkpapier auf und dann die Schachtel. Darin ist ein Weckglas wie die, in denen verarbeitetes Obst verkauft wird. Es ist schwarz angemalt, und oben ist ein kleiner Schalter. Um den Deckel ist Klebeband gewickelt, es soll also offenbar nicht geöffnet werden.

»Was zum Teufel …?!«, flüstere ich.

Trevor lacht. »Das ist ziemlich enttäuschend.«

»Verdammt«, flüstert Mom. »Kein Verlobungsring.«

»Na, Moment mal«, sagt Trevor. »Sie ist *gerade erst* achtzehn geworden … Ich brauche noch etwas Zeit, bevor ich mir vorstellen kann, wie du vor den Altar trittst.«

»Bevor du mich zum Altar *führst*, wolltest du wohl sagen.«

Trevors Zähne blitzen weiß, als er grinst. »Wirklich?«

Ich werfe ihm das Geschenkpapier an den Kopf. »Natürlich, du *Dummkopf.*«

CONNOR

Ich warte im Flur des Hotels. Gerade habe ich meine Großmutter wiedergesehen. Beziehungsweise habe ich sie kennengelernt.

Ich dachte, wenn ich sie treffe, kommt vielleicht die Erinnerung zurück und ich würde sie irgendwie ein bisschen wiedererkennen. Aber dem war nicht so. Und auch wenn meine Mom mich vorgewarnt hat, dass sie krank sei, dass sie nicht mehr lange zu leben habe, war ich nicht darauf vorbereitet, was mich erwartete.

Meine Mom war mit im Zimmer, während meine Großmutter mühevoll Fragen gestellt hat, die ich nicht wirklich verstanden habe. Die Pflegerin war auch da, und sie konnte für mich dolmetschen. Ich habe ihr wahrheitsgemäß geantwortet – oder so wahrheitsgemäß, wie ich mich noch damit wohlfühlte. Aber als sie nach meinem Dad gefragt hat, habe ich mich geweigert, ihr von ihm zu erzählen. Ich wollte nicht, dass er irgendetwas mit dem zu tun hat, was hier passiert, genauso wenig wie Ava. Hier ging es um mich, und es ging darum, dass *ich* mich besser fühle. Dass ich damit abschließen kann.

Die Tür öffnet sich, und meine Mom kommt heraus. Sie wischt sich die Tränen aus den Augen. »Danke, Connor. Du hast keine Ahnung, wie viel ihr das bedeutet hat.«

Ich nicke, auch wenn ich es nicht wirklich *verstehe.* Mit mir zwanzig Minuten lang in einem Raum zu sitzen und mich über mein Leben auszufragen, ist meiner Meinung nach nicht wirklich ein guter Ausgleich für die fünfzehn Jahre, die meine Großmutter verpasst hat. Davon abgesehen, sie hätte meinen Dad kontaktieren können … Aber das scheint ja offenbar nie eine Option gewesen zu sein. Ich verstehe das alles einfach nicht.

Mom reibt sich mit der Hand übers Gesicht und schluchzt dann leise. »Es tut mir leid«, sagt sie. »Es fällt mir schwer, sie so zu sehen.«

Ich kann mir nicht vorstellen, wie es sein muss, zuzusehen, wie ein Elternteil vor den eigenen Augen stirbt, und meine Mom so zu sehen – das erinnert mich an Ava, daran, was sie alles durchgemacht hat. Unwillkürlich mache ich einen Schritt auf meine Mom zu und lege ihr eine Hand auf die Schulter. »Es tut mir leid, dass du das durchmachen musst.«

Sie schüttelt den Kopf, hält den Blick gesenkt.

»Und es tut mir leid, dass ich euch darum gebeten habe, zu mir zu fliegen«, füge ich hinzu. *Aber du bist immerhin daran schuld, dass ich Angst vor Flughäfen habe,* füge ich nicht hinzu. Sie sind gelandet, als ich in der Schule war, und haben zwei Zimmer in einem Hotel in der Nähe des Flughafens gebucht. Ich hatte angenommen, eines war für sie und das andere für mich. Es hat sich allerdings herausgestellt, dass meine Mom davon ausgegangen war, dass ich bei ihr schlafen würde. Das war eine Grenze, die ich nicht vorhatte, zu überschreiten, also habe ich sie gebeten, mir ein eigenes Zimmer zu buchen.

»Schon gut«, sagt sie und wischt sich über die Augen. »Du hast alles getan, was du konntest.«

Das *habe* ich.

Und das ist alles, was ich bereit bin, zu tun, habe ich beschlossen. Denn es hat bereits zu viele Probleme verursacht und war eine zu große Belastung für den Menschen, der mir am wichtigsten ist: *Ava.*

»Wo ist dein Zimmer«, frage ich.

»Auf der anderen Seite des Hotels.«

»Ich begleite dich.«

Sie lächelt, aber es ist ein trauriges Lächeln. »Das ist sehr ritterlich von dir.«

Ich zucke mit den Schultern. »Schätze, Dad hat mich …« Ich verstumme. *Er hat mich gut erzogen, auch ohne dich.* Ich sehe weg, als ich die Feindseligkeit in ihren Augen bemerke.

»Connor, hast du mit deinem Vater darüber …«

»Nein«, unterbreche ich sie. »Hätte er mir erzählen wollen, was damals passiert ist, dann hätte er es schon längst getan. Und wenn du denkst, es gibt etwas, was ich wissen sollte, dann bist *du* diejenige, die es mir erzählen sollte.«

Sie atmet laut aus, sodass ihre Wangen sich blähen. »Du bist sehr reif für dein Alter.«

»Schätze, das kommt durch die Nahtoderfahrung.« Ich bereue es, kaum dass ich die Worte ausgesprochen habe, aber ich halte den Kopf hoch, gebe mich stark. Denn auch wenn ich weiß, dass das, was ich gesagt habe, ihr wehtut – sie muss verstehen, welche Auswirkungen *ihre* Entscheidung auf *mein* Leben gehabt hat. Die unzähligen Therapiestunden, das beklemmende Gefühl, die ständige Angst, alleingelassen zu werden. Jahrelang habe ich geweint, mich jeden Morgen an Dads Bein geklammert, wenn er mich in den Kindergarten oder in die Schule gebracht hat, und selbst jetzt … selbst jetzt gibt es noch Momente, in denen ich ihn anrufe, wenn er nicht zu Hause ist, obwohl er das sein sollte, nur um sicherzugehen, dass er zurückkommt. Fünfzehn Jahre mit dieser Scheiße, und ich …

Ich weiß nicht, warum ich hier bin.

Ich sollte nach Hause gehen.

Zu meinem Dad.

Zu Ava.

»Weißt du was?«, sage ich. »Ich denke, ich gehe einfach auf mein Zimmer. Es war ein langer Tag.«

»In Ordnung, Sohn.«

»Nenn mich nicht so.« Wut ballt sich zu einem Knoten in meinem Magen zusammen. »Ich bin nicht …« Ich schüttle den Kopf. »Tschüss.«

Mit glasigen Augen sieht sie durch mich hindurch und nickt. »Tschüss, Connor.«

AVA

Nach einer gefühlten Ewigkeit bin ich endlich dazu bereit, das Geschenk zu »benutzen«. Ich gehe in mein Zimmer, um dabei allein zu sein, nur für den Fall, dass es etwas »Unangebrachtes« ist, denn wer kann das bei Connor schon wissen?

Ich setze mich mitten aufs Bett und nehme das Gefäß in den Schoß, während mich Dunkelheit umgibt. Ich bin erbärmlich aufgeregt und kann ein Kichern nicht unterdrücken, als ich den Schalter umlege. Ein Surren ertönt aus dem Innern des Plastikglases, und es dauert einen Moment, bis etwas passiert, aber als es das tut, klappt mir der Mund auf und mein Herz schwillt ins Unendliche an. Kleine Lichtpunkte leuchten auf und werden an die Wände geworfen, sodass sie mich von allen Seiten umgeben.

»Glühwürmchen«, flüstere ich, während ich zusehe, wie sie durch den Raum tanzen. Und dann beginnt die Musik: »Fireflies« von Owl City. Ich habe ihm von dem Campingausflug mit Mom erzählt, aber das ist schon so lange her, und wie … wie kann er sich daran noch erinnern? Wie hat er das gemacht?

Tränen steigen mir in die Augen, während Freude mein Herz erfüllt. »Mama!« Ich lasse das Gefäß auf meinem Bett stehen und renne ins Wohnzimmer. »Mama, schau!« Ich greife nach ihrer Hand und ziehe sie auf die Füße.

Trevor steht ebenfalls auf. »Was ist?«

»Schaut!« Ich schleife Mom praktisch in mein Zimmer und warte darauf, dass Trevor hereinkommt, bevor ich die Tür schließe. »Schaut! Und hört hin.«

Es dauert eine Sekunde, bis Mom nach Luft schnappt. »Ava, das ist unser Song.«

»Es ist unser Song!« Ich lache.

»Und Glühwürmchen.«

»So viele! Wann immer wir sie sehen wollen, Mama! Connor …« Ich schluchze auf, die Bedeutung seines Geschenks trifft mich mitten ins Herz. »Er hat uns die Möglichkeit gegeben, eine Erinnerung noch mal zu erleben.«

»Eine Erinnerung noch mal zu erleben«, wiederholt Mom, die in der Dunkelheit nach meiner Hand tastet. »Oh, Ava. Es ist wunderschön.«

»Ich weiß.«

Sie drückt meine Hand. »Lasst uns gehen!«

»Was? Wohin?«

»Kommt schon!«

Trevor öffnet uns die Tür, und ich lege schnell den Schalter um, um nicht die Batterie zu verschwenden. Und jetzt zieht Mom *mich* am Arm … durch das Haus und durch die Tür nach draußen. Sie zögert nicht, nicht eine Sekunde, als sie über die Schulter Trevor zuruft: »Öffne die Garage.«

Trevor gehorcht, und sie beginnt, die ganzen Sachen zu durchwühlen, die wir behalten wollen, auch wenn wir keinen wirklichen Nutzen für sie haben. »Wonach suchst du?«, frage ich.

»Das Zelt!«

»Das *Zelt?*«, wiederhole ich.

Sie lächelt mich an. »Ava, wenn wir die Erinnerung noch mal erleben können, dann machen wir es auch richtig!«

Trevor lacht leise. »Ich glaube, es ist hier drüben.« Er schiebt ein paar Kisten aus dem Weg und legt unsere Campingausrüstung frei.

»Ja!«, ruft Mom und reißt siegreich den Arm hoch.

Ich lache, mein Herz schmerzt auf die bestmögliche Weise. »Wo sollen wir campen gehen, Mama? Das ist doch verrückt.«

»Es ist egal, wo, Ava! Solange wir zusammen sind!« Sie sieht zu Trevor. »Wir alle drei. Ich und meine Kinder!« Mir entgeht nicht, wie sich Trevors Augen weiten und wie er bei ihren Worten größer zu werden scheint. Sie hat von ihm immer nur als meinem Bruder gesprochen, aber nie als *ihrem* Kind.

»Schnapp dir die Schlafsäcke«, befiehlt sie mir, und natürlich tue ich, was sie sagt, lache, als sie das Zelt auf den ungepflegten Rasen in unserem Vorgarten wirft.

Sie versucht, den Reißverschluss der Zelthülle zu öffnen, aber mit nur einer Hand hat sie ein wenig damit zu kämpfen, und sie fängt an zu lachen – das hysterische Lachen, das mich mit einstimmen lässt. Zu dritt brauchen wir über eine halbe Stunde, um ein Zelt aufzustellen, das mindestens dreißig Jahre alt ist. Es hilft auch nicht gerade, dass wir nur das Licht der Straßenlaternen haben, um uns zurechtzufinden. Sobald das Zelt steht, machen wir ein paar Schritte zurück und brechen dann bei dem Anblick in schallendes Gelächter aus. Es ist offensichtlich, dass Nagetiere drangekommen sind, seit wir es zuletzt benutzt haben, denn das Zelt hat riesige Löcher, wo keine sein sollten.

»Es sieht irgendwie traurig aus«, sage ich kichernd.

»Es ist perfekt«, sagt Trevor.

Mom knufft mich in die Seite. »Geh und hol dein Geschenk.«

Ich renne zurück ins Haus und hole das Gefäß, dann renne ich wieder nach draußen, während ich es an meine Brust drücke. »Hab es!«

Mom und Trevor legen die Schlafsäcke ins Zelt, und ich weiß nicht, ob sie vorhat, dass wir heute Nacht alle darin schlafen, aber ich glaube nicht, dass es möglich ist. Dennoch krabble ich zu ihnen hinein und stelle das Gefäß in die Mitte, dann lege ich den Schalter wieder um. Als die Musik einsetzt, singt Mom mit, so laut und sorglos, dass ich ebenfalls mit einstimme. Wir singen falsch und abartig laut, und ich sehe zu Trevor, der nur mit den Schultern zuckt. »Ich kenne den Text nicht!«, schreit er.

Das Zelt bebt, und ich glaube, wir sind dafür verantwortlich, doch dann trifft etwas Nasses meine Stirn. Ich sehe nach oben durch das riesige Loch über mir. Ein weiterer Tropfen. »Oh mein Gott, es regnet …«

Mom lacht gackernd. »Wir erleben die Erinnerung wirklich noch mal!« Sie nimmt meine Hand. »Komm mit!«

Ich folge ihr aus dem Zelt hinaus und ignoriere den Regen, der jetzt auf meine Schultern *prasselt.* Sie fängt wieder an zu singen, noch lauter als vorher, und zieht mich an sich, während sie mich in ihren Armen hin und her wiegt und zu einem Takt tanzt, den nur wir hören können. Trevor bleibt im Zelt, während wir um ihn herumtanzen, unser Lachen erfüllt mich mit purer Freude. Der Regen wird immer stärker, bis der Boden unter uns zu Schlamm wird. Mom lacht auf, als sie ausrutscht. Sie legt sich auf den Rücken, bewegt die Arme und Beine auf und ab.

»Was machst du da?«, frage ich.

»Schlammengel!«

Ich springe um sie herum, spritze uns dabei mit Schlamm voll und schlenkere wild mit den Armen, während ich weitersinge.

Wir haben das *gebraucht.*

Gott, wie sehr wir das gebraucht haben.

Nur eine Nacht. Einen einzigen Augenblick, in dem wir alles andere vergessen können, und genau wie all die anderen Male zuvor, ist Connor derjenige, der uns das ermöglicht … selbst von Georgia aus.

Nachbarn schalten das Licht an ihrer Veranda an, öffnen die Haustür, um zu sehen, was all das Lachen und Singen und Schreien soll. Es ist mir egal, was sie sehen, und Mom … Sie ist so wunderbar unwissend, was um sie herum passiert, und ich liebe das. Es ist acht verdammte Jahre her, seit ich sie das letzte Mal so gesehen habe, und ich will an diesem Moment festhalten, solange ich kann. Mom fängt wieder an zu singen, schreit den Liedtext in die Nacht hinaus, als sie auf die Füße kommt, mit schlammverdreckten Haaren und Kleidern. Sie hüpft durch den Garten und schlenkert wild mit den Armen.

Unser Nachbar von schräg gegenüber kommt heraus, seine Fliegengittertür prallt gegen die matte Hauswand. »Schwing deinen besoffenen Arsch ins Haus! Du störst die Ruhe!«

»Sie ist nicht betrunken, Sie Arschloch!«, brülle ich zurück.

»Kümmer dich nicht um ihn, Ava«, sagt Trevor und klettert aus dem Zelt. Er legt eine Hand an den Rücken meiner Mom und nimmt ihre Hand, und die beiden tanzen zusammen, ein erbärmlicher Versuch, einen Tango hinzulegen, der sie vor Lachen johlen lässt.

Der Arschlochnachbar telefoniert jetzt, und mehr Leute kommen aus ihren Häusern, beobachten unsere Freude vom Schutz ihrer Veranda aus. Ich schnappe mir mein Geschenk, da ich nicht will, dass es im Regen kaputt geht, und trage es auf die Veranda, und als ich mich wieder umdrehe, ist die Straße erhellt von roten und blauen Lichtern.

»Trevor, hör auf!«, schreie ich, aber er ist zu sehr mit Lachen beschäftigt, um mich zu hören.

Ich eile zu ihnen, während ich den Nachbarn wütend anfunkle. »Die Cops sind hier!«

Mom wirft lachend den Kopf zurück. »Was wollen sie tun, Ava?«, schreit sie durch den Regen. »Mir Handschellen anlegen?«

Zwei uniformierte Officer steigen aus dem Wagen, während Trevor und ich nebeneinanderstehen und versuchen, Mom nicht zu beachten, die einfach weitersingt.

»Gibt es ein Problem, Officers?«, frage ich, als sie auf uns zukommen.

Es sind zwei Männer. Der jüngere der beiden ist groß, eine feste Wand aus Muskeln, und der andere ist kleiner und runder um die Mitte. Der Große sagt: »Wir hatten eine Beschwerde wegen Lärmbelästigung.«

Ich schüttle den Kopf. »Wir waren nur hier draußen …«

»Im Regen?«, unterbricht mich der Kleinere.

Ich nicke und wische mir das Wasser aus den Augen. »Ist das verboten?«

»Nein«, antwortet der Große, und ich kann jetzt schon sagen, dass er der Nettere der beiden ist. Ich schaue auf seine Dienstmarke – *L. Preston* –, und er kennt offenbar meinen Bruder, denn er fragt: »Trevor?«

»Hey, Leo.«

»Du kennst ihn?«, frage ich meinen Bruder, während ich zwischen den beiden hin und her sehe. Hinter mir singt Mom immer noch, sie ist immer noch wunderbar glücklich.

»Er ist einer von Tom Prestons Söhnen.«

»Ah.« *Das erklärt den Namen.*

»Hör mal«, sagt Leo, »wir müssen kommen, wenn es eine Beschwerde gibt, aber es sieht aus, als hättet ihr einfach nur …«

»Sie stören die Nachbarschaft!«, brüllt unser Nachbar, der jetzt auch unsere Auffahrt hochkommt. Ich habe noch nie zuvor mit ihm geredet, und ich verstehe nicht, was sein verdammtes Problem ist. »Sehen Sie nur mal all die Menschen, die rausgekommen sind! Sie haben alle Angst. Wer weiß, was diese betrunkene Alte tun wird …«

»Nennen Sie sie verdammt noch mal nicht so!«, schreie ich zurück.

»Ava.« Trevor seufzt und schüttelt den Kopf. »Er ist es nicht wert.«

Unser Nachbar lacht. »Yeah, hör auf diesen …«

Ich *höre* das Wort nicht, aber ich weiß, was er gesagt hat. Es ist ein Vorurteil. Engstirnigkeit. Wut kocht in mir hoch, als ich einen Schritt nach vorn mache. »Sie rassistisches Stück …«

Trevor zieht mich zurück und hält mir den Mund zu. Aber ich bin nicht diejenige, um die er sich Sorgen machen muss. Mom drängt sich brüllend an mir vorbei. Innerhalb von Sekunden hat sie den Kerl am Kragen gepackt, sodass sein Gesicht nur wenige Zentimeter von ihrem entfernt ist.

»Wie haben Sie meinen Sohn gerade genannt?!«

»Du hast mich schon gehört, du verrückte Alte.«

Alles scheint sich zu verlangsamen – zumindest kommt es mir so vor –, die Art, wie sie den Kopf nach hinten nimmt … kurz bevor sie ihn unserem Nachbarn ins Gesicht rammt. Blut läuft dem Kerl aus der Nase, aber Mom lässt ihn nicht los. Sie macht es noch mal. Und noch mal. Und ich kann die Schreie der anderen Leute um uns herum hören, sehe diejenigen, die ihre Kinder zurück ins Haus scheuchen. Trevor lässt mich los, aber er ist zu spät.

»Ich will, dass sie verhaftet wird!«, befiehlt der Arsch, und der dicke Cop läuft um mich herum und packt Mom brutal an der Schulter.

Sie dreht sich zu ihm. »Wagen Sie es nicht, mich anzufassen!« Sie schlägt nach seinem Kopf, und das ist der Moment, in dem die Zeit wieder schneller läuft.

Er greift nach seinem Schlagstock und knallt ihr damit von hinten gegen die Beine, sodass sie mit einem Schmerzensschrei vornüber zu Boden fällt. Sie brüllt unverständliche Worte, und mein

Herz setzt einen Schlag aus. Sie tritt um sich, und sie schreit, und *ich* weiß, dass sie fleht, aber niemand sonst tut das, weil niemand sonst sie so gut kennt wie ich. Ein weißer Blitz zuckt an ihrem Bauch – ein Taser –, und da komme ich zu mir.

Ich brülle aus voller Lunge: »Tun Sie ihr nicht weh!« Ich kann durch die Tränen nichts mehr erkennen, kann durch das Schluchzen nichts mehr hören, als sie hochgehoben und zum Polizeiwagen geschleppt wird. Leo Preston ist jetzt neben mir und stößt einen unterdrückten Fluch aus. Ich renne zu dem Wagen, versuche, meine Mutter aus dem Griff des Officers zu befreien. »Lassen Sie sie gehen. Sie hat nichts getan!«

»Sie hat mich angegriffen!«, schreit der Arschnachbar, der sich eine Hand an die Nase hält.

»Fick dich!«, brülle ich.

Trevor ist auf einmal hinter mir, zieht mich weg, während der Cop Mom ins Auto befördert und die Tür schließt. Sie sitzt vollkommen still da, das Kinn erhoben. Aber als sie sich zu mir dreht, gefriert mir das Blut in den Adern. Es ist keine Emotion mehr in ihrer Miene. Kein Leben in ihren Augen. Die Autoscheinwerfer kommen näher, von einem Rettungswagen. Er bleibt vor dem Polizeiwagen stehen, auf der falschen Straßenseite.

Connors Dad springt als Erstes raus, sein Blick sucht meinen. »Ava? Was ist passiert?«

Ich sehe zurück zu meiner Mutter, während Trevor mich langsam loslässt. Ich hebe die Hand und lege sie ans Fenster, meine Sicht verschwimmt durch die Tränen, und ich krächze atemlos: »Mama …«

CONNOR

> **Connor:** Hmm. Ich habe das Gefühl, dass der Mangel an Nachrichten von dir bedeutet, dass du das Geschenk hasst … Ich hoffe, du weißt, dass es nicht einfach nur ein altes Mayonnaiseglas ist.

Ich starre auf die letzte Nachricht zwischen Ava und mir. Ich habe sie vor über einer Stunde abgeschickt, nachdem ich ihr mindestens zwei Stunden Dunkelheit Zeit gegeben habe, um das Geschenk zu öffnen. Sie hat noch nicht darauf reagiert, also schicke ich ihr noch eine Nachricht.

> **Connor:** Hast du es eingeschaltet? Verdammt, ich hoffe, die Batterie ist nicht alle. Sie war ganz neu …

Nach einer weiteren geschlagenen Stunde, in der keine Antwort kommt, rufe ich sie an, lande aber direkt auf ihrer Mailbox, also bestelle ich was beim Zimmerservice, um mich abzulenken. Aber es hilft nicht wirklich. Nervosität durchströmt mich, pocht hart an meiner Haut. Meine Gedanken beginnen, sich im Kreis zu drehen, jedes mögliche Szenario rast durch meinen Kopf. Ich weiß, zwischen uns lief es nicht gerade gut in letzter Zeit, aber es schien heute besser gewesen zu sein. Zumindest … dachte ich das.

Es ist Mitternacht, als ich noch mal versuche, sie anzurufen, aber keine Antwort. Ich liege im Bett, der Fernseher ist an, ich bin jedoch nicht wirklich bei der Sache. Irgendwann muss ich eingeschlafen sein, denn als ich das nächste Mal aufwache, ist es schon fast drei Uhr morgens. Die einzigen Nachrichten auf meinem Handy sind von Dad. Ich schicke ihm schnell eine Antwort, sage ihm, dass es mir gut gehe und ich früh ins Bett gegangen bin, dann rufe ich Ava an.

Ich lande wieder direkt auf der Mailbox.

Dieses Mal hinterlasse ich eine Nachricht, und meine Zweifel lassen meine Stimme brechen: »Hey, Babe. Ich bin nicht sicher, was los ist, aber ich habe dir geschrieben und angerufen und … und ich hoffe, es ist alles in Ordnung. Es tut mir leid, dass ich an deinem Geburtstag nicht für dich da sein konnte, und ich hoffe, das ist nicht der Grund, warum du mich … *ignorierst.* Ich weiß, dass es zwischen uns ein wenig … schwierig war. In unser beider Leben ist gerade ziemlich viel los, und vielleicht ist das der Grund, warum wir uns nicht mehr so *nahe* sind, wie wir es sein sollten …« Ich schlucke den Kloß in meinem Hals herunter. »Und ich weiß, es ist vielleicht schwer, zu glauben, wenn man bedenkt, worum ich dich gebeten habe, aber … ich will, dass du weißt, dass ich dich liebe.« Ich schweige einen Herzschlag lang. »Gott, ich liebe dich so sehr. Mit allem, was ich bin … für immer.« Dann stoße ich einen tiefen Seufzer aus, der all meine Gefühle beinhaltet. »Ava, bitte gib uns nicht auf.«

Kapitel 34

CONNOR

Meine Mom will mit mir frühstücken. Ich sage ihr, dass ich keine Zeit hätte, dass ich beschäftigt sei – es ist nur zur Hälfte gelogen. Die ganze Wahrheit ist, ich habe nicht das Gefühl, dass es noch etwas zu sagen gibt. Und wenn ich ehrlich bin, nach der Nacht, die ich hinter mir habe, glaube ich auch nicht, dass ich etwas herunterkriegen würde.

Ich konnte nicht mehr schlafen. Nicht mal annähernd. Ich habe die ganze Nacht versucht, Ava anzurufen, aber nichts. Entweder ist ihr Handy aus, oder sie hat meine Nummer blockiert … und ich weiß nicht, was mir mehr Angst macht.

Ich weiß, ich sollte heimfahren, aber früher abzureisen, würde zu viele Fragen aufwerfen. Ich habe ein ganzes Netz aus Lügen erschaffen, und jetzt bin ich darin gefangen. Ich bleibe im Hotelzimmer, harre hier aus bis zu meiner angeblichen Landung, von der ich Ava und Dad erzählt habe. Dann rufe ich als Erstes Ava an – wieder nichts – und danach Dad.

»Bist du schon auf dem Weg?«, ist das Erste, was er sagt. Seine Stimme ist heiser, schwach.

Sofort steigt Furcht in mir hoch. »Ja. Was ist los?«

»Du hast nicht mit Ava gesprochen?«

Mein Puls beschleunigt sich. »Nein, ich kann sie nicht erreichen. Warum? Was ist passiert?«

Er seufzt, lange und laut. »Komm nach Hause, Sohn. Ich erkläre alles, wenn du hier bist.«

***

Die Straßen wollen einfach nicht enden. Jede Ampel ist rot. Jedes Auto vor mir fährt zwanzig Stundenkilometer unter der Geschwindigkeitsbegrenzung. Ich habe einmal zu Ava gesagt, dass ich durch die Zeit reisen würde, um bei ihr zu sein, aber die Zeit scheint nicht mehr zu existieren, und je näher ich komme, desto mehr habe ich das Gefühl, dass der Abstand zwischen uns nur größer wird.

Ich war nur einen Anruf entfernt. Eine Nachricht. Ich zwinge mich, meine Gedanken zu bremsen, denn es geht hier nicht um mich, und was auch immer es ist, Dad *weiß Bescheid.* Er hat irgendwie damit zu tun. Und das kann nur eins bedeuten …

Endlich schaffe ich es nach Hause, und kaum, dass der Motor aus ist, springe ich aus dem Wagen, unsicher, wo ich zuerst hingehen soll. Als ich zu Avas Haus hinüberschaue, bemerke ich Trevors Pick-up in der Auffahrt, aber davon abgesehen, gibt es nichts, was darauf hindeuten würde, dass irgendetwas nicht stimmt.

Dad nimmt mir die Entscheidung ab, indem er die Haustür öffnet und sich an den Nacken greift. »Lass mich zuerst mit dir reden, Connor.«

Ich sitze auf der Couch, stehe auf, laufe auf und ab, setze mich wieder hin, und mit jedem Wort, das über Dads Lippen kommt, wird mein Herz schwerer und mein Magen zieht sich schmerzhaft zusammen.

»Ich hätte da sein sollen«, flüstere ich. *Ich hätte es verhindern können.* Aber ich war nicht da. Denn für eine Nacht haben meine selbstsüchtigen Bedürfnisse meine Liebe für Ava überwogen. Es war ihr verdammter Geburtstag. Er hätte *magisch* sein sollen.

Dad steht neben mir, als ich an Avas Tür klopfe. Trevor öffnet uns, das Handy ans Ohr gepresst. Mit müden Augen sieht er zu mir auf und murmelt: »Sie ist in ihrem Zimmer.«

Ohne ein weiteres Wort gehe ich an ihm vorbei und direkt zu ihr. Ich bleibe stehen, als ich sie sehe. Meine Hand liegt immer noch auf dem Türknauf. Sie sitzt auf ihrem Bett in der Ecke mit dem Rücken zur Wand, die Knie angezogen. Sie hebt den Kopf, und ihr Mund öffnet sich leicht. Ein Kloß bildet sich in meinem Hals, als ich ihren Gesichtsausdruck sehe ... als wäre in einer einzigen Nacht die Hoffnung in ihr für einen kurzen Moment wieder zum Leben erwacht, nur um dann endgültig zu sterben. Ein kleiner Schluckauf hebt ihre Schultern, und *ich hasse mich selbst.*

Schnell bin ich bei ihr, nehme sie in die Arme und schirme sie von allen Gefahren der Welt ab. Ich will sie beschützen, sie lieben. Sie klettert auf meinen Schoß, wortlos, und legt ihr Ohr an meine Brust, um zu lauschen. Und ich bete zu Gott, dass sie findet, wonach sie sucht, was sie braucht.

Sie hebt den Blick, legt den Kopf schief und mustert mich verwirrt und mit gerunzelter Stirn. Ihre Hände krallen sich in meine Jacke, um sie mir auszuziehen. Sie atmet bebend ein und aus, als sie das Ohr wieder an meine Brust drückt, und ihre Finger zittern, als sie dagegenklopft. Klopf, klopf, klopf.

»Wo ist sie?«, flüstert sie, und alles in mir erstarrt.

Sie zieht mir auch das Sweatshirt aus, eine weitere Schicht, die ihr helfen soll, sich besser zu fühlen, aber als sie ihre Wange erneut an meine Brust drückt, ist es immer noch nicht genug. Sie hebt mein T-Shirt an, bis sie Haut an Haut liegt, und ich beobachte, wie ihre Brust sich hebt und senkt, wie ihre Finger sich in meine Brust krallen. Panik liegt in ihren Worten, als sie schluchzend fragt: »Wo ist sie?«

Die *Magie* … Sie ist da. Sie muss da sein. »Ava, sie ist da …«

»Ist sie nicht!« Sie weicht zurück, Tränen sammeln sich in ihren Augen.

»Doch«, sage ich schnell, Angst lässt mich an ihren Hinterkopf fassen und sie an mich drücken. »Ich schwöre es dir. Sie ist da.«

»Sie ist nicht da, Connor!«, sagt sie schluchzend. »Sie ist nicht da! Sie ist nicht da! Sie ist nicht da!«

Ich ziehe sie noch näher, halte sie ganz fest, während mir das Herz schwer wird. Dad und Trevor stehen in der Tür, sie beobachten uns, warten. Und ich erkenne den Moment, in dem Ava in meinen Armen zerbricht, den Moment, in dem der Schmerz zu viel wird, und ihr Schluchzen wird so heftig, dass kein Laut mehr aus ihr herauskommt. Ich schaukle sie sanft, geflüsterte Schs schweben mit jedem meiner Atemzüge über meine Lippen. Tränen verschleiern mir die Sicht, und ich sehe zu Dad, Angst drückt mir die Luft ab. »Ich weiß nicht, was ich tun soll.«

Er kommt ins Zimmer und geht vor mir in die Hocke, dann legt er die Hand sanft an Avas Rücken. »Hast du geschlafen, Ava?«

Sie schüttelt den Kopf, verbirgt ihr Gesicht in meiner Halsbeuge.

Dad sieht zu Trevor. »Nimmt ihre Mom Xanax oder ein anderes Beruhigungsmittel? Vielleicht sollte Ava etwas davon nehmen. Nur eine kleine Dosis, damit sie …«

Trevor nickt. »Ich hole es.«

***

Mithilfe des Beruhigungsmittels schläft Ava nach wenigen Minuten in meinen Armen ein. Ich höre Dad und Trevor im Wohnzimmer reden, und ich versichere mich, dass Avas Atemzüge gleichmäßig, ihre Gesichtszüge ruhig sind, bevor ich mich aus ihrer Umklammerung löse und zu ihnen gehe. Trevor sieht auf, als ich die Tür öffne.

Er hebt die Augenbrauen. »Wie geht es ihr?«

»Sie schläft.«

»Sie muss schlafen«, sagt Dad. »Für ihre eigene psychische Gesundheit.« Dann sieht er zu Trevor. »Genauso wie du, Trevor.«

»Ich weiß.« Er seufzt und klammert sich an sein Handy, als wäre es sein Rettungsanker. »Ich habe es Ava noch nicht erzählt, aber sie haben Mom aus dem Gefängnis entlassen und sie in eine psychiatrische Anstalt eingewiesen. Sie hat ihren Kopf immer wieder gegen die Wand geschlagen …« Er verstummt.

»Oh Gott«, murmle ich und fahre mir mit der Hand übers Gesicht, während ich mich neben Dad auf die Couch fallen lasse.

Trevor stößt die Luft aus, schwer und langsam. »Mein Boss … Er hat einen Freund, der Anwalt ist. Er kommt bald vorbei, um alles durchzugehen. Ich hoffe, sie können sich außergerichtlich einigen. Ich will nicht, dass Ava da durch muss. Nicht noch mal.«

Ich nicke, auch wenn ich nicht wirklich verstehe, was gerade passiert. »Was kann ich tun?«

»Du tust doch schon alles«, versichert er mir. »Ich brauche dich, damit du dich um Ava kümmerst, sodass ich mich um alles andere kümmern kann.«

»Und wer kümmert sich um dich?«, frage ich.

Er schließt die Augen. »Peter ist gerade im Flugzeug auf dem Weg nach Hause.«

Kapitel 35

CONNOR

Die nächsten zwei Tage weigert Ava sich, aufzustehen. Sie weigert sich, zu essen. Und sie weigert sich, zu sprechen. Selbst mit mir. Aber das bedeutet nicht, dass ich von ihrer Seite weiche. Nicht mal eine Sekunde lang bin ich weiter als ein paar Meter von ihr entfernt. Wenn sie schläft, versuche ich, auch zu schlafen. Aber ich kann nicht. Ich mache mir Sorgen, und diese Sorge wird zu Furcht, wird zu Panik. Denn was, wenn …

Was, wenn sie für Miss D keinen Deal rausschlagen können?

Was passiert dann mit ihr?

Was passiert mit Ava?

Trevor und Peter kommen und gehen, hängen am Telefon, und ich fühle mich nutzlos. Ich fühle mich, als müsste ich mehr tun als einseitige Gespräche mit einem Mädchen zu führen, das mich kaum anschauen kann. Ein Mädchen, das Magie braucht und sie nicht in dem Menschen findet, der sie ihr versprochen hat.

Sie sieht mich.

Ich weiß, dass sie das tut.

Aber sie sieht *durch* mich hindurch.

Und das ist fast noch schlimmer, als ignoriert zu werden.

***

Ich gehe nicht zur Schule, und niemand fragt, warum. Sie wissen es bereits. Leute kommen vorbei, hauptsächlich Leute, die ich nicht kenne. Trevor schließt die Tür zu Avas Zimmer, wenn jemand da ist. Er will nicht, dass sie hört, was sie zu sagen haben, und ihr scheint es egal zu sein, welche Geheimnisse sie vor ihr haben.

Rhys und Karen kommen auch vorbei, und sie blicken zu Ava, dann zu mir, und das Einzige, was wir in unseren Gesichtern sehen, ist Hilflosigkeit.

Am dritten Tag kommt Amy – Trevors Freundin. Sie ist die Einzige, die Ava dazu bringt, etwas zu essen – nicht viel, aber es ist genug, um mir einen Teil der Sorgen, die ich seit Tagen mit mir rumschleppe, zu nehmen.

Ich wünschte nur, ich wäre derjenige gewesen, der sie dazu bringt.

Miss Turner kommt vorbei, und zum ersten Mal scheint Ava wieder in die Realität zurückzukehren.

»Hey, Liebes«, sagt Miss Turner, die in der Tür zu Avas Zimmer steht. »Ich habe auf Ihren Anruf gewartet. Ich war mir nicht sicher, ob Sie mich sehen möchten.«

»Doch«, flüstert Ava und nickt, während sich ihre Augen mit Tränen füllen. Sie hat noch auf niemand anders so reagiert, und ich versuche, meine Eifersucht beiseitezuschieben, aber sie ist da … und brodelt unter der Oberfläche.

»Möchten Sie darüber reden?«, fragt Miss Turner sie.

Ava nickt erneut, und ihr Blick huscht zu mir, bevor sie wieder zu Miss Turner sieht.

Miss Turner dreht sich zu mir, auf ihren Lippen liegt der Ansatz eines mitleidigen Lächelns. »Können Sie uns einen Moment allein lassen, Connor?«

Ich senke den Blick. »Natürlich.«

Sie reibt mir über den Arm. »Nehmen Sie es nicht persönlich.« Genau dasselbe hat auch Rhys zu mir gesagt, als ich Ava das erste Mal gesehen habe. Es hat mir damals schon nicht geholfen, und es hilft auch jetzt nicht.

Ich sehe zu Ava. »Ich gehe nach Hause und hole frische Klamotten. Ich bin gleich zurück, okay?«

Sie weicht meinem Blick aus.

Und dann frage ich etwas, worüber ich mir die letzten Tage den Kopf zerbrochen habe, was ich mich bisher nicht getraut habe, zu fragen, aus Angst vor ihrer Antwort. »Willst du, dass ich zurückkomme, Ava?«

»Natürlich tut sie das«, antwortet Miss Turner an ihrer Stelle. Sie seufzt und senkt ihre Stimme, ihre Worte sind nur für mich gedacht. »Das hier hat nichts mit *Ihnen* zu tun, Connor. Und Sie müssen das akzeptieren.«

AVA

In meiner Schreibtischschublade lebt ein Beleg.

Ein Beleg für den Zimmerservice.

Unterschrieben von einem Connor Ledger.

Das Datum auf dem Beleg ist dasselbe wie das von meinem Geburtstag.

In meinen Gedanken

suche ich nach Ausflüchten, warum er mich angelogen hat, wo er war.

In meinem Herzen

gebe ich mir selbst die Schuld dafür, nicht genug zu sein.
Der Beleg ist von einem Hotel in North Carolina.
Es ist nur eine Nacht in Georgia,
hat Connor gesagt,
es ist ein Pressetermin für das All-American-Team.
In meinen Gedanken
frage ich mich, wie er mir so einfach ins Gesicht lügen konnte.
Aber in meinem Herzen
weiß ich es bereits.
Unter meinem Bett lebt ein Plastikglas.
Ein Glas voller falscher Glühwürmchen.
Wenn die Welt am dunkelsten ist,
das ist die Zeit, in der die Magie erscheint,
hat meine Mom immer gesagt.
In meinen Gedanken
wünsche ich mir, dass die Magie tatsächlich existiert, dass sie real ist.
Aber in meinem Herzen
glaube ich, dass die Hoffnung gestorben ist …
Genau wie Connors Liebe für mich.

Kapitel 36

AVA

Unser Wohnzimmer ist ein einziger Wirbelsturm an Menschen, von denen ich einige kaum kenne. Wenn Mom hier wäre, würde sie es hassen.

Ich hasse es.

Connor liegt in meinem Bett, er hält mich fest, als wollte er mich irgendwie trösten, beschützen.

Ich hasse auch das.

»Ava?«, sagt Trevor und steckt den Kopf zur Tür herein.

Ich brauche meine ganze Überwindung, die Augen zu öffnen.

»Der Anwalt ist hier. Und Leo Preston. Sie wollen mit dir über deine Mom reden.«

Ich lege den Kopf wieder aufs Kissen, will mit niemandem reden.

Connor setzt sich neben mir auf und nimmt meine Hand in seine. Er sieht mit hochgezogenen Brauen zu mir herunter. Seine Lippen verziehen sich zu einem ermutigenden Lächeln. »Du solltest mit ihnen reden, Babe. Vielleicht haben sie gute Nachrichten.« In seinen Augen liegen dieselbe grenzenlose Liebe und dasselbe Mitgefühl wie früher, als er mich noch geliebt hat, und ich frage mich, wann genau er so verdammt gut darin geworden war, es mir vorzuspielen.

Ich zwinge mich, aus dem Bett zu klettern und sämtliche Gedanken zu verdrängen, und gehe mit meinem Bruder ins Wohnzimmer. Amy und Peter sind auch da. Sie stehen in der Tür zur Küche, etwas abseits, aber immer noch in Sichtweite.

Wieder setzt Connor sich neben mich und hält meine Hand.

»Hi, Ava«, sagt ein Mann mittleren Alters. Sein Blick ist weich, freundlich, und ich erinnere mich nur schwach daran, dass er der Anwalt ist, den Tom Preston uns geschickt hat. »Ich bin Nathan Andrews. Wir haben schon miteinander gesprochen, aber ich bin nicht sicher …«

»Ich erinnere mich«, murmle ich und schaue zu Leo Preston. Er hat die Polizeiuniform abgelegt, er sieht jetzt viel jünger aus, viel *nahbarer.* »Hi«, sage ich zu ihm.

Leo lächelt.

Connor drückt meine Hand. »Also, haben Sie Neuigkeiten von Miss D?«, fragt er, und ich kann echte Sorge in seiner Stimme hören. Egal, was mit uns passiert oder was wir *nicht sind*, ich weiß, dass ihm meine Mutter auf eine Art wichtig ist, wie es nur bei wenigen Menschen der Fall ist.

Und das *muss* etwas zu bedeuten haben.

Ich halte seinen Arm an meine Brust, erlaube mir diesen einen winzigen Moment mit ihm.

»Ich habe es geschafft, den Richter außerhalb des Gerichtssaals zu erwischen«, erzählt Nathan uns. »Alle Anschuldigungen werden fallen gelassen, und deine Mom kann heute nach Hause.«

Mein Atem stockt. »Wirklich?«

»Wirklich.«

»Wie haben Sie …?«

Nathan schüttelt den Kopf, sein Blick verändert sich. »In einer Stadt wie dieser geht es leider darum, *wen* du kennst. Dein Bruder hat glücklicherweise einige gute Kontakte geknüpft.«

Ich sehe zu meinem Bruder, aber er weicht meinem Blick aus, also schaue ich zu Peter, bemerke, dass er mich beobachtet, dass er voll und ganz darauf fixiert ist, wie ich mich an Connor festklammere. Es ist nicht schwer, mir zusammenzureimen, was los ist, und ich will wütend sein. Ich will Trevor anbrüllen, weil er Peter da mit reingeholt hat, aber ich kann nicht … denn meine Mom *kommt nach Hause.*

»Danke, Peter«, bringe ich stockend hervor, ein unterdrückter Schluchzer macht es mir unmöglich, zu atmen. Ich konzentriere mich wieder auf Nathan und Leo. »Ihnen allen. Danke.«

Nathan nickt, ein trauriges Lächeln zupft an seinen Mundwinkeln. »Aber, Ava, der Richter hat Bedenken, und wenn ich ehrlich bin, nachdem ich einen Blick auf die Vorgeschichte deiner Mom geworfen habe, habe ich die auch.«

Angst treibt meinen Puls hoch. »Was heißt das?«

»Das Gesundheitssystem in dieser Stadt ist in Hinblick auf psychische Gesundheit …«

»Ich weiß«, unterbreche ich ihn und sehe zu Boden.

»Was weißt du? Was bedeutet das für …?« Connor verstummt.

Es bedeutet, sie braucht mehr Unterstützung, als wir ihr bieten können …

»Sie weiß, was es bedeutet«, sagt Peter.

Ich kann mich um dich kümmern, Ava.

»Ich habe nicht dich gefragt«, presst Connor hervor.

Aber es ist unser kleines Geheimnis.

Trevor seufzt. »Also, wann kann sie nach Hause kommen?«

»Mein Dienst beginnt gleich«, sagt Leo. »Ich hole sie ab und bringe sie direkt hierher.«

In der Zeit, in der Leo meine Mom abholt, ignoriere ich jeden um mich herum und mache mich an die Arbeit. Ich drucke neue Fotos aus, so viele davon, und klebe sie alle an ihre Wände. Ich putze das Wohnzimmer, die Küche, stelle sicher, dass alle Gläser oder scharfen Gegenstände, die sorglos herumstehen, weggeschlossen sind. Ich kontrolliere ihre Medikamente, lege sie für sie bereit. Zum ersten Mal seit Tagen dusche ich. Ich räume mein Zimmer auf, mache die Wäsche, darunter auch die Jacke, die ich Connor verzweifelt heruntergerissen habe, als er aus »Georgia« zurückgekommen ist. Ich brauchte in diesem Moment die Magie. Ich brauchte nicht den Beleg, der aus seiner Jackentasche gefallen ist, und all die Lügen und Unsicherheiten, die damit einhergehen.

Connor folgt mir, seine Worte sind leise, als er versucht, mit mir zu reden. Es ist schwer, ihn hierzuhaben, aber ihm zu sagen, dass er gehen soll, und ihm die Gründe zu nennen, warum ich ihn *nicht* hierhaben will, wäre noch viel schwerer. Davon abgesehen, ich weiß nicht, in welcher Verfassung meine Mom sein wird, wenn sie nach Hause kommt, und sosehr ich es auch hasse, es zuzugeben, er hilft ihr auf eine Weise, die nur die beiden verstehen.

Als ich fertig bin, setze ich mich ins Wohnzimmer und starre aus dem Fenster.

Warte.

Es ist, als wäre ich wieder fünfzehn, und meine Welt ist nichts außer Herzschmerz und Hoffnung.

Es fühlt sich an wie Stunden, bis der Streifenwagen in unsere Auffahrt fährt. Connor ist sofort auf den Füßen, wobei er mich mit sich zieht. Er muss ebenfalls aus dem Fenster gesehen haben.

Gewartet haben.

Er öffnet mir die Tür, und ich lasse seine Hand los, nehme stattdessen die von Trevor. Wir stehen Seite an Seite auf der Veranda und beobachten Leo, der die hintere Tür öffnet. Seine Berührungen sind sanft, als er meiner Mutter vom Rücksitz hilft. Ich wippe auf den Zehen, Nervosität und Vorfreude durchströmen mich. Ich kann mich nicht mehr zurückhalten, als sie auf uns zukommt mit gesenktem Kopf. Ich renne zu ihr, genau wie all die Male, wenn sie vom Krieg zurückgekommen ist. Ich rufe nach ihr, Tränen verschleiern mir die Sicht. »Mama!« Sie fühlt sich nach Zuhause an, als wäre ihre Umarmung aus Magie gemacht … aus der Art von Magie, die sämtliche Kindheitsängste zerstört und sie durch Vertrauen und Sicherheit und *Liebe* ersetzt. Ich weine an ihrer Schulter, halte sie fest, will sie nie wieder loslassen.

Ich spüre Trevors Nähe, bevor ich ihn sehe.

»Trevor«, flüstert Mom.

»Tu das nie wieder«, sagt er, seine Stimme ist schroff.

Mom lässt mich los, und ihr Arm fällt herab, als sie meinen Bruder anfunkelt.

Trevor fügt hinzu: »Kämpfe nicht meine Kämpfe für mich. Vor allem nicht, wenn es um *meine* Wurzeln und die Ignoranz anderer Menschen geht.«

Mom reckt das Kinn und sieht ihm direkt in die Augen, als er die Schultern strafft. »Du bist *mein* Sohn, Trevor. Ich würde einen verdammten Krieg für dich beginnen.«

Zum allerersten Mal erlebe ich, wie mein Bruder zerbricht. Zersplittert. Werde Zeugin, mit welcher Kraft meine Mutter ihn festhält, während er schluchzt, während es ihn förmlich zerreißt. Und erst in diesem Moment werden mir die wahren Konsequenzen meiner Entscheidungen bewusst. Ich dachte, ich bräuchte Zeit.

Wenn ich nur abwarten könnte, würde sich alles von selbst regeln. Aber mit jeder Sekunde des Wartens wird unser Schmerz nur größer und zerstört die Menschen, die mir am wichtigsten sind.

Ich sehe zu Connor, der auf der Veranda steht, beobachte, wie seine Brust sich mit jedem Atemzug hebt und senkt.

Und dann sehe ich zu Peter, der neben ihm steht.

Ich kann mich um dich kümmern, Ava …

Ich schließe die Augen.

Vincit qui se vincit: Es siegt, wer sich selbst besiegt.

Ich spiele mit Moms Ring an meinem Daumen herum.

Ich bin eine Siegerin.

Das bin ich.

Das bin ich.

Kapitel 37

AVA

»Zu viele Menschen«, murmelt Mom.

»Ich weiß, Mama«, erwidere ich und führe sie von ihrem Schlafzimmer ins Wohnzimmer. »Aber sie sind für Trevor da. Sie machen sich Sorgen um ihn, und er braucht die Unterstützung.« Gott, und wie er sie braucht.

Als sie vorhin nach Hause gekommen ist, hat sie Connor, Peter und Amy nicht begrüßt und ist direkt in ihr Zimmer gegangen. Das Einzige, was sie tun wollte, war schlafen, auch wenn ich nicht glaube, dass sie das tatsächlich getan hat. Sie wollte einfach nur allein sein, und ich *fühle* das.

Ich will dasselbe.

Inzwischen ist der Tag zur Nacht geworden, und es sind immer noch alle hier, unter ihnen auch Leo and Tom Preston. Leo hat seine Schicht beendet und ist gekommen, um nach ihr zu sehen. Tom ist hier, um nach Trevor zu sehen. Ich habe noch nie so viel Freundlichkeit von Fremden erfahren, und ich wünschte, ich könnte Mom das auf eine Weise zeigen, die sie nicht durcheinanderbringt.

»Hey, Miss D«, begrüßt Connor sie und küsst die Narben, die ihre Schönheit trüben. Er schenkt ihr ein Lächeln, weich und warm, und ich wünschte, es würde *mir* etwas bedeuten, aber das tut es nicht.

Alle kommen zu uns ins Wohnzimmer, während Mom die Kapuze ihres Bademantels richtet, um ihr Gesicht zu verbergen. Selbst wenn nur Peter und Amy da sind, zieht sie sich so zurück, aber bei Fremden … Ich habe Angst vor ihrer Reaktion.

»Wie fühlen Sie sich, Ma'am?«, fragt Leo, der uns gegenübersteht.

Mom setzt sich auf die Couch zwischen Connor und mich. »Viel besser«, antwortet Mom mit tonloser Stimme. »Schlafen …«

Glas zerbricht hinter mir, und Mom schreit. Ich ebenfalls. Noch mehr Glas zerbricht, und dann noch mehr. Ein Schuss nach dem anderen wird auf die Fenster abgefeuert, Glassplitter fliegen an mir vorbei, landen auf mir, und dann bin ich umgeben von Wärme, werde zu Boden geworfen. Mom hört nicht auf zu schreien, und um mich herum herrscht Chaos. Füße laufen über den Teppich, Türen werden aufgerissen und Flüche füllen die Luft. Warmer Atem streicht über meinen Nacken, und dann, nach einer gefühlten Ewigkeit, senkt sich Stille über uns. Dunkelheit breitet sich in meinem Innern aus, in meinen Gedanken, und mein Herz rast, wird schwer.

»Was zum Teufel war das?«, ruft Amy, und ich öffne endlich die Augen. Sie ist ebenfalls auf dem Boden, wird von Trevors ganzem Körper abgeschirmt.

Er hebt etwas vom Boden auf. »Diabolos aus einer Luftpistole.«

Neben mir sitzt Mom mit angezogenen Knien, die Arme schützend über den Kopf gelegt. Connor ist hinter ihr, mit dem Rücken zum Fenster, und schützt sie. Verwirrt sehe ich zu den Armen herunter, die meine an meine Brust drücken.

»Bist du okay?«, fragt Peter. Sein Mund ist ganz nah an meiner Wange.

Ich sehe zu Leo, der mit dem Handy am Ohr zurück ins Haus kommt.

Ich blicke wieder zu Mom, sie schluchzt lautlos, während sie zu Connor hochsieht. »Verschwinde!« Ihre Faust landet auf seiner Brust, immer und immer wieder, und ich schubse Peter aus dem Weg, um zu ihr zu kommen. »Verschwinde! Verschwinde! Verschwinde!«, schreit sie.

Connor packt sie an den Oberarmen, hält sie fest, und ich sollte ihn warnen … sollte ihm sagen, dass das ein Trigger ist. »Miss D. Ich bin's.« Er sucht ihren Blick. »Sehen Sie mich an!«

Sie lässt den Kopf fallen, und die Schluchzer erschüttern ihren ganzen Körper.

»Ich bin's, Connor. Erinnern Sie sich?« Er blickt kurz zu mir, bevor er sich wieder auf Mom konzentriert. »Connor, eins fünfundneunzig, aber er hofft …«

Mom grunzt und nutzt all ihre Kraft, um ihren heilen Arm zu befreien. In meinen Gedanken läuft alles in Zeitlupe ab, in der Realität … kann es nicht mehr als eine Sekunde sein. Sie greift nach einer Glasscherbe, Blut läuft über ihre Knöchel, als sie sie fest umklammert.

»Mama, nein!«

Connor reagiert blitzschnell und greift erneut nach ihrem Arm, schüttelt ihren ganzen Körper, bis er sie fast vom Boden hochhebt. »Die Glühwürmchen«, fleht er, die Verzweiflung lässt seine Stimme brechen. »Die Glühwürmchen sind zurück, Miss D.« Er schüttelt weiter an ihrem Arm, um sie dazu zu bringen, die Glasscherbe fallen zu lassen, und das Blut … da ist zu viel Blut. »Sie sind zurück, und sie sind direkt vor dem Fenster! Wir können sofort rausgehen! Wir können gehen, wo immer Sie hinwollen!«

Moms Griff lockert sich, als würden seine Worte zu ihr durchdringen. Sie lässt die Hand sinken, lässt endlich die Scherbe los, und Connor drückt sie an sich, seine Schultern beben. »Ich will nicht hier sein«, flüstert sie und krallt sich in sein Shirt.

Ich will auch nicht hier sein, sage ich nicht.

Connor gibt ihr einen Kuss auf den Kopf, wie er es schon so viele Male bei mir gemacht hat. »Aber ich brauche Sie hier, Miss D.« Er atmet ein. »*Ich* brauche Sie hier.«

Kapitel 38

CONNOR

Die Fenster von Avas Haus sind inzwischen mit Brettern vernagelt. Ich kann nicht mehr hineinsehen, geschweige denn, dass ich das Haus betreten darf.

Ava bleibt zu Hause.

Dad zwingt mich, zur Schule zu gehen und so zu tun, als wäre nichts passiert.

Ava zufolge will ihre Mom niemanden sehen.

Nicht einmal Krystal.

Aber Amy ist da.

Und Peter ebenfalls.

Es sind inzwischen ein paar Tage vergangen, und jeden Tag, wenn ich von der Schule heimkomme, wurde ihr Haus auf andere Weise mutwillig beschädigt.

Der Nachbar, der für die ganze Scheiße verantwortlich ist, ist weg.

Verschwunden.

Und niemand weiß, wohin.

Ich liege im Bett, habe den Blick zur Decke gerichtet und mein Handy ruht auf meiner Brust. Jeder Anruf bei Ava ist unbeantwortet geblieben, und jede Antwort auf eine Textnachricht wirkt, als würde sie mir gerade genug erzählen, um mich nicht völlig auf Abstand zu halten.

Dad klopft an meine Tür und kommt herein, ohne auf eine Einladung zu warten. Er sieht mich an, und in seinen Augen schimmert Mitleid. »Wie fühlst du dich, Sohn?«

Ich zucke mit den Schultern. Ich weiß nicht mal, wie ich mich fühlen *soll.*

Er setzt sich an die Bettkante und dreht seinen Oberkörper zu mir. »Hast du etwas von ihr gehört?«

»Nicht wirklich. Ich habe ihr vorhin eine Nachricht geschickt, aber sie hat nicht geantwortet«, lüge ich. Denn sie hat geantwortet, sie hat mir nur nicht das gegeben, was ich gebraucht hätte. »Ich habe das Gefühl, irgendwas falsch gemacht zu haben«, gebe ich zu.

»Nein, Connor, so darfst du nicht denken. Du darfst es nicht persönlich nehmen.«

»Das sagen alle.« Ich seufze. »Aber ich weiß nicht, wie ich damit aufhören soll. Ich verstehe, dass sie mit einer ganzen Menge zu kämpfen hat, aber ich versuche doch nur, für sie da zu sein, für sie *alle*, und sie stößt mich weg.«

»Ja«, murmelt Dad, und ich erkenne, dass er nachdenkt. »Sie hat mit einer ganzen Menge zu kämpfen, Connor. Und manchmal sind unsere Probleme größer als das Bedürfnis, sie auszusprechen.«

Ich starre ihn an, direkt in seine Augen, und hoffe, dass er irgendwie erkennt, dass ich auch mit etwas zu kämpfen habe. Aber ich habe nicht den Mut, es ihm zu erzählen. »Wahrscheinlich hast du recht.«

Dad steht auf und wendet sich zur Tür, und ich sehe auf mein Handy, lese die letzte Nachricht, die ich Ava geschickt habe. Ich habe ihr gesagt, dass ich sie liebe. Sie hat geantwortet: *Okay.*

Dad bleibt in der Tür stehen, die Hand am Türknauf, als er sich noch mal umdreht. »Gib ihr einfach die Zeit und die Luft zum Atmen, um die sie dich bittet. Wenn sie bereit ist, kommt sie auf dich zu.«

Wenn sie überhaupt je wieder auf mich zukommt.

***

Ein lautes Klopfen an meinem Fenster weckt mich, und ich stürze aus dem Bett, da ich weiß, dass es nur einen einzigen Menschen auf der Welt gibt, der es sein kann. Unter dem Sternenhimmel steht Ava, den Kopf gesenkt und die Arme vor der Brust verschränkt. Ihre Haare sind offen, feucht, als wäre sie gerade erst aus der Dusche gestiegen. Ich habe mir solche Sorgen gemacht und mich so in *uns* reingesteigert, dass ich irgendwie vergessen habe, wie schön sie ist. Aber jetzt ist sie hier, und sie ist alles, was ich gebraucht habe, alles, wonach ich mich gesehnt habe. Sie ist so verflucht perfekt.

Als ich das Fenster öffne, sieht sie auf. Ihre ahornfarbenen Augen sind frei von dem Tränenschleier, der sie tagelang getrübt hat. »Hey, tut mir leid, ich habe an der Tür geklopft, aber …«

»Sorry, ich habe wohl … ist auch egal. Willst du reinkommen?«

»Können wir uns an der Tür treffen?«

Ich lächle, fühle mich aufgekratzt. »Ja, klar.«

Ich warte bereits an der offenen Tür, als sie um die Hausecke kommt. Ich mache die Tür weiter auf, gehe davon aus, dass sie hereinkommt, aber sie schüttelt den Kopf, bleibt auf Abstand. Das Lächeln in meinem Gesicht stirbt. Genau wie das Herz in meiner Brust. Es fällt mir tot vor die Füße.

»Connor …« Es ist nur mein Name. Zwei Silben. Aber ich habe diesen Tonfall schon einmal gehört … Damals, als sie mich aufgegeben hat. Als sie *uns* aufgegeben hat.

»Ich weiß nicht, was ich falsch gemacht habe«, flüstere ich, mehr zu mir selbst als zu ihr.

Ihr Blick findet meinen, und die Tränen, die sie mit sich getragen hat, sammeln sich erneut. »Ich gehe, Connor.«

Mein Magen zieht sich ruckartig zusammen. »*Was?*«

Sie sieht über die Schulter nach hinten, und erst jetzt erkenne ich Peters Auto, das mit angeschaltetem Scheinwerferlicht am Straßenrand wartet. Miss D sitzt auf dem Rücksitz.

»Ava, was zum Teufel machst du? Mich zu verlassen, ist eine Sache, aber *die Stadt zu verlassen …*«

»Trevor muss noch ein paar Jobs fertig machen«, unterbricht sie mich, als hätte sie das ganze Gespräch bereits in ihren Gedanken vorbereitet, und ich war nicht einmal Teil davon. »Wir müssen heute aufbrechen, um Moms Platz im Behandlungszentrum zu sichern.«

Furcht lässt alles in mir erstarren. Jeden Muskel. »Wo?«

»Es ist in Texas.« Sie blinzelt, und eine einzelne Träne läuft ihr über die Wange. »Und Peter … Peter wird sich um mich kümmern.«

»Ava, nein«, hauche ich und mache einen Schritt auf sie zu. Ich fasse nach ihrer Hand, doch im selben Moment greift sie in ihre Tasche und zieht einen gefalteten Zettel heraus. Sie reicht ihn mir mit gesenktem Kopf.

Meine Nasenflügel blähen sich bei meinen heftigen Atemzügen, während ich die Szene vor mir in mir aufnehme. Peter hat Miss D, und schon bald wird er auch Ava haben.

Ava sagt: »Du hast gesagt, du warst in Georgia.«

»Was?«

Sie deutet auf den Zettel, und ich falte ihn schnell auseinander. Die Galle steigt mir hoch, als mich die Erkenntnis trifft. Es ist der verdammte Beleg für den Zimmerservice.

»Du hast gesagt, du warst in Georgia«, wiederholt sie.

»Es ist nicht das, wonach es aussieht«, sage ich schnell. »Ich kann es erklären …«

»Das musst du nicht«, unterbricht sie mich. »Es wird nichts ändern. Ich muss trotzdem gehen.«

»Aber …«

Ein einzelner Schluchzer kommt über ihre Lippen, und ich mache erneut einen Schritt auf sie zu. Doch je näher ich ihr komme, desto weiter entfernt sie sich von mir, und ich weiß … ich weiß, dass sie außerhalb meiner Reichweite ist. Sie wischt sich die Tränen mit dem Handrücken weg, reckt das Kinn und sucht meinen Blick: In ihren Augen liegt ein Ausdruck von Stärke, während ich in Schwäche ertrinke. »Erinnerst du dich, damals in deinem Pick-up, als du mir gesagt hast, dass du das alles für mich getan hast?«

Ich nicke, warte.

Sie schluckt. »Ich habe eine Zusage von der Duke, Connor.«

Ich flüstere ein Was?, weil es das Einzige ist, was meine Gedanken zustande bringen.

»Es gibt dort ein Behandlungszentrum in der Nähe, das ein spezielles Angebot für Menschen in unserer Situation hat und in dem Mom auch wohnen könnte, aber sie haben eine Warteliste, und ich habe alles getan, was ich konnte, um für meine Mom dort einen Platz zu bekommen. Miss Turner hat auch dabei geholfen. Wir haben ihnen geschrieben und angerufen und unseren Fall geschildert, und ich … ich hätte einfach mehr Zeit gebraucht.« Mehr Tränen fallen, und dieses Mal hält sie sie nicht zurück. »Ich habe mir eingeredet, dass, wenn ich einfach abwarte, sich alles von selbst regeln würde. Aber ich kann nicht länger warten, Connor. Denn ihr Zustand verschlechtert sich, genauso wie *meiner.* Ich zerbreche, und ich kann nicht …« Sie schluchzt auf, verbirgt ihr Gesicht in den Händen, und in meiner Brust setzt ein unerträglicher Schmerz ein, der einfach nicht weggehen will.

»Ava …«, wispere ich.

»Ich habe das alles auch für dich getan, Connor.« Sie schnieft einmal. »Ich hätte schon vor langer Zeit gehen sollen, aber ich dachte … ich dachte, ich könnte das durchstehen …« Sie atmet tief ein, sucht wieder meinen Blick. »Aber vielleicht ist es das Beste. Vielleicht wolltest du gar nicht, dass ich dir auf die Duke folge, und …«

»Ava, *bitte.* Gib mir nur zwei Minuten. Ich kann dir alles erklären, und …«

»Es gibt ein Behandlungszentrum in Texas, das meine Mom sofort aufnehmen kann«, unterbricht sie mich. Sie hat ihre Entscheidung getroffen, und nichts, was ich sage oder tue, kann die Dinge wiedergutmachen. »Ich werde zu Peter ziehen, bis ich was Eigenes finde.«

Ich schließe die Augen, während die Welt sich um mich herum zusammenzieht, und die Zukunft und das Glück eines Lebens, das ich mir ausgemalt habe, zerbröckeln vor meinen Augen.

»Ich wollte dir erst gar nicht sagen, dass ich weggehe«, sagt sie, »aber das wäre nicht fair *uns* gegenüber gewesen. Und ich bin nur gekommen, um mich zu verabschieden und um mich bei dir dafür zu bedanken, dass du mich geliebt hast, selbst wenn …«

Peter drückt auf die Hupe. »Ava, wir müssen los!«

Sie sieht zum Auto, dann wieder zu mir. »Es tut mir leid, dass ich nicht genug war, Connor.«

Ich erlebe es alles noch mal. Die Momente direkt vor meinem ersten Tod. Mein Körper fängt an, abzuschalten.

Nachzugeben.

Aufzugeben.

Bis ich in nichts als Kummer und Verzweiflung ertrinke.

Sie ist inzwischen am Auto, öffnet die Tür, aber es ist zu wenig, zu spät. Sie schließt die Tür hinter *uns*, und ich schlage die Handfläche ans Fenster, wieder und wieder. »Bitte, Ava! Geh nicht!« Ich trete gegen das verdammte Auto, als Peter den Motor aufheulen lässt. »*Bitte.*«

Ihre Lippen bewegen sich, formen sich zu einem einzelnen Wort, das meinem Herzen den finalen Todesstoß gibt: »Geh.« Ich sehe dem Auto hinterher, verfolge es durch die Nacht, bis die Lichter verschwinden, und dann renne ich ins Haus. Mein Herz rast. Ich schnappe mir das Handy, wähle ihre Nummer. Es klingelt nicht einmal. Die automatische Stimme sagt, dass der Anruf nicht durchgestellt werden kann.

»Zwei verdammte Minuten!«, presse ich hervor. Ich hätte nur zwei verdammte Minuten gebraucht, um ihr *alles* zu erklären. Meine Füße tragen mich wie von selbst den Weg entlang, den ich schon Hunderte Male gegangen bin. Ich schlage mit der Hand gegen die Tür. »Trevor!«

Er öffnet, und ich bin bereit, gegen ihn zu kämpfen. Ihn zu bitten, sie anzurufen. Aber die Tränen in seinen Augen zeigen dieselbe Verzweiflung, die auch mich durchströmt.

»Sie musste das tun, Connor«, sagt er, und seine Stimme bricht.

»Sie musste das für *sich selbst* tun. Und wenn du sie liebst … dann musst du sie gehen lassen.«

Es kann für uns kein Happy End geben, hat sie mir einst gesagt. *Unsere Geschichte hätte einen Anfang voller Gefühle, einen unsicheren Mittelteil und am Ende nur zwei gebrochene Herzen.*

Mein Herz ist gebrochen.

Das ist das Ende.

Kapitel 39

CONNOR

Ich sehe zu, wie der Nachthimmel vor meinem Fenster in die Morgendämmerung übergeht, dann zum Tag wird. Die Sonne geht auf, genau wie jeden Tag. Aber heute ist nicht wie jeder Tag. Er bringt keine Wärme mit sich, kein Licht, *nichts*. Nichts außer der Erinnerung an jeden neuen Tag, den ich nun ohne den Menschen leben muss, mit dem ich für immer zusammenbleiben wollte.

Dad kommt nach Hause, aber ich stehe nicht vom Zimmerboden auf. Ich lehne mich gegen das Bett, starre an die Wand. An einer Stelle ist die Farbe heller als im Rest des Zimmers, von damals, als ich meine Faust dagegen geschlagen habe, nachdem sie mich das erste Mal verlassen hat. Die Wand zu schlagen, hat mir damals nicht den Schmerz genommen, und das würde es auch jetzt nicht.

Dad klopft, doch ich antworte nicht, da ich weiß, dass er die Tür auch so öffnet. Ich höre, wie der Türknauf gedreht wird und die Tür aufgeht, und Dad schnappt nach Luft. Er weiß, auch ohne dass ich ein Wort sage, dass etwas nicht stimmt … dass sich etwas verändert hat. »Connor, was ist passiert? Ist Ava … ihre Mom …?«

»Sie sind weg.«

»Wer?«

»Ava und ihre Mom, sie sind in der Nacht weggefahren. Sie sind weg, Dad.«

»Connor«, wispert er und setzt sich neben mich. »Gott, Junge, es tut mir leid.«

Ich schüttle den Kopf, blicke auf meine Hände und schniefe, zwinge das Brennen hinter meinen Augen zurück. Und dann spreche ich die Worte aus, an denen ich seit Jahren festhalte: »Was stimmt nicht mit mir, Dad?« Ich drehe mich zu ihm, mein Blick verschleiert sich. »Warum verlassen mich alle?«

»Oh, Connor, nein …« Er seufzt und schlingt seinen Arm um mich, zieht mich an sich. »Das hat nichts mit dir zu tun. Avas Schmerz …«

»Und was ist mit Moms Schmerz?«, frage ich und kämpfe gegen den Kloß in meinem Hals an. »War Moms Schmerz so groß, dass sie keine andere Wahl hatte? Ich versuche, das alles zu verarbeiten, und ich versuche, es nicht persönlich zu nehmen, wie alle mir immer wieder sagen, aber *wie?* Wie soll ich das nicht persönlich nehmen?«

»Das mit Ava ist nicht dasselbe …«

»Bist du sicher?«, frage ich vorwurfsvoll. »Denn Mom hat gesagt, ich soll dich fragen, was damals passiert ist.«

Seine Augen weiten sich erschrocken. »Wovon zur Hölle sprichst du …?«

»Sie hat mich gefunden«, unterbreche ich ihn.

Wut lodert in seinen Augen auf, und er lässt mich los. Er steht auf, ballt die Hände an seiner Seite zu Fäusten. Ich lege den Kopf in den Nacken, sehe zu ihm hoch, während er im Zimmer auf und ab läuft. Drei Schritte in die eine Richtung, drei Schritte zurück. »Wie? Wann?!«

»Antworte mir!«, schreie ich, und jahrelang zurückgehaltene Wut und Frust und unbeantwortete Fragen brechen aus mir heraus. Ich springe auf die Füße. »Was hast du getan, dass sie …?«

»Nichts!«

»Warum?«, schluchze ich. Ich kann die Gefühle nicht länger zurückhalten. »Warum hat sie mich so sehr gehasst, dass sie mich umbringen wollte?«

Dad nimmt mich erneut in den Arm, und auf einmal fühle ich mich, als wäre ich wieder drei Jahre alt. Fühle mich wie damals, als ich dieselbe verdammte Frage gestellt hatte.

Ich drücke ihn weg. »Deine Umarmungen werden das Problem nicht lösen, Dad. Ich bin kein Kind mehr. Ich bin achtzehn, und ich habe die verdammte Wahrheit verdient!«

Er schluckt, und ich erkenne die Angst in seinem Blick.

»Sag es mir!«

Dad schüttelt den Kopf, er schließt die Augen.

»Dad, *bitte.* Ich muss es wissen«, flehe ich. »Ich muss es verstehen, damit dieses *Gefühl* weggeht.« Ich presse eine Hand an meine Brust. »Weißt du, wie es sich anfühlt, wenn man denkt, dass etwas in seinem Innern zerbrochen ist?«

Als er die Augen wieder öffnet, sammeln sich darin Tränen und Schmerz, die tief aus seinem Innersten zu kommen scheinen. »Es ging nie um dich, Sohn. Sie hat es getan, um *mir* wehzutun.«

»Warum?«

Er rauft sich die Haare und blickt zur Decke hoch, während sich seine Brust hebt. Und senkt. Wieder und wieder. »Sie hat es getan, weil ich ihr gestanden habe, dass ich jemand anders liebe.«

Mein Magen zieht sich zusammen. »Du hast sie betrogen?«

Sein Blick sucht meinen, und er nickt einmal. »Ja.« Dann stößt er die Luft aus, die er offenbar seit Jahren angehalten hat. »Mit einem Mann.«

Alles in mir erstarrt.

Jede Erinnerung.

Jeder Augenblick.

Jedes Lachen.

Jedes Schluchzen.

Alles.

Erstarrt zu Eis.

Ich weiche zuruck, kann ihn nicht länger ansehen.

»Connor, hör mir bitte zu …«

Ich schüttle den Kopf, unterbreche ihn so und sehe ihm direkt in die Augen. Ava hat mir mal gesagt, wir hätten dieselben Augen – mein Dad und ich –, und ich habe ihr zugestimmt, auch wenn ich darauf nie wirklich geachtet habe. Ich dachte, ich würde ihn gut genug kennen, um die Wahrheit darin zu erkennen. Aber jetzt … jetzt sehe ich ihn an und … »Wer zum Teufel bist du?« Ich schnappe mir meinen Basketball, ignoriere seine Rufe, verlasse das Haus und gehe zu meinem Wagen. Dad steht auf der Veranda, er weiß, dass er mich nicht aufhalten kann, dass er mich nicht *retten* kann.

Nicht mehr.

***

Ich brauche mehr als eine Stunde, bis ich die Ausfahrt zu genau dem Parkplatz finde, nach dem ich suche. Sobald ich aus dem Auto aussteige, höre ich auch schon das Rauschen des Wassers, und ich folge dem Geräusch bis zur Lichtung am See. Ich bin mir nicht sicher, wann genau ich mich dazu entschieden habe, von allen möglichen Orten ausgerechnet hierher zu kommen. Dass dieser Ort nichts als Erinnerungen an Ava hervorruft, ist vermutlich das Letzte, was ich jetzt brauche, aber es ist das Einzige, was ich will.

Wir haben beide den Tag, den wir hier verbracht haben, zum besten Tag unseres Lebens erklärt, und vielleicht ist das der Grund, warum dieser Ort nach mir gerufen hat. Um mich daran zu erinnern, was einmal war, was ich alles zum Greifen nah hatte. Ich setze mich an den Rand des Sees, zu viele Gedanken wirbeln mir durch den Kopf, zu schnell, und ich kann mich einfach nicht lange genug auf einen davon konzentrieren, um meinen Puls zu beruhigen.

Ich denke an meinen Dad und dann an Ava und an all die Momente, die hierher geführt haben, und ich erkenne immer noch keinen Sinn darin. Und dann erinnere ich mich daran, wie sehr Ava sich in den letzten Wochen verändert hat. Ich erinnere mich an ihre Launen, wie schnell sie von wütend zu glücklich zu traurig zu liebevoll zu verzweifelt gewechselt hat, und ich wünschte, ich hätte früher gesehen, dass es etwas Größeres war. Ich hätte es erkennen sollen, als sie von Rhys verlangt hat, dass er das Trikot zurückgibt, das ich ihm verkauft habe. Sie war so wütend und leidenschaftlich deswegen … weil sie weiß, wie viel es *mir* bedeutet. Dass ich die Erinnerung von mir und meinem Dad tief in meinem Herzen trage.

Ich stelle mir vor, dass sie jetzt neben mir sitzt, während ich ihr alles erzähle, was gerade passiert ist. Und es fühlt sich *zu* verdammt real an, als ich mir vorstelle, wie sie meinen Arm nimmt und an sich drückt, während sie auf den See schaut mit verschleiertem Blick, weil – und ich erkenne es verflucht noch mal viel zu spät – mein Schmerz auch ihrer ist. Ich hätte es sehen sollen, ich hätte ihr von meiner Mom erzählen sollen. Dabei hatte ich sie nur beschützen wollen. Doch anstatt tatsächlich das Mädchen zu beschützen, das ich liebe, habe ich die Frau geschützt, die mich zurückgelassen hat. Ich schließe die Augen, als ich mir vorstelle, wie Ava sich zu mir dreht und langsam ausatmet. »Er ist immer noch dein Vater«, würde sie mir sagen. »Er ist immer noch derselbe Mann, der stärker an deine Träume geglaubt hat als du selbst, der alles getan hat, was er konnte, damit sie wahr werden. Er ist immer noch der Mann, der dich jeden Morgen gehalten hat, während du geweint hast, weil du solche Angst hattest, dass er nicht zurückkommen würde. Aber er ist immer zu dir zurückgekommen. Immer.«

Ich wische mir die erbärmlichen Tränen von den Wangen und sauge die Luft ein. Halte sie an. Dann stehe ich auf.

Denn sie hat recht.

Er ist immer zurückgekommen.

Und darum muss ich das auch tun.

***

Dad sieht auf, als ich die Haustür öffne, aber er ist nicht allein. Neben ihm sitzt ein Mann, den ich noch nie gesehen habe. Sie halten Händchen, ihre Finger sind verschränkt, und Dad zieht seine Hand zurück, steht schnell auf. »Oh Gott sei Dank, Connor. Ich war nicht sicher, ob du zurückkommen würdest.«

Ich kann den Blick nicht von dem anderen Mann abwenden. Er

ist stämmiger als Dad, und seine Haare sind so dunkel, dass sie fast schwarz sind. Er hat braue Augen, aber hellbraun wie die von Ava, und als er aufsteht, rückt er ein paar Zentimeter von meinem Dad ab. Er räuspert sich, sieht zwischen Dad und mir hin und her, hin und her, hin und her, und alles, was ich tun kann, ist, hier zu stehen, einen Fuß im Haus, den anderen auf der Veranda. Ich will wegrennen, aber Avas imaginäre Worte zwingen mich, zu bleiben.

»Ich sollte gehen«, sagt er schließlich und bricht das Schweigen.

Dad nickt, und ich finde endlich meine Stimme. »Bleiben Sie.«

Die Augen des Mannes weiten sich, und er wirft Dad einen Blick zu. »Ich denke, ihr solltet vielleicht …«

Ich betrete das Haus, schließe die Tür hinter mir und mache dann einen Schritt auf ihn zu, die Hand ausgestreckt. »Ich bin Connor.«

»Michael«, krächzt der Mann und erwidert meinen Händedruck mit festem Griff. »Du kannst mich gern duzen. Und ich weiß, wer du bist. Dein Dad redet über nichts anderes als über dich.«

Ich nicke, und ich kann damit nicht aufhören, als ich zu Dad schiele. Er starrt auf seine Füße, als würde er sich schämen. »Dad?«

Er sieht auf, und Schuldgefühle und Reue lassen seine Lippe zittern.

»Das hier ändert nichts.«

Die Ava aus meiner Vorstellung hatte recht. Er ist immer noch derselbe Mann, der er immer war, und ich erkenne es daran, wie seine Umarmung den Schmerz lindert und meine Unsicherheiten wegfegt.

***

Michael bleibt. Er setzt sich neben Dad, während Dad und ich unsere Geheimnisse offenlegen. Aus fünfzehn Jahren.

Ich erzähle ihm von Mom. Jedes einzelne Detail. Von den Autos, die sie Ava gegeben hat, über das All-American-Spiel bis hin zu unserem letzten Treffen, bei dem ich ihm und Ava gesagt habe, dass ich in Georgia war. Ich erzähle ihm, dass ich zum Teil deshalb gelogen habe, weil ich mich so sehr dafür geschämt habe, dass ich das Bedürfnis hatte, sie kennenzulernen, das Bedürfnis, endlich damit abschließen zu können. Er sagt, dass er das verstehe. Dass er es verstehen müsse, vor allem da er selbst nicht besser gehandelt habe. Aber er ist wütend – nicht auf mich, sondern auf sie –, weil sie ihn hintergangen hat und ihr Problem mit meiner Großmutter genutzt hat, um an mich heranzukommen.

Und dann erzählt er mir von Michael.

Alles.

Meine Mom und Michael waren Arbeitskollegen, und er und Dad haben sich auf einer Firmenfeier kennengelernt. Sie haben sich sofort gut verstanden und sich angefreundet, und mit der Zeit sind diese Gefühle stärker geworden, haben sich verändert. Keiner der beiden hatte je eine einzige Sekunde lang – auf *diese* Art – über einen anderen Mann nachgedacht, die Vorstellung, dass sie schwul waren, war also unbegreiflich. Und erst recht, es sich selbst einzugestehen. Sie waren einfach verliebt in jemanden, der zufälligerweise dasselbe Geschlecht hatte. Es war damals nichts Körperliches zwischen ihnen, aber Dad gibt zu, dass er meine Mom monatelang emotional betrogen hat, bevor er es ihr erzählt hat. Er sagt, er habe sich »vor ihr geoutet«, weil es die einfachste Beschreibung sei, aber es sei viel, viel komplizierter gewesen als das.

Nach dem, was meine Mom mir angetan hatte, hat er jeglichen

Kontakt zu Michael abgebrochen. Er konnte nicht damit umgehen, ständig an seine Schuldgefühle erinnert zu werden, er konnte nicht mit seinen *Gefühlen* umgehen. Und er konnte weder mir noch sonst jemandem von seiner Sexualität erzählen, weil Moms Handeln ihm solche Angst eingejagt hat.

Fünfzehn Jahre lang hatten sie keinen Kontakt.

Absolut keinen.

Dad ist in all dieser Zeit mit niemandem ausgegangen, genauso wenig wie Michael. Fünfzehn verdammte Jahre waren sie allein, und sie waren einsam, und all das, wegen dem, was meine Mom getan hat, um ihm »wehzutun«.

Sie hat versucht, mich umzubringen … aus *Rache.*

Das Gefühl, mich übergeben zu müssen, sitzt mir, während Dad redet, die ganze Zeit in der Kehle, aber nicht, weil er schwul ist oder wegen etwas, was er getan hat, sondern *ihret*wegen. Wegen all der Schmerzen, die ihr Handeln verursacht hat. Und sie war nicht einmal hier, um es zu sehen.

Feigling.

Michael hat schließlich die Kraft gefunden, Kontakt zu Dad aufzunehmen, und mithilfe von Social Media hat er erst mich und dann Dad gefunden. An diesem Punkt fügt Dad hinzu, dass der »alte Freund«, mit dem er gesprochen und der ihm geholfen habe, meine Beziehung mit Ava von einem anderen Blickwinkel aus zu betrachten … dass dieser Freund Michael war. Michael, der ihn daran erinnert habe, dass wir uns nicht aussuchen könnten, in wen wir uns verlieben, und die einzige Möglichkeit offen und frei zu lieben, sei es, von den Menschen unterstützt zu werden, die uns ebenfalls lieben.

Als sie gemerkt haben, dass ihre Gefühle füreinander sich nicht geändert haben, ist Michael von Florida nach North Carolina gezogen, um mit Dad zusammen zu sein.

Im Geheimen.

Wieder.

»Das hört jetzt auf«, sage ich zu beiden. »Klar, es wird etwas dauern, bis ich mich daran gewöhnt habe …«

»Das verstehen wir«, sagt Dad.

Ich nicke. »Ich will nur, dass du glücklich bist.«

»Und was ist mit dir, Connor?«

»Ich werde es auch wieder«, sage ich zuversichtlich.

Selbst wenn es fünfzehn verdammte Jahre dauert.

Kapitel 40

CONNOR

Es fällt mir unglaublich schwer, die Nach-Ava-Tage zu verstehen. Ich weiß, ich wache jeden Tag auf und gehe zur Schule, und dann komme ich nach Hause, und das ist so ziemlich alles, woraus mein Leben besteht. Dad sieht, wie ich zu kämpfen habe, versteht es und gibt mir die Zeit und die Luft zum Atmen, die ich brauche, um zu *trauern.* Denn das ist genau das, wonach es sich anfühlt. *Als würde man zweimal aufwachen.*

Nun sitze ich auf der Verandatreppe und beobachte Trevor dabei, wie er seinen Wagen belädt. Seine Freundin Amy ist bei ihm. Es scheint eine Ewigkeit her zu sein, als er derjenige war, der mich dabei beobachtet hat, wie ich das genaue Gegenteil gemacht habe. Ich reibe die Hände an meiner Hose trocken und lasse den Kopf nach vorn fallen, denn erst jetzt wird mir bewusst, dass ich nicht nur das Mädchen verloren habe, das ich liebe, und die einzige Frau, die ich jemals annähernd wie eine Mutter gesehen habe, sondern dass ich auch einen Freund verliere – den ersten Freund, den ich hier nach meinem Umzug hatte.

Ohne noch mal darüber nachzudenken, stehe ich auf und gehe zu ihm hinüber. Das Lächeln auf meinen Lippen ist aufgesetzt, aber die Worte, die ich ausspreche, sind es nicht: »Kommt es komisch rüber, wenn ich dir sage, dass ich dich Blödmann vermissen werde?«

Trevor lacht auf und schüttelt den Kopf. Amy streicht ihm über den Arm und sagt, dass sie noch mal reingehe, um nachzusehen, ob sie alles hätten. Tatsächlich gibt sie uns einen Moment allein, und dafür bin ich ihr dankbar. Trevor sieht ihr nach, bevor er sich zu mir dreht. »Nein, es ist nicht komisch. Du warst die letzten Monate irgendwie eine Konstante in meinem Leben. Du hast auf meinem Stuhl gesessen, hast meine Cookies gegessen …«

Dieses Mal ist mein Lächeln echt. »Hör mal, ich weiß, Ava hat meine Nummer blockiert, aber wäre es okay, wenn …«

»Du kennst meine Schwester, Mann. Sie wird von mir dasselbe verlangen.«

Ich nicke. Er hat recht. Und ich hasse das.

»Es ist nichts gegen dich«, versichert er mir. »Es ist für sie bloß einfacher so. Sie braucht keine ständige Erinnerung an alles, was sie geliebt und zurückgelassen hat.«

»Ja, du hast wohl recht«, murmle ich. »Also, dann heißt es jetzt auf Wiedersehen …«

Trevor sieht zum Haus zurück und dann wieder zu mir. Er lehnt sich an seinen Pick-up und schiebt die Hände in die Hosentaschen. Er atmet tief ein, als wollte er sich auf eine Rede vorbereiten. »Als wir uns kennengelernt haben, habe ich dir gesagt, dass du ein guter Kerl bist, und je besser ich dich kennengelernt habe, desto sicherer war ich mir, dass du für große Dinge bestimmt bist.« Er reibt sich über den Nacken, hält den Blick gesenkt. »Schau mal, ich weiß nicht wirklich, was zwischen dir und Ava schiefgegangen ist, aber ich weiß, dass du *gut* bist.« Er sieht zu mir hoch, pikt mir mit dem Finger in die Brust, direkt über meinem Herzen. »Hier drin, da ist das *Gute.* Ich habe es an der Art gesehen, wie du meine Schwester behandelt hast, an der Art, wie du Mama Jo behandelt hast. Ich will nur … Ich will nicht, dass du das verlierst, wegen dem, was hier passiert ist. Bleib ein *guter* Kerl, Connor. Und was auch immer geschieht, verliere dein Ziel nie aus den Augen, okay?«

Ich gehe seine Worte in Gedanken noch einmal durch, nehme jedes davon tief in mir auf. »Okay«, sage ich und nicke. »Das werde ich nicht.«

Er stößt sich von seinem Wagen ab und hält mir die Hand hin. Ich ergreife sie, und dann ächze ich, als er mich in eine so feste Umarmung zieht, dass ich kaum noch atmen kann. »Geh heute Nacht nicht in die Nähe des Hauses«, flüstert er direkt neben meinem Ohr.

Ich weiche etwas zurück, um ihm in die Augen sehen zu können – Augen, die glasklar sind.

Es ist keine Drohung oder gar ein Vorschlag …

Es ist eine *Warnung.*

Es ist kurz nach ein Uhr, als ich das erste laute Knacken höre, wie von einem Funken in einem Lagerfeuer. Und dann ein Wusch! Sekunden später rieche ich es. Etwas Verbranntes, Rauch.

Ich werfe die Bettdecke zurück und schlüpfe in ein T-Shirt, bevor ich hinaus auf den Gehweg renne. Ich erreiche ihn gerade rechtzeitig, um zusehen zu können, wie eine Flamme an den Vorhängen hochzüngelt und von da aus alles in Brand steckt. Ich lehne mich an meinen Wagen und spüre die Hitze auf meinem Gesicht, während sich mein Sichtfeld mit gelben, orange und roten Schatten füllt. Es dauert nicht lange, bis die Nachbarn aus den Häusern kommen und sich neben mir auf der Straße sammeln, während geflüsterte Vermutungen den Schock darüber, was hier passiert, übertönen.

In der Ferne erklingen Sirenen.

Und das ist der Moment, in dem ich zum zweiten Mal aufwache.

In der Realität.

Und diese Realität ist *mein Leben.*

Es tut mehr weh als jemals zuvor, denn ich glaube, tief in mir drin hat ein Teil von mir immer noch gehofft, dass sie zurückkommt. Dass sie ihre Meinung ändert, erkennt, dass es ein Fehler war, zu gehen, und dass sie zu mir zurückkommt. Aber jetzt … jetzt gibt es nichts mehr, wohin sie zurückkommen *könnte.* Und ich … ich war nicht genug für sie, um *zu mir* zurückzukommen.

»Großer Gott, Connor!«, sagt Dad und eilt auf mich zu, seine Gesichtsfarbe wechselt im Licht des Rettungswagens von Blau zu Rot. »Ist Trevor da drin?«

»Nein, er ist schon weg.«

Mein Blick wird erneut vom Haus angezogen, und ich nehme das Feuer in all seiner Pracht in mich auf, sehe dabei zu, wie das Dach einstürzt, und dann erinnere ich mich …

Ich erinnere mich daran, was Ava in der Nacht gesagt hat, als wir auf ihrer Veranda saßen und ein Auto vorbeifuhr und das Haus mit Paintball-Kugeln beschossen hat. Ich erinnere mich an Avas Schreie, Avas tränennasse Augen, als sie zu mir hochgesehen hat. Und ich erinnere mich daran, was sie gesagt hat …

»Manchmal wünschte ich, ich könnte diesen verfluchten Ort einfach abfackeln, woanders hingehen und nie wieder zurückblicken.«

»Gott«, sagt Dad, »das ist schrecklich für sie.«

»Nein«, murmle ich. »Es ist irgendwie schön.«

Kapitel 41

CONNOR

Wochenlang sind die Überreste von Avas Haus mit Absperrband abgeriegelt, während die Feuerwehr die Ursache des Brands untersucht. Laut Dad – der Rettungsdienst teilt sich ein Gebäude mit der Feuerwehr – glauben sie an einen elektrischen Defekt. Offenbar sind mehrere Brandherde zur selben Zeit an unterschiedlichen Stellen im Haus entstanden, was auch der Grund ist, warum sich das Feuer – obwohl die Feuerwehr schnell hier war – so rasch ausbreiten konnte und von dem Haus nicht mehr viel übrig geblieben ist.

Das Getratsche und Gerede ist in den letzten Wochen immer mehr verstummt. Erst hieß es, Miss D sei mitten in der Nacht zurückgekommen und habe eine Granate durchs Fenster geworfen. Dann war es der ehemalige Nachbar, der zurückgekommen sei und das Haus abgefackelt habe in der Annahme, dass alle noch hier wohnen. Und dann gab es noch welche, die mich verdächtigten – den angepissten Ex-Freund, der herausgefunden habe, dass Ava mich mit Peter betrüge und mit Trevor und mit Peter *und* Trevor.

Diese Stadt, ey … Kein Wunder, dass Ava hier wegwollte.

***

»Bist du sicher, dass du nicht mit uns kommen willst?«, fragt Dad und streicht eine Landkarte auf unserem Wohnzimmertisch glatt. Er und Michael planen einen Roadtrip quer durchs Land. Sie hatten ursprünglich vorgehabt, erst zu fahren, wenn ich mich an der Duke eingerichtet habe. Ich habe versucht, sie davon zu überzeugen, so bald wie möglich zu fahren, aber sie machen sich Sorgen um mich – beide –, daher haben wir uns in der Mitte getroffen. Am Tag nach meinem Abschluss werden sie sich einen Wohnwagen nehmen und sich das Land ansehen, bis sie irgendwann in Florida ankommen, wo sie ein neues Leben beginnen und offen und frei ihre Liebe füreinander zeigen wollen.

Also.

Will ich mit ihnen gehen? *Oh Gott, nein.*

Bin ich ihnen dankbar, dass sie mich gefragt haben? Auf jeden Fall.

»Ich glaube, ich bin hier ganz gut aufgehoben«, sage ich. »Ich chille einfach hier, bis der Mietvertrag ausgelaufen ist, werfe ein paar fette Partys, probiere ein paar harte Drogen aus und lass mich verhaften.«

Dad stöhnt.

Michael lacht leise. »Klingt für mich nach einem guten Plan.«

»Schon, oder?« Ich mag Michael. Er ist ein netter Kerl, und es ist ziemlich deutlich, dass Dad von ihm *verzaubert* ist. Und vielleicht liegt es daran, dass ich Dad nie wirklich in einer Beziehung erlebt habe, egal, mit welchem Geschlecht, aber ich habe nicht lange gebraucht, um mich daran zu gewöhnen, die beiden zusammen zu sehen. Allerdings halten sie sich mit jeglichen körperlichen Zuneigungen zurück, das hilft vermutlich auch.

»Erwartest du jemanden?«, fragt Dad, als Scheinwerferlicht durch unser Wohnzimmerfenster fällt.

Ich schüttle den Kopf. »Nein, du?«

Er schüttelt ebenfalls den Kopf.

Wir sehen beide zu Michael. »Mich kennt hier gar keiner«, murmelt er.

Eine Autotür wird zugeschlagen, dann noch eine, und ich springe auf die Füße, um durch das Fenster rauszuschauen. Rhys und Karen marschieren schnurstracks die Verandatreppe hoch. Okay, Rhys marschiert, Karen rennt ihm hinterher. Ich öffne die Tür, gerade als Rhys die Faust hebt, um anzuklopfen.

»Es tut mir so leid!«, sagt Karen schnell. »Er ist betrunken, und er ist ins Auto gestiegen, und ich musste ihm hinterherfahren, um sicherzugehen, dass er heil ankommt, aber er ist auf dem Kriegspfa...«

»Du bist betrunken gefahren?«, unterbricht Dad sie.

Aber Rhys ignoriert ihn, er ist zu sehr auf mich fixiert. Wut lodert in seinen Augen, als er mit dem Finger auf meine Brust deutet. »Du Arsch!«

»Hey!« Michael steht auf. »Was ist hier los?«

»Es tut mir leid«, sagt Karen erneut.

Aber Rhys ist zu betrunken, zu sehr darauf aus, mir die Meinung zu geigen. »Jahrelang war ich immer an ihrer Seite. Ich war bei ihr, bei allem, was sie durchgemacht hat. Wann immer sie etwas gebraucht hat, ist sie zu *mir* gekommen.«

»Hier geht es um Ava?«, frage ich verwirrt.

Karen schnaubt. »Natürlich geht es um Ava!«

»Und dann bist du aus dem verfickten Nichts aufgetaucht!« Rhys brodelt vor Wut. »Und sie hat dich gewählt! Ich habe am Spielfeldrand darauf gewartet, dass sie …«

Ich hebe eine Hand und bringe ihn zum Verstummen. »Wie viel hast du getrunken?«

»Halt's Maul, *Ledger!*«, brüllt er. »Du jammerst in der Schule rum, als hättest du jemanden verloren, den du jahrelang geliebt hast. Das hast du nicht. *Ich schon!*«

»Fick dich!« Ich versuche, ihm die Tür vor der Nase zuzuschlagen, aber er tritt sie wieder auf.

»Nein, fick du dich!« Er schlägt als Erstes zu und trifft mich am Kinn.

Ich halte meine Hand an die Stelle und warte darauf, dass das Pochen nachlässt. Aber da ist kein Kampfgeist mehr in mir, um zurückzuschlagen.

Rhys strafft die Schultern. »Wehr dich, du Schlappschwanz!«

Ich schüttle den Kopf, reibe mir das Kinn. »Nein.«

»Rhys, du gehst jetzt besser!«, befiehlt Dad.

Aber Rhys ignoriert ihn weiter und stürzt sich auf mich. Seine Schulter trifft mich am Bauch, und ich lande mit dem Rücken am Boden. Karen kreischt, Dad schreit. Und ich versuche, Rhys von mir runterzuschubsen, aber er ist viel zu aufgebracht, und kurz darauf rollen wir über den Boden, werfen den Wohnzimmertisch samt Gläser um. Wasser läuft auf den Teppich, und Michael versucht, Rhys an der Hüfte hochzuheben. Noch ein Schlag in den Magen, und metallischer Geschmack breitet sich in meinem Mund aus. Ich huste, spucke Blut und wehre einen weiteren Schlag mit den Unterarmen ab.

»Sie war *meine* Freundin!«, schreit Rhys.

»Sie hat *mich* gewählt!«, ächze ich und finde endlich die Kraft, ihn von mir runterzuwerfen. Ich komme auf die Füße, sehe auf ihn hinunter und frage mich, wo zum Teufel das alles herkam. Wie lange hat er diese Gefühle verborgen? Ich atme stockend. »Sie hat mich gewählt, okay? Und ich habe nicht die geringste Ahnung, warum sie das getan hat!«

Rhys setzt sich auf. Er legt den Kopf in den Nacken, um zu mir hochzusehen.

»Denkst du, ich stelle mir diese Frage nicht jeden verfluchten Tag, den sie nicht hier ist?! Dass vielleicht *ich* der Grund war? Dass ich sie dazu *getrieben* habe, wegzugehen?« Meine Brust schmerzt von dem Schlag und von dem Geständnis. »Es ging ihr gut!« Ich koche vor Wut, meine Stimme bricht. »Als ich sie kennengelernt habe, ging es … es ging ihr gut, und ich …«

»Nicht, Connor!«, mischt Karen sich ein. »Lass nicht zu, dass Rhys, dieser betrunkene Vollidiot, dir einredet, dass eure Beziehung weniger echt war. Du hast dieses Mädchen geliebt, mit allem, was du hattest, und sie … hat den Boden verehrt, auf dem du gelaufen bist.«

Rhys' schwere Atemzüge füllen die plötzliche Stille.

»Rhys sucht nur jemanden, dem er die Schuld geben kann«, fügt sie hinzu. »Um etwas anderes geht es hier nicht.«

Ich blicke zu Rhys hinunter, erwische den Moment, in dem er die Augen schließt.

»Und wenn er sie wirklich so sehr geliebt hat, wie er sagt, dann hätte er die letzten drei Jahre nicht alles genagelt, was die Beine breitmacht.«

Michael schnappt nach Luft. »Reden die Kids heutzutage so?«, fragt er Dad.

Dad fährt sich mit der Hand übers Gesicht.

Ich gehe vor Rhys in die Hocke, wische mir das Blut von der Lippe. »Du darfst sie vermissen«, murmle ich. »Aber ich kann nichts daran ändern, wie es ist. Ich kann die Zeit nicht zurückdrehen und sie *besser* behandeln.«

»Herr Gott noch mal.« Karen seufzt und lässt sich auf die Couch fallen. »Habt ihr Vollidioten je daran gedacht, dass nichts von alldem hier etwas mit euch beiden oder euren riesigen Egos zu tun hat?«

»Das kannst du laut sagen!«, murmelt Dad und gibt mir ein Geschirrtuch, damit ich mir das Blut wegwischen kann.

»Wenn jemand darunter leiden darf, dass Ava weg ist, dann ich«, fährt Karen fort. »Ihr sitzt beide da, jammert die ganze Zeit: *Buhu, ich bin ja sooo arm dran.* Aber sie war *meine* beste Freundin. Ihr wollt darüber streiten, wer sie am längsten kennt? Wir sind seit dem Kindergarten befreundet! Und ihr wollt vergleichen, wer am meisten für sie da war?«, fragt sie, und ich höre es in ihrer Stimme … höre, wie die Stärke und Härte, die sie immer an den Tag legt, zu bröckeln, sich aufzulösen beginnt. »Das wäre dann wohl ich, ihr Arschlöcher! Ich war für sie da, als ihre Mom das erste Mal in Afghanistan stationiert wurde, und jedes Mal wenn etwas über den Krieg in den Nachrichten kam und sie Angst hatte, hat sie *mich* angerufen!« Karen weint jetzt, Tränen laufen ihr übers Gesicht, und trotzdem ... sie hält den Kopf hoch, ihre Worte sind fest, auch wenn ihre Stimme es nicht ist. »Und was für verdammt gute Freunde ihr doch seid, denn seit Ava weg ist, habe ich euch die Hand gehalten, euch beiden, und keiner von euch hat gefragt, wie es *mir* geht – nicht ein einziges Mal. Und es geht mir *nicht* gut, nur damit ihr es wisst. Es geht mir verdammt noch mal nicht gut ... denn sie war *meine* beste Freundin.«

Stille senkt sich über uns, und mir wird schwer ums Herz.

»Es tut mir leid«, murmelt Rhys. Sein Blick wandert von Karen zu mir. »Es tut mir leid«, wiederholt er.

Ich setze mich neben Karen, lege ihr einen Arm um die Schultern. »Ich bin echt ein schlechter Freund«, gebe ich zu und drücke ihr einen Kuss auf den Scheitel. »Genauso wie Rhys.«

Karen nickt. »Ich hasse euch beide, und ich hoffe ihr fangt euch Chlamydien ein.«

Rhys lacht auf. »Wir hätten es verdient.«

»Ach was!«, erwidert sie.

Dad seufzt. »Ich komm nicht mehr mit.«

Michael reibt sich die Hände. »Kann ich euch etwas zu essen oder zu trinken anbieten?«

Rhys zuckt mit den Schultern, dann stellt er den Wohnzimmertisch wieder an seine Position zurück. »Ich könnte was essen.«

Karen schnaubt. »Wann isst du mal *nicht?*«

Rhys setzt sich auf die andere Couch, während Dad und Michael in die Küche gehen. »Ist das ein Freund von deinem Dad?«, fragt er leise.

Ich schüttle den Kopf. »Das ist Michael, Dads *fester Freund.*«

Rhys' Mund klappt auf. Karen schnappt neben mir nach Luft.

»Dein Dad ist schwul?«, fragt sie flüsternd. »Wieso weiß ich davon nichts?«

»Ich habe es selbst erst kürzlich erfahren, aber macht bitte keine *Sache* daraus, okay?«

»Er ist irgendwie süß«, flüstert Karen.

»Wer?«, fragt Rhys. »Mr Ledger?«

»Hm, ja, der auch.«

»Mach die ganze Sache nicht *noch* unangenehmer«, murmle ich.

Dad und Michael kommen mit einem Tablett voller Getränke und Chips zurück. Michael reicht Rhys ein Glas, und Rhys sagt mit einem zähnebleckenden Grinsen: »Danke, Mrs Mr Ledger.«

Ich seufze.

»Meine Güte, Rhys«, sagt Karen, »was für ein Mist manchmal aus deinem Mund kommt …«

Rhys lacht leise. »Es hat sich noch kein Mädchen über meinen Mund beschwert.«

»Warum musst du immer …?«

Ein Klopfen an der Tür unterbricht Karen.

Dad schüttelt den Kopf. »Wenn das noch einer von deinen Freunden ist, der gekommen ist, um sich zu prügeln, dann nehme ich dich von der Schule und wickle dich in Luftpolsterfolie.«

Ich stehe auf und öffne die Tür. Nur einen Spalt. Für den Fall, dass jemand schon die Faust zum Schlag erhoben hat.

Mitch steht auf der Veranda, die Hände in den Taschen vergraben. Er war noch nie bei mir zu Hause, zumindest nicht, soweit ich mich erinnern kann. »Was ist?«

»Hey.« Er versucht, an mir vorbeizusehen, aber ich mache einen Schritt nach draußen und ziehe die Tür hinter mir zu, lehne sie nur an, da ich immer noch skeptisch bin. »Hast du eine Minute?«

Ich bin so verwirrt, dass sich meine Gedanken überschlagen. »Wofür?«

Sein Adamsapfel hüpft, als er schluckt, und er senkt den Blick. »Es ist nur … ähm … es geht um Ava, und …«

»Was ist mit Ava?«, unterbreche ich ihn.

Er saugt scharf die Luft ein, hält sie an und stößt sie kraftvoll aus. Er schüttelt den Kopf, sieht zu mir hoch. Sein Blick wirkt erschöpft. »Hör mal, ich sollte nicht … Ich meine, ich wollte nicht …«

Ich richte mich auf, Furcht pocht gegen meine Rippen. »Spuck's einfach aus, Mann.«

Sein Mund öffnet sich, aber kein Ton kommt heraus, und ich hebe die Augenbrauen. Warte. »Ich ähm … *Ich* war's …«

»Das *Feuer?*«, frage ich.

Er schüttelt den Kopf. »Nein. Nicht das Feuer, aber irgendwie doch. Entfernt habe ich auch damit zu tun. Und ich fühle mich schlecht deswegen, aber …«

»Verdammt, Mann, sag es einfach.«

Er nimmt die Hände aus den Taschen, ballt sie an seiner Seite zu Fäusten. »Ist dir je aufgefallen, dass der ganze Scheiß, der an Avas Haus gemacht wurde, immer dann passiert ist, wenn Peter Parker hier war?«

Meine Augen weiten sich, und ich denke einen Moment zurück. Er hat recht. Besorgt nicke ich, warte darauf, dass er fortfährt, während sich mein Magen verknotet.

»Er hat mich dafür bezahlt, den Scheiß zu machen.«

Ich lege den Kopf schief, lehne mich näher zu ihm vor, denn ich habe ihn garantiert falsch verstanden. Auf keinen verdammten Fall. »*Was?*«

Mitch nickt. »Ich weiß nicht, was seine Absichten waren oder was er sich davon erwartet hat, aber er hat mich dafür bezahlt, das Haus zu beschädigen … das Paintball-Gewehr, die Luftdruckpistole, das alles … Er hat mich dafür bezahlt, das zu tun, und ich …«

Heiß glühende Wut lässt jeden Muskel, jede Faser in mir erstarren. »Und du hast das gemacht?«

Er schließt die Augen … genau in dem Moment, als die Tür hinter mir auffliegt. Ich werde aus dem Weg gedrängt, und alles, was ich sehen kann, sind blonde Haare und leuchtend rote Fingernägel, die sich an ein Getränketablett krallen, das auf Mitchs Kopf zurast. Als es trifft, ist das Knacken so laut, dass sogar *ich* mitfühlend zische. Mitchs Gesicht ist von den Augen abwärts nur noch rot. Blut rinnt – nein, *spritzt* – aus seiner Nase, über seine Lippen, sein Kinn, von wo aus es auf die Veranda tropft, die ich nie geschafft habe, zu reparieren.

Bevor ich etwas sagen oder tun kann, hebt Rhys Karen an der Hüfte hoch und wirft sie praktisch zurück ins Haus. Dad kommt zu Rhys und mir auf die Veranda, während wir das blutende Etwas betrachten, das einmal Mitchs Gesicht war. Dads Seufzen ist lauter als die Wut, die in mir brodelt.

»Lass mich das mal ansehen«, sagt Dad und macht einen Schritt auf Mitch zu. Er beugt Mitchs Kopf am Kinn zurück, dann kneift er ihm mit Daumen und Zeigefinger in den Nasenrücken. Mitch jault schmerzerfüllt auf, und Dad drückt fester zu. »Jepp, die ist definitiv gebrochen.« Er lässt Mitch los. »Und jetzt verschwinde von meiner Veranda, damit du sie nicht weiter mit deiner Niederträchtigkeit beschmutzt.«

Kapitel 42

CONNOR

Ich habe versucht, Ava anzurufen und sie vor Peter zu warnen. Ich habe auch versucht, Trevor anzurufen. Meine Anrufe blieben unbeantwortet. Ebenso die von Rhys und Karen. Wir haben ziemlich schnell daraus geschlossen, dass sie neue Handynummern haben und nicht kontaktiert werden wollen.

Es ergibt alles Sinn, wenn ich jetzt so darüber nachdenke. Peter war da, als die wirklich *schlimmen* Dinge passiert sind, und es ist eine Sache, zu wissen, dass er erreicht hat, was er wollte, aber eine ganz andere, zu wissen, dass er bei Ava ist …

Ich mache mir Sorgen.

Ich kann mir nicht keine Sorgen machen.

Denn wenn er dazu bereit ist, so tief zu sinken, um sie zu bekommen, wozu ist er dann noch fähig?

Ich vermisse sie.

Ich vermisse sie so sehr, dass es wehtut.

Das, was noch von ihrem Haus übrig war, wurde inzwischen abgerissen. Ich habe es gerade noch geschafft, hinzugehen, bevor die Arbeiten angefangen haben, und das einzusammeln, was noch da war. Hauptsächlich habe ich nach den Fotos gesucht, die an den Wänden im Zimmer ihrer Mom hingen: von Ava als Kleinkind, von ihr als Schulkind, alle von ihr, auf denen sie dieses Lächeln zeigt, das mir so viele meiner Unsicherheiten genommen hat. Ich sammle sie alle in einer Kiste unter meinem Bett und verspreche mir selbst, dass ich sie mir eines Tages anschaue und es nicht mehr wehtut, sondern dass ich mich dann einfach an sie und unsere gemeinsame Zeit erinnere. Dass ich daran zurückdenke, wie viel Gutes sie in mir hervorgebracht hat, das Selbstbewusstsein, die Fähigkeit zu lieben, zu *vertrauen* und zu …

Während ich auf dem Bett liege, entsperre ich mein Handy und scrolle durch alle Fotos, die ich von ihr gemacht habe.

Neun Monate.

Man kann einen ganz neuen Menschen in neun Monaten auf die Welt bringen.

Aber verlieben kann man sich in einen Menschen in weitaus kürzerer Zeit.

Ich komme zu meinem Lieblingsfoto. Sie sitzt schlafend in meinem alten Auto und hält meinen Arm an ihre Brust, während sich ihr Sabber auf meinem Wenis sammelt. Es war der erste Tag, an dem ich *angedeutet* habe, dass ich sie liebe, und es war der erste Tag, an dem sie es laut verkündet hat. Ich scrolle weiter durch die Fotos, durch Augenblicke und Erinnerungen, und ich wünschte, ich hätte mehr Videos gemacht, denn – und ich habe das gelernt, nachdem meine Mom mich zurückgelassen hat – die Stimme eines Menschen ist das Erste, was man vergisst. Man erinnert sich an das Aussehen, auch wenn es verschwommen ist, man erinnert sich an bestimmte körperliche Merkmale: die Augen, die Haare …, aber man vergisst die *Stimme.* Vergisst, wie es klingt, wenn sie dir sagen, dass sie dich lieben, und man vergisst den Tonfall der Stimme, wenn sie singen. Aber am schlimmsten ist, man vergisst ihr Lachen, man vergisst, wie es leise anfängt und immer lauter und höher wird, bis die reine Emotion sie einfach übermannt. Man vergisst, wie es klingt, wenn sie seufzen, sobald der Moment vorbei ist. Man vergisst den Augenblick, in dem *das Glück* so intensiv ist, dass es aus jeder Pore ihres Seins heraustritt und aus ihrem Mund herausfließt.

Ich wechsle in den Videoordner und scrolle auch hier durch alle Videos, die ich gemacht habe. Beim letzten halte ich inne. Ich habe es völlig vergessen, weil es keine spontane Aufnahme war und auch nicht unsere Liebe füreinander zeigt. Es ist das Video für unser Multimediaprojekt, das wir für die Schule hätten machen sollen, aber von dem ich inzwischen befreit wurde, da ich keine Partnerin mehr habe. Ich drücke auf Play, und mir wird schwer ums Herz, als Ava auf dem Display zum Leben erwacht. Aber es ist nicht *die* Ava, an die ich mich erinnern will. Es ist nicht *Ava.*

Sie ist traurig.

Gott, sie ist so verdammt traurig, und ich erkenne es jetzt, aber damals habe ich das nicht gesehen. Ich habe es gefühlt, da bin ich mir sicher, aber es war nicht so tief einschneidend wie jetzt. Sie liest das Skript ab, da sind keine Höhen und Tiefen in ihrer Stimme, und ab und zu sieht sie zu mir hoch, aber ihre Augen … in ihren Augen ist kein Licht, kein Funken, keine Magie.

Ich lausche unserem Hin und Her, unsere Stimmen sind leise und wehmütig. »Vielleicht ist jetzt doch kein guter Zeitpunkt für das hier«, sagt sie.

Und weil ich egoistisch bin, erwidere ich: »Ich kann nichts tun, wenn ich nicht weiß, was kaputt ist, Ava.«

Es dauert einen Augenblick, bis sie antwortet. »Es ist alles gut. Ich will nur, dass es dir auch gut geht.«

Ich gehe all das in Gedanken noch einmal durch, während ich dabei zusehe, wie sich das Gespräch auf dem Display vor meinen Augen abspielt. »Willst du, dass ich heute bei dir bleibe?«

Sie schüttelt den Kopf. »Ich bin ziemlich müde«, sagt sie. »Ich werde wahrscheinlich direkt schlafen gehen.« Sie steht auf, und ich erinnere mich daran, dass sie mich zur Tür gebracht hat, ich kann hören, wie wir uns eine Gute Nacht wünschen. Weniger als eine Minute später ist sie zurück in ihrem Zimmer, auf ihrem Bett.

Ich setze mich aufrechter hin und schaue zu, mein Blick klebt regelrecht am Display, als sie eine Tablettendose öffnet und den ganzen Inhalt auf ihre Handfläche leert.

So viele Tabletten!

Mein Herz rast, als sie aufsieht, den Blick nicht zur Kamera, nicht auf irgendwas Bestimmtes gerichtet. Als sie den Blick wieder senkt, hebt sie die Hand ein Stück an, betrachtet die Tabletten … und dann legt sie den Kopf in den Nacken, führt die Hand an den Mund, und ich …

Ich kriege keine Luft mehr.

Kann durch die Tränen nichts mehr sehen, während vor meinen Augen die Hoffnung stirbt und der Schmerz in meinem Herzen mich übermannt …

»Ava?« Trevor klopft an die Tür.

Ich atme erleichtert auf.

Ava hustet die Tabletten zurück auf die Handfläche, dann schiebt sie sie hastig unter ihr Kopfkissen, versteckt sie vor ihm. »Ja?«

Die Tür geht auf. »Hey, du hast ein A+ in Englisch?«, fragt er.

Ava nickt und zwingt sich zu einem Lächeln.

»Verdammt, Mädel«, sagt Trevor, und sein Stolz ist deutlich in seiner Stimme zu hören. »Ich weiß nicht, wie du das machst, Ava. Dich um deine Mom und um *mich* zu kümmern und trotzdem noch so gute Noten zu schreiben. Es ist beinahe lächerlich, wie stolz ich auf dich bin.«

Ava blinzelt langsam. »Danke.«

Ein Herzschlag vergeht, bevor die Tür wieder zugezogen wird, und Avas Schultern sacken nach unten, ihre Brust hebt sich. »Ich tue das alles für dich«, flüstert sie einem Trevor zu, der nicht mehr da ist. Und dann zerbricht sie, und ich zerbreche mit ihr, während ich auf diese kleinen Hände starre, in denen sie ihr Gesicht verbirgt, und ihrem Schluchzen lausche. Ihre Schultern beben, und sie greift erneut unter ihr Kopfkissen, um die Tabletten mit beiden Händen aufzusammeln. Sie geht aus dem Bild, aber ich weiß, dass sie sie in den Müll wirft, und sie kommt mit dem Handy am Ohr auf ihr Bett zurück. »Miss Turner?«, sagt sie stockend. »Es tut mir leid, dass ich so spät noch anrufe, aber Sie haben gesagt …« … »Ich habe wieder diese Gedanken.« … »Diese *dunklen* Gedanken.«

Ich zucke zusammen, als das Handy in meiner Hand vibriert und das Video unterbricht. *Wendy* leuchtet auf dem Bildschirm auf, und *Verachtung* leuchtet in mir auf. »Ja?«, antworte ich.

»Hi, Connor.« In diesem Moment wird mir klar, dass ich, selbst wenn ich mich nicht mehr an die Stimme meiner Mom erinnern könnte, den Rest meines Lebens einfach weiterleben könnte und sie nie vermissen würde. Nicht eine einzige Sekunde lang. »Wie geht es dir?«

Wo soll ich anfangen. »Was ist los?«

Sie räuspert sich. »Wir überspringen also die Nettigkeiten?«

»Im Ernst, ich habe dir nicht mehr wirklich etwas zu sagen.«

»Okay«, sagt sie. Schweigt kurz. »Ich akzeptiere das.«

Ich erwidere nichts darauf. *Sie hat nicht wirklich eine Wahl.*

»Connor«, sagt sie mit einem Seufzen. »Hast du einen Anwalt?«

»Nein. Warum?«

»Weil du einen brauchen wirst …«

Kapitel 43

CONNOR

Ich bin am nächsten Morgen früh in der Schule, weil ich ein paar Dinge zu sagen habe, und ich weiß, dass die Person, zu der ich sie sagen will, bereit ist, zuzuhören.

Es dauert nur ein paar Sekunden, bis Miss Turner Herein ruft, nachdem ich geklopft habe. Sie lächelt, als sie mich sieht, und ich kenne sie nicht gut genug, um beurteilen zu können, ob es echt ist oder nicht. Nach dem, was ich gestern in dem Video gesehen habe, würde es mich nicht überraschen, wenn sie mir die Schuld dafür gibt, dass Ava weggegangen ist.

Ich frage: »Haben Sie gleich einen Termin oder …?«

»Nun, das hier war Avas Zeit mit mir, also nein.« Sie deutet auf den Stuhl ihr gegenüber. »Wird das ein Gespräch im Sitzen oder im Stehen?«

Ich setze mich.

Sie nickt kurz. »Gut.«

Ich habe keine Lust, Spielchen zu spielen, also sage ich direkt: »Ich weiß, Sie werden mir nicht erzählen, was ich wissen will, aber können Sie mir zumindest sagen, ob es ihr gut geht?«

»Ihr geht es gut, Connor. Ihre Mom bekommt die Hilfe, die sie braucht, genau wie Ava«, antwortet Miss Turner, und ihre Stimme ist sanft. »Das kann ich Ihnen versprechen.«

Ich sinke tiefer in den Stuhl, mache es mir bequem. »Sie hat gesagt, Sie hätten ihr geholfen, für ihre Mom einen Platz in einem Behandlungszentrum in der Nähe der Duke zu bekommen.«

»Ja, das habe ich«, erwidert sie, und ein Lächeln zupft an ihren Mundwinkeln. »Gott, Connor, Sie hätten ihr Gesicht sehen sollen, als sie den Brief von der Duke erhalten hat. Sie kam ganz aufgeregt zu mir, und dann hat die Realität sie eingeholt, und sie hat versucht, einen Weg zu finden, das alles möglich zu machen.« Mitgefühl schwingt in ihrer Stimme mit. »*Typisch Ava*, oder?«

Ich nicke, versuche, mir Avas Reaktion vorzustellen, als sie den Brief bekommen hat, aber ich kann nicht ... Alles, was ich vor mir sehe, ist der Schmerz in dem Video, das ich angeschaut habe.

»Sie wäre liebend gern mit Ihnen an die Duke gegangen«, sagt sie schnell, als hätte sie nur darauf gebrannt, mir das alles zu erzählen. »Aber sie wollte erst sicherstellen, dass es ihrer Mom gut geht und dass sie sich im Behandlungszentrum eingelebt hat. Sie wollte nichts überstürzen, und deshalb hat sie ein Jahr geschoben.«

Meine Augen weiten sich. »Hat sie?«

»Sie wussten das nicht?«

»Ich wusste nicht mal, dass sie in die Duke reingekommen ist, bis sie mir gesagt hat, dass sie weggeht.«

Jetzt weiten sich *ihre* Augen. »Ava wollte es bestimmt nur geheim halten, für den Fall, dass das mit ihrer Mom nichts wird«, sagt sie. »Sie wollte nicht, dass Sie sich Hoffnungen machen und dann ...«

Ich runzle die Stirn.

»Was denken Sie gerade, Connor?«

Ich zucke mit den Schultern. »Es ist alles so verfi... *verflixt* schade, dass wir beide so viele Geheimnisse voreinander hatten, weil wir dachten, wir würden den anderen dadurch schützen, und in Wahrheit haben wir nur mehr und mehr kaputt gemacht.«

Miss Turner lehnt sich vor und stützt die Unterarme auf dem Tisch ab. »Was ist Ihr Geheimnis, Connor?«

Ich zögere nicht. »Erinnern Sie sich an das erste Mal, als ich bei Ihnen war?«

»Weil Ihre Mom Sie zurückgelassen hat?«

Ich nicke. »Sie ist vor Kurzem wieder in mein Leben getreten.«

»Tatsächlich?« Miss Turner versucht gar nicht, ihre Überraschung zu verbergen. »Wann? Wie?«

Ich erzähle ihr alles, genauso wie ich Dad alles erzählt habe. Aber ich erzähle ihr mehr. Ich erzähle ihr, dass meine Mom Claudia heißt, ich ihre Nummer aber, um es vor Dad geheim zu halten, unter Wendy eingespeichert habe – weil wir uns in einem *Wendy's* getroffen haben, als ich für das All-American-Spiel unterwegs war. Ich erzähle ihr davon, dass meine Mom und meine Großmutter hergeflogen sind, um mich zu sehen, und ich erzähle ihr, wie sehr ich es bereue, mich dazu entschieden zu haben, sie zu schützen anstatt Ava. Ich gebe zu, dass ich – zu Beginn – den Drohungen meiner Mom geglaubt habe, dass Ava Schwierigkeiten bekäme, wenn irgendjemand *irgendwie* herausfünde, dass Ava weiß, dass sie noch lebt. Ich habe eine Weile gebraucht, um zu erkennen, dass alles, was meine Mom je zu mir gesagt hat, nur eine Art Manipulation war, die ihrer eigenen persönlichen Bereicherung diente. Ich erzähle all das, während ich auf meine Hände starre, weil ich mich zu sehr schäme, der Frau ins Gesicht zu sehen, die Ava besser kennt als ich, die sie an ihrem tiefsten Punkt gesehen und sie an ihrem höchsten Punkt mit offenen Armen empfangen hat. »Ich dachte, ich hätte Zeit«, sage ich. »Mit Ava, meine ich. Ich dachte, ich hätte Zeit, meine Fehler wiedergutzumachen, aber das hatte ich nicht, und jetzt … jetzt ist es zu spät.«

Miss Turner hat die ganze Zeit geschwiegen, während ich erzählt habe, und sie verharrt noch ein paar Sekunden in diesem Schweigen, nachdem ich geendet habe. Sie blinzelt langsam ein paarmal, als würde sie zurück in die Realität kommen, und stößt einen lauten Seufzer aus, während sie sich in ihrem Stuhl zurücklehnt. Sie greift nach dem Stressball auf ihrem Schreibtisch und drückt ihn einmal. Zweimal. Dann sagt sie beinahe singend: »Ich kann Scheitern akzeptieren, jeder scheitert an irgendetwas. Aber was ich nicht akzeptieren kann, ist, es gar nicht erst zu *versuchen.*«

Ich kneife die Augen zusammen. »Michael Jordan hat das gesagt.«

Sie nickt. »Werden Sie es *versuchen*, Connor?«

Verdutzt sehe ich sie an. »Mit meiner *Mom?*«

»Vergessen Sie Ihre Mom.«

Oh. »Mit Ava?«

Sic nickt.

Ich seufze, *habe keine Hoffnung.*

Miss Turner schüttelt den Kopf. »Eines habe ich noch: Harte Arbeit schlägt Talent, wenn das Talent es versäumt, hart zu arbeiten.«

»Kevin Durant«, murmle ich. »Wollen Sie damit sagen, dass ich kein Talent habe?«

»Nein.«

Ich richte mich auf. »Ich bin verwirrt.«

Ich fange den Stressball, den sie mir an die Brust wirft, während sie sagt: »Ich glaube, in dem Zitat geht es um so viel mehr als um Basketball.« Sie hält einen Moment inne, als würde sie überlegen. »Wenn Sie darüber nachdenken, *wirklich* nachdenken, dann ist Talent gottgegeben. Es ist *vorherbestimmt.* Und Ava hat mir erzählt, dass sie dachte, Sie wären nur für sie auf die Erde geschickt worden.

Dass Sie im Nachbarhaus eingezogen sind und sie gerettet hätten, und dass es *vorherbestimmt* wäre, dass Sie zusammen sind …«

Die letzten neun Monate müssen meine Gehirnzellen getötet haben, denn ich verstehe nicht, was Miss Turner mir sagen will, und sie scheint es zu merken, denn sie fügt hinzu: »Connor. Ersetzen Sie Talent durch Schicksal.«

»Harte Arbeit schlägt *Schicksal*, wenn das *Schicksal* es versäumt, hart zu arbeiten«, wiederhole ich nachdenklich.

Miss Turner grinst, als sie den Moment erkennt, in dem mir ein Licht aufgeht. »Ich hab's verstanden«, sage ich, und ein einzelner Funke Magie flackert in meiner Brust. »Haben Sie einen Stapel mit Zitaten in Ihrer Schublade?«

»So etwas in der Art«, erwidert sie. »Diese Schule bezahlt mich nicht gut genug, um mir selbst welche auszudenken.«

Ich stehe auf, hebe meine Tasche hoch. »Danke fürs Zuhören.«

»Gern geschehen.«

Ich bleibe an der Tür stehen und drehe mich zu ihr um. »Mir ist klar, dass es diese ganze ärztliche Schweigepflicht gibt, aber wenn Sie mit Ava telefonieren … Es würde mir viel bedeuten, wenn Sie ihr alles erzählen könnten … das mit meiner Mom, meine ich. Ich will nicht, dass sie den Rest ihres Lebens denkt, dass sie nicht genug war.« Ich zögere kurz. »Ich bin die letzten fünfzehn Jahre in diesen Gedanken ertrunken, und das wünsche ich niemandem.«

Miss Turner nickt langsam und senkt den Blick. »Was werden Sie jetzt tun, Connor?«

Ich hebe die Schultern. »Ich werde damit anfangen, an mir zu arbeiten, meinem Dad noch mehr Gründe geben, stolz auf mich zu sein, und meiner Mutter noch mehr Gründe geben, es zu bereuen, was sie getan hat … und dann werde ich auf mein Ziel hinarbeiten.«

Miss Turners Mundwinkel zucken. »Und was *ist* Ihr Ziel?«

Ava.

Ich fasse mir an die Brust, genau wie Miss D es mir gezeigt hat: »*Das Glück.*«

Kapitel 44

AVA

EIN JAHR SPÄTER

»Hey, Leute. Gebt mir eine Minute, ich geh und suche sie«, sagt Brandon, einer der sogenannten Krankenpfleger, während er durch die Tür hinter der Empfangstheke verschwindet.

»Er *sucht* sie?«, fragt Trevor und kneift die Augen zusammen. »Was? Haben sie sie verloren?«

»Es würde mich nicht überraschen«, murmle ich.

»Ava«, sagt Trevor ernst.

Ich verdrehe die Augen. »War nur ein Scherz.« *Na ja.*

Ich beobachte Trevor, während er sich im Wartebereich umsieht. Ich bin fast täglich in Moms Behandlungszentrum, aber da Trevor nun wieder an der Texas A&M studiert und zwei Nebenjobs hat, um die massiven Schulden, die sich in den letzten Jahren angesammelt haben, ansatzweise zu reduzieren, schafft er es nicht, Mom so oft zu besuchen, wie er gern möchte. Ich versuche, die Dinge mit seinen Augen zu sehen: die abgeplatzte Farbe an den Wänden, das alte Hellviolett, das zwischen dem jetzigen Himmelblau hervorleuchtet. Poster aus den späten Neunzigern, die in keiner bestimmten Anordnung aufgehängt wurden, alle mit motivierenden Zitaten, die vermutlich dazu gedacht sind, die Menschen, die hier reinkommen, aufzumuntern. Am schlimmsten ist das Summen der Leuchtstoffröhren über uns. Sie sind so marode, dass die toten Insekten darin vermutlich älter sind als ich.

»Wo zum Teufel hat Peter diesen Ort gefunden?«, flüstert er, mehr zu sich selbst als zu mir. Wie sich herausgestellt hat, bedeutete Peters Versprechen, sich um mich zu kümmern, dass ich in seiner Wohnung wohnen sollte, während Mom *hier* betreut wird. Mein Zusammenleben mit ihm hat gerade mal zwei Wochen funktioniert, aber das ist eine andere Geschichte. Was meine Mom betrifft … das hier ist alles, was wir im Moment für sie tun können. Ich habe bei so vielen Behandlungszentren angefragt, aber die Wartelisten sind endlos, und *so* schlimm ist es hier nun auch wieder nicht – zumindest rede ich mir das jedes Mal ein, wenn ich zur Tür hereinkomme.

Brandon kommt zurück, und ohne uns anzusehen, sagt er: »Sie ist in ihrem Zimmer. Ihr könnt direkt zu ihr durchgehen.«

Ein Muskel an Trevors Kiefer zuckt, und seine Hände ballen sich zu Fäusten.

»Danke«, erwidere ich und ziehe Trevor am Arm, damit er mir durch die Tür folgt. Der Flur ist in genauso schlechtem Zustand wie der Wartebereich, und ich führe ihn durch gefühlt endlos lange enge Korridore, bis wir Moms Zimmer erreichen. Sie sitzt auf einem Plastikstuhl und sieht nach draußen, ihre Haare sind verfilzt.

Nulltage.

Jeder Tag hier ist ein Nulltag.

Und auf eine gewisse Weise bin ich froh, dass sie nicht mitbekommt, wie scheiße es hier ist. Davon abgesehen, Nulltage sind und bleiben um einiges besser als Negativ-Tage.

»Hi, Mama«, sage ich vorsichtig, um sie nicht zu erschrecken. »Trevor ist hier.«

Der Hauch eines Lächelns huscht über ihre Lippen, als sie vom Fenster wegsieht und Trevor neben mir entdeckt. »Meine Kinder«, murmelt sie. »Ich liebe meine Kinder.«

»Wir lieben dich auch, Mama Jo.« Trevor macht einen Schritt auf sie zu und küsst ihre Narben. Er lässt die Hand auf ihrer Schulter, wartet darauf, dass sie sie tätschelt, wie sie es sonst immer getan hat.

»Wie ist das College?«

»Gut«, sagt er. »Noch ein Jahr, dann kannst du zu meinem Abschluss kommen.«

Mom sieht weg.

Trevors lässt den Kopf sinken.

Sie hat das Gebäude nicht *einmal* verlassen, seit wir in Texas sind. Sie hat zu viel Angst vor der Welt draußen, und egal, wie sehr wir auch versuchen, sie zu überzeugen, sie ändert ihre Meinung nicht.

»Und die Arbeit, Ava?«, fragt sie. »Wie ist die Arbeit?«

»Wie immer«, erwidere ich und richte die Kissen und die Decke auf ihrem Bett. Ich setze mich auf die Matratze und verschränke die Hände im Schoß.

»Wie immer«, wiederholt sie. »Alles ist immer wie immer.«

Das ist es. Zumindest für sie und mich. Ich habe ziemlich schnell einen Job gefunden, nachdem wir hierher gezogen sind: Geschirrspülen in einem alten, heruntergekommenen Diner. Mein Lohn ist nicht wirklich hoch, aber er reicht, um mich durch die Woche zu bringen und die Miete für meine Einzimmerwohnung zu bezahlen, eine Wohnung, die Trevor hasst, obwohl ich im ständig sage, dass es *okay* ist.

Dass es für mich reicht.

Alles *reicht.*

Für den Moment.

Ich habe meinen Abschluss an der St. Luke's unter »besonderen Umständen« gemacht. Miss Turner hat mein Zeugnis an Amys Postfach geschickt. Das war die einzige Adresse, bei der ich mich wohlgefühlt habe, sie anzugeben. Ich bin mir nicht wirklich sicher, was ich mit einem Zeugnis anfangen soll, das im Prinzip aussagt: *Gratulation. Sie haben überlebt. Gerade so.* Miss Turner ist die Einzige aus meiner alten Heimat, zu der ich noch Kontakt habe, und unsere Telefonate sind im letzten Jahr immer weniger und weniger geworden.

Manchmal, wenn ich mich wirklich einsam fühle, wandern meine Gedanken zu meinem alten Leben, zu meinen alten Freunden, zu *Connor.* Aber ich verdränge sie jedes Mal ganz schnell. Ich muss. Eine Sache, die ich aus Miss Turners gelegentlichen E-Mails gelernt habe, ist, dass ich aufhören muss, mich selbst zu bestrafen, und an Connor zu denken, ist die schlimmste Art der Strafe, die es gibt.

»Wie geht es dir, Mama Jo?«, fragt Trevor.

»Wie immer. Immer wie immer.«

Trevor wirft mir einen Blick zu, und ich erkenne es in seinen Augen, wie sehr er sich Mühe gibt. Ich schüttle den Kopf, forme mit den Lippen ein »Nein«. Denn ich weiß, was er denkt. Er will alles aufgeben. Schon wieder. Das College abbrechen und stattdessen arbeiten und eine Möglichkeit finden, sich um sie zu kümmern. Um uns. Aber das werde ich nicht zulassen. Und natürlich denke ich darüber nach, suche nach anderen Wegen, wie wir das hinkriegen könnten. Jeden Tag, wenn ich aufwache, ist es das Erste, woran ich denke, aber wir können das alles nicht noch mal durchmachen. Wir haben bereits so viel Schmerz durchgestanden und so viel Kummer, und das hier ist noch nicht unsere Erlösung, es ist nur ein Pflaster.

Wir bleiben ein paar Stunden, bis Mom sagt, dass sie müde sei. Ich bringe sie ins Bett, und dann suche ich nach einer Pflegekraft, damit wir unseren wöchentlichen Bericht bekommen.

Alles ist wie immer.

Ihre Medikamente wurden nicht geändert.

Ihre Laune hat sich nicht geändert.

Es ist immer alles wie immer.

Und dieses *Wie-immer* muss sich ändern.

Ich weiß nur nicht, wie.

***

Trevor fährt mich nach Hause und begleitet mich bis zu meiner Wohnung, und die ganze Zeit über hält er seine Nase gerümpft. Von der kaputten Treppe über den abgeranzten Flur und den ganzen Weg bis zu meiner Tür, gegen die man treten muss, um sie zu öffnen.

»Habe ich schon mal erwähnt, wie sehr ich es hasse, dass du hier wohnst?«

Mein Nachbar, ein alter Mann, der nichts weiter trägt als blauweiß gestreifte Boxershorts, öffnet seine Tür und lugt heraus. »Kann ich euch helfen?«, knurrt er.

Trevor verzieht das Gesicht. »Ja, können Sie. Indem sie sich verdammt noch mal was anziehen.«

Ich zerre an seinem T-Shirt, bugsiere ihn in meine Wohnung, dann schließe ich die Tür hinter uns.

Er rüttelt am Türknauf, bis das Türschloss einrastet. »Ava, du musst aus diesem Scheißloch raus.«

»Ich mag es«, sage ich, und es ist keine *ganze* Lüge. Ich mag es, dass ich meine eigenen vier Wände habe und dass ich von meinem Bett über die Küche bis zum Bad nur fünf Schritte brauche, insgesamt. Ich mag die verrückte, alte Frau ein paar Türen weiter, die jeden Abend auf ihrem Balkon sitzt und niemand Bestimmtem Geschichten von all den betrunkenen Seeleuten erzählt, die sie vor vielen Jahren umworben hat. Ich mag es, wie die Morgensonne durch meine Vorhänge scheint, und ich mag den Geruch des kleinen Kräutergartens, den ich in einer Ecke meines Wohn-Schlaf-Zimmers halte.

Trevor holt ein Glas aus dem Schrank – ich mag es, dass ich Gläser offen rumstehen lassen kann, ohne auszuflippen, wenn eins kaputtgeht. Er füllt das Glas mit Wasser aus dem Wasserhahn, dann öffnet er den Kühlschrank und betrachtet den Inhalt. »Füttere mich.«

Ich tippe ihm auf die Schulter, bis er aus dem Weg geht, und suche die Zutaten zusammen, um ihm ein schnelles Pfannengericht zu machen. Gerade als ich ein Schneidebrett hervorhole, klingelt mein Handy. Ich ziehe es aus meiner Tasche und starre auf die Nummer. Mein Herz rast. Es ist eine Nummer aus North Carolina, aber ich kenne sie nicht, daher tue ich das, was ich jedes Mal tue, wenn eine unbekannte Nummer anruft. Ich gehe ran, schweige aber. Trevor beobachtet mich gespannt und zieht verwirrt die Augenbrauen hoch.

»Hallo?«, fragt eine Frau am anderen Ende.

Trevor deutet auf das Handy, als wollte er mir sagen: *Sag etwas*, aber ich presse den Finger auf die Lippen, bedeute ihm, still zu sein. Ich habe mich aus gutem Grund dazu entschieden, alle Nummern von früher zu blockieren – damit mein Herz schneller heilen kann –, und ich will jetzt keinen Rückschritt machen.

»Hi, hier ist Lydia von der Sunshine Oak Residential Clinic. Ich hatte gehofft, mit Ava Diaz sprechen zu können, wenn …«

»Hi«, unterbreche ich sie, und meine Augen sind weit aufgerissen. »Ich *bin* Ava.«

Trevor kommt näher, Panik liegt in seinem Blick.

»Hi, Ava«, sagt Lydia. »Ich wollte mit Ihnen über die Pflege Ihrer Mutter reden – Joanne Diaz. Haben Sie gerade Zeit, um das zu besprechen?«

»Ja«, hauche ich.

Trevor wedelt mit den Händen. Er will Antworten. Ich stelle das Handy auf laut und halte es zwischen uns.

»Großartig«, ruft Lydia freudig. »Nun, ich bin mir nicht sicher, ob Sie von uns gehört …«

»Habe ich«, unterbreche ich sie. »Ich meine, ich weiß über Sunshine Oak und Ihre Behandlungsangebote Bescheid. Sie sind quasi die Besten der Besten …« Ich atme aus. »Aber … ich habe bei Ihnen keinen Antrag gestellt.« Zumindest *glaube* ich, dass ich das nicht getan habe, aber vielleicht war ich auch so verzweifelt, dass ich nicht mehr klar denken konnte.

»Nun, zuallererst: Es freut mich, dass Sie von uns und unserer Einrichtung in solch hohen Tönen sprechen, und zweitens, nein, Sie haben *keinen* Antrag gestellt.«

»Oh.« Mir wird schwer ums Herz.

»Aber zurück zum Thema«, fährt sie fort, »wir haben gerade eine anonyme Spende von jemandem bekommen, der ein langfristiges Behandlungsangebot ins Leben rufen möchte, das sich insbesondere an Menschen in Ihrer Situation richtet – an verletzte Kriegsveteranen und ihre Familien –, und ich habe das einem Bekannten gegenüber erwähnt, der die Leitung im Riverside innehat. Sie erinnern sich vielleicht, Sie haben dort einen Antrag gestellt.«

»Ja.« Ich nicke hektisch.

»Nun, mein Bekannter hat Ihren Fall erwähnt und wie sehr er sich wünschte, er könnte Ihrer Mom einen Platz anbieten, aber da sie es nicht können und wir aber *schon*, habe ich mich gefragt, ob Sie unser Angebot vielleicht annehmen wollen?«

»Ähm …« Ich sehe zu Trevor hoch, mit Tränen in den Augen, während mein Puls unter meiner Haut pocht. »Ich meine, natürlich, das wäre unglaublich, aber … wir sind momentan in Texas, und ich muss erst genug Geld für einen Flug zusammenbekommen und … und eine Wohnung finden …« Meine Gedanken hören nicht auf, sich zu drehen. »Wie … wie lange können Sie den Platz …?«

»Ava«, unterbricht Lydia mich. »Dieses spezielle Angebot beinhaltet einige sehr großzügige Zusatzleistungen. Es deckt alle Reisekosten ab und bietet Ihnen eine vollmöblierte Wohnung in der Nähe, in der Sie entweder dauerhaft wohnen können, oder die Sie auch nur dann nutzen können, wenn Sie in der Stadt sind.«

»Für wie lange?«, frage ich, und meine Stimme ist ganz heiser vor Rührung.

»Solange Ihre Mom Pflege benötigt. Es deckt auch alle Lebenshaltungskosten sowie Medikamente ab, und wir haben die besten Ärzte …« Sie redet weiter, während sämtliche Luft aus meiner

Lunge weicht, und ich sehe zu meinem Bruder hoch, sehe die Hoffnung in seinen Augen, spüre die *Magie*, die zwischen uns schwebt.

»Also, was sagen Sie, Ava?«

Der Kloß in meinem Hals ist so groß, dass ich nichts sagen kann, die Tränen der Erleichterung, die sich in meinen Augen sammeln, sind so dicht, dass ich nichts mehr sehe.

Trevor packt mich an den Schultern und zieht mich an sich, schließt mich fest in seine Arme.

»Ava?«, fragt Lydia. »Sind Sie noch dran?«

Ich wische mir die Erlösung, die sich in Form von Tränen manifestiert, von den Wangen. »Wie bald können Sie sie aufnehmen?«

»Wie bald können Sie sie zu uns bringen?«

Kapitel 45

CONNOR

Austin wirft mir eine Socke an den Kopf, aber ich ducke mich rechtzeitig. »Warum versuchst du, mein Leben zu ruinieren?«

Ich rümpfe die Nase, nehme seine schmutzige Socke von meinem Bett und werfe sie auf seine Seite des Wohnheimzimmers zurück. »Warum hast du kein eigenes Sozialleben?«

Seine Augenbrauen heben sich, und er deutet an seinem ganzen Körper hoch und runter. »Hast du mich kennengelernt?«

Ich schüttle den Kopf, schnappe mir meinen Basketball und drehe ihn auf dem Finger. »An dir ist nichts falsch, Austin.«

Er seufzt, nimmt mir den Ball ab und versteckt ihn hinter seinem Rücken. »Sagt der Sportler, dem alle Mädchen hinterherrennen und um seine Aufmerksamkeit buhlen.«

Ich kratze mich am Kopf. »Was willst du?«

Er richtet sich die Brille. »Nimm mich mit auf die Party.«

»Ich gehe nicht auf die Party«, erwidere ich.

»Eben, damit *ruinierst du mein Leben.*«

Ich lache leise. Austin und ich wurden willkürlich als Zimmerkollegen im Wohnheim eingeteilt, und ich weiß nicht, wie an der Duke entschieden wird, wer sich mit wem ein Zimmer teilt, aber man hätte keine merkwürdigere Kombination finden können. Er muss sich dasselbe gedacht haben, als wir uns kennengelernt haben, und ich bin mir ziemlich sicher, dass er mich gehasst hat. Erst nach gut zwei, drei Monaten, in denen wir im selben Raum gelebt und geatmet haben, ist ihm klar geworden, dass ich nicht annähernd so bin wie die anderen Sportler, die ihn offenbar während der gesamten Highschool gemobbt haben. Jetzt bezeichnet er mich als seinen besten Freund. Ich würde dasselbe tun, nur wohnt meine beste Freundin irgendwo in Texas, bei einem Typ, der es geschafft hat, sie in sein Haus zu nötigen oder schlimmer, in sein Bett.

Nein, ich bin immer noch nicht drüber hinweg.

Und ganz klar, ich bin auch immer noch nicht über *sie* hinweg.

»Ich werde nie bei einem Mädchen zum Zug kommen«, murmelt er und wirft sich aufs Bett.

»Mit dir ist nichts falsch«, wiederhole ich ehrlich. »Du wirst ein Mädchen finden, wenn du es am allerwenigsten erwartest. Ich war achtzehn, als ich mein erstes Mal hatte.«

Er setzt sich auf, mustert mich aus zusammengekniffenen Augen und schüttelt dann den Kopf. »Also, was machen wir heute Abend?«

Ich schnappe mir meinen Laptop. »Ich weiß nicht, was du machst, aber ich muss für die Prüfungen lernen. Wir können nicht alle solche Genies sein wie du.« Genau wie ich hat Austin ein Stipendium für die Duke bekommen, aber anders als meins, ist seins rein akademischer Natur. Ich verstehe immer noch nicht wirklich, was sein Ziel ist oder worum es in den Kursen geht, die er besucht. Irgendwas über Computer und Wissenschaft und Algorithmen und keine Ahnung ... Manchmal sitzt er an seinem Laptop, und seine Finger fliegen nur so über die Tastatur. Auf dem Bildschirm sind ein Haufen Buchstaben und Zahlen und Symbole, und dann drückt er auf eine Taste, und *Boom* – er hat gerade jemanden in weniger als fünf Minuten um ein paar Hundert Dollar reicher gemacht.

Sagt er zumindest.

Austin stöhnt in sein Kissen, eindeutig frustriert. »Wenn ich dir beim Lernen helfe ...«

»Nein.«

»Warum nicht?«

»Weil ich jedes Mal wenn du mir hilfst, danach noch dümmer bin.«

»Du *fühlst* dich nur dümmer. Aber vertrau mir, allein in meiner Nähe zu sein, hat dich schlauer gemacht, nur weißt du es noch nicht.«

»Vermutlich«, murmle ich, stehe vom Bett auf und setze mich an den Schreibtisch. »Hey, ist es für deinen Dad immer noch okay, dass ich im Sommer bei ihm arbeite?«

Noch ein Stöhnen aus seiner Richtung, diesmal lauter. »Ja, Connor. Mein Dad liebt dich. Er wünscht sich nichts mehr als einen

Duke Blue Devil, der mit ihm auf dem Schrottplatz unserer Familie arbeitet … Aber warum zur Hölle *willst* du das?«

Ich zucke mit den Schultern. »Weil es Spaß macht?« Das ist gelogen. Die Wahrheit ist, ich hatte ein ziemlich schlechtes Jahr auf dem Spielfeld – mein Fokus lag woanders –, und ich habe vor, im Sommer Extratrainings zu nehmen. »Davon abgesehen, mein Dad wird in Europa …«

»Du meinst, deine *Dads.*« Er prustet, lacht wie ein Kind in sich hinein.

»Idiot. Sie sind nicht verheiratet.« *Noch nicht.* »Und hast du solchen Mist auch in der Highschool gesagt? Wenn ja, dann wundert es mich nicht, dass sie dich ständig verprügelt haben.«

Er presst sich die Hand aufs Herz. »Du verletzt meine Gefühle«, scherzt er.

»Hm.«

Er stellt sich neben mich und sieht mir über die Schulter.

Ich öffne den Laptop.

Er klappt ihn zu. »Gehen wir wirklich nicht auf diese Party?«

Ich öffne erneut den Laptop und sehe zu ihm hoch. »Wir gehen für eine halbe Stunde hin. Unter einer Bedingung …«

»Und die wäre?«

Ich grinse.

Er seufzt. »*Den* Scheiß schon wieder?«

Ich nicke, lehne mich zur Seite, sodass er an mir vorbeigreifen kann. Seine Finger fliegen über die Tastatur, er tippt, tippt, tippt, und nach einem tiefen Atemzug und einem letzten Seufzer tippt er ein letztes Mal, und das Duke-Logo erscheint in der oberen linken Ecke des Bildschirms. Er hat sich gerade, wie all die Male zuvor, in die Datenbank der Zulassungsstelle des Colleges *gehackt* – wie er es nennt –, und wie all die Male zuvor gehe ich auf »Suchen«, und meine Finger sind viel langsamer als seine, als ich tippe:

A
V
A

D
I
A
Z

Und dann grinse ich. »Okay, versuchen wir mal, dass du bei den Mädchen zum Zug kommst.«

Kapitel 46

AVA

Es ist unglaublich, wie viel sich in nur wenigen Wochen verändern kann. Obwohl Trevor und ich uns Fotos und Bewertungen von Sunshine Oak angeschaut haben, waren wir von der Einrichtung überwältigt, als wir sie das erste Mal in echt gesehen haben. Sunshine Oak ist nicht nur eine Behandlungseinrichtung, sondern eine

Gemeinschaft, und sie ist voller Menschen, die das lieben, was sie tun. Genauso wie die Patienten, um die sie sich kümmern. Trevor konnte nur ein paar Tage bleiben, bevor er zurückmusste, aber er war mehr als zufrieden, als er aufgebrochen ist. Er war *glücklich* … und ein bisschen eifersüchtig.

Als Lydia von Sunshine Oak mich darüber informiert hatte, dass ich eine vollmöblierte Wohnung haben könnte, habe ich etwas Ähnliches wie das erwartet, was ich in Texas hatte. Aber als Trevor und ich beim Gebäude ankamen, mussten wir kurz stehen bleiben und erst mal den Anblick verarbeiten. Es war nichts übermäßig Großes, aber es war um *einiges* besser als das, was wir erwartet hatten.

»Ich glaube nicht, dass du dir hier wegen halb nackter alter Männer und verrückter alter Damen Sorgen machen musst, Ava«, murmelte er.

Und ich habe gelacht, so laut und frei, dass er schon bald mit eingestimmt hat, und es hat sich so gut angefühlt, zu lachen, vor allem mit ihm. Wir waren sprachlos, unfähig, das pure Glück zu verstehen, das uns in den Schoß gefallen ist. Wir mussten gerettet werden, klar, aber das war *mehr* als alles, was wir uns je hätten vorstellen können. Und dann die Wohnung an sich … zwei Schlafzimmer, das größere mit eigenem Bad, eine offene Küche, die in ein Wohnzimmer übergeht, mit dunklen Böden und neuen Geräten. Das Wohnzimmer führt auf einen Balkon hinaus, von dem aus man einen Gemeinschaftspool überblickt, und ich konnte es nicht erwarten, mich raus in die Sonne und später unter den Sternenhimmel zu setzen.

Es ist nur minimal besser als die Wohnung – nicht das *Zimmer* –, die meine Mom in Sunshine Oak hat. Ihre Wohnung überblickt den Gemeinschaftsgarten, und jeden Morgen, wenn sie aufwacht und aus dem Fenster schaut, dann sieht sie *Farben*. So viele Farben.

Sie sind nicht nur in ihrem Blickfeld, sondern generell in ihrem *Leben.* Und die Ärzte … Gott, wo zum Teufel waren sie in den letzten Jahren?

Auf eine gewisse Weise verabscheue ich es, dass es die Hilfe eines völlig Fremden mit zu viel überflüssigem Geld gebraucht hat, um Mom die Pflege zu ermöglichen, die sie *tatsächlich* braucht, aber vor allem bin ich dankbar. So unglaublich dankbar. Genauso wie Mom. Ich sehe es in ihrem Lächeln – denn sie kann das inzwischen. Sie *lächelt.* Wegen allem und jedem. Sie hat sogar einige Kurse angefangen: Malen und Gartenarbeit, und sie überlegt, eine zweite Sprache zu lernen.

»Man kann hier so viel machen«, erzählt sie mir und blättert eine Broschüre durch, während wir im einrichtungseigenen *Haarsalon* sitzen. »Oh, Ava!« Sie lacht laut. »Rate mal, was ich gestern Nachmittag gemacht habe.«

»Ich weiß es nicht, Mama«, sage ich lachelnd. »Was hast du gemacht?«

»Einen Töpferkurs.«

Ich sehe sie an. »Wirklich?«

»Der ganze Raum hatte einen Lachanfall, als ich meinen Armstumpf benutzt habe, um die Öffnung meiner Vase zu formen.« Sie lacht, kann sich nicht mehr beherrschen. »Es hat mich an die Nacht erinnert, in der wir mit Connor auf dem Sportplatz waren. Erinnerst du dich?«

Meine Brust schnürt sich zusammen. »Ja, ich erinnere mich.«

Ihr Lächeln wird nur noch breiter. »Weißt du noch, wie wir versucht haben, den Balketball auf dem Finger des anderen zu drehen? Und wie der Ball dann davongeflogen ist?« Sie lacht wieder, diesmal lauter.

Ich versuche, so unberührt wie möglich zu wirken, aber es fällt mir schwer. »Hm.«

Sie seufzt und wischt sich die Freudentränen aus dem Augenwinkel. »Gott, ich vermisse diesen Jungen.«

Ich auch, sage ich nicht laut.

»Was ist aus ihm geworden?«, fragt sie, und in ihrem Blick liegt Neugier, als sie mich ansieht. »Was ist aus euch geworden? Ihr wart so …«

Ich unterbreche sie, und meine Stimme bricht, als ich sage: »Ich will nicht wirklich darüber reden.«

Sie schenkt mir ein weiteres Lächeln, aber es ist traurig. »Okay, Schatz. Ich wollte nur … Er ist so ein guter Junge, weißt du? Ich wünschte, das zwischen euch hätte gehalten …«

»Ich weiß.«

Sie nickt langsam und betrachtet sich selbst im Spiegel. »Dieser Ort tut mir gut, Liebes.« Sie sieht wieder zu mir und legt eine Hand an ihre Brust. »Ich fühle es hier drin.«

»Was fühlst du?«

»Das Glück.«

Tränen sammeln sich in meinen Augen, und ich nehme ihre Hand in meine. »Das freut mich.«

»Du hast zu viele deiner wichtigsten Jahre damit verbracht, dich um mich zu kümmern, Ava. Und du weißt, wie dankbar ich dir dafür bin, aber jetzt … vielleicht ist es an der Zeit, dass du damit anfängst, dich um dich selbst zu kümmern.«

Ich atme tief ein. Halte die Luft an.

»Wann wirst du glücklich sein, Ava?«

Ich zucke mit den Schultern und starre auf meine Hände herab. »Ich bin glücklich.«

»Du bist eine Lügnerin.«

»Mama«, jammere ich.

»Er ist auf der Duke, oder?«

»Wer?«

Sie verdreht die Augen. »Du weißt, wer. Connor.«

Ich zucke mit den Schultern. »Ich *glaub* ja.« Das ist gelogen. Ich *weiß* es.

»Weißt du, dass ich das Cameron Indoor Stadium von meinem Fenster aus sehen kann?«

Meine Augen weiten sich. »Wirklich?«

»Hm«, singt sie. »Wäre es nicht großartig, wenn du *auch* an der Duke angenommen worden wärst?«

Ich starre sie an, ihr direkt in die Augen, und sie starrt zurück, wartet. Sie weiß es … Sie weiß *alles.* »Woher …?«, flüstere ich.

»Ich habe alles mit angehört, was ihr gesprochen habt in der Nacht, in der wir weggefahren sind. Das hat mir fast das Herz gebrochen, Ava. Aber was hätte ich tun können? Du hattest deine Entscheidung getroffen, und du hast es für mich getan, und dafür liebe ich dich, aber jetzt … jetzt bin ich hier, und ich bin glücklich, aber ich bin nicht so glücklich, wie ich es sein könnte …«

Das Herz rutscht mir in die Hose, das Gewicht dessen, was gleich kommen wird, zieht es hinunter. »Du willst, dass ich auf die Duke gehe?«

Sie lächelt, so wie Mütter ihre Kinder anlächeln sollten. »Du *musst* auf die Duke gehen, Ava. Du musst anfangen, dein *eigenes* Leben zu leben.« Sie legt ihre Hand an mein Gesicht. »Und du musst wieder anfangen, an Magie zu glauben.«

Kapitel 47

CONNOR

»Tut mir leid, dass ich zu spät bin«, sage ich schnell und sehe zu Austin, der auf dem Schrottplatz seiner Familie hinter dem Schreibtisch sitzt. »Mein Training hat länger gedauert.«

Austin verdreht die Augen. »Als würde mich das interessieren.«

Ich nehme meinen Mitarbeiterausweis aus dem Regal und stemple ein, markiere die Zeit, zu der ich tatsächlich anfange, und mache eine Notiz dazu, dass ich zu spät bin. Ich will nicht, dass sie mich für die Zeit bezahlen, die ich nicht hier war. »Was sind meine Aufgaben für heute?«

»Deine Aufgabe ist es, gut auszusehen«, murmelt er und tippt etwas auf der Tastatur. Er hält einen Moment inne und sieht zu mir auf. »Oh, warte. Das tust du ja sowieso immer.«

Ich lache leise. »Diese Beleidigungen werden langsam alt, Austin.«

»Ich höre auf, wenn meine Verbitterung es tut«, erwidert er und zuckt mit den Schultern. »Und es ist heute ruhig, es gibt also nicht viel zu tun.«

Ich seufze, versuche, meinen rasenden Puls zu beruhigen. Ich hasse es, zu spät zu kommen, vor allem bei seinen Eltern. Sie waren so großzügig, mir diesen Job zu geben und mir zu erlauben, den Sommer hier zu verbringen, und das Letzte, was ich tun will, ist, sie zu enttäuschen. Ich lehne mich an den Schreitisch und verschränke die Arme. »Hey, glaubst du, ich kann dich und deine Eltern diese

Woche zum Abendessen einladen? Ich wollte einfach Danke sagen, dass ich bei dir pennen kann.«

Austin schüttelt den Kopf. »Mann, meine Eltern sind einfach froh, dass ich einen Freund habe. Du musst nichts für sie tun.«

»Aber ich *will* es.«

»Wenn du darauf bestehst, sicher, aber nichts Ausgefallenes, okay? Wir besitzen keine Krawatten.«

»Ich auch nicht.«

»Du trägst an jedem Spieltag eine.«

»Das ist was anderes.« Er mustert mich skeptisch, während ich mir einen Stuhl heranziehe und mich neben ihn setze.

»Ja?«, sagt er lang gezogen.

»Wir sind *Freunde*, oder?«

»Was willst du?«, fragt er trocken.

Ich grinse.

»*Schon wieder?*«

»Jepp.«

»Connor, ich kann nicht immer gegen die Regeln verstoßen, nur weil …«

»Ich nehme dich mit auf eine Party, wenn wir zurück am Campus sind.«

Seine Augen werden schmal. »Fünf.«

»Drei.«

Er bietet mir seine Hand an.

Ich schlage ein und füge hinzu: »Aber ich brauche diesmal ein bisschen mehr.«

»Alter …«

»Ich weiß. Drei Partys, und ich stelle dich jedem Mädchen vor, das uns über den Weg läuft.«

Er bleckt die Zähne. »Was brauchst du?«

»Kannst du herausfinden, für welche Kurse sich die Leute angemeldet haben?«

Er stöhnt. »Wirklich? *Das* zählt jetzt offiziell als Stalken, Mann.«

»Nein, tut es nicht. Es ist … *Neugier.*«

Er seufzt und verzieht frustriert das Gesicht. »Ich bin dein bester Freund …«

»Nein, bist du nicht.«

»Sei still.«

Ich lache leise.

Er fährt fort: »Ich bin dein bester Freund – und das seit fast einem Jahr, und ich habe Fragen … eine ganze Menge … und ich habe sie nie gestellt, weil ich dachte, eines Tages wirst du nachgeben und mir von dieser unglaublichen Ava Diaz erzählen … Aber das hast du noch nicht, und so behandelt man keinen besten Freund, Connor.«

Ich starre ihn an, schweige.

Ein weiterer Seufzer kommt ihm über die Lippen. »Ist sie eine Ex?«

»Ja.«

»Aus der Highschool?«

»Ja.«

»Und sie hat dir das Herz gebrochen?«

»Ja.«

»Und du hast eine masochistische Ader?«

Ich zucke mit den Schultern.

»Connor, gib mir ein bisschen mehr Infos, denn ich riskiere hier eine ganze Menge mit dem, was ich für dich tue.«

Ich senke den Kopf und starre auf meinen Schoß, meine Brust ist immer noch erfüllt mit Kummer, aber darunter … fühle ich Hoffnung. Sie ist nur nicht besonders groß. Ich schaue wieder Austin an, suche seinen Blick. »Wir haben uns an einem See verliebt, umgeben von leichtsinnigen Wunschvorstellungen, aber unsere Leben zu der Zeit hatten nicht genug Erbarmen mit uns, um uns diese Liebe leben zu lassen. Sie ist weggegangen, und ich bin geblieben, und jeden Tag, den du und ich *beste Freunde* waren, habe ich daran gearbeitet, sie zurückzugewinnen. Sie war meine erste *Alles*, und ich will – nein, ich *brauche* es –, dass sie meine *letzte* Alles ist. Ich brauche sie an meiner Seite, wenn all das hier vorbei ist und alles zu Ende geht, denn *sie* ist mein Ziel, Austin. Mein Für-immer.«

Er starrt mich an, ohne zu blinzeln, sein Atem geht flach. Dann atmet er aus, und seine Wangen blähen sich dabei. »Verdammt, Connor. Ich dachte, sie wäre so was wie ein One-Night-Stand, den du nicht vergessen kannst … Ich wusste nicht …« Er schüttelt den Kopf. »Also *das* ist der Grund, warum du kein Interesse an anderen Mädchen hast?«

»Es gibt keine anderen Mädchen für mich.«

Er nickt langsam, wendet sich dann dem Computer zu und lässt die Finger über die Tastatur fliegen. Innerhalb von Sekunden hat er Avas Akte auf dem Bildschirm und eine Liste der Kurse, für die sie angemeldet ist. »Ich muss dir etwas erzählen«, sagt er, »wenn wir gerade dabei sind, unsere Geheimnisse zu offenbaren …«

»Okay …?«

Er sieht mich wieder an. »Ich hacke mich nicht wirklich in die Datenbank der Duke. Ich arbeite in der Zulassungsstelle.«

Ich lache leise. »Ich weiß.«

»Wirklich?«

»Ich bin nicht so dumm, wie du vielleicht denkst.«

»Ich hab mich dadurch aber eine Weile ziemlich cool gefühlt.«

»Auch das weiß ich.«

»Siehst du?« Er schreit fast. »Ich *bin* dein bester Freund.«

Kapitel 48

AVA

Ich blicke auf den Plan und dann auf die Tür vor mir. Ich hätte während der Orientierungsveranstaltung besser aufpassen sollen, aber ich war zu beschäftigt, alles zu verarbeiten. Die Tatsache, dass sonst niemand hier ist, macht mich nervös. Ich schaue auf die Uhr. Ich bin nicht *so* früh. Zumindest *glaube* ich das. Vielleicht habe ich die falsche Zeit aufgeschrieben. Druck bildet sich in meiner Brust, und meine Hände fangen an zu zittern. Das ist erst der erste Tag der nächsten vier Jahre meines Lebens. Ich bin vollkommen überfordert, und ich habe niemanden, an den ich mich wenden kann.

Ich bin eine Memme.

Ich habe Mom, die ich jederzeit anrufen kann.

Und ich habe Trevor.

Ich umklammere das Handy fester, während ich mir mit der anderen Hand die Schläfe massiere. Ich habe nicht geschlafen – das ist schlecht, ich weiß –, aber ich war so aufgeregt. Jetzt wandelt sich diese Aufgeregtheit in Angst und …

»Du siehst aus, als hättest du dich verirrt.«

Ich blicke auf und in die Augen einen Jungen – nein, eines Mannes. *Du bist jetzt am College, Ava. An der Duke.*

»Erster Tag?«, fragt er und mustert mich aus haselnussbraunen Augen. Sie sind größer als normal, vermutlich durch die dicken Brillengläser. Dunkle Locken stehen in alle Richtungen ab, und dann schenkt er mir ein Lächeln, ein *nettes* Lächeln, und ich kann nicht anders, als es zu erwidern.

Sauerstoff strömt durch meinen ganzen Körper, als ich tief durchatme. »Ja. Erster Tag, und ich weiß nicht, ob ich mich verlaufen habe.« Ich deute auf die Tür hinter mir. »Ist hier Kriminalpsychologie?«

»Jepp.«

»Okay, gut. Ich kann mir nichts Schlimmeres vorstellen, als direkt in den falschen Kurs zu stolpern.«

Er lacht leise. »Das wäre eins der Dinge, die dich noch in zwanzig Jahren um drei Uhr nachts aus dem Schlaf hochschrecken lassen.«

Ich lache auf. »Auf jeden Fall.«

Er macht sich etwas größer, und sein Lächeln wird breiter. »Ich bin übrigens Austin.«

»Ava«, erwidere ich.

Seine Gesichtszüge entgleisen ihm. »Ava *Diaz?*«

Meine Augen weiten sich. »Woher …?«

Er macht einen schnellen Schritt zurück. »Oh, mein Fehler.«

Eine Hand taucht zwischen uns auf, mit einem Kaffeebecher. »Hier.«

Es ist nur ein Wort.

Eine Silbe.

Aber es reicht, um mein bereits stolperndes Herz zum Stillstand zu bringen. Mein Kopf dreht sich wie von selbst, langsam, als hätte er Angst davor, was meine Augen gleich sehen werden. Er hat sich nicht verändert, nicht wirklich, aber er ist *älter*, erwachsener und sein Lächeln … Gott, dieses Lächeln.

»Ich hab dir eine heiße Schokolade mitgebracht«, sagt er zu mir und gibt mir den Becher. Er liegt warm in meiner Hand, passend zu der Wärme in meinen Wangen. »Ich hoffe, das ist okay?«

Ich flüstere seinen Namen, als wäre er etwas ungemein Wertvolles, was ich nach langer Zeit wiedergefunden habe.

Er deutet mit dem Kopf zu Austin. »Ich sehe, du hast meinen Zimmerkollegen schon kennengelernt.«

»Hi«, krächze ich. Es war an Austin gerichtet, aber ich kann die Augen nicht von Connor abwenden. Ich räuspere mich, senke den Blick – nur für eine Sekunde, bevor ich ihn wieder anstarre. Etwas in meiner Brust zieht sich zusammen, mein Magen verknotet sich. Ich wusste … Ich meine, natürlich wusste ich, dass ich ihn sehen würde, und ich habe mich auch mental darauf vorbereitet, ihm irgendwann über den Weg zu laufen, aber …«

»Ist sie okay?«, fragt Austin Connor.

»Ja.« Connors Mundwinkel hebt sich auf einer Seite, er verzieht die Lippen zu einem schiefen Halblächeln, und erst jetzt bemerke ich, dass er … dass er seine Augen auch nicht von mir abwenden kann. »Sie ist *perfekt.*«

Ich schnappe nach Luft, halte sie an, bis meine Lunge brennt.

»Wollen wir hier den ganzen Tag rumstehen oder …?«, murmelt Austin.

Connor unterbricht unseren Blickkontakt als Erster und geht an mir vorbei, sein Arm streift meinen. Er öffnet die Tür und wartet darauf, dass Austin hineingeht. Ich folge ihm. Mein Herz hämmert wie wild. Connor hält mich auf, seine Hand ruht sanft auf meinem Unterarm. Er legt den Kopf schief, und sein Mund kommt so nah, dass sein Atem warm über meine Wange streicht. »Ich hoffe, du bist bereit, Ava Elizabeth Diana.«

Ich schiele zu ihm hoch. »Bereit wofür?«

»Klappe, die dritte ... *Dritter Akt.*«

Ich runzle verwirrt die Stirn. »Der *Höhepunkt?*«

Er richtet sich zu seiner vollen Größe auf, schüttelt den Kopf und schenkt mir dieses Lächeln, in das ich mich so schwer verliebt habe. »Das *Happy End.*«

CONNOR

Okay.

Ich habe es getan.

Ich habe sprichwörtlich das Eis gebrochen, und jetzt weiß ich nicht, was ich tun soll. Ich bin voller Zuversicht aufgewacht. Und dann habe ich sie gesehen, und alles in mir stand auf einmal kopf, hat sich gedreht und ist dann erstarrt. Sie hat sich auf die Lippe gebissen und auf ein Blatt Papier geschaut. Ihre Haare waren zu einem hohen Knoten, einem riesigen Messy Bun gebunden, aber Gott, sie war sogar noch schöner, als ich sie in Erinnerung hatte.

Ich habe Austin gesagt, ich würde uns Kaffee holen und dass er schon mal vorgehen solle. Ich habe eine Minute für mich gebraucht, nur eine, um meinen rasenden Puls zu beruhigen. Als ich wieder zu Ava gesehen habe, hat sie sich mit Austin unterhalten, sie hat ihn angelächelt, und ich glaube, ich habe am meisten dieses Lächeln vermisst.

Es hat mich all meine Kraft gekostet, nicht in die Knie zu gehen, kaum dass unsere Blicke sich getroffen haben. Ich habe mich cool gegeben. Zumindest hoffe ich, dass ich so rübergekommen bin.

Jetzt sitze ich in einem Vorlesungssaal neben dem Mädchen, das ich viel zu lange »gestalkt« habe, und ich *schwitze.* Der Raum ist groß genug für mindestens fünfzig Leute, aber in meinen Gedanken, in meinem Herzen, da gibt es nur sie und mich … und endlos viele Möglichkeiten.

»Hey, Connor«, sagt ein Mädchen, das durch die Reihe vor uns geht.

Ohne meinen Blick von Avas Profil zu nehmen, erwidere ich: »Was geht?« Und Avas Mundwinkel zucken leicht.

Ich werde sie dort ganz oft küssen.

Austin schlägt mir gegen den Arm, holt mich zurück in die Realität.

Ich sehe zu dem Mädchen auf, das ich nicht kenne, und deute auf Austin. »Kennst du schon meinen Freund Austin?«

Austin winkt und grinst breit.

»Hey«, sagt das Mädchen lang gezogen, und ich wende mich wieder Ava zu.

»Also …«, beginne ich.

»Also«, erwidert sie. Sie will mich nicht ansehen, zumindest nicht direkt, und als ich endlich den Mut aufbringe, mehr zu sagen, betritt der Professor den Raum und begrüßt die Klasse mit dröhnender Stimme. »Willkommen in Kriminalpsychologie!«

Ava richtet sich in ihrem Stuhl auf und konzentriert sich auf den vorderen Bereich des Raums.

Ich ziehe einen Notizblock aus meiner Tasche und reiße eine Seite raus. Ich schreibe:

Willst du mit mir zu Abend essen? Ja oder Nein?

Ich schiebe ihr den Zettel rüber, während ich so tue, als würde ich dem Professor zuhören. Aus dem Augenwinkel beobachte ich, wie sie meine Notiz liest und dann nach einem Stift greift. Sie senkt den Kopf und schreibt drauf los. Als sie fertig ist, schiebt sie den Zettel zu mir zurück.

Das Wort *Nein* ist eingekreist, doch ein Pfeil deutet nach unten zu ihrer Nachricht: *Kann ich dir ein Abendessen kochen? Ja oder Nein.*

Meine Lippen verziehen sich zu einem zweifellos dümmlichen Grinsen. Ich kreise *Ja* ein und schiebe den Zettel zurück.

Sie schreibt: *Heute?*

Und ich antworte: *Mein Training geht bis 7. Danach?*

Klar. Ich schick dir die Adresse.

Heißt das, du entsperrst meine Nummer? Ich schiebe den Zettel zurück und sehe, wie sie das Gesicht verzieht, während sie ihn liest.

Sie schreibt zurück: *Wir müssen über eine ganze Menge reden.*

Das müssen wir auf jeden Fall, aber jetzt ist nicht der richtige Zeitpunkt dafür, also kratze ich all meine Zuversicht von vorhin zusammen und schreibe: *Frage: Wird das Abendessen heute in einem Kuss enden? Ja oder Nein?*

Sie dreht sich zu mir, und unsere Blicke treffen sich. Ihre Augen sind so hell und so klar und so verdammt perfekt. Sie antwortet nicht. Stattdessen faltet sie den Zettel zusammen, bis er in ihre Handfläche passt, und schiebt ihn sich in den Ausschnitt, vermutlich in ihren BH. Dann formt sie mit den Lippen ein einziges Wort, das all meine schlechten Tage in hoffnungsvolle Nächte verwandelt.

»*Magie.*«

Kapitel 49

AVA

Ich habe ein Problem.

Ein großes, mich bis ins Innerste erschütterndes Problem.

Denn nichts hat sich verändert, und alles ist wie immer, und dieses Mal rede ich nicht von meiner Mom. Ich rede von meinen Gefühlen für Connor.

»Es ergibt keinen Sinn«, sage ich zu Amy. Mein Handy ist auf Lautsprecher und liegt auf der Küchenanrichte. »Es ist, als … Ich habe ihn gesehen, und dann ist einfach alles wieder hochgekommen.« Ich hole Gemüse aus dem Kühlschrank und nehme ein Messer aus der Schublade. »Und *warum* habe ich ihn gefragt, ob er zum Abendessen vorbeikommen will?«

Amy kichert.

»Was zum Teufel habe ich mir dabei gedacht?« Ich halbiere eine Paprika, doch dann lege ich das Messer weg und drücke mir den Daumen an die Schläfe. »Ich meine, wenn wir irgendwo *hingehen* zum Essen, dann könnten wir zumindest getrennt nach Hause gehen und wann immer wir wollen. Und irgendwo hingehen heißt, dort sind *Menschen*, und diese Menschen … sie würden mich davon abhalten, in Tränen auszubrechen oder, ich weiß auch nicht, ihn zu bespringen und sein Gesicht abzuschlecken, aber *hier* in meiner Wohnung … Amy, da sind keine anderen Menschen in meiner Wohnung, und ich werde mich so was von zur Idiotin machen.«

»Vielleicht, wenn du ihn wirklich bespringst und ihm das Gesicht abschleckst …«, sagt sie mit einem Glucksen.

»So bist du mir keine Hilfe!«, jammere ich und stampfe mit dem Fuß auf. »Vielleicht sollte ich besser mit Trevor reden.«

Sie lacht laut. »Ja, klar, er wird so viel hilfreicher sein.« Ich höre den Sarkasmus in ihrer Stimme auch über die Tausende Kilometer Entfernung.

»Amy!«

Sie seufzt. »Schau mal, wenn das Ganze zu unangenehm für dich wird, kannst du ihn bitten, zu gehen. So wie du und Trevor mir von ihm erzählt habt, ist er nicht die Art von Kerl, der sich dir widersetzen wird. Und was das Weinen angeht – wenn du das Gefühl hast, weinen zu müssen, dann weine, Ava. Lass es raus. Und wenn du wütend werden willst, dann werde wütend. Und wenn du ihn wirklich bespringen willst, dann … Ich meine, ich verurteile dich nicht dafür, aber sei vorsichtig. Verhütet.«

»Ich werde nicht mit ihm schlafen!«

»Klar, wenn du das sagst. Ihr … ihr habt eine ziemlich große Vorgeschichte, aber es ist seitdem auch sehr viel Zeit vergangen. Du begibst dich hier quasi auf unbekanntes Terrain.«

Ich stöhne.

»Ava?«

»Ja?«

»Was fühlst du jetzt in diesem Moment?«

»Ich weiß es nicht«, murmle ich. »Ich bin nervös, und ich habe Angst, aber ich bin auch aufgeregt, weil er kommt.« Ich wische mir den Schweiß mit dem Handrücken von den Augenbrauen. »Ich wünschte nur, ich wüsste, was er fühlt.«

»Na ja, frag ihn.«

Frag ihn … als ob das so einfach wäre.

»Es ist die einzige Möglichkeit, wie du es ganz sicher herausbekommen kannst. Also … sobald er in die Wohnung kommt, frag ihn.«

Ich stoße die Luft aus. »Vielleicht.«

»Es wird alles gut, Ava. Hey, dein Bruder ist gerade nach Hause gekommen, eine Sekunde.«

Ich höre, wie Trevor ihr einen schnellen Kuss gibt, bevor er sie fragt: »Mit wem telefonierst du?«

»Mit deiner Schwester«, sagt sie. »Sie ist heute Connor über den Weg gelaufen, und sie hat ihn zum Abendessen eingeladen.«

Trevor lacht leise, und das geht mir auf die Nerven. Ein Rauschen dringt durchs Handy, als würde er es Amy abnehmen, dann sagt er: »Hey.«

»Hey.«

»Also … Connor kommt vorbei?«

»Hm.«

»Ava, ich muss dir etwas sagen.«

»Was?«

»Wenn ein Mann ejakuliert …«

»Du bist so ein Arsch«, fauche ich. »Tschau.« Ich lege auf, als es an der Tür klopft. *Scheiße, scheiße, scheiße.* Ich sehe auf die Uhr. Es ist fast halb acht, und ich bin viel zu spät. Dummer vierstündiger »Powernap«.

Ich bin noch nicht bereit. Nicht mal ansatzweise. Genauso wenig wie das Abendessen. Ich wische mir die Hände an einem Geschirrtuch trocken und öffne die Haustür. »Sorry, ich hinke etwas hinterher. Ich habe noch nicht mal mit dem Kochen angefangen, und du bist vermutlich am Ver…«

»Hi«, unterbricht er mich und lehnt sie ganz cool und chill an den Türrahmen, und *Gott*, er sieht so lächerlich gut aus, dass mir schlecht wird. »Du wirkst etwas durcheinander.« *Ach, echt?* Er lächelt auf mich herab, als wüsste er über einen Witz Bescheid, den nur er kennt … als wäre *ich* ein Witz.

Ich nicke, versuche, meine Atmung zu beruhigen. »Ein bisschen, ja.«

Er nickt ebenfalls, bevor er über meine Schulter und in meine Wohnung blickt. Ich öffne die Tür weiter, warte darauf, dass er eintritt, und schließe sie hinter ihm. Er schiebt die Hände in seine Taschen und dreht sich zu mir um. Sein Mund öffnet sich, doch bevor er etwas sagen kann, komme ich ihm zuvor.

»Wie *fühlst* du dich?«

Seine Augenbrauen wandern nach oben. »Wie ich mich *fühle?*«

»Ja, also, jetzt in dieser Sekunde. In drei oder wenigen Worten. Wie *fühlst* du dich?«

Er starrt mich an, die Augenbrauen immer noch hochgezogen, und Amy ist offiziell die schlechteste Ratgeberin der ganzen Welt. »Ich weiß nicht.« Seine Hände sind immer noch in den Taschen, und er zuckt mit den Schultern. »Nervös, ängstlich, aufgeregt.«

Meine Augen weiten sich. »Wie lange hast du vor meiner Tür gestanden?«

»Ich bin gerade erst gekommen. Warum?«

Ich schüttle den Kopf. »Ach, nur so.«

»Kann ich noch ein Wort hinzufügen oder gibt es eine Drei-Wort-Begrenzung?«, fragt er, und sein Grinsen bringt meinen Verstand völlig aus dem Gleichgewicht.

»Klar, füg ein Wort hinzu.«

»Glücklich.«

»Glücklich?«, wiederhole ich. »Warum?«

»Weil du ein Kleid anhast, und ich habe dich noch nie zuvor in einem Kleid gesehen.«

»Oh.« *Oh.*

»Du sieht hübsch aus, Ava.«

Der Atem, der mir über die Lippen kommt, zittert leicht, und ich sehe an mir herunter. »Danke.«

»Gern geschehen.« Er lacht. »Und hi, du Verrückte. Das war mal eine Begrüßung.«

»Sorry.« Ich schüttle den Kopf, vertreibe den Nebel. »Ich hatte einen langen Tag … und ich bin … *durcheinander.*« Ich deute auf die Küchenanrichte. »Ich habe noch nicht wirklich angefangen mit …«

»Schon okay. Kann ich dir helfen?«

»Nein.« Ich deute auf einen der Hocker unter der Arbeitsplatte. »Du setzt dich. Du bist vermutlich erschöpft.«

Er nimmt meinen Vorschlag an und setzt sich mir gegenüber, sodass die Anrichte zwischen uns ist. *Gut.* Abstand. Das wird mir helfen, ihn nicht direkt zu bespringen. »Wenn ich ehrlich bin, ich war ziemlich erschlagen, und dann hast du die Tür geöffnet in diesem *Kleid*, und ich habe den toten Punkt überwunden.«

Ich beiße mir auf die Lippe, um mein Lächeln zu verbergen, und drehe mich von ihm weg. Ich will nicht, dass er sieht, wie ich rot werde.

»Das ist eine wirklich schöne Wohnung«, sagt er.

Ich öffne den Kühlschrank. Zur Ablenkung. »Ja, ich mag die Böden.« *Ich mag die Böden?* Was zur absoluten Hölle, Ava?! Reiß dich zusammen.

»Hat ähm … Hat Peter dir damit geholfen?«

Bei der Erwähnung seines Namens, versteifen sich meine Schultern, und ich schließe den Kühlschrank, ohne etwas herauszunehmen. Dann drehe ich mich zu ihm um. »Womit geholfen?«

»Mit der Wohnung.«

»Nein«, erwidere ich, und ein Lachen bricht aus mir heraus.

Connor runzelt die Stirn. »Warum ist das witzig?«

»Wieso sollte er mir helfen …?«

»Na ja, du bist zu ihm nach Texas gezogen, also …«

Oh, *das.* Ich wedle mit der Hand in der Luft und ignoriere, wie seine Augen im Deckenlicht noch viel blauer leuchten. »Das ist eine lange Geschichte.«

»Zum Glück haben wir die ganze Nacht, hm?«

Ich nicke, tue so, als würde ich nicht bemerken, wie Connors Blick zu meinen Brüsten huscht, bevor er sich zusammenreißt, und mache mich wieder daran, das Gemüse zu schneiden.

»Wie geht es deiner Mom, Ava?«, fragt er, und seine Stimme ist ernst.

Ich sehe zu ihm, sehe, dass er jede meiner Bewegungen verfolgt. »Du wirst es nicht glauben, wenn ich es dir erzähle.«

»Versuch es.«

Ich bereite schnell das Abendessen zu, während ich ihm alles erzähle, was mit meiner Mom im letzten Jahr passiert ist. Er lauscht aufmerksam jedem einzelnen Wort, wendet dabei kaum den Blick von mir ab.

»Also hat sich doch alles *von selbst geregelt?*«, fragt er und spielt damit auf die Worte an, die ich benutzt habe, als ich ihm gesagt habe, dass ich weggehe.

Sobald ich das Blech in den Ofen geschoben habe, drehe ich mich zu ihm um und nicke. »Ja, wir haben uns zwar eine Weile im Kreis gedreht, aber ja. Das hat es.«

»Und Trevor?«, fragt er. »Wie geht es ihm?«

Ich mache die Arbeitsfläche sauber, um die Steaks zu würzen, die ich gekauft habe. »Gut. Er ist immer noch ein Arsch«, sage ich scherzhaft, und er lacht. »Er hat sein Studium an der Texas A&M wieder aufgenommen, und er lebt mit Amy in der Stadt. Oh, und erinnerst du dich …?«

»Ich erinnere mich an alles, Ava.«

Ich kann nicht verhindern, dass meine Mundwinkel zucken. »Ähm … diese Unterhaltung, die du mit ihm hattest, darüber, dass er ein guter Agent wäre?«

Connor nickt.

»Also, das will er jetzt machen.«

»Wirklich? Das ist großartig.«

»Ja, das ist es«, sage ich, und meine Stimme ist auf einmal voller Emotionen, die ich zu lange zurückgehalten habe. Gefühle, die ich so sehr versucht habe, zu unterdrücken.

Connor, der Junge, den ich in der Highschool kennengelernt habe, der Junge, in den ich mich Hals über Kopf verliebt habe, sitzt in meiner Wohnung nur wenige Zentimeter entfernt, und er hat keine Ahnung, welche Wirkung er auf mich *und* meine Familie hatte. *Nicht die geringste Ahnung.* Er ist aus dem Nichts in unserem Leben aufgetaucht und hat überall seine Spuren hinterlassen, wo immer er auch hingegangen ist, und unser Leben hat sich seinetwegen für immer verändert. Und ich weiß nicht, wie ich ihm das sagen soll. Wie ich ihm zeigen soll, wie viel uns allen seine Anwesenheit in meinem Leben bedeutet hat. Erst jetzt erkenne ich tief in mir drin, dass das vielleicht der Grund ist, warum ich ihn hierher eingeladen habe. Warum ich angeboten habe, für ihn zu kochen: ein kleines Zeichen der Dankbarkeit in einem riesigen Meer von dem, was Trevor als *Gut* bezeichnet. Ich starre ihn an, das weiß ich, aber ich kann mich einfach nicht zurückhalten. Ich blinzle das plötzliche Brennen hinter meinen Augen weg und schlucke den Schmerz in meiner Kehle hinunter.

»Was ist mit *dir?*«, bringe ich schließlich hervor. »Wie geht es deinem Dad?«

»Ihm geht es gut, Ava«, sagt er leise, während er mich mit seinem Blick gefangen nimmt.

Jetzt schaue ich doch weg, denn auf einmal ist mir alles zu viel. Zu früh. Und zu *real.* »Lebt er immer noch in dem Haus?«

»Nein, er ist weggezogen, als ich meinen Abschluss hatte. Ich bin noch geblieben, bis der Mietvertrag ausgelaufen war … auch wenn ich kurz tatsächlich überlegt habe, das Haus niederzubrennen.«

Mein Blick fliegt zu ihm.

»Schon irgendwie seltsam, oder?«, fügt er hinzu. »Ein elektrischer Defekt, obwohl Trevor Elektriker ist …«

Meine Lippen verziehen sich unwillkürlich zu einem Grinsen, während ich mich zu einem Seufzen zwinge. »Das Geld von der Versicherung war tatsächlich sehr hilfreich«, murmle ich.

»Ach, ja?«

Ich schiebe die Steaks zur Seite und widme mich dem Salat. Ohne aufzusehen, erzähle ich ihm die Wahrheit. »Wir brauchten eine sofortige Lösung, und Peter hat uns dabei geholfen …«

»Peter.« Er spuckt den Namen regelrecht aus.

Ich sehe auf. »Warum sagst du seinen Namen so?«

»Weil ich den Kerl nicht mag«, presst er hervor, und seine Hände ballen sich auf der Arbeitsfläche zu Fäusten.

Ich warte kurz, ob er vielleicht mehr sagt, aber als er es nicht tut, fahre ich fort: »Jedenfalls, das Geld von der Versicherung hat uns geholfen, Mom einen Platz in einem Behandlungszentrum zu beschaffen und Trevor und mir wieder auf die Beine zu helfen.«

Er nickt langsam. »Das heißt, du schuldest Peter nichts?«

»Nicht einen Cent.«

»Außer deinem Stolz, oder?«

»Nicht einmal das.«

»Gut.«

Ich lege das Messer weg, lasse die Maske fallen und wechsle von einem Bein aufs andere. »Warum bist du so …?«

»So *was?*«

»Dein Kiefer ist ganz angespannt, und dein Gesicht ist rot, und deine Fäuste sind schlagbereit.« Ich schiebe das Messer aus seiner Reichweite. »Und du wirkst irgendwie wieder so stachelig, fast schon mordlustig.«

Er lacht leise. »Ich mag den Kerl einfach nicht, Ava.«

»Das hast du schon gesagt.«

Connor bleibt still.

Ich seufze. »Weißt du, Connor, Geheimnisse haben das zwischen uns schon einmal kaputt gemacht, und ich sage nicht, dass das zwischen dir und mir wieder zu einem *Uns* wird, aber ich möchte … ich weiß auch nicht … dass wir *Freunde* sind?«

Er lacht auf. Es ist ein bitteres Lachen. »Du willst die Wahrheit?«

Ich nicke.

Seine Augen ruhen auf mir, sein Blick ist intensiv, als er sagt: »Ich will nicht *nur* Freunde sein, Ava. Ich habe dir das schon einmal gesagt, und daran hat sich nichts geändert.«

Ich senke den Kopf und führe meine Hand automatisch zu meinem Bauch, um die Schmetterlinge darin zu beruhigen.

Er räuspert sich. »Peter hat Mitch dafür bezahlt, diese ganze

Scheiße an eurem Haus zu machen. Den Paintball-Angriff und die Luftdruckpistole und … all das, Ava. Das war Peter.«

Ich schnappe schockiert nach Luft, und Wut flammt in meiner Brust auf. »Dieser Wichser!«, sage ich und schüttle den Kopf. »Gut, dass Trevor ihn verprügelt hat.«

Connors Gesicht leuchtet auf. »*Was?*«

Ich nicke. Und dann erzähle ich ihm alles: »Eine ganze Weile hat er angeboten …« Ich male Gänsefüßchen in die Luft. »… sich um mich zu kümmern.«

Ein unbeschreibliches Geräusch kommt Connor bei diesen Worten über die Lippen.

»Ich weiß nicht, wann er angefangen hat, mich anders zu betrachten«, füge ich hinzu, »aber das hat er, und es ist der Grund, warum ich so lange hinausgezögert habe, sein Angebot anzunehmen. Er hat mir schon vor langer Zeit einen Scheck gegeben, er war hoch genug, um meiner Mom eine Vollzeitpflegekraft zu beschaffen, aber ich habe ihn nie eingelöst, bis … Ich meine, ich wusste immer, wenn ich sein Angebot annehme, dann stehe ich in seiner Schuld … und das mehr als nur finanziell, aber ich war verzweifelt, Connor.«

Er braucht einen Moment, und sein Atem bebt. Dann sieht er auf seine Hände herunter, und seine Stimme klingt genauso resigniert wie seine Haltung. »Du hast mit ihm geschlafen?«

»Nein«, stoße ich schnell hervor. Ich lasse den Kopf in den Nacken fallen und richte den Blick zur Decke, damit die Tränen nicht überlaufen. »Ich habe bei ihm gewohnt, und nach zwei Wochen hat er sich eines Nachts in mein Bett geschlichen, als ich geschlafen habe, und …«

»Ava«, unterbricht er mich gequält. »Ich weiß nicht, ob ich das hören kann.«

»Ich war vorbereitet«, sage ich. »Also … ich hatte einen Taser im Bett. Hab ihn direkt am Schwanz erwischt.«

Alles an ihm verändert sich in Sekundenschnelle. »Nein, hast du nicht!«, schreit er fast, und sein Lachen ist Musik in meinen Ohren.

Ich nicke. »Doch. Und ich bin sofort aus dem Haus raus und zu Amy. Ich habe ihr alles erzählt, und Amy hat es Trevor erzählt, und … na ja, sagen wir so, es hat eine Weile gedauert, bis Peter wieder durch die Nase atmen konnte.«

»Scheeeiße«, sagt er lachend.

»Aber wenn ich ehrlich bin, fühle ich mich schlecht«, gebe ich zu, ich werde immer lockerer in Connors Nähe. »Er war lange Zeit ein echter Freund für Trevor, auch wenn er mich als … was auch immer betrachtet hat.«

»Ein echter Freund würde so etwas nicht tun, Ava«, sagt er und setzt sich aufrechter hin.

Ich greife nach einem Glas, fülle es mit Wasser und schiebe es ihm über die Arbeitsplatte zu. »Ja, ich weiß, aber ich habe trotzdem ein schlechtes Gewissen, und ich arbeite daran. Es ist nur *eins* von vielen Dingen, an denen ich arbeite.« Ich beobachte fasziniert, wie sein Adamsapfel sich bewegt, als er das Wasser trinkt. Dann schlucke ich, verdränge die Gedanken, die meinen Verstand vernebeln. *Ich könnte ihn dort küssen.*

Er lässt das Glas sinken, sein Blick wandert zu meinen Lippen, und ich blinzle. Heftig. Komme zurück in die Realität. »Die Behandlung, die Mom jetzt bekommt …«, stoße ich schnell hervor, sodass er keine Möglichkeit hat, etwas zu sagen. »Diese Behandlung hat Zusatzleistungen. Sie bieten zum Beispiel auch Therapien für Familienmitglieder an, daher gehe ich einmal die Woche hin und …« Connor leckt sich über die Lippen. »… und ähm …« Ich sehe weg. »Ja.«

»Das klingt gut, Ava«, sagt er, und seine Stimme ist fest. »Ich bin froh, dass du Unterstützung hast. Du verdienst es. Verdammt, du *hast* es dir verdient.«

Ich reibe mir mit dem Handrücken über den Hals, spüre meinen pochenden Puls. Dann atme ich tief ein, lasse die Luft mit einem lauten *Wuuusch* wieder raus. Länger als ein Jahr habe ich alles unterdrückt, und es ist an der Zeit, alles rauszulassen. Da bin ich mir sicher.

»Connor«, sage ich, aber es ist nicht mehr als ein Flüstern. Ich räuspere mich, recke das Kinn und versuche, mich zusammenzureißen. »Es ist eine Menge passiert, als ich ähm … als ich gegangen bin, und ich war an einem ziemlich dunklen Ort …«

Sein Blick wird weich. »Ich weiß.«

»Nein, tust du dich. Es gab Momente, da habe ich die Hoffnung aufgegeben, nicht nur für Mom, sondern auch für mich, und …«

»Ich *weiß*«, sagt er und greift über den Tisch, seine Finger verschränken sich mit meinen. Der Schmerz in meinem Herzen zwingt mich, die Augen zu schließen. »Ava, sieh mich an.« Und Hoffnung zwingt mich, sie wieder zu öffnen. »Da war diese eine Nacht, in der ich mein Handy in deinem Zimmer vergessen habe, und wir hatten gerade aufgenommen für das Projekt in Multimedia …«

Ich hole Luft, leise und langsam.

»Ich habe *alles* gesehen.«

Ein einzelner Schluchzer kommt über meine Lippen, und ich verberge das Gesicht in den Händen. »Oh Gott …« Ich höre, wie er aufsteht, aber ich drehe mich weg, will nicht, dass er mich so sieht. Ich schäme mich so sehr. Das Gefühl rauscht durch meinen ganzen Körper, schnürt mir die Kehle zu.

»Hey«, sagt er und legt eine Hand auf meinen Rücken, um mich zu trösten. Und dann dreht er mich zu sich und schlingt die Arme um mich.

Das hier. – Das hier ist alles, was ich wollte.

Alles, was ich gebraucht habe.

Und dann hält er meinen Kopf an seine Brust, mein Ohr liegt direkt über seinem Herzen, und mein Widerstand zerbricht, als ich es höre.

Als ich sie fühle.

Bumm, bumm.

Bumm, bumm,

die *Magie.*

Ein weiteres Schluchzen bildet sich in meiner Kehle, und er hält mich fester.

»Ich wünschte, ich hätte es gewusst«, sagt er mit bebender Stimme. »Ich wünschte, ich hätte es damals gesehen, aber ich war so beschäftigt mit allem, was in meinem Leben los war, und es tut mir leid, Ava. Scheiße, es tut mir so leid.«

Ich wische mir die Tränen an seiner Brust ab, wie ich es schon so viele Male getan habe, und weiche ein bisschen zurück, sehe zu ihm auf, während meine Finger sich in sein T-Shirt krallen. »Miss Turner hat mir von *Wendy* erzählt«, sage ich schluchzend. »Es tut mir leid, Connor. Ich weiß, du hast mir gesagt, ich soll dir vertrauen, und ich hätte es tun sollen. Ich bereue es jeden Tag. Aber ich kann es nicht mehr rückgängig machen.«

Sein Daumen streicht über meine Wange, und er sieht mich an, seine Augen … gleichen einem Meer reinster Niedergeschlagenheit. »Hätte es etwas geändert?«

Ich schüttle den Kopf. »Ich glaube nicht«, sage ich ehrlich. »Ich glaube, ich wäre trotzdem gegangen. Es war alles so schlimm …«

»Ich verstehe das, Ava. Wirklich.« Er senkt den Blick. »Und wenn wir hier schon alles offenlegen – ich habe lange gebraucht, um zu begreifen, dass, nur weil du mich verlassen hast, das nicht heißt, dass du mich aus deinem Leben gestrichen hast …«

»Oh Gott, Connor«, flüstere ich. »Ich würde dich nie …«

»Ich weiß, und ich will nicht, dass du deswegen auch noch Schuldgefühle hast. Es tut mir leid, dass ich es erwähnt habe.«

»Nein. Ich *will,* dass du mir das alles erzählst.« Ich versuche, mich aus seiner Umarmung zu lösen, ich bin so wütend auf mich selbst, aber er lässt mich nicht los. »Gott, ich fühle mich wie ein egoistisches Miststück, ich habe nicht mal darüber nachgedacht, wie du dich gefühlt haben musst.«

Er schüttelt den Kopf. »Ich habe nur etwas Zeit gebraucht, um Antworten zu finden und zu verarbeiten, was passiert ist, ich hätte dir das auch gar nicht aufbürden wollen, nach allem, was in deinem Leben passiert war. Wir beide haben Dinge für uns behalten, weil wir den anderen beschützen wollten. Weil wir dachten, dass das Liebe ist. Wir haben so viel getan, um den anderen glücklich zu machen, dass wir irgendwo unterwegs uns selbst vergessen haben.«

»Ja, da hast du recht«, sage ich und nicke, und es ist offensichtlich, dass ich nicht die Einzige war, die die Zeit, in der wir getrennt waren, damit verbracht hat, in ihrer Seele nach Antworten zu suchen. Zögernd frage ich: »Also, wie geht es deiner Mom?«

Er zuckt mit den Schultern. Dann mustert er mich kurz, als müsste er über seine nächsten Worte nachdenken. »Ich habe dich angelogen, Ava.«

Ich zwinge mich zu einem Lächeln. »Ich dachte, wir hätten das gerade schon gehabt. Ich ver …«

»Nein«, unterbricht er mich. »Ich meine, ja, das auch, aber ich habe dich schon früher angelogen. Sehr viel früher. Als wir uns kennengelernt haben, hast du gefragt, ob ich mich an irgendetwas erinnere, was mir passiert ist …«

Ich nicke, und mein Herz schlägt schneller.

»Ich habe gelogen, als ich behauptet habe, dass ich mich an nichts erinnere. Denn das tue ich. Ich erinnere mich an alles. Ich erinnere mich an die Spielzeugautos, an die ich mich geklammert habe …« Er beobachtet mich, und sein Blick ist intensiv. »Du …«

»Ich bin ihr begegnet«, sage ich, als die Erkenntnis mich trifft, als würde eine Tonne Ziegelsteine direkt auf meiner Brust landen. »Nach dem Regionalspiel. Die Schachtel mit den Autos? Das war sie?«

Er nickt langsam.

Meine Augen sind weit aufgerissen, als ich an den Moment zurückdenke, mich daran erinnere, wie sie war, wie *er* reagiert hat, als er die Schachtel am Morgen darauf geöffnet hat. Er hat sich übergeben und es auf den Alkohol geschoben, und … »Oh Gott, Connor. Es tut mir so leid.«

»Das muss es nicht. Du konntest es nicht wissen, und ich wollte es auch nicht.«

»Warum?«, wispere ich.

»Ich weiß es nicht«, antwortet er, und seine Stimme bricht. »Es war einfach … zu viel. Zwischen uns lief es gut, und ich wollte nicht, dass sie zurückkommt und mir das alles wegnimmt.«

Mein Kopf sinkt nach vorn, und mein Herz schmerzt für ihn. Und klar, ich könnte jeden vergangenen Moment noch mal durchleben, jede Unterhaltung anders führen, sodass wir nicht da landen, wo wir gelandet sind, aber das wäre sinnlos, daher verdränge ich die Dinge, die wir beide bereuen. »Ihr beide …«, stammle ich. »Habt ihr noch Kontakt oder …?«

Er schüttelt schnell den Kopf, während er sich etwas entspannt und gegen die Arbeitsplatte lehnt. Eine Hand liegt an meiner Hüfte, die andere hat er immer noch um meinen Rücken geschlungen. »Nicht mal ein bisschen.«

Ich schiebe die Unterlippe vor und lege meine Hände flach auf seine Brust. »Das tut mir leid.«

»Mir nicht«, sagt er vollkommen entschlossen. »Sie ist genauso eine Enttäuschung wie damals.«

»Hast du die Antworten bekommen, die du gesucht hast?«

Er nickt, räuspert sich.

Ich schmiege mich näher an ihn.

»Sie ähm …«, beginnt er, »sie hat mich in dem Auto zurückgelassen aus *Rache*, weil mein Dad zu der Zeit emotional fremdgegangen ist …«

Meine Augen weiten sich.

»Mit einem Mann.«

Meine Augen treten fast aus ihren Höhlen. »Dein Dad ist schwul?«

»Ja«, sagt er, und ich habe keine Ahnung, wie er so viel Stolz in so ein kleines Lächeln packen kann. »Er ist inzwischen wieder mit dem Kerl von damals zusammen.« Er greift nach einer Haarsträhne, die mir über die Schulter gefallen ist. Er richtet seinen Blick auf die Stelle, während er meine Haare um seinen Finger wickelt. »Er heißt Michael. Ich mag ihn sehr. Er ist ein großartiger Mensch, und er tut meinem Dad gut. Aber … sie haben fünfzehn Jahre lang an ihren Gefühlen festgehalten und es verschwiegen, Ava …«

»Das ist eine sehr lange Zeit«, bringe ich mühsam hervor, da ich spüre, wie die Spannung zwischen uns steigt.

»Nicht wahr? Aber sie sind jetzt glücklich und frei, und sie …«

Er verstummt plötzlich, und ich sehe zu ihm hoch, meine Augen flehen ihn regelrecht an, fortzufahren.

Er lässt meine Haare los, streicht mit der Hand über meine Schulter bis zu meinem Nacken. »Ava, ich will nicht fünfzehn Jahre lang an meinen Gefühlen …«

Der Feueralarm geht los, und Connor schiebt mich sanft zur Seite, schnappt sich ein Geschirrtuch auf dem Weg zum Ofen. Es raucht, und weshalb zum Teufel habe ich das nicht mitbekommen? Nicht gerochen? *Magie.* Ich war so davon gebannt, bin in der Magie versunken, dass nichts anderes mehr wichtig war. Er öffnet die Ofentür, zuckt zurück, als die Hitze herausströmt. Und dann wedelt er mit dem Geschirrtuch über seinem Kopf, direkt unter dem Rauchmelder, und wartet, bis die Luft wieder klar ist.

Es beginnt als Kichern, dieses *Gefühl*, das mich überkommt, und endet in einem atemlosen, sorglosen Lachen, das ihn mit einstimmen lässt. Er holt das Blech mit Ofengemüse heraus, das eigentlich als Beilage zum Steak gedacht war. Es ist komplett verbrannt.

Er lacht noch lauter und dreht sich zu mir. »Ich würde es immer noch essen, nur weil du es zubereitet hast.«

»Ich würde dich nicht dazu zwingen«, sage ich kichernd. »Wir haben immer noch das Steak und den Salat. Tut mir leid.«

»Das muss es nicht.« Er dreht sich wieder zum Ofen, dann zurück zu mir. »Wie konnten wir das nicht riechen?«

Ich grinse breit, richte meinen Blick auf ihn und forme das Wort mit den Lippen: »Magie.«

Er schüttelt den Kopf. »Wollen wir einfach was bestellen? Das Steak für morgen aufheben?«

»Du willst morgen vorbeikommen?«

Er grinst. »Ich könnte Steak zum Frühstück essen.«

»Connor!« Ich schnappe nach Luft. »Wer sagt, dass du die Nacht hierbleibst?«

Er setzt ein schelmisches Grinsen auf. »Ich habe das zwar *generell* gemeint, weil ich Steak wirklich liebe … aber hey, wenn du es anbietest …«

Ich hebe die Hände und verdecke die peinliche Röte auf meinen Wangen.

Seine Finger schließen sich um meine Handgelenke und ziehen meine Hände nach unten, wo sich unsere Finger verschränken. »Tu das nicht.«

»Was?«

»Du bist zu schön, um dich zu verstecken.«

Fast hätte ich ihn geküsst. *Fast.*

»Also, bestellen wir was?«, frage ich und löse mich von ihm, um mein Handy zu holen. »Was ist hier in der Nähe gut?«

Er schiebt seine Hand in die Tasche und zieht sein Handy heraus. »Ich mach das.«

Ich nehme es ihm weg und stecke es mir in den BH. »Ich bezahle!«

»Hmm.« Er mustert sein Handy, streckt die Hand aus, um es sich zurückzuholen, hält aber einen Zentimeter davon entfernt inne. »Wie ist das passiert, dass mein Handy eher zum Zug kommt als ich?«

Kichernd gebe ich es ihm zurück. »Aber lass mich zahlen. Ich meine es ernst. Ich habe dich eingeladen, also ist es nur fair.«

»Kannst du dir das leisten?«, fragt er ehrlich besorgt.

Ich nicke. »Ich zahle hier für nichts außer Essen und Reisen. Das Haus, die Rechnungen, das wird alles übernommen. Und ich bekomme einen Teil von Moms Versicherungsleistungen.«

»Einen Teil?«, fragt er.

»Das meiste geht an Trevor. Wir versuchen, so viel wie möglich von den Schulden zu tilgen, bevor er seinen Studentenkredit zurückzahlen muss.«

Connor verzieht das Gesicht. »Das ist Scheiße.«

Ich nicke. »Also, ich zahle?«

»Okay.«

Wir bestellen Pizza und Pasta und räumen die Küche auf, während wir auf das Essen warten. Als es ankommt, setzen wir uns damit auf die Couch und lassen eine Sendung über True Crime auf dem Fernseher laufen.

»Hast du noch zu irgendjemandem aus der Schule Kontakt?«, frage ich.

Er nickt, schluckt den Bissen runter, bevor er antwortet: »Zu Rhys und Karen, das war's dann auch schon. Aber das ist auch nur noch unregelmäßig über Social Media, weißt du?«

Ich zucke mit den Schultern. »Nein, weiß ich nicht.«

Er lacht leise. »Oh, Scheiße. Ich habe dir das noch gar nicht erzählt. Weißt du noch diese Peter-und-Mitch-Sache?«

Wut flammt in mir auf, nur für eine Sekunde, bevor ich nicke.

»Also«, sagt er, »Rhys und Karen waren bei mir zu Hause – Rhys hat mir übrigens eine reingehauen, weil er immer noch irgendwie in dich verliebt war …«

»*Was?*«

»Nicht wichtig«, sagt er und dreht sein Handgelenk. »Wie auch immer, Rhys und Karen waren bei mir zu Hause, als Mitch aufgetaucht ist und alles gestanden hat. Karen hat es gehört und ihm ein Holztablett mitten ins Gesicht geknallt. Sie hat ihm die Nase gebrochen.«

»Hör auf!« Ich lache laut, und meine Augen sind weit aufgerissen. »Das ist *nicht* passiert.«

»Oh doch, das ist genau so passiert. Obwohl ich nicht sicher bin, ob es das Holztablett war, das die Nase gebrochen hat, oder erst Dad, als er so *getan* hat, als würde er sie *untersuchen.*«

Ich schnappe nach Luft. »Nein.«

Seine Hand wandert zu meinem nackten Oberschenkel. »Du wirst so sehr geliebt, Ava«, sagt er sanft. »Und wenn du je dazu bereit bist, solltest du dich vielleicht mal bei Karen melden. Sie vermisst dich sehr.«

Ohne uns abzusprechen, machen wir es uns für den Abend gemütlich, sein Arm liegt auf der Lehne hinter mir, während wir eine True-Crime-Sendung nach der anderen schauen.

»Wie läuft Basketball?«, frage ich.

Er schüttelt den Kopf. »Die letzte Saison war irgendwie ein völliges Desaster, um ehrlich zu sein. Ich war nicht wirklich motiviert, und das hat man gemerkt. Mein Agent war angepisst. Er hat mich quasi abserviert.«

»*Abserviert?*«

»Ja, als Klienten«, sagt er und nickt. »Ich versuche aber, das Ganze wieder geradezubiegen. Ich habe im Sommer Extratrainings genommen.« Sein Blick sucht meinen. »Ich glaube, diese Saison wird anders.«

»Ja?«

Er nickt. »Ich habe meine *Leidenschaft* zurück.«

Ich beiße mir auf die Lippe und unterbreche unseren Blickkontakt. »Ist das der Grund, warum du dich nicht für den NBA Draft hast aufstellen lassen?«

»Woher weißt du, dass ich das nicht getan habe?«

Scheiße.

Ich deute auf den Fernseher. »Oh, sieh mal. *Blut!*«

CONNOR

»Was?«, flüstert Ava und mustert mich aus zusammengekniffenen Augen. »Warum starrst du mich so an?«

Ich kann nicht aufhören zu grinsen. »Gibt keinen Grund.«

Sie konzentriert sich wieder auf den Bildschirm, wo gerade eine weitere Person umgebracht wird, und es fühlt sich an wie beim *ersten* Mal. Wie damals, als sie in meinem Auto saß und mich einen *gut aussehenden Basketballer* genannt hat. Das, was ich damals für sie empfunden habe, war nicht mehr als eine Schwärmerei. Ich hätte nie gedacht, dass wir hier landen würden, dass es mich so heftig erwischen würde.

Denn ich bin immer noch verrückt nach ihr.

Hoffnungslos.

Unsterblich.

So unglaublich *verliebt* in sie.

Ihre Augen sind geweitet, während sie, ohne zu Blinzeln, auf den Bildschirm schaut. Lose Haarsträhnen hängen ihr ins Gesicht. Ich hebe die Hand, schiebe ihr eine Locke hinters Ohr, damit ich sie besser sehen kann. Ich starre sie an, bin fasziniert von jedem Zentimeter, jedem Schwung, jedem Zittern ihrer Lippen, wenn sie einatmet. Dann dreht sie sich zu mir, und es ist offensichtlich, dass sie nervös ist, dass das, was auch immer ihr gerade durch den Kopf geht, sie zögern lässt. »Also … dieses Zentrum, in dem meine Mom ist …«

Ich schlucke. »Ja?«

»Ähm, die Ärzte und Therapeuten dort … Sie sind wirklich großartig.«

»Das ist doch gut, oder?«

Sie nickt, senkt jedoch den Blick, und ihre Stimme wird leiser. »Sie haben nur ein paar Wochen gebraucht, um bei Mom eine bipolare Störung und Schizophrenie zu diagnostizieren.«

Meine Augen weiten sich, und mir stockt der Atem, aber ich versuche, meine Reaktion zu verbergen. »Na ja, zumindest wissen sie es jetzt … Das heißt doch, dass sie ihr die richtigen Medikamente geben können und die richtige …«

Avas Nicken lässt mich verstummen. »Ja. Sie vermuten, dass ihr Schädel-Hirn-Trauma vieles davon ausgelöst hat. Wenn man dann noch alles andere bedenkt, was sie davor schon durchgemacht hat …« Sie atmet tief ein und langsam wieder aus. »Es erklärt ziemlich viel, vor allem warum ihre Laune so schnell umschlagen konnte.«

»Ja«, wispere ich und denke an all die Male, die ich mit Avas Mom verbracht habe, all die unterschiedlichen Versionen von ihr, die ich erlebt habe. »Aber ihr geht es jetzt gut, oder? Ich meine, sie ist *stabil?*« Ich weiß nicht, ob das die richtige Terminologie ist, und ich hoffe, ich trete Ava damit nicht zu nahe oder verharmlose dadurch irgendwie die Schwere der psychischen Erkrankung ihrer Mom.

Ava nickt und senkt erneut den Blick. »Bei mir wurde ebenfalls eine posttraumatische Belastungsstörung diagnostiziert …«

Meine Brust zieht sich bei ihren Worten zusammen, und auf einmal steckt ein Kloß in meinem Hals. Ich öffne den Mund, um etwas zu sagen, aber sie kommt mir zuvor.

»Ich dachte nur, du solltest das wissen, weil … weil du mich auf diese gewisse Art ansiehst, und …«

»Wie sehe ich dich denn an?«

»So wie du es früher getan hast«, sagt sie, und sie klingt angespannt. »Und vielleicht solltest du das nicht tun, weil ich nicht mehr der Mensch bin, der ich einmal war, Connor. Ich bin nicht mehr das Mädchen, in das du dich ver…«

»Du hast recht«, unterbreche ich sie. »Du bist nicht mehr dasselbe Mädchen. Nicht einmal ansatzweise. Du bist jetzt so viel mehr.« Ich hebe ihr Kinn an, zwinge sie, mich aus ihren tränenverschleierten Augen anzusehen. »Ava, diese Diagnose ändert nichts daran, wer du bist, und es ändert auch nichts daran, was ich für dich empfinde oder wie ich dich sehe«, sage ich und setze mich aufrecht hin. »Aber sie hilft mir, dich besser zu verstehen … und, wenn ich ehrlich bin, es kommt nicht *so* überraschend.« Ich schüttle den Kopf. »Ich meine, nach allem, was du durchgemacht hast und was du gesehen, was du miterlebt hast …«

»Ich arbeite daran«, krächzt sie, als würde sie mich überzeugen wollen.

Ich lege die Hand an ihre Wange, und mein Herz rast, als sie sich der Berührung entgegenlehnt. »Ich kenne dich, und wir werden das hinkriegen, Babe. Und ich werde *genau hier* sein. Egal, was du brauchst, egal, wann du es brauchst. Immer.«

Sie hebt den Blick, sucht meinen. Die Sekunden fühlen sich an wie Minuten, bis sie schließlich sagt: »Es wird langsam spät, und ich habe direkt am Morgen einen Kurs.«

Mir wird schwer ums Herz, nur minimal, aber ich kann es in ihren Augen sehen. Sie hat Angst vor dem, was gerade zwischen uns passiert beziehungsweise was nie *aufgehört* hat, zwischen uns zu sein. »Okay.« Ich stehe auf und ignoriere das Engegefühl in meiner Brust, als sie mich zur Tür begleitet. »Danke für das Abendessen.«

Sie schenkt mir ein Lächeln. »Gern geschehen.«

»Hau nicht wieder einfach ab, okay?«

»Das werde ich nicht. Versprochen.«

Ich schiebe die Hände in meine Taschen, um mich davon abzuhalten, sie nach ihr auszustrecken und sie zu berühren. Egal wo. Solange es Ava ist, die ich berühre. »Wir sehen uns.«

»Hm.«

Ich weiche zurück, als sie mir praktisch die Tür vor der Nase zuschlägt. Verwirrt zwinge ich mich dazu, zurückzutreten. Einen Schritt. Zwei. Ein dumpfer Schlag ertönt hinter der Tür, und ich erstarre, warte. Sie sagt etwas, und die Neugier geht mit mir durch. Ich weiß, ich sollte das nicht tun, aber ich tue es trotzdem. Ich gehe zurück zur Tür, leise, und presse das Ohr dagegen.

»Dämlich, Ava. Dämlich, dämlich, dämlich!« Die Tür vibriert bei jedem *Dämlich*. Ich höre ihre Schritte, die sich entfernen, und ich will schon fast gehen, als es mehrere Sekunden lang still ist. Doch dann höre ich sie wieder. »Amy!« Sie schreit beinahe. »Ja, er ist gerade weg.«

Das ist falsch. Ich sollte nicht lauschen. Aber …

Mein Grinsen ist einfach nur bemitleidenswert.

»Nein, ich hab ihn nicht besprungen! Hör auf, dich über mich lustig zu machen!«

Ich unterdrücke ein Lachen.

»Gott, Amy … Er ist ganz genau so, wie ich ihn in Erinnerung habe«, sagt sie, und ich presse das Ohr noch fester an die Tür, weil ich nicht weiß, ob das etwas Gutes oder etwas Schlechtes ist. Ich höre, wie sie in der Küche herumläuft, und stelle mir vor, wie sie sich das Handy ans Ohr hält und den Pizzakarton und Pastabehälter zerdrückt und in den Müll wirft. »Ich habe ihm alles gesagt, was ich wollte« … »Ja, sogar das.« … »Seine Reaktion war … *perfekt.* Alles, was er gesagt und getan hat, war … perfekt.« … »Verdammt, Amy. Er ist so *gut.* Alles an ihm ist einfach … Er ist die Ruhe zu meinem Chaos.« … »Weil ich Angst bekommen habe, *ist doch klar.*« … »Natürlich *wollte* ich nicht, dass er geht, aber …« Als ich das höre, hebe ich unwillkürlich die Hand und klopfe zweimal. »Scheiße, ich muss aufhören.«

Ich mache einen Schritt zurück, gebe mich lässig. Doch die ganze Zeit über schlägt mein Herz wie wild in meiner Brust.

Sie öffnet die Tür, und ihr Gesicht ist vor Verlegenheit gerötet, genau wie beim ersten Mal. »Hi.«

»Ich glaube, ich habe meinen Schlüssel vergessen.«

»Oh, okay.« Sie macht mir Platz und öffnet die Tür ganz.

Mit einem Grinsen auf den Lippen, das einfach nicht verschwinden will, gehe ich zuerst in die Küche und tue so, als würde ich mich umsehen. Ich prüfe den Hocker, auf dem ich gesessen habe. »Hmm. Ich habe keine Ahnung, wo er sein könnte.«

»Vielleicht auf der Couch«, schlägt sie vor und geht ins Wohnzimmer. Ich bleibe hinter ihr stehen, mein Blick klebt förmlich an ihrem Hintern, als sie sich vornüberbeugt und zwischen dem Polster danach sucht. Sie hebt ein paar Dekokissen an und sieht sogar darunter nach. Zu spät wende ich den Blick ab, als sie sich zu mir herumdreht. »Da ist er nicht.« Und als ihr klar wird, wo *genau* ich gerade hingestarrt habe, funkelt sie mich aus zusammengekniffenen Augen an. »Perversling.«

Ich zucke mit den Schultern.

Dann mustert sie mich von oben bis unten, immer noch mit diesem Funkeln. »Beweg dich nicht«, befiehlt sie mir.

Ich spanne sämtliche Muskeln an.

Sie legt die Hände auf meinen Bauch. Während sie mich nicht aus den Augen lässt, wandern ihre Hände nach unten, noch weiter nach unten, bis sie nur ein paar Zentimeter … »Connor!«

»Was?«

Sie greift in meine Tasche und zieht den Schlüsselbund heraus. »Deine Schlüssel sind genau …«

Das ist alles, was sie sagen kann, bevor ich meinen Mund auf ihren presse, das Keuchen einatme, das ihr entweicht. Ich umfasse ihr Gesicht mit beiden Händen, halte inne, halte sie. Ihre Unterlippe liegt zwischen meinen Lippen, und ich lege den Kopf schräg, streiche mit der Zunge darüber, frage, *bitte* sie um Erlaubnis. Aber sie gibt meinem Verlangen nicht nach. Tatsächlich bewegt sie sich überhaupt nicht. Atmet nicht einmal. Ich warte noch einen Herzschlag lang, die Hoffnung in meiner Brust stirbt, und dann weiche ich zurück, schließe die Augen, während ein Gefühl von Scham durch meinen ganzen Körper rauscht.

»Tut mir leid«, flüstere ich und lasse sie los.

»Nein, tut es nicht«, murmelt sie, und ich öffne die Augen. Sie beobachtet mich.

Ich versuche, meine Enttäuschung zu verbergen, aber vergeblich, denn ich kann das Gefühl nicht unterdrücken. »Ich wollte die Chance nicht einfach vergeben.«

Sie hebt die Hand, legt sie mir in den Nacken, und bevor ich weiß, wie mir geschieht, zieht sie mich zu sich. »Komm her«, flüstert sie, und dann *küsst* sie mich. Und es gibt keine Pause in ihrem Kuss wie bei meinem. Kein Zögern. Ihr Mund öffnet sich, ihre Zunge sucht meine, und als sie sich berühren, leuchten eine Million Glühwürmchen auf, erhellen den Nachthimmel, füllen meine Lunge mit Magie.

Ich schlinge die Arme um ihre Hüfte, hebe sie vom Boden und unterbreche den Kuss gerade lange genug, um mich auf die Couch zu setzen. Sobald Ava rittlings auf mir sitzt, küsse ich sie wieder, versinke in dem Gefühl ihrer Haut an meiner, dem Gefühl meiner Hände auf ihren nackten Beinen. Sie verschränkt die Hände hinter meinem Kopf, ihre Finger krallen sich in meine Haare, ziehen daran. Verdammt, ich habe das so sehr vermisst. Sie weicht ein Stück zurück, schnappt nach Luft, und ich kann nicht genug bekommen, also küsse ich ihren Hals, während meine Hände über ihre Oberschenkel streichen. Ich halte kurz inne, meine Hand ruht unter ihrem Kleid, meine Finger sind nur noch wenige Millimeter vom Saum ihrer Unterwäsche entfernt. Sie zerrt an meinen Haaren, zwingt meinen Kopf zurück und nimmt meinen Mund gefangen. Und gerade als ich anfange, mich selbst zu verlieren, löst sie sich von mir.

»Vielleicht sollten wir es langsam angehen?«

Das Einzige, was mir einfällt, ist: »Hm?« Denn ich kann nicht klar denken. Natürlich nicht.

»Vielleicht sollten wir warten.«

Ich lasse meinen Kopf auf ihre Schulter sinken, warte einen Augenblick, bis das Blut wieder in mein Gehirn strömt. »Ich weiß nicht, wie es dir geht, aber ich habe eineinhalb Jahre gewartet.«

Sie verdreht die Augen. »Als ob du *gewartet* hättest.«

Sie fantasiert. Sie muss. »Doch, das habe ich.«

»Klar.« Sie nickt einmal. »Du willst mir also ernsthaft weismachen, dass du nach mir mit niemandem etwas hattest?«

Ich hebe das Kinn. »Ja.«

»Schwachsinn.«

Ich schiebe sie ein Stück zurück, gerade so weit, dass ich das

Handy in meiner Tasche erreiche. Ich wähle Austins Nummer, stelle auf Lautsprecher und halte es zwischen uns.

»Hey«, sagt er.

»Yo, hatte ich irgendwas mit einem Mädchen seit Ava?«

»Du hast nicht mal eine angeschaut. Warum?«

Ich lege auf und hebe die Augenbrauen, um zu sagen: *Siehst du? Ich hab's dir doch gesagt.*

»Okay«, erwidert sie, es klingt wie eine Herausforderung.

»Warum? Du etwa?« Bevor sie darauf antworten kann, halte ich ihr den Mund zu. »Warte. Ich will es nicht wissen.«

Ihre kleinen Hände umfassen meine, als sie sie nach unten schiebt. »Ich war mit niemandem zusammen.«

»Gut.« Ich deute zwischen uns. »Können wir dann wieder zurückgehen zu dem, was wir gerade gemacht haben?«

Sie beißt sich auf die Lippe und nickt. »Hm«, murmelt sie und presst ihre Lippen auf meine.

Ich vertiefe den Kuss, doch in dem Moment klingelt mein Handy, und ich knurre genervt. Austins dämliches Gesicht erscheint auf dem Bildschirm.

»Was?«, fauche ich, und Ava lacht an meinem Hals. Ihre Zunge kitzelt über meine Haut, lenkt mich ab. »Du bist echt böse«, flüstere ich und versuche, sie zu kitzeln.

»Warum bin ich böse?«, fragt Austin.

Ava dämpft ihr Lachen an meiner Schulter.

»Was ist los?«, sage ich ins Handy.

»Kommst du heute noch nach Hause?«, erwidert Austin.

Ich ziehe spielerisch an Avas Haaren, bis ich ihr Gesicht sehen kann und frage: »*Gehe* ich heute noch nach Hause?«

Sie zögert keine Sekunde. »Nope.«

Kapitel 50

CONNOR

Zwei Wochen sind vergangen seit dieser Nacht mit Ava, und da wir nicht wirklich darauf vorbereitet waren, wie sich die Dinge entwickeln würden, war keiner von uns *vorbereitet.* Wir haben rumgemacht, sind weitergegangen bis zu dem Punkt, an dem sie mich gefragt hat, ob ich ein Kondom dabeihätte, und ich habe sie angestarrt, als hätte sie etwas Dummes gesagt, denn warum sollte ich? Also hatte ich keinen Sex, genauso wenig wie sie, wir haben uns anderweitig verwöhnt, bis wir in ihrem Bett eingeschlafen sind, ihr Kopf an meiner Brust.

Und jetzt – zumindest sagt sie das – möchte sie *warten.* Anscheinend hat ihr das ihr Therapeut geraten. Denn ihr Therapeut will sichergehen, dass Ava ihrem Herzen folgt und nicht dem, was zwischen ihren Beinen ist und sich möglicherweise nach mir sehnt. Ich verstehe nicht, was falsch daran ist, dass ihre Vagina sich nach mir sehnt. Das würde mich nicht im Geringsten stören. Sie könnte sich mitten in einem Spiel nach mir sehnen, und ich würde sofort losrennen.

Ich höre mich erbärmlich an, aber Ava … sie löst etwas in mir aus. Und sie trägt jetzt Kleider. Ständig. Und dass sie zu hübsch ist, um sich zu verstecken? Ich nehme es zurück, denn ich will sie verstecken. Wenn ich einen Keller hätte …

Okay, das geht vielleicht doch zu weit.

Vielleicht.

Aber … Die Highschoolzeit mit Ava war etwas ganz anderes. Jeder wusste, dass sie meine Freundin war, und sie ist auch nicht draußen herumgelaufen, hat *Kleider* getragen und ständig heiß und süß ausgesehen. Natürlich will ich auch nicht, dass sie wieder zu dem Mädchen wird, das zu Hause »festsitzt« und sich um ihre Mom kümmern muss. Ich werde nur … stachelig und mordlustig, und Collegestudenten sind viel offensiver mit ihrem anzüglichen Grinsen, und ich hasse alle und jeden außer Ava.

Und Austin vielleicht.

Er ist in Ordnung.

»Connor!«, flüstert Ava laut und schnipst mit den Fingern vor meinem Gesicht.

Ich blinzle, konzentriere mich auf sie.

»Du hast schon wieder diesen Gesichtsausdruck.«

»Welchen Gesichtsausdruck?«

»Diesen leicht aggressiven Gesichtsdruck. Was ist los mit dir?«

»Ihm gefällt es nicht, dass du Kleider trägst«, antwortet Austin für mich.

»Dir gefällt es nicht?« Sie blickt auf ihr Kleid herunter.

»Nein«, sage ich an beide gewandt. »*Mir* gefällt es, dass Ava Kleider trägt. Aber mir gefällt es nicht, dass andere …«

»Was ist an einem Kleid anders als an meiner alten Schuluniform?«

In meiner Hose wird es eng, und das sollte es nicht, vor allem nicht, wenn man bedenkt, dass wir mitten im Foodcourt sind, und ich sollte wirklich etwas anderes als Basketballshorts anziehen, denn die sind ziemlich schlecht darin, gewisse Dinge zu verbergen, und diese gewissen Dinge passieren viel zu oft, jetzt wo Ava zurück ist. »Du hast nicht zufällig die Uniform noch?«

»Du bist so ein Idiot«, sagt Ava kichernd und wirft mir eine Plastikgabel an den Kopf. Dann steht sie auf und hebt ihre Tasche hoch. Sie kommt auf mich zu, küsst mich mit mehr Leidenschaft, als meine Hose aushält. Sie beißt mir in die Unterlippe, als sie sich von mir löst. »Ich muss zu meiner Mom.«

»Okay.«

Sie hat mich noch nicht gefragt, ob ich mitkommen wolle, und auch wenn ich Miss D wahnsinnig gern sehen würde, weiß ich, dass Ava ihre Gründe hat, und diese Gründe sind gut. Sie will sichergehen, dass das zwischen ihr und mir etwas Festes ist, bevor sie mich wieder am Leben ihrer Mom teilhaben lässt. Abgesehen davon, dass es ihrer Mom gut geht und dass sie glücklich ist, erzählt sie mir nicht viel mehr.

Was in Ordnung ist.

Fürs Erste.

Sie fährt mir mit den Fingern durchs Haar, und ich schließe die Augen. »Kommst du nach dem Training vorbei?«

Ich nicke und öffne die Augen wieder. »Ich werde da sein.«

Austin stöhnt. »Ich vermisse meinen besten Freund.«

***

Ich überstehe irgendwie die Kurse und das Training und renne regelrecht zu Avas Wohnung, weil … na ja, weil *Ava*. Sie öffnet mir die Tür mit nichts weiter als einem Handtuch bekleidet, und nach dem ersten Schock macht sich Unmut in mir breit. Ich dränge sie zurück und werfe die Tür hinter mir ins Schloss. »Was zum Teufel machst du da? Da hätte jeder an der Tür sein oder draußen vorbeilaufen können, und er hätte …«

»Sei still, *Dad.*«

»Ich meine es ernst, Ava.« Und dann lache ich leise. »Für dich heißt das übrigens *Daddy.*«

Sie rümpft die Nase. »Niemals.« Sie geht in Richtung ihres Zimmers und ruft über die Schulter zurück: »Ich war gerade dabei, unter die Dusche zu hüpfen.«

Ich schlüpfe aus meinen Sachen, doch als sie es bemerkt, dreht sie sich zu mir um. »Nein.«

»Das war keine Einladung?«

»Nein.«

Ich ziehe mir das Shirt wieder an. »Mein Fehler.«

Sie kichert und küsst mich kurz. »Geh und warte im Wohnzimmer, ich mach schnell.«

»Okay«, seufze ich.

Ich gehe in die Küche, um mir ein Glas aus dem Oberschrank zu holen. Ein großes. Weil ich durstig bin und das nicht nur nach Wasser. Aber meine Hände rutschen ab, und ich stoße ein kleineres Glas um, das davorsteht. Es kippt über die Kante und fällt auf den Boden, wo es in Tausende Stücke zerbricht. »Idiot«, murmle ich und schüttle den Kopf. Ich hebe die größeren Scherben auf und werfe sie in den Müll, bevor ich nach einem Besen suche, um die kleineren Splitter zusammenzukehren. Ich schaue im Schrank im Flur nach, in der Vorratskammer. Doch dort ist keiner, also gehe ich in den Wäscheraum, bleibe mittendrin stehen. Weil ich ein Kerl bin, und Kerle oft Dinge nicht sehen, die direkt vor ihren Augen sind.

In einer Ecke steht der Wäschekorb, und ich kneife meine Augen zusammen, als ich das vertraute Schwarz und Orange sehe. Ich gehe hinüber, werfe einen Blick über die Schulter, um sicherzugehen, dass Ava nicht plötzlich hinter mir auftaucht, und hebe mein Trikot hoch. Ich grinse übers ganze Gesicht, als ich die große 3 auf dem Rücken sehe mit meinem Namen darüber. *Sie trägt immer noch meine Trikots.* Freude schwillt in meiner Brust an, doch ich lasse das Shirt schnell wieder fallen, als das Wasserrauschen aufhört – eine Warnung, dass sie fertig ist.

Ich rufe mir in Erinnerung, warum ich überhaupt in den Wäscheraum gegangen bin, und wende mich zu der einzigen weiteren Tür im Raum um. Ich öffne sie, und in dem Einbauschrank finde ich tatsächlich einen Besen, aber ich finde dort auch etwas, was meinen Herzschlag aussetzen lässt. Orange und Schwarz und Weiß und Blau füllen mein Sichtfeld. Fotos von Ava und mir hängen an den Wänden, und Bilder von mir zieren die Regale. Ausschnitte aus Zeitungen, Ausdrucke von Websites. Stapelweise DVDs mit Daten und Punkteständen und Spielerstatistiken und … Ich nehme eine heraus und öffne sie. Neben der Disc klebt ein Luftballon – blau –, und ich sehe ihn mir genauer an, erkenne die schwarze Schrift darauf. Ich ziehe eine weitere DVD heraus. Dasselbe.

»Connor?«, ruft Ava. »Wo bist du?«

Ich bekomme keinen Ton heraus.

Bekomme keine Luft.

»Connor?« Ihre Schritte nähern sich, aber ich kann nicht … ich kann nicht *denken.* »Was zum Teufel machst du hier drin?«, schreit sie und nimmt mir die DVDs aus der Hand.

»Ava, was ist das?«

»Nichts!«

Ich schaffe es endlich, den Blick von dem Schrank zu lösen und Ava anzusehen. Tränen sammeln sich in ihren Augen, und sie versucht, die Tür zuzumachen, aber ich stehe im Weg, und sie verzieht das Gesicht. »Du solltest das alles nicht sehen! Geh. Bitte!«

»Ava …« Ich greife in den Schrank und ziehe einen Stapel DVDs heraus. »Das sind alles Aufnahmen von meinen Spielen.« Ich öffne eine DVD, und ein blauer Luftballon fällt heraus und landet auf dem Boden.

Hastig hebt sie ihn auf und will mir auch die DVD-Hülle entreißen, aber ich gehe einen Schritt zurück, greife nach einem Zeitungsausschnitt und sehe ihn mir genauer an. Sie will ihn mir ebenfalls wegnehmen. »Hör auf!«, fleht sie.

Ich überlasse ihr den Zeitungsausschnitt, konzentriere mich stattdessen wieder auf die DVDs in meiner Hand und schiebe eine nach der anderen vom Stapel.

»Du bringst die Reihenfolge durcheinander!«, sagt sie schluchzend. »Hör auf!« Sie zerrt an meinen Händen, versucht, mich wegzudrängen, und dieses Mal lasse ich sie. Sie weint, Tränen rinnen ihr über die Wangen, und ihr Atem geht kurz und abgehackt, während sie mit zitternden Fingern versucht, wieder irgendwie Ordnung in das alles reinzubringen.

Ich stehe hinter ihr, lege die Hände an ihre Hüften. »Ava, was ist das hier?«, flüstere ich an ihrem Ohr.

»Es ist nichts.«

Ich drehe sie herum, zwinge sie, mich anzusehen. »Natürlich ist es *etwas.*«

Sie verbirgt ihr Gesicht wieder in diesen kleinen Händen, und ich ziehe sie behutsam weg. Ich will, dass sie mich ansieht. »Was willst du von mir hören, Connor?«

»Ich bin nicht wütend deswegen«, versuche ich, sie zu trösten. »Ich bin nur … verwirrt. Du hast dich über ein Jahr nicht gemeldet, und du hättest es tun können, Ava, ich *war* da.« Ich deute in den Einbauschrank. »Du weißt, dass ich da war. Warum …?«

»Weil … ich weiß es nicht, okay?« Ihr Arme fallen herab, und sie atmet tief durch, um sich zu beruhigen, aber die Ruhe hält nicht lange an. »Ich hab es *versucht,* Connor. Ich hab so sehr versucht, dich gehen zu lassen, gegen diese Gefühle anzukämpfen, aber ich hab's nicht geschafft. Jeden Tag, den ich von dir entfernt war, habe ich versucht, jeden um mich herum, sogar mich selbst, davon zu überzeugen, dass es mir ohne dich *gut* geht, aber mir ging es *nicht* gut. Und das hier … dass du das siehst … Es ist mir total peinlich, okay?«

»Warum?«

»Ich weiß es nicht! Weil es die einzige Möglichkeit war, wie ich damit umgehen konnte, wie sehr ich dich vermisst habe und wie sehr ich dich liebe, und ich …« Sie stockt kurz. »Meine Liebe für dich kam nie ins Wanken. Nicht eine Sekunde. Und ich habe nie aufgehört, stolz auf dich zu sein, auf alles, was du erreicht hast und was du bist, aber das hier …« Sie deutet mit der Hand zum Einbauschrank. »Das ist quasi grenzwertige Besessenheit, und …«

Ich küsse sie. Ohne Zögern. Ohne Kummer im Herzen. Ich nehme alles, was Ava ausmacht, denn genau in diesem Moment ist dieses Alles alles, was ich brauche, und das war schon *immer* so. Selbst an ihren schlechten Tagen, und selbst als es zu viel geworden ist – sie hat nie aufgehört, mich zu lieben. Nie.

Ihre Hände ballen sich zu Fäusten, zerknittern mein T-Shirt, während sie mich näher zu sich zieht und den Mund einladend öffnet. Ihre Zunge streicht über meine, und ich spüre, wie der Funke zwischen uns sich in dem Moment entzündet, in dem ihr Rücken gegen die Wand stößt. Ich atme ihr Stöhnen ein, hebe sie an den

Oberschenkeln hoch, damit sie ihre Beine um mich schlingen kann. So schnell ich kann, trage ich sie ins Wohnzimmer und lege sie auf die Couch, während sie mir das T-Shirt über den Kopf zerrt. Sofort wandern ihre Lippen zu meinem Schlüsselbein. Ich schiebe den Saum ihres Kleids hoch, höher und höher, ziehe es ihr ganz aus und erobere erneut ihren Mund. Alles in mir ist erregt, sehnt sich nach Erlösung. Ava reißt sich regelrecht den BH runter und führt meinen Kopf an ihre Brust, und ich küsse sie dort, während sie sich an mich drängt.

Avas Fingernägel krallen sich in meine Schultern, als sie den Rücken durchdrückt und sich an mir reibt. Ich schiebe mir die Hose runter, und sie stöhnt auf, ehe sie mich auf den Rücken rollt, ihren Slip auszieht und sich über mich beugt.

»Verdammt, Ava, ich …«

»Scheiß auf Warten«, stößt sie hervor. Hektisch hole ich ein Kondom aus meinem Geldbeutel, wo ich inzwischen immer in paar dabei habe, und streife es mir über. Und dann bedeckt ihr Mund meinen. Sie küsst mich mit so viel Intensität, dass ich nichts mehr will, als ihr ganz nah zu sein. So nah wie nie zuvor.

Später duschen wir zusammen, und wir lachen darüber, wie wir regelrecht übereinander hergefallen sind. »Du bist nicht mal ganz aus der Hose geschlüpft«, sagt sie kichernd, während sie meine Brust mit einem Schwamm wäscht.

»Du hast damit angefangen.« Ich küsse sie sanft.

»Kannst du mir den Rücken einseifen?«, fragt sie und drückt mir den Schwamm in die Hand. Sie dreht sich um, stützt sich an der Wand ab und streckt mir den Hintern entgegen.

Ich wasche ihr den Rücken.

»Und wie habe ich angefangen?«, will sie wissen.

»Mit deiner creepy Connor-Collage.«

Sie lacht laut auf. »Sei still!«, sagt sie und zieht mich zu sich, und ich küsse ihre Schulter, ihren Nacken, ihr Kinn, die Stelle unter ihrem Ohr.

»Ich habe dich auch gestalkt«, flüstere ich.

Sie dreht den Kopf, und ihre Lippen treffen meine. »Wirklich?«

»Austin arbeitet in der Zulassungsstelle. Ich habe jede Woche nachgesehen, ob du immer noch angemeldet bist. Wenn ich ehrlich bin, ich glaube, das ist auch der Grund, warum meine Saison so scheiße lief – weil ich gar nicht wegwollte. Ich habe darauf gewartet, dass du zu mir zurückkommst.«

Kapitel 51

AVA

»Es ist so schön, gemeinsame Wochenenden zu haben, oder?«, frage ich und beobachte Connor dabei, wie er sein Eis isst, als würde er dafür Geld kriegen. Sehr viel Geld … denn die Art, wie er am Eis leckt, ist nicht gerade jugendfrei.

Er verdreht gespielt die Augen. »Es ist *okay.*«

Ich werfe ihm meine Serviette an den Kopf. Einen Monat. Wir sind nun seit einem Monat zusammen, und ich kann das Gefühl, das mich erfüllt, nicht anders beschreiben als mit dem Wort *Magie.* Im wahrsten Sinne des Wortes. Ich habe mir immer vorgestellt, wie es wohl wäre, die Ketten der Verantwortung, die mich gefangen gehalten haben, abzulegen und einfach mit ihm *zusammen zu sein*, aber ich hätte mir niemals ausmalen können, wie es tatsächlich ist. Wir sehen uns, wann immer wir die Möglichkeit dazu haben, entweder in meiner Wohnung oder in seinem Wohnheimzimmer, wo wir das Beste aus der Zeit rausholen, bevor die Saison wieder anfängt. Manche würden sagen, wir entdecken uns wieder oder verlieben uns zum zweiten Mal, aber das stimmt nicht. Wir haben uns nie verloren, wir waren immer im Herzen des anderen und haben nie aufgehört, uns zu lieben, nicht eine Sekunde lang.

»Bist du fertig?«, fragt er und steht auf. Er hält mir die Hand entgegen.

Ich verschränke meine Finger mit seinen, und wir schlendern plan- und ziellos durch die Einkaufsstraße. Connor geht in einen Sportladen und kauft ein Paar Sneakers und noch einen Basketball, damit er ihn bei mir lassen kann. Ich gehe in ein paar Klamottenläden und probiere einige Kleider an, zwinge ihn, vor den Umkleidekabinen zu warten, bis ich mich umgezogen habe und sie ihm zeige. Allerdings glaube ich nicht, dass ihn das besonders stört. Er bietet an, die Kleider zu bezahlen, aber ich lehne jedes Mal ab. Als ich einen Möbelladen mit Haushaltswaren sehe, gehe ich darauf zu. Seine Hand verkrampft sich um meine.

»Was?«, frage ich und sehe ihn an. »Hast du keine Lust mehr auf shoppen?«

»Doch, das ist es nicht. Aber … was brauchst du von hier? Deine Wohnung ist voll möbliert.«

»Ich weiß es nicht.« Ich zucke mit den Schultern. »Vielleicht einen Überwurf oder noch ein paar süße kleine Dekosachen ... Warum?«

»Ach, nichts.« Er schüttelt den Kopf. »Sorry, komm, holen wir deinen Überwurf – was auch immer das ist.«

Er hält mir die Tür auf mit gesenktem Kopf, und als ich an ihm vorbeigehe, runzle ich verwirrt die Stirn. »Connor, hast du so was wie eine Stalkerin, die hier arbeitet?«

»Die einzige Stalkerin, die ich habe, bist du«, sagt er und nimmt wieder meine Hand.

Wir schlendern durch den Laden, und ich merke, dass seine Hände schweißnass sind, aber ich beschließe, es zu ignorieren, genauso wie ich beschließe, seine Anspannung zu ignorieren.

»Hey, schau mal«, sage ich und deute auf eine Couch. »Die sieht aus wie meine.« Ich gehe hinüber und sehe sie mir genauer an. »Ich glaube, das ist tatsächlich die gleiche wie meine.« Ich lasse seine Hand los, damit ich mich draufsetzen, sie testen kann. »Das *ist* die gleiche.« Und dann bemerke ich den Wohnzimmertisch. »Das ist ...«

»Hey, Connor!«, ruft ein Mann mittleren Alters gut gelaunt und kommt auf uns zu. »Sie sind wieder da.«

»Wer, ich?«, fragt Connor, und seine Wangen werden rot. »Ich glaube, Sie verwechseln mich.«

Der Mann schüttelt den Kopf. »Nein, ich erinnere mich an Sie. Schwer zu vergessen, nachdem Sie ...«

Connor räuspert sich und unterbricht den Mann. »Im Ernst, ich war noch nie zuvor hier, also ...«

Der Blick des Mannes wandert zu mir, dann zurück zu Connor. »Okay, wenn Sie das sagen.«

Ich warte, bis er außer Hörweite ist, bevor ich aufstehe. »Das war merkwürdig«, flüstere ich Connor zu.

»Sehr merkwürdig«, erwidert Connor und nimmt wieder meine Hand. Wir gehen in die Haushaltswarenabteilung, wo ich eine Vase hochhebe. »Die ist süß, oder?«

»Es ist eine Vase, Ava«, sagt er trocken, und seine Schultern heben sich. Schweiß bedeckt seine Stirn, und sein Blick zuckt hin und her. Erst nach links. Dann nach rechts.

»Geht es dir gut? Du siehst irgendwie …«

»Alles gut. Nimm die Vase.«

Der Mann taucht wieder auf und wedelt mit einem Stapel Papieren in der Luft herum. »Connor Ledger!« Er strahlt. »Ich wusste, Sie sind es! Ich vergesse nie ein Gesicht.« Er bleibt direkt vor uns stehen und deutet auf die Rechnungen in seiner Hand. »Das sind doch Sie, oder?«

Connor schluckt.

»Wir machen eine Ausweiskopie bei Kunden, die bei uns einkaufen und so viel Geld ausgeben wie Sie.«

Connor presst die Lippen zu einer schmalen Linie zusammen, und ein verärgerter Ausdruck tritt in seine Augen.

Ich stelle die Vase zurück auf den Tisch und mache einen Schritt nach vorn, meine Gedanken überschlagen sich. »Darf ich mal sehen?«, frage ich.

»Nein«, faucht Connor.

»Klar doch!«, sagt der Mann und reicht mir vergnügt die Rechnungen.

Ich schaue mir die Belege an, und eindeutig, Connors Ausweiskopie hängt dabei. Dann lese ich die Produktbezeichnungen, eine nach der anderen, und meine Brust zieht sich mit jeder Zeile mehr zusammen. Neben den Bezeichnungen sind Bilder der Möbelstücke, die gleichen Möbelstücke, die meine gesamte Wohnung einrichten. Mir dreht sich der Magen um, meine Gedanken klären sich, während mein Herz heftig gegen meine Rippen donnert. Ich sehe zu Connor hoch, und die Wut bricht aus mir heraus. »Was zur Hölle hast du getan?«

Er schluckt, atmet aus. »Ava, es ist nicht …«

Ich knalle ihm die Zettel gegen die Brust, und meine Stimme wird lauter. »Was hast du getan, Connor?!«

Er weigert sich, nach den Rechnungen zu greifen, weshalb sie zu Boden fallen, als ich mit verschränkten Armen davonstapfe. »Ava!«, ruft er mir hinterher und greift nach meinem Ellbogen, um mich am Weglaufen zu hindern.

Verwirrung bringt mein Blut zum Rauschen, und ich wirble zu ihm herum. »Hast du mir diese Wohnung besorgt?«, fauche ich ihn an, doch dann schüttle ich den Kopf. »Nein, die Wohnung ist Teil von Moms Behandlung … Sie haben mir gesagt …« Ich senke den Kopf, mein Blick zuckt unruhig hin und her, während ich versuche, den Sinn hinter all dem, was seitdem passiert ist, zu erkennen und zu verstehen. Ich sehe wieder zu Connor auf, und gleichzeitig atme ich stockend aus. »Du hast die Einrichtung für die Wohnung gekauft, aber woher wusstest du … und warum … und woher hast du …?«

»Ich erkläre dir alles, aber du musst dich beruhigen.«

»Beruhigen?!«, kreische ich. Schlage ihm gegen die Brust. »Keine Geheimnisse mehr, Connor! Wir haben es uns versprochen!«

Der Arsch lacht. Mir direkt ins Gesicht.

»Warum lachst du?«

»Weil du so wütend bist und noch nicht mal weißt, warum.«

»Das ist nicht lustig!«

Er lacht erneut.

Ich wirble auf dem Absatz herum, stapfte davon. Aber er ist nur einen Schritt hinter mir. Sauerstoff füllt meine Lunge, in dem Moment, in dem ich nach draußen trete, und Connor redet, fleht mich an, stehen zu bleiben, aber das tue ich nicht. *Kann es nicht.* Tränen der Wut sammeln sich in meinen Augen. Alles, woran ich denken kann, ist, dass ich jemand anders in die Schulden getrieben habe. Aber dieses Mal ist es schlimmer, so viel schlimmer, weil …

»Ava!« Connor greift wieder nach meinem Ellbogen und dreht mich zu sich. Wir stehen auf dem Gehweg, blockieren ihn für andere Fußgänger, weshalb er mich zur Seite zerrt und sich mit dem Rücken an einen Pick-up lehnt – seinen Pick-up. Ich habe nicht einmal bemerkt, dass wir wieder dort sind, wo wir angefangen haben. Im übertragenen Sinne, aber auch im wörtlichen. Er legt die Hände an meine Hüfte und zieht mich zwischen seine Beine. »Bist du fertig?«

»Fick dich.«

Er lacht leise.

Ich schlage ihm mit der Faust auf die Brust. »Hör auf, mich auszulachen«, schreie ich und schlage ihn noch mal.

Er schnappt sich meine Hände und hält sie fest. »Ich rede, wenn du dich endlich beruhigst.«

Ich *knurre.*

Er hebt die Augenbrauen.

Dann atme ich ein paarmal tief ein und aus. »Okay, ich bin ruhig. Rede.«

Sein Mund öffnet sich, aber nichts kommt heraus. Und ich warte, eine Sekunde, zwei.

»Du bist ein Idiot«, fauche ich. »Du kannst es dir gar nicht leisten, mir …«

»Doch, kann ich«, unterbricht er mich und zuckt mit den Schultern. Er ist dabei so verdammt cool und gechillt, und wieso merkt er nicht, wie sehr mich das trifft? Er saugt tief die Luft ein, als wollte er sich für eine Rede wappnen, und dann sagt er: »Meine Mutter ist wieder in meinem Leben aufgetaucht, weil ihre Mom, meine Großmutter, im Sterben lag.«

Wut weicht plötzlich Mitgefühl, und ich wische mir die restlichen Tränen weg. Ich schiebe die Unterlippe vor und sehe zu ihm hoch. »Das tut mir leid.«

»Das muss es nicht, ich *kannte* sie nicht. Ich meine, ich bin mir sicher, dass ich sie irgendwann mal gekannt habe, aber es hat mich nicht wirklich getroffen. Aber der Punkt ist, meine Mom war untergetaucht, und als meine Großmutter gestorben ist, ging ihr gesamtes Vermögen darum an mich, und meine Mom wollte einfach sichergehen, dass sie *durch* mich weiterhin Zugang zu diesem Geld hat.«

»Warte.« Ich bekomme nur schwer Luft. »Sie ist nur wegen des Geldes zurückgekommen?«

Connor nickt.

»Okay, also …« Ich versuche, den Nebel um meine Gedanken zu vertreiben, versuche das, was er mir da erzählt, zu begreifen. »Also, deine Großmutter ist gestorben, und du hast geerbt?«

Er nickt wieder.

»Und deine Mutter wollte, dass du ihr einen Teil davon abgibst?«

Wieder ein Nicken. »Ich meine, ich bin nicht schwer zu finden. Du musst nur meinen Namen im Netz eingeben, und es zeigt dir sofort an, auf welche Schule ich gehe. Meine Mutter wusste das. Meine Großmutter hatte Anwälte, die mich problemlos kontaktieren konnten, sie hätte es also ihnen überlassen können, und das wär's gewesen. Fertig, vorbei. Aber meine Mom wollte in meinem Leben präsent sein, damit ich ihr immer wieder Geld schicke, damit sie so weiterleben kann wie bisher.«

»Schickst du ihr Geld?«, frage ich zögernd und versuche, meine eigenen Gefühle gegenüber seiner Mom hintanzustellen.

»Sie hat versucht, mich umzubringen, Ava. *Scheiß auf sie.*«

Meine Mundwinkel zucken. »Gut.« Ich lehne mich ihm entgegen, kann seiner Anziehungskraft nicht länger widerstehen. »Und das war's also? Du hast Geld geerbt, und du hast beschlossen, eine Wohnung einzurichten?«

Sein Adamsapfel bewegt sich, als er schwer schluckt.

»Connor«, hauche ich. »Was hast du noch getan?«

»Ich habe … Ich meine, die Wohnung gehört mir.«

»Du hast eine Wohnung für mich *gemietet?*«

»Nein, die Wohnung *gehört* mir.«

Meine Augen weiten sich. »Dir … *Was?*«

»Ja«, sagt er und verzieht das Gesicht.

»Ich bin immer noch dabei, das zu verarbeiten«, gebe ich zu.

»Du bist so süß, wenn du verwirrt bist.«

Ich gehe nicht darauf ein. »Du hast also etwas Geld geerbt, und jetzt läufst du einfach rum und kaufst Immobilien?«

Er lacht leise. »So ungefähr. Ich habe sogar ein nettes kleines Anlageportfolio.«

»Hör auf«, sage ich kichernd.

»Aber es stimmt.« Er zuckt mit den Schultern. »Davon abgesehen, deine Wohnung ist eine gute Investition. Aber ich will dir etwas Größeres …«

»Connor! Stopp!«

Er presst die Lippen aufeinander.

»Also … Wenn du dieses *ganze* Geld hast, warum lebst du dann am Campus? Und warum fährst du immer noch diesen Wagen?«

»Ich lasse nicht zu, dass Geld mich verändert. Ich bin immer noch ich, und ich habe keinen Grund, außerhalb des Campus' zu wohnen.« Auf einmal richtet er sich auf und hebt die Augenbrauen. »Warte. Was ist so schlimm an meinem Auto?«

»Nichts«, sage ich lachend, »aber warum kaufst du dir keinen Mercedes oder so was in der Art? Machen das Basketballer nicht so?«

»Oh, sie hat mir auch davon einen hinterlassen … Er steht irgendwo in einer Garage, glaube ich.«

»Oh Mann.«

»Hey, willst du ihn haben?«

»Nein, ich *will* ihn nicht.«

Er lächelt. »Ich weiß auch nicht, Ava. Ich bin ein einfacher Mann mit einfachen Bedürfnissen.« Er senkt den Blick. »Niemand außer Dad weiß von dem Geld«, sagt er und zuckt mit den Schultern. »Und ich möchte auch, dass das so bleibt.«

Ich nicke und schweige einen Moment. Ich versuche immer noch, das zu verarbeiten, was er mir gerade erzählt hat. »Warte. Woher wusstest du, dass du diese Wohnung kaufen musst und …«

»Weil da noch mehr ist, Ava.«

»Oh Gott. Ich muss mich setzen.«

»Nein, hör mir einfach zu, okay? Und versuch bitte, nicht wütend auf mich zu sein.«

»Connor! Du kannst nicht so was sagen und dann erwarten …«

»Sunshine Oak …«

»Nein …« Meine Augen füllen sich erneut mit Tränen. »Das hast du nicht … oder?«

Er beißt sich auf die Unterlippe. »Ich wusste, dass du auf einen Platz für deine Mom in der Nähe der Duke wartest, und es hat eine Weile gedauert, bis ich herausgefunden habe, wo sie auf der Warteliste steht, aber Riverside … Ich meine, es ist ein gutes Behandlungszentrum, Ava, aber deine Mom … sie hat die beste Hilfe verdient – und Sunshine Oak …«

Ich presse mir die Hand auf den Mund, um das Schluchzen zu unterdrücken, aber Connor nimmt diese Hand und haucht einen Kuss auf meine Finger.

»Deine Mom verdient Sunshine Oak, und es hat mich eine Menge Überzeugungsarbeit gekostet, sie dazu zu bringen, das zu tun, worum ich sie gebeten habe. Sie haben das Geld angenommen, aber dich und deine Mom mit ins Boot zu holen, und das auch noch, ohne dass du Verdacht schöpfst, war schwieriger, und das ist auch der Grund, warum es fast ein Jahr gedauert hat, bis sie dich kontaktiert haben.«

Ich bekomme keine Luft mehr, kann die Tränen keine Sekunde länger aufhalten, sodass eine nach der anderen ungebremst und ungehemmt fällt, also tut er das an meiner Stelle und wischt mit dem Daumen über meine Wange.

»Und ich will nicht, dass du jetzt denkst, die Pflege deiner Mom hängt einzig davon ab, was zwischen uns ist. Deine Mom hat einen Platz, solange ihr ihn braucht oder wollt, okay? Das *verspreche* ich dir. Auch wenn du die Nase voll von mir hast, deine Mom wird immer versorgt sein.«

Meine Schultern beben, so heftig schluchze ich inzwischen, und er drückt mich fester an sich. Seine Lippen suchen meine Stirn. »Warum tust du das alles?«, murmle ich an seine Brust.

Er nimmt mich an der Schulter, schiebt mich ein Stück zurück, sodass er mir ins Gesicht sehen kann. »Ich habe es dir doch gesagt, alles, was ich getan habe, seit ich dich kenne, war für dich. Mein Ziel war es, mich um dich und deine Mom zu kümmern, und daran hat sich nichts geändert.«

»Connor, warum hast mir das alles nicht schon früher gesagt?«

»Weil ich nicht wollte, dass du dich dazu genötigt fühlst, deswegen mit mir zusammen zu sein. Ich wollte sichergehen, dass du dich wieder in *mich* verliebst.« Er stößt die Luft aus, und seine Hände umfassen mein Gesicht, als er sich langsam vorbeugt und die Tränen von meinen Lippen küsst. »Aber, Babe, du musst mir etwas versprechen.«

»Alles.«

»Es sind eigentlich zwei Sachen.«

Ich nicke.

»Ich will nicht, dass deine Mom es erfährt.«

»Okay.«

»Und du schuldest mir nichts.«

»Connor, ich glaube nicht …«

»Versprich es mir.«

Ich greife mir an den Kopf, presse mir die Handfläche gegen die Stirn. »Das ist alles *so* viel auf einmal, und ich finde immer noch … Ich habe das nicht verdient.«

Er schüttelt den Kopf, und sein Blick sucht meinen, während er meine Hände in seinen hält. »Natürlich hast du das verdient. Du bist mein Mädchen, Ava. *First and forever.* Meine erste Alles. Für immer.«

Mein Herz schlägt im Takt zu seinem Geständnis. »Ich weiß nicht mal, was ich jetzt sagen soll.«

»Sag, dass du mich liebst.«

»Ich liebe dich, Connor.« Ich drücke meine Lippen auf seine. »Ich liebe dich so sehr.«

Er lächelt an meinem Mund, dann löst er sich von mir. »Es gibt noch eine Sache, die du tun kannst …«

»Ist es diese Sache, bei der ich meine Zunge …?«

»Nein«, unterbricht er mich und schüttelt den Kopf. Offenbar dauert es, bis meine Worte wirklich bei ihm ankommen, denn auf einmal weiten sich seine Augen. »Oooh, ja, das auch.«

Ich kann nicht anders, als laut zu lachen.

»Ava, ich möchte deine Mom sehen«, sagt er hastig. »Ich brenne regelrecht darauf, sie zu sehen, und du hast noch nicht …«

»Können wir sofort los?«

Sein Gesicht leuchtet auf. »Ja?«

»Sie *brennt* ebenfalls darauf, dich zu sehen!«

* * *

Mom ist draußen im Garten, als wir ankommen, und die Sonne scheint auf ihre gebräunte Haut. Sie trägt einen Strohhut und ein Tanktop – etwas, worin sie sich erst jetzt langsam wohlzufühlen beginnt. Connor drückt meine Hand, als er sie sieht, und er grinst übers ganze Gesicht.

»Mama«, rufe ich, und sie hebt den Kopf.

Das Lächeln, das sie sonst mir schenkt, wird breiter, als sie Connor entdeckt. »Connor, eins achtundneunzig!«, ruft sie, springt auf die Füße und eilt zu uns herüber. Ihr Lachen erfüllt mein Herz mit Hoffnung, als sie ihn stürmisch umarmt. »Oh Gott, Connor! Du hast mir sehr gefehlt.«

»Sie haben ja keine Ahnung, wie sehr Sie *mir* gefehlt haben,

Miss D«, murmelt er und lässt mich los, um sie zu umarmen. Seine Augen sind gerötet, und Freudentränen glitzern darin, als er mich anlächelt. Ich wische meine mit dem Handrücken weg, und meine Welt ist voller Magie … selbst im hellen Licht des Tages.

Kapitel 52

CONNOR

»Komm mit. Bitte«, fleht Austin.

»Nein.«

»Warum nicht?«

»Darum.«

»›Darum‹ gilt nicht. Es ist Freitagabend, und du hast morgen nichts vor, also …«

»Es ist ein Date, Austin. Dein *erstes* Date. Was zum Teufel …?«

»Ja, du hast ja recht«, sagt er seufzend. »Sie würde wahrscheinlich nur *einen* Blick auf dich werfen und sofort vergessen, dass ich überhaupt existiere.«

Ich schüttle den Kopf. »*Sie* hat dich gefragt, oder?«

Austin nickt.

»Okay, was ist dann das Problem?«

»Das Problem ist, ich bin nicht wie du, Connor«, antwortet er, und seine Stimme ist ganz ernst.

Ich seufze, stehe vom Bett auf und stelle mich hinter ihn, während er sich im Spiegel betrachtet. »Für jemanden, der behauptet, mein bester Freund zu sein, kennst du mich aber ganz schlecht.«

Er verdreht die Augen, was mich zum Lachen bringt. »Du willst mir also sagen, dass du bei deinem ersten Date mit Ava auch so nervös warst?«

»Ava und ich haben nie wirklich *gedatet.* Also, wir sind nicht ins Kino gegangen oder etwas essen oder so. Wir haben uns einfach … bei ihr zu Hause oder in der Schule getroffen. Aber ja, ich war nervös in ihrer Nähe. Ich bin es *immer* noch. Ich glaube, das gehört zu diesen Gefühlen dazu, weißt du? Diese Schmetterlingen, von denen alle reden …«

Er dreht sich zu mir um und legt den Kopf in den Nacken, um zu mir hochzusehen. »Warst du auch ihr Erster?«

Ich schüttle den Kopf.

»Hat dich das gestört?«

»Nicht wirklich.«

Er nickt und atmet tief ein. »Okay. Ich gehe und werde …«

»Sei einfach du selbst«, unterbreche ich ihn. »Aber lass den Blazer weg.«

Er sieht an sich herunter. »Das ist ein Cardigan.«

»Lass ihn weg.«

»Aber in dem sehe ich intellektueller aus.«

»Darin siehst du wie ein Wichtigtuer aus.«

»Du bist ein Wichtigtuer!«

Es klopft an der Tür, und ich öffne sie, während ich über die Schulter sage: »Mach, was du willst.«

Ava steht im Flur, und sie lächelt übers ganze Gesicht, als sie mich sieht.

»Hey, Babe«, begrüße ich sie und gebe ihr einen Kuss.

»Ava!«, ruft Austin und schubst mich zur Seite. »Ich habe gleich ein Date«, verkündet er.

Avas Augen weiten sich minimal. »Und du gehst in dem Blazer?«

»Ich habe dir ja gesagt, es ist ein Blazer«, murmle ich und nehme ihre Hand. Ich will sie ins Zimmer ziehen, aber sie hält dagegen. »Was ist?«, frage ich verwirrt.

Sie grinst von Ohr zu Ohr. »Ich hab eine Überraschung.«

Ich kneife die Augen zusammen, als Ava einen Schritt zur Seite macht – und Trevor auftaucht. »Hör. Auf«, murmle ich, und meine Augen werden rund.

Trevor grinst genauso breit wie Ava, und meine Mundwinkel wandern automatisch nach oben. »Was geht?«, fragt er und hält mir die Hand hin.

Ich greife danach. »Nicht viel«, antworte ich.

Und dann lacht er leise, zerrt an meiner Hand und umarmt mich – ein klein wenig zu fest. »Ich hab dich vermisst, du Blödmann«, flüstert er nah an meinem Ohr.

Ich lachte. »Ich hab dich auch vermisst, du Riesenochse.«

Hinter mir grunzt Austin. »Mich umarmst du nie so.«

***

Miss Ds Reaktion darauf, dass Trevor in der Stadt ist, fällt fast genauso aus wie meine, nur dass sie gar nicht erst versucht, ihre wahren Gefühle zu verbergen. Sie weint, als er sie umarmt und ihr sagt, wie sehr er sie vermisst habe. Wenn ich ehrlich bin, ich bin *tatsächlich* ein *klein wenig* emotional geworden, als er vor meiner Tür stand. Ich hatte gehofft, dass ich nun, da Ava und ich wieder zusammen sind, auch Trevor bald wiedersehen würde, aber sie redet immer davon, wie viel er zu tun habe und wie schlecht es ihm finanziell gehe. Fast, *fast* hätte ich angeboten, seinen und Amys Flug zu bezahlen, da ich weiß, wie sehr Ava die beiden vermisst. Aber ich weiß auch, dass sie das niemals angenommen hätte … genauso wenig wie all die anderen Male, als ich angeboten habe, etwas für sie zu bezahlen.

»Ich kann es nicht glauben«, sagt Miss D und greift über den Tisch hinweg nach Trevors Hand. Sie sieht uns einen nach dem anderen an, während wir darauf warten, dass das Mittagessen kommt, und Tränen schimmern in ihren Augen. »Alle meine Kinder sind hier!«

»Ja, aber ich bin dein Lieblingskind, oder?«, sagt Trevor.

Miss D kichert und tätschelt ihm die Hand.

»Und Connor zählt nicht«, fügt er hinzu. »Er ist nicht *dein* Kind.«

»Noch nicht.« Miss D zwinkert mir zu. »Aber Schwiegersohn klingt gut.«

Ava verschluckt sich an ihrer Limo.

Ich muss grinsen. »Eines Tages, Miss D«, sage ich fröhlich und lehne mich in meinem Stuhl zurück. »Eines Tages wird Ihre Tochter einen ehrenvollen Mann aus mir machen.«

»Sei still!«, flüstert Ava laut, und ihre Wangen laufen rot an.

»Was?« Ich zucke mit den Schultern. »Als ob das *nicht* passieren wird.«

»Aber nicht in den nächsten paar Jahren, oder?«, sagt Trevor, und es liegt der Hauch einer Warnung in seiner Stimme.

Ich grinse ihn schief an.

»Wenn sie ihren Abschluss hat«, fügt er hinzu, »und du in der NBA spielst oder was auch immer du machen willst, dann *vielleicht* …«

Ich lache. »Wie bitte? Muss ich dich etwa um Erlaubnis fragen?«

»Ja«, sagen alle drei gleichzeitig.

Jetzt ist Trevor derjenige, der mich schief angrinst. »Merkst du was?«, sagt er und deutet auf mich. »*Ich* werde immer ihr Lieblingskind sein.«

***

Ich bleibe übers Wochenende bei Ava und verbringe die Zeit damit, Trevor den Campus zu zeigen und auch die Stadt Durham. Er verbringt die Zeit damit, Ava und mich davon überzeugen zu wollen, an die Texas A&M zu wechseln. Wir besuchen Miss D jeden Tag, manchmal sogar zweimal am Tag, und in der Zwischenzeit erzählen wir uns gegenseitig von unserem jetzigen Leben, schwelgen in Erinnerungen und lachen. Wir lachen so viel, dass es wehtut. Und Ava – egal, wie sehr sie es Trevor gegenüber auch abstreitet –, sie vermisst ihn weitaus mehr, als sie zeigt. Aber ich merke es. Ich erkenne es an der Art, wie sie zu ihm aufsieht, in der Art, wie ein Ausdruck der Ruhe in ihre Augen tritt, wann immer er in der Nähe ist. Und vielleicht sollte ich eifersüchtig sein, dass ich es noch nicht geschafft habe, dass sie mich nicht so ansieht, aber wir haben etwas, was wir zuvor nicht hatten.

Wir haben Zeit.

Und wir haben *Kommunikation.*

Ich habe ihr an unserem ersten gemeinsamen Abend gesagt, wie wichtig es mir sei, dass wir *beide* offen darüber reden, was in uns vorgeht und was wir fühlen. Dass, wann immer sie auf eine gewisse Art empfindet und sie etwas von mir braucht – Zeit, Luft zum Atmen oder *mich* –, sie mir das offen sagen solle, und ich tue im Gegenzug dasselbe.

Keine Geheimnisse mehr.

Kein Verbergen unserer Gefühle, damit der andere die Last nicht tragen muss.

Wir sind jetzt ein Team.

Ein Duo.

Michael Jordan und Scottie Pippen.

Sie ist bei dem Basketballvergleich ausgestiegen, aber grundsätzlich hat sie mir zugestimmt und gesagt, dass sie genau dasselbe möchte. Wir müssen eine starke Beziehung führen. Eine Festung bilden. Sie hat einen Vergleich gemacht, von wegen Fasern eines Seils und irgendwas darüber, dass eine davon ausfranst, und ich habe ihr gesagt, dass das keinen Sinn ergebe. Sie meinte darauf nur, dass Jordan und Pippen keinen Sinn ergäben. Was vollkommener Quatsch ist, und das habe ich ihr auch gesagt. Und dann haben wir uns gestritten, für ganze fünf Sekunden, bevor sie sich an mir gerieben hat.

Jetzt liegen wir im Bett, und Ava schläft tief und fest, während ich hellwach bin. Sie bewegt sich neben mir, dreht den Kopf von einer Seite auf die andere. Jetzt liegt ihre Wange auf einem Fleck Sabber auf ihrem Kissen, und ich überlege, sie aufzuwecken und es ihr zu sagen, aber … *eh.*

Es ist kurz vor Mitternacht, und die Welt ist ruhig, aber mein Verstand … mein Verstand kommt nicht zur Ruhe. Ich küsse Avas Schulter, bevor ich die Decke zurückschlage. Nachdem ich eine Hose angezogen habe, verlasse ich auf leisen Füßen das Zimmer und will in die Küche gehen. Ich bleibe stehen, als ich Trevor auf dem Balkon entdecke. Ich ändere die Richtung und schiebe so leise wie möglich die Glastür auf.

Bei dem Geräusch sieht er auf. »Kannst du nicht schlafen?«, fragt er.

Ich schüttle den Kopf. »Du?«

»Auch nicht.«

Ich setze mich auf den Stuhl neben ihn. »Du fliegst morgen ganz früh zurück, oder?«

Er nickt und schaut zum Mond hoch. »Ja. Ich fliege direkt nach Denver zum sechzigsten Geburtstag von Amys Dad.« Er rutscht auf dem Stuhl herum. »Ich habe es Ava noch nicht erzählt, aber Amy hat einen Wahnsinnsjob in Denver bekommen, daher zieht sie in ein paar Wochen zurück. Sie ist nur in Texas geblieben, damit ich meinen Abschluss machen kann, aber dieser Job ist … Es ist eine zu gute Chance, um sie auszuschlagen.«

»Seid ihr … Ich meine, werdet ihr trotzdem zusammenbleiben?«

»Klar.« Er nickt, vollkommen überzeugt. »Wir haben so eine Fernbeziehung schon einmal hinbekommen, es ist also keine *so* große neue Sache, aber ich will das nicht für immer.«

»Was wirst du tun?«

»Ich weiß es nicht«, sagt er. »Ich wollte eigentlich mit dir darüber reden.«

Meine Augen weiten sich. »Mit mir?«, frage ich.

»Ja«, wispert er. »Du weißt, Ava und ich haben in den letzten Monaten in unterschiedlichen Bundesstaaten gewohnt, und als Ava mir erzählt hat, dass ihr wieder zusammen seid … Um ehrlich zu sein, das hat mir eine Menge Sorgen genommen, die ich mit mir rumgeschleppt habe.«

Ich lächle, und meine Brust schwillt vor Stolz an.

»Ich weiß, dass du dich um sie kümmern wirst, um sie und ihre Mom, also … Ich schätze, ich muss nicht mehr so dringend hierher ziehen.«

»Du willst mit Amy nach Denver gehen?«

Er verzieht gequält das Gesicht und nickt.

»Das ist doch gut, oder?«, frage ich verwirrt.

»Ja, aber Ava … Ich weiß nicht, wie sie …«

»Nein, Mann. Sie würde es nicht anders wollen. Vertrau mir. Alles, was sie will, ist, dass du glücklich bist.«

»Das gilt auch umgekehrt«, sagt er. »Alles, was ich will, ist, dass sie *das Glück* findet, und du machst sie glücklich, Connor. Also danke.«

»Du musst dich nicht bei mir bedanken«, murmle ich. »Wie du gesagt hast, das gilt auch umgekehrt.«

»Ich meine nicht nur Ava. Ich meine auch Mama Jo. Du bringst etwas in den beiden zum Leuchten, das … Ich weiß nicht einmal, wie ich es beschreiben soll. Ich weiß nur, dass ich dafür dankbar bin. Dass ich *dir* dankbar bin.«

Der Kloß in meinem Hals ist so groß, dass ich das Wort kaum herausbringe. »Danke.«

»Wir sollten uns umarmen.«

Ich drehe mich zu ihm. »Meinst du das ernst?«

»Nein.« Er lacht leise. Dann mustert er mich kurz, und seine Hand wandert in seine Tasche. Er zieht eine kleine schwarze Schachtel heraus und öffnet den Deckel, sodass ein Ring zum Vorschein kommt.

Ich stoße die Luft aus. »Fragst du mich gerade, ob ich dich heiraten will? Denn tut mir leid, dir das sagen zu müssen, aber Homosexualität ist nicht genetisch vererbbar, also …«

Er prustet los. »Ich werde Amy vor ihrer Familie einen Antrag machen.«

»Im Ernst?« Ich kann mein Grinsen nicht verbergen, und Trevor nickt. »Das ist großartig, Mann. Gratuliere.«

Er schließt den Deckel mit einem »Plopp«, dann schiebt er die

Schachtel zurück in seine Tasche. »Es ist der Ring, den Dad Mama Jo gegeben hat.«

»Bringt das nicht Pech?«

Seine Augen weiten sich. »Was?«

»Ich weiß es nicht«, rudere ich zurück. »Ich dachte, ich hätte das mal irgendwo gehört, aber ich könnte auch falschliegen. Ich meine, ich bin ziemlich dämlich, falls dir das noch nicht aufgefallen ist.«

»Scheiße, Connor. Bringt es wirklich Pech?«

Ich zucke mit den Schultern.

»Fuck.«

»Es tut mir leid. Ich hätte einfach nichts sagen sollen.«

Er stöhnt und fährt sich mit der Hand übers Gesicht. »Alter, wir sind Sportler, du weißt, wie abergläubisch wir sind.«

Ich trete mich selbst mit dem Fuß, mit dem ich gerade ins Fettnäpfchen gestiegen bin. »Ich bin sicher, dass alles gut gehen wird.«

»Nein, wird es nicht. Und jetzt ist es zu spät. Ich habe es ihren Eltern schon erzählt und alles …« Er stöhnt erneut und presst die Handballen auf die Augen. »Verdammt.«

»Kannst du ihn vielleicht eintauschen?«

»Dafür ist es ein bisschen zu spät, *Idiot.*«

Ich seufze. »Du und Ava habt wirklich eine merkwürdige Art, eure Liebe zu zeigen.«

»Und selbst wenn ich könnte, ich würde nicht viel dafür kriegen, und ich hab nicht das Geld, um einen anderen Ring zu kaufen, und was verdammt noch mal mach ich hier überhaupt, Connor? Gott, ich kann ihr nicht mal einen Ring kaufen und erwarte von ihr, dass sie mich heiratet. Sie ist die Einzige mit einem Job, bis ich etwas finde, und …«

»Ich habe ein … *Angebot.*«

Er schüttelt den Kopf. »Ich werde nicht mit dir schlafen.«

Ich lache in mich hinein. »Okay, da geht die Idee dahin.«

»Was ist dein Angebot?« Er seufzt und tritt gegen das Balkongeländer. »Ich bin ziemlich verzweifelt gerade, und wenn es nur diese eine Nacht ist, und wenn wir nie wieder darüber sprechen, dann *vielleicht* …«

Meine Mundwinkel heben sich. »Werde mein Agent.«

Er lässt frustriert den Kopf sinken. »Du hast einen Agenten.«

»Nein, habe ich nicht.«

Er hebt den Blick, sucht meinen. »So gut das auch klingt, ich kann dir das nicht zumuten. Ich habe noch nicht mal meinen Abschluss, und ich habe keinerlei Erfahrungen.«

»Aber du hast ein Herz«, sage ich. »Und dir sind die *Menschen* wichtig. Und du bist ernsthaft an *mir* interessiert.«

Er schüttelt ungläubig den Kopf. »Worauf willst du hinaus?« Er mustert mich aus dunklen Augen. »Was willst du …?«

»Ich werde die vier Jahre College fertig machen …«

Er nickt. »Okay?«

»Und es gibt nur ein Team, für das ich spielen will.«

Sein Adamsapfel bewegt sich, als er schluckt.

»Und ich will, dass *du* mich in dieses Team reinbringst«, füge ich hinzu. »Ich will professionell Basketball spielen, aber mir ist das Geld egal.«

»Connor, das ist …« Er stößt die Luft aus. »So funktioniert das nicht.«

»Aber du hast zweieinhalb Jahre Zeit, dafür zu *sorgen*, dass es so funktioniert.«

Er leckt sich über die Lippen, er wirkt immer noch nicht überzeugt.

»Und ich gebe dir einen Vorschuss.«

»Was?«

Ich nicke. »Damit du deinem Mädchen ihren Traumring kaufen kannst.«

»Was?«

»Und damit du deinen Studentenkredit zurückzahlen kannst.«

»Was?«

»Und ein Haus für dich und Amy kaufen.«

»Was?«

Ich lache. »Hat Ava dir wirklich nichts erzählt?«

»Was?«

»Ich bin inzwischen quasi reich.«

»Was?«

»Sag mal etwas anderes.«

»Nein.«

»Nein?«

»Nein.«

»Du willst nicht mein Agent werden?«

»Connor«, sagt er und greift sich an den Kopf. »Mein Verstand explodiert gerade. Ich komme nicht einmal mit der Tatsache klar, dass du *willst*, dass ich dein Agent bin, geschweige denn mit der Tatsache, dass du irgendwie reich genug bist, um … Warte, hast du von jemandem Geld angenommen? Wenn die NCAA das herausfindet …«

»Nein«, unterbreche ich ihn. »Es ist eine lange Geschichte, aber vertrau mir, ich kann dir das geben, was ich dir gerade angeboten habe, und es würde nicht mal auffallen.«

»Fick dich.«

Ich lache. »Also?«

»Es wäre geliehen?«

»Nein, es wäre ein Vorschuss von dem, was ich dir einbringen werde.«

»Was, wenn ich es nicht hinkriege?«

»Dann sind wir am Arsch«, scherze ich, bevor ich ernst hinzufüge: »Du wirst das hinkriegen, Kumpel. Ich kenne nicht viele Menschen auf dieser Welt, die mehr Durchhaltevermögen haben als du.«

Er starrt einen Moment wieder zum Mond hoch und lässt die Fingerknöchel knacken.

»Also?«, frage ich. »Was sagst du? Willst du einen Niemand aus Florida als deinen ersten Klienten haben?«

Er dreht sich zu mir und seufzt. »Okay.«

Ich lächle. »Okay.«

Epilog

AVA

»Okay, also, was brauchst du von mir? Willst du Luft zum Atmen oder Zeit oder mich? Willst du *mich?* Sag mir einfach, was du brauchst, und ich mache es.«

Connor sitzt auf der Kante des Hotelbetts und hat den Kopf in den Händen vergraben. Seine Tasche steht neben seinen Füßen.

Er atmet langsam und sehr lange aus, bevor er nach meiner Hand greift. Er sieht auf, und seine Augen sind klar. »Du musst dich beruhigen, Babe. Du machst mich nervös.«

»Sorry«, hauche ich und lasse zu, dass er mich zwischen seine Beine zieht.

Er legt den Kopf an meinen Bauch und schlingt die Arme um meine Hüften. »Du wirst früh dort sein, oder?«

»Ich werde die Erste sein, die durchs Gate geht.«

Connor lacht leise. »Und du hast alle Tickets?«

»Alle.«

»Und du kommst mit deiner Mom …«

»Sobald du weg bist, treffe ich mich mit ihr und deinem Dad und Michael in der Lobby.«

Connor nickt. »In Ordnung.«

»In Ordnung.«

Er sieht wieder zu mir, und ein Lächeln umspielt seine Lippen. »Ich sollte wahrscheinlich langsam los«, sagt er und reicht mir einen schwarzen Stift. Ich nehme seine Hand, lege sie auf meinen nackten Oberschenkel und schreibe *Miss D* auf seinen Handrücken, und darunter *Ava D. Diaz.* Dann greife ich in meine Handtasche und ziehe einen blauen Luftballon heraus. Ich blase ihn auf, schreibe schnell *Connor Ledger #1 Buh Devil* drauf und gebe ihn ihm. Ich liebe es, wie seine Augen aufleuchten, als er ihn entgegennimmt.

Drei Jahre.

Drei Saisons.

Und das hier machen wir vor jedem Spiel.

Aber wir hatten noch nie ein Spiel wie dieses.

Duke ist in der NCAA Division I Championship, und es ist Connors letztes Spiel als Duke Blue Devil.

»Okay.« Connor steht auf, lässt seine Halswirbel knacken, seine Schultern, dann schüttelt er die Hände aus und dreht sich zu mir, als ich ebenfalls aufstehe. »Sag es«, bittet er mich.

Ich stelle mich auf die Zehenspitzen, lege die Hand auf sein Herz und küsse ihn, öffne die Lippen und streiche mit der Zunge über seine. Als ich mich von ihm löse, sind seine Augen immer noch geschlossen, daher küsse ich ihn noch mal. Nur kurz. »Ich liebe dich, Nummer drei.«

Er gibt mir einen Klaps auf den Hintern, als Trevor an die Tür klopft. Trevor hat während Connors Finalspielen bei uns gewohnt, damit er in der Nähe ist, wenn die NBA-Mannschaften anrufen oder sich mit Connor treffen wollen. Denn das passiert. *Sehr oft.* Und Trevor ist Connors Agent – ein Deal, den die beiden offenbar vor drei Jahren gemacht haben. Ein Deal, von dem sie mir bis vor Kurzem nichts erzählt haben.

»Kann ich reinkommen oder ist meine Schwester nackt?«

»Du kannst reinkommen«, sagt Connor und lacht, während er sich seine Tasche schnappt und sie sich quer über den Oberkörper hängt.

Trevor steckt den Kopf herein. »Können wir los?«

Connor küsst mich noch mal, bevor er mit meinem Bruder ins Wohnzimmer geht. Ich folge mit etwas Abstand und höre ihnen zu, wie sie über Basketball und das Geschäftliche reden, so wie sie es vor den meisten Spielen gemacht haben. Als sie sich zum Gehen wenden, dreht Connor sich zu mir um. »Sag es noch mal?«

Ich stehe mitten im Wohnzimmer, die Hände hinter dem Rücken verschränkt. »Ich liebe dich, Nummer drei.«

Connor lächelt, und seine Brust hebt sich, als er tief einatmet. Dann dreht er sich zu Trevor. »Okay, ich bin so weit.«

Sobald die Tür hinter ihnen zufällt, lasse ich mich auf die Couch fallen, lege die Hand an mein Herz und versuche, das heftige Pochen zu beruhigen. Ich bin nervös. Seinetwegen. Wegen der ganzen Mannschaft. Drei Jahre lang habe ich dem Jungen, den ich liebe, dabei zugesehen, wie er das Spiel spielt, das er liebt, für das College seiner Träume, und jetzt … jetzt ist er einen Schritt näher, um alle seine Träume zu verwirklichen.

Und ich *wünsche* mir das für ihn.

Für uns.

Aber ich mache mir auch Sorgen.

Denn danach ist er im NBA Draft.

Und wir wissen nicht, wo er hingeht.

Ich habe noch ein Jahr an der Duke, und *ich* weiß nicht, ob ich meine Mom zurücklassen kann. Sie hat sich so gut in Sunshine Oak eingelebt, und ich …

Ich habe Angst vor der Zukunft.

CONNOR

Schweiß läuft mir über die Augenbrauen in die Augen, und ich blinzle heftig, versuche, meine Sicht zu klären. Wir wussten, es würde ein heftiges Spiel werden. Die Texas Tech kämpft immer hart um jeden Punkt, und wir haben uns darauf eingestellt, den ganzen Abend auf direkte Konfrontation zu gehen. Und das tun wir. Ich habe den Überblick verloren, wie oft die Führung gewechselt hat. Aber jetzt zeigt die Uhr nur noch fünf Sekunden, und Texas ist uns einen Punkt voraus, und wir haben es nicht geschafft, lange genug aus ihrer Verteidigung auszubrechen, um einen Treffer zu versenken. Da der Ball außerhalb des Spielfelds ist, nehme ich mir einen Moment, um Luft zu holen, und stütze die Hände auf die Knie.

Hinter mir höre ich sie.

Sie alle.

Ava, Trevor, Miss D, meinen Dad und seinen Mann. »Buh, Ledger!«, schreit Ava, und ich sauge das Geräusch tief in mir auf.

»Alles gut, Ledger?«, ruft der Coach vom Spielfeldrand. »Noch ein Spielzug, Junge! Noch ein Spielzug!«

Ich nicke mehr für mich selbst als für jemand anders und ignoriere den Schmerz in jedem Nerv, in jedem Muskel. Ich richte mich zu meiner vollen Größe auf, decke meinen Gegner und lasse den Texas-Tech-Spieler mit dem Ball am Spielfeldrand nicht aus den Augen. Der Schiedsrichter pfeift, und mein Puls schießt in die Höhe, als der Ball auf mich zugeflogen kommt. Die Welt ist still, während ich warte. Jede Millisekunde ist entscheidend. Mein Puls ist das einzige Geräusch, das ich höre, und ich hebe die Hand vor meinem Gegner, meine Fingerspitzen berühren den Ball, und *los geht's.* Das Publikum *tost,* und ich jage dem Ball hinterher, stoße mich mit mehr Kraft und Entschlossenheit als je zuvor mit den Füßen ab. Meine Handfläche trifft den Ball, und dann habe ich die Kontrolle. Die Welt um mich herum explodiert. Ich sehe auf, zwei Schritte. Diese zwei Schritte schaffe ich noch, aber ich höre auch meinen Gegner, der nur einen halben Schritt hinter mir ist. Ich sehe zum Korb, dann auf meine Hände, und dann sehe ich …

Ihre Namen.

Meinen Grund.

Meine Schuhe quietschen auf dem Hartholzboden, meine Knie beugen sich automatisch. Ich hebe die Arme, meine Ellbogen neigen sich, und die Zeit verlangsamt sich in der Sekunde, in der der Ball meine Hand verlässt.

Er fliegt durch die Luft, trifft erst das Korbbrett, dann den Ring, geht rum und rum, und dann …

Die Schlusssirene ertönt, und ich werde zu Boden getackelt und unter Blau und Weiß begraben.

Ich habe es nicht gesehen.

Nicht mit eigenen Augen.

Aber als der Duke Fight Song gespielt wird, weiß ich, dass ich den Wurf versenkt habe …

Einen *Sprungwurf.*

AVA

Wir bleiben in der Arena, während die meisten Zuschauer gehen, und beobachten die Reinigungskräfte dabei, wie sie das Chaos aus Blau und Weiß beseitigen. Mom sitzt neben mir und kaut mit Corey und Michael jeden Spielzug durch, an dem Connor beteiligt war, und Trevor … Trevor ist auch *irgendwo*, ich weiß nur nicht, wo.

Ich schwanke zwischen Lachen und Weinen und noch mehr Lachen, und meine Wangen schmerzen von dem breiten Grinsen. Ich war kurz davor, so kurz davor, einfach in der Sekunde aufs Spielfeld zu rennen, in der er den Ball versenkt hat, aber Trevor hat mich zurückgehalten. Er hat mich daran erinnert, dass es Connors Moment war und dass es wichtig war, dass er den mit seiner Mannschaft feiert. Und das hat er. Ein paar Minuten lang. Und dann hat er meinen Blick gesucht so wie immer und er ist auf mich zugelaufen mit geröteten Wangen. Er ist ein paar Schritte entfernt stehen geblieben, seine Augen haben im Licht der Arena geleuchtet, und er hat mich angesehen und über die Menge hinweg gebrüllt: »War ich Gold wert oder was?«

»Du warst so verdammt viel Gold wert!«

Sein Blick ging zu meiner Mom, und er hat die Augenbraue übermütig hochgezogen. »Schwacher Sprungwurf, hm?« Und dann hat er *gewhooped*, den Rücken durchgedrückt und die Fäuste vor sich ausgestreckt, und ich habe ihn in diesem Moment noch mehr geliebt, habe es geliebt, wie er aus sich herausgegangen ist und *gelebt* hat.

Und daran zu denken, dass vor so vielen Jahren jemand versucht hat, ihm dieses Leben zu nehmen …

Ich habe ein zweites Mal geweint, als er mich in seine Arme gezogen hat und sein Schweiß in mein Shirt gesickert ist.

»Sag es.«

Ich bin etwas zurückgewichen, sodass ich ihn ansehen konnte. »Ich liebe dich, Nummer drei.«

»Da ist er ja«, sagt Mom und bringt mich zurück in die Gegenwart. Ich stehe auf, als ich ihn sehe. Connor trägt seinen Spieltaganzug, und zusammen mit Trevor auf der einen und einem Mann, den ich noch nie gesehen habe, auf der anderen Seite, läuft er auf uns zu. Der Mann redet, und Connor hält den Kopf gesenkt. Er nickt und hört offenbar aufmerksam zu. Trevor – Trevor hat wieder dieses dümmliche Grinsen im Gesicht, und mein Herz schlägt schneller. Sie bleiben alle drei vor uns stehen, nur ein paar Schritte entfernt, doch dann überbrückt Connor den Abstand. Er schnappt mich an der Hüfte, hebt mich mühelos über die Absperrung. Ich halte mich an ihm fest, als er mich wieder absetzt. Er küsst mich kurz, bevor er erst auf den unbekannten Mann und dann auf mich deutet. »Vaughn«, sagt er, »das ist meine zukünftige Verlobte, Ava.« Ich verschlucke mich fast, und mein Herz schwillt an. »Ava«, fügt er hinzu, »das ist Vaughn.«

Ich hebe unsicher die Hand und lehne mich näher an Connor. »Hi.«

Vaughn lächelt. »Hi, Ava. Ich habe eine Menge über Sie gehört.«

»Wirklich?«

Hinter mir lacht Corey.

Vaughn nickt.

Und Connor erklärt: »Vaughn ist der Präsident der Hornets.«

Meine Augen weiten sich, und ich sehe zu Connor hoch. »Hornets?«, wispere ich. »Wie in *Charlotte* Hornets? Wie in Charlotte, *North Carolina?*«

»Ja, Babe«, sagt Connor und streicht mir eine lose Strähne aus der Stirn. »Ich hab dir doch gesagt, da musst du dich mehr anstrengen, wenn du mich loswerden willst.«

»Das heißt, wir ziehen nicht um? Und meine Mom muss nicht …? Du … du bleibst *hier?*«, frage ich ungläubig und breche in Freudentränen aus.

»Natürlich bleibe ich.« Er nimmt meine Hand und legt sie an sein Herz, und ich spüre sein Leben, seine *Liebe*, die unter meinen Fingern pocht. »Mit Love and Basketball.« Dann lächelt er …

Und dieses Lächeln …

Dieses Lächeln erfüllt meine Welt mit *Magie.*

ÜBER DIE AUTORIN

Jay McLean ist eine internationale Bestsellerautorin und Vollzeitleserin, Autorin von romantischen New-Adult- und Young-Adult-Büchern und eine talentierte Prokrastinatorin. Wenn sie nichts von diesen Dingen tut, rennt sie meist ihren drei kleinen Jungs hinterher, verschwendet viel zu viel Zeit mit True-Crime-Dokumentationen und Binge-Watching von Realityshows.

Sie schreibt das, was sie gern liest, und das sind Bücher, die sie zum Lachen, zum Weinen und zum Mitfühlen bringen.

Jay lebt in einem Vorort von Melbourne, Australien, in ihrem Traumhaus, wo die Musik laut ist und das Lachen noch lauter.

TRIGGERWARNUNG

(Achtung: Spoiler!)

Dieses Buch enthält Themen, die triggern können.
Diese sind:
posttraumatische Belastungsstörung, bipolare Störung und
Schizophrenie u. a. aufgrund von Kriegserfahrungen
und -gefangenschaft,
(Waffen-)Gewalt,
sexuelle Belästigung/Übergriffigkeit bei Minderjährigen,
Rückblick auf Suizidversuch und suizidale Gedanken,
Rückblick auf Kindesvernachlässigung,
Konfrontation mit Traumata
Rassismus.

LESEPROBE

»The Moment I Lost You«
von Rebekka Weiler

ISBN 978-3-473-58623-3

Der Bruchteil einer Sekunde kann alles verändern.

In einem Moment lache ich mit meinen Freunden, trinke einen Schluck Bier aus einem Plastikbecher, bewege den Kopf im Takt des Liedes hin und her und singe den Text leise vor mich hin.

Ich bin glücklich.

Aber dann verstummt die Musik auf einmal, und die Menschen um mich herum hören auf, sich zu unterhalten. Verwundert drehe ich mich um. Alle Blicke liegen plötzlich auf mir. Und sie erdrücken mich beinahe, als das Gemurmel beginnt.

»Brant und Nate.«

»Komm schnell.«

»Es ist Brant.«

Brant. Brant. Immer wieder sein Name. Brant.

Ich weiß nicht, wie mir geschieht.

Eine Hand umfasst meinen Arm, zieht mich mit. Automatisch setze ich einen Fuß vor den anderen. Mache Schritt für Schritt für Schritt, stolpere fast durch die Tür dieser fremden Küche.

Sofort ist mir klar, dass ich die marmorierte Arbeitsfläche nie wieder vergessen werde, genauso wenig wie die weißen Schränke. Vermutlich ist die Farbe nicht einmal pures Weiß, sondern so etwas wie Diamantweiß oder Magnolie. Ich habe keine Ahnung, aber es spielt auch keine Rolle.

Mein Gehirn braucht einen Augenblick, um zu realisieren, was ich vor mir sehe.

Rote Flecken.

Überall.

Einen einzigen Herzschlag lang glaube ich, es sei Saft. Kirsche vielleicht. Oder Johannisbeere. Eventuell auch Himbeere. Aber Himbeere wäre wohl zu pink.

Und dann begreife ich, was hier wirklich vor sich geht.

Die vielen Flecken, die Spritzer, die große rote Lache auf den Küchenfliesen. Das ist kein Saft. Das alles ist Blut. Brants Blut.

Mein bester Freund liegt auf dem nackten Boden. Seine Kleidung ist fast vollständig durchtränkt, und in seinem Bauch klafft eine tiefe Wunde.

Mein Blick wandert nach oben, bis zu seinen weit aufgerissenen Augen. Er sieht mich an, bringt kein Wort hervor, weil er es nicht kann. Und trotzdem weiß ich genau, was er mir sagen möchte.

Hilf mir! Hilf mir, Mia!

Das ist der Sekundenbruchteil, der mich aus meiner Starre erwachen lässt. Ich reiße mich von der Person los, die mich in die Küche gezerrt hat, und stürze zu ihm. Ich merke den Aufprall in den Knien kaum, als ich mich neben ihn fallen lasse. Und es ist mir vollkommen egal, dass nun auch an meiner Haut Blut klebt.

Meine Finger tasten nach Brants, seine Brust hebt und senkt sich schnell. Er atmet flach, hat Panik. Ich habe keinen Schimmer, was ich tun soll, wie ich ihm helfen kann oder was passiert ist. Ich weiß nur eins mit absoluter Sicherheit: Ich werde ihn nicht allein lassen.

Eine Hand legt sich auf meine Schulter. Ich schüttle sie ab, beuge mich näher zu Brant. Irgendjemand sagt, dass ein Krankenwagen unterwegs ist.

Ein Junge, den ich nicht kenne, drückt mit beiden Händen fest auf Brants Bauch. Mir ist klar, was er tut. Er versucht, die Blutung zu stoppen, aber seine Finger sind vor lauter Rot, Rot, Rot fast nicht mehr zu erkennen.

Ich halte die Hand meines besten Freundes, und obwohl ich kein gläubiger Mensch bin, fange ich stumm an zu beten. Ich bete und bange und hoffe.

Bleib bei mir, Brant. Bitte.

In Gedanken versuche ich, den Menschen, mit dem ich aufgewachsen bin, am Leben zu halten. Wir sind Mia und Brant. Brant und Mia. Die besten Freunde, seit ich denken kann.

Wir haben zusammen Fahrradfahren gelernt, sind auf Bäume geklettert, haben Fische in dem Bach, der direkt hinter seinem Haus vorbeifließt, gefangen und wieder freigelassen. Und als wir zwölf Jahre alt waren, haben wir uns geküsst. Nur einmal, aber danach wussten wir beide, dass aus uns niemals mehr werden würde.

Brants Atmung wird immer hektischer. Ich lasse seine Hand nicht los, umklammere sie, so fest ich kann. Mein Blick ruht auf der kleinen Narbe über seiner linken Augenbraue, an der ich schuld bin. Vor vielen Jahren habe ich ihm im Streit eine Fernbedienung an den Kopf geworfen. Er hat geweint, dann habe ich geweint, und am Ende saß ich die ganze Zeit an seiner Seite, als der kleine Riss im Krankenhaus genäht wurde. Ein bisschen wie jetzt, nur ist hier so unendlich viel mehr Blut als damals.

Meine Kehle ist staubtrocken, und dennoch versuche ich, beruhigend auf ihn einzureden.

»Alles wird gut.«